Cette nuit-là

Pour ma femme, Neetha.

MAI 1983

Lorsque Cynthia Bigge se réveilla, il régnait un tel silence dans la maison qu'elle crut qu'on était samedi.

Si seulement…

Ça l'aurait pourtant bien arrangée qu'on soit samedi, ou n'importe quel jour mais pas un jour d'école. Son estomac se soulevait encore de temps à autre, sa tête pesait une tonne, et elle avait du mal à l'empêcher de basculer en avant ou sur le côté.

Bon Dieu, c'était quoi cette horreur dans la corbeille à papier, près de son lit ? Elle ne se souvenait pas d'avoir vomi durant la nuit. La preuve que si !

Elle devait s'occuper de ça avant que ses parents viennent la tirer du lit. Cynthia se leva, vacilla un peu sur ses jambes, empoigna le petit récipient de plastique, et entrebâilla la porte. Il n'y avait personne sur le palier, alors elle se faufila devant les portes ouvertes des chambres de son frère et de ses parents, puis pénétra dans la salle de bains, et s'y enferma.

Elle vida la corbeille dans les toilettes, la rinça dans la baignoire et, les yeux larmoyants, se regarda dans le miroir. Voici donc à quoi ressemblait une fille de quatorze ans après une cuite. Pas joli à voir. C'est à peine si elle se rappelait ce que Vince lui avait fait goûter la veille, des trucs piqués chez lui. Deux canettes de bière, de la vodka, du gin, une bouteille de vin rouge entamée. Elle-même avait promis d'apporter le rhum de son père, mais s'était dégonflée au dernier moment.

Quelque chose la titillait. Quelque chose à propos des chambres.

Elle éclaboussa son visage d'eau froide, l'essuya. Puis elle inspira à fond, essaya de se ressaisir, au cas où sa mère l'attendrait de l'autre côté de la porte.

Il n'y avait personne.

Cynthia repartit vers sa chambre, ses pieds nus foulant la moquette. Au passage, elle lança un coup d'œil à la chambre de son frère Todd, ainsi qu'à celle de ses parents. Les lits étaient faits. D'habitude, sa mère ne s'en occupait qu'en fin de matinée – Todd ne touchait jamais au sien, ce que sa mère laissait passer – mais là, ils étaient aussi impeccables que si personne n'y avait dormi.

Soudain, Cynthia paniqua. Était-elle déjà en retard pour le lycée ? Quelle heure était-il, au juste ?

Du seuil, elle voyait le réveil de Todd posé sur sa table de chevet. À peine huit heures moins dix. Soit presque une demi-heure avant qu'elle parte d'ordinaire pour son premier cours.

La maison était silencieuse.

À cette heure-ci, elle entendait ses parents dans la cuisine. Même s'ils ne parlaient pas, ce qui était souvent le cas, on percevait le son étouffé du frigo qui s'ouvrait et se refermait, le grattement d'une spatule dans la poêle à frire, le cliquetis assourdi de la vaisselle dans l'évier. Et le froissement des pages du journal que l'un d'eux feuilletait, son père le plus souvent, marmottant quand il lisait quelque chose qui l'agaçait.

Bizarre.

Cynthia entra dans sa chambre, aux murs tapissés de posters de Kiss et autres groupes de rock abrutissants qui filaient des attaques à ses parents, puis referma la porte. Allez, du nerf, se dit-elle. Descends petit-déjeuner comme s'il ne s'était rien passé. Comme s'il n'y avait pas eu de hurlements échangés la veille au soir. Comme si son père ne l'avait pas arrachée de la voiture de son petit ami beaucoup plus âgé qu'elle et traînée jusqu'à la maison.

Elle regarda le manuel de maths posé par-dessus son cahier ouvert sur le bureau. La veille, elle n'avait pu faire que la moitié des exercices avant de sortir ; elle s'était dit qu'elle les terminerait le lendemain matin en se levant tôt.

Tu parles !

D'habitude, Todd faisait du boucan à cette heure-ci. Il entrait et sortait de la salle de bains, mettait Led Zeppelin à fond sur sa chaîne, réclamait ses slips à sa mère en criant dans l'escalier, rotait ou pétait dès qu'il passait devant la porte de sa sœur.

Elle ne se rappelait pas qu'il ait parlé d'aller au lycée plus tôt aujourd'hui, mais pourquoi le lui aurait-il dit, après tout ? Ils faisaient rarement le trajet ensemble. Aux yeux de son frère, elle n'était qu'une débile de troisième, même si elle faisait de son mieux pour tourner aussi mal que lui. Ça changera peut-être quand elle lui aura raconté sa première vraie cuite. Non, valait mieux pas : à tous les coups, il la balancerait un jour où lui-même ne serait pas en odeur de sainteté et aurait besoin de marquer des points…

Bon, peut-être que Todd avait cours plus tôt, mais où étaient ses parents ?

Son père était sans doute reparti, avant même le lever du soleil, pour un nouveau déplacement professionnel. Sans cesse sur les routes, jamais moyen de suivre, avec lui. Dommage qu'il n'ait pas été sur la route la veille au soir.

Et sa mère avait peut-être conduit Todd au lycée.

Cynthia enfila un jean et un pull. Se maquilla. Assez pour ne pas avoir une tête de déterrée, pas trop pour éviter les réflexions de sa mère, du style : « Tu auditionnes pour un rôle de pute ? »

En arrivant dans la cuisine, elle se figea.

Ni paquets de céréales, ni jus de fruits, ni café dans la cafetière électrique. Pas d'assiettes, pas de tasses, pas de pain dans le toaster. Aucun bol avec un fond de lait ni de Rice Krispies détrempés dans l'évier. La pièce était aussi propre et rangée que sa mère l'avait laissée la veille après le dîner.

Cynthia chercha un petit mot des yeux. Sa maman adorait laisser des petits mots lorsqu'elle sortait. Même si elle était en colère. Des mots très courts, juste pour dire : « Tu seras toute seule aujourd'hui », ou : « Dois amener Todd, fais-toi des œufs », ou bien seulement : « À tout à l'heure. » Quand elle était vraiment en colère, elle signait « B. Maman » au lieu de « Bisous, Maman ».

Là, pas de petit mot.

Cynthia se fit violence pour crier « Maman ? ». Sa propre voix lui sembla soudain étrange. Sans doute parce qu'elle y percevait quelque chose qu'elle n'avait pas envie de reconnaître.

Comme sa mère ne répondait pas, elle appela de nouveau. « Papa ? » Là non plus, pas de réponse.

Ça devait être sa punition, présumait-elle. Elle avait fichu ses parents en rogne, elle les avait déçus, alors maintenant ils feraient comme si elle n'existait pas. Régime mégasilence atomique.

Bon, elle se ferait une raison. Ça valait mieux qu'une confrontation monstre tôt le matin.

Incapable d'avaler quoi que ce soit, Cynthia saisit son sac de cours puis ouvrit la porte de la maison.

Le journal local, roulé et retenu par une bande élastique, gisait sur le seuil.

Sans y prêter de réelle attention, elle l'écarta du pied et descendit à toute allure l'allée vide – ni la Dodge de son père ni la Ford Escort de sa mère ne s'y trouvaient – pour se diriger vers le lycée de Milford. Si elle pouvait voir son frère avant le début des cours, elle apprendrait ce qui se passait exactement, à quel point ça chauffait pour elle.

Fort, à n'en pas douter.

Elle avait raté le couvre-feu, un couvre-feu superstrict : vingt heures. Il y avait école le lendemain, pour commencer. Et puis il y avait eu le coup de fil de Mme Asphodel, un peu plus tôt dans la soirée, la prévenant que si elle ne rendait pas ses devoirs d'anglais, elle ne passerait pas en classe supérieure. Cynthia avait alors dit à ses parents qu'elle partait travailler chez Pam, que celle-ci l'aiderait à rattraper son retard, bien que ce soit stupide et une perte de temps. Ses parents avaient été d'accord. « Mais tu dois quand même être rentrée à vingt heures. » Elle avait fait remarquer que ça lui laissait à peine le temps de faire un devoir. Ils voulaient vraiment qu'elle se plante ? C'était ça ?

« Vingt heures, avait répété son père. Pas plus tard. » Cause toujours, avait pensé Cynthia. Elle rentrerait quand elle rentrerait.

Comme elle n'était toujours pas là à huit heures et quart, sa mère avait appelé chez Pam et était tombée sur sa mère.

— Bonsoir, c'est Patricia Bigge, la maman de Cynthia à l'appareil. Je peux lui parler, s'il vous plaît ?

— Pardon ? répondit la mère de Pam.

Non seulement Cynthia n'était pas chez Pam, mais Pam non plus.

C'est alors que le père de Cynthia, coiffé du Fedora décoloré sans lequel il ne sortait jamais, avait pris sa Dodge et commencé à sillonner le quartier à sa recherche. Il s'était douté qu'elle était avec Vince Fleming, un garçon de première, âgé de dix-sept ans, qui avait son permis et roulait dans une Mustang rouge de 1970 déglinguée. Un dur à cuire, famille à problèmes, très mauvaise influence. Un soir, Cynthia avait entendu ses parents dire du père de Vince que c'était une sorte de voyou, mais elle avait pensé que c'étaient des foutaises.

Par un pur hasard, son père avait repéré la voiture au bout du parking du centre commercial Connecticut Post Mall, pas loin des cinémas, derrière Post Road. La Mustang était garée perpendiculairement au trottoir, et son père l'avait bloquée par-devant. Cynthia l'avait reconnu à cause du Fedora.

— Merde, avait-elle lâché.

Heureusement qu'il n'était pas arrivé deux minutes plus tôt, pendant qu'ils s'envoyaient en l'air, ou quand Vince lui avait montré son nouveau cran d'arrêt. Génial, il suffisait de presser un petit bouton et hop ! Une lame de quinze centimètres apparaissait. Vince le faisait rouler entre ses cuisses en rigolant, comme s'il s'agissait d'autre chose. Cynthia l'avait essayé, faisant mine de donner de grands coups dans le vide en gloussant.

— Doucement, avait dit Vince d'un ton prudent. On peut faire très mal avec ce joujou.

Clayton Bigge avait marché droit vers la portière côté passager, et l'avait ouverte d'un geste sec, faisant grincer les gonds rouillés.

— Hé, gaffe, mec ! avait crié Vince, qui tenait maintenant à la main, non un couteau, mais une canette de bière, ce qui ne valait guère mieux.

— La ferme, avait-il répliqué en saisissant sa fille par le bras et en la poussant vers sa propre voiture. Mon Dieu, tu pues l'alcool.

Cynthia aurait voulu mourir sur place.

Elle avait évité son regard et était restée silencieuse, même lorsqu'il avait entamé sa litanie à propos du souci permanent qu'elle devenait, que si elle ne revenait pas dans le droit chemin, elle allait foutre toute sa vie en l'air, qu'il ne comprenait pas ce qu'il avait fait de travers, qu'il voulait juste qu'elle grandisse et soit heureuse, et patati et patata. Bon sang, même furax, il conduisait comme s'il était en train de passer son permis, sans jamais dépasser la vitesse autorisée ni oublier son clignotant, ce type était incroyable.

Dès qu'ils s'étaient arrêtés dans l'allée, elle était sortie de la voiture sans attendre qu'il ait mis le point mort, elle avait ouvert la porte de la maison à la volée, s'était ruée à l'intérieur, essayant de ne pas tituber devant sa mère, visiblement plus inquiète qu'en colère, et qui s'était exclamée :

— Cynthia ! Où étais-tu ?

Elle l'avait dépassée en trombe et était montée dans sa chambre. Du bas de l'escalier, son père avait crié :

— Redescends tout de suite ! Il faut qu'on parle !

— Je voudrais que vous soyez morts ! avait-elle hurlé avant de claquer sa porte.

Ça, au moins, ça lui était revenu en mémoire alors qu'elle marchait vers le lycée. Le reste de la soirée restait encore un peu confus.

Elle se rappela s'être assise sur son lit, complètement dans les vapes. Trop fatiguée pour avoir honte. Puis elle avait décidé de se coucher, supposant qu'elle aurait cuvé le lendemain matin, en dormant une bonne dizaine d'heures.

Bien des choses peuvent arriver avant le lendemain matin d'une soirée mouvementée.

À un moment donné, tirée d'un sommeil agité, elle avait cru entendre quelqu'un derrière sa porte. Comme si une personne hésitait sur le seuil.

Ça s'était reproduit un peu plus tard.

S'était-elle levée pour aller voir qui c'était ? Avait-elle seulement tenté de sortir du lit ? Impossible de s'en souvenir.

Maintenant, elle arrivait au lycée.

En fait, elle se sentait bourrelée de remords. En une seule soirée, elle avait bafoué presque toutes les règles familiales. À commencer par son mensonge concernant Pam. Pam, sa meilleure amie, venait souvent à la maison, elle y dormait parfois le week-end. Cynthia pensait que sa mère l'aimait bien, lui faisait confiance, même. Elle s'était dit que citer son nom lui ferait en quelque sorte gagner du temps, que sa mère attendrait plus longtemps avant d'appeler celle de Pam. Raté.

Si seulement ç'avait été son seul crime. Mais elle avait dépassé l'heure limite. Était montée dans la voiture d'un garçon. Un garçon de dix-sept ans, en plus. Un garçon dont on disait qu'il avait cassé des vitres au lycée l'année précédente, piqué la voiture d'un voisin pour une virée.

Ses parents n'étaient pas si mauvais. La plupart du temps. Surtout sa mère. Son père, pas tant que ça non plus, quand il était là du moins.

Peut-être qu'il avait fallu amener Todd au lycée. S'il avait entraînement, et était en retard, maman pouvait l'avoir déposé, puis décidé de faire les courses dans la foulée. Ou d'aller boire un café au *Howard Johnson's*. Ça lui arrivait, parfois.

Le premier cours, histoire, fut une perte de temps totale. Le second, maths, fut pire encore. Cynthia avait toujours mal à la tête et n'arrivait pas à se concentrer. Le professeur lui demanda des explications à propos des exercices qu'elle n'avait pas faits. Elle ne lui accorda même pas un regard.

Juste avant le déjeuner, Pam vint lui parler :

— Dis donc, quand tu racontes à ta mère que tu viens à la maison, préviens-moi, d'accord ? Pour que je sache quoi dire à la mienne !

— Excuse-moi, répliqua Cynthia. Elle a piqué une crise ?

— À mon retour, tu penses bien !

Au déjeuner, Cynthia sortit en douce de la cafétéria pour téléphoner chez elle depuis la cabine de l'école. Elle dirait à sa mère qu'elle regrettait. Qu'elle était désolée, vraiment désolée. Ensuite elle lui demanderait la permission de rentrer à la maison parce qu'elle se sentait malade. Sa maman s'occuperait d'elle. Elle ne resterait pas en colère si sa fille était malade. Elle lui ferait une bonne soupe.

Cynthia abandonna après quinze sonneries. Puis pensa qu'elle avait peut-être mal composé le numéro. Réessaya. Pas de réponse. Elle n'avait aucun numéro où joindre son père. Il était si souvent sur les routes pour son travail, il fallait attendre qu'il s'arrête dans un hôtel quelconque et appelle.

Elle traînait devant le lycée avec des copines quand Vince Fleming passa dans sa Mustang.

— Hé, désolé pour hier soir, hein ? lança-t-il. Putain, ton père, quel numéro !

— Ah oui, répondit Cynthia.

— Alors qu'est-ce qui s'est passé quand tu es rentrée ?

Il posa la question d'une drôle de façon, comme s'il savait déjà. Cynthia secoua la tête. Elle n'avait pas envie d'en parler.

Vince Fleming demanda ensuite :

— Ton frère est pas venu aujourd'hui ?

— Qu'est-ce que tu dis ? s'exclama Cynthia.

— Il est malade ?

Personne n'avait vu Todd au lycée. Vince voulait lui demander, l'air de rien, dans quel pétrin se retrouvait sa sœur, si elle était ou non privée de sortie, parce qu'il espérait qu'elle voudrait bien faire un tour avec lui vendredi ou samedi soir, son copain Kyle lui filerait de la bière, ils pourraient aller à cet endroit, sur la colline, passer un petit moment dans la voiture, regarder les étoiles, par exemple ?

Cynthia courut à la maison. Sans même demander à Vince, qui tombait pourtant à pic, de l'y conduire. Ni prévenir le secrétariat du lycée qu'elle partait plus tôt. Elle courut à perdre haleine tout le long du chemin, priant en silence que la voiture soit là.

Mais à l'angle de Pumpkin Delight Road et Hickory, lorsque la maison lui apparut enfin, elle ne vit pas l'Escort jaune. Avec le peu de souffle qui lui restait, elle hurla néanmoins le nom de sa mère en entrant. Puis celui de son frère.

Elle se mit à trembler, et tenta de se calmer.

C'était incompréhensible. Aussi furieux qu'ils soient contre elle, ses parents ne lui auraient pas fait un coup pareil. S'en aller carrément ? Sans rien lui dire ? En emmenant Todd ?

Même si elle se sentait stupide, Cynthia sonna à la porte des voisins, les Jamison. Il y avait une explication simple à tout cela, forcément quelque chose qu'elle avait oublié, un rendez-vous chez le dentiste, n'importe quoi, et, d'un moment à l'autre, la voiture de sa mère s'engagerait dans l'allée. Cynthia aurait le sentiment d'être une véritable idiote, mais ça importerait peu.

Elle se lança dans un récit décousu dès que Mme Jamison ouvrit la porte. Elle expliqua qu'il n'y avait personne à la maison à son réveil ce matin, et que, après, elle était allée au lycée où personne n'avait vu Todd, et que sa maman n'était toujours pas rentrée, et que…

Mme Jamison chercha à la calmer : « Ne t'inquiète pas, ta maman fait sans doute des courses. » Puis elle raccompagna Cynthia chez elle, remarqua le journal par terre. Ensemble, elles vérifièrent une fois de plus le rez-de-chaussée, l'étage, puis le garage et le jardin.

— C'est vrai que c'est bizarre, admit Mme Jamison.

Ne sachant trop quoi penser, elle appela, un peu à contrecœur, la police de Milford.

Ils envoyèrent un policier, qui, au début, ne s'inquiéta pas plus que ça. Mais bientôt arrivèrent d'autres policiers et d'autres véhicules, et, le soir, l'endroit grouillait de flics. Cynthia les entendit diffuser le signalement des voitures de ses parents, appeler l'hôpital. Les policiers sillonnaient la rue, frappaient aux portes, interrogeaient les voisins.

— Tu es certaine qu'ils n'avaient pas prévu de se rendre quelque part ? lui demanda un homme, nommé Findley, ou Finlay, qui déclara être inspecteur et ne portait pas d'uniforme, contrairement aux autres policiers.

Il pensait vraiment qu'elle oublierait ce genre de chose ? Qu'elle s'exclamerait d'un coup : « Ah oui, ça me revient, maintenant ! Ils sont allés voir tante Tess, la sœur de maman ! »

— Tu vois, poursuivit l'inspecteur. Ta mère, ton père et ton frère n'ont apparemment pas pris de bagages, rien. Leurs vêtements sont encore dans les placards, les valises au sous-sol.

Les questions fusèrent. Quand avait-elle vu ses parents pour la dernière fois ? À quelle heure s'était-elle couchée ? Comment s'appelait ce garçon avec qui elle était sortie ? Elle s'efforça de ne rien cacher à l'inspecteur, avoua même s'être disputée avec ses parents, sans préciser son caractère de gravité, ni qu'elle était ivre et leur avait crié qu'elle préférerait les voir morts.

Malgré sa gentillesse, l'inspecteur ne posait pas les questions que se répétait sans cesse Cynthia : pour quelle raison mes parents et mon frère auraient-ils disparu ainsi ? Où seraient-ils allés ? Pourquoi ne pas m'emmener avec eux ?

Saisie d'une brusque frénésie, elle commença à tout remuer dans la cuisine, soulevant et secouant les sets de table, déplaçant le grille-pain, regardant sous les chaises, scrutant l'espace entre la cuisinière et le mur, le visage inondé de larmes.

— Que se passe-t-il, mon petit ? demanda l'inspecteur. Qu'est-ce que tu fais ?

— Le mot ? Où est le mot ? répondit Cynthia, le regard implorant. Il doit y avoir un mot. Maman ne part jamais sans laisser de petit mot.

1

Cynthia se tenait immobile devant la maison de Hickory Street. Ce n'était pourtant pas la première fois en vingt-cinq ans qu'elle revoyait le domicile de son enfance. Elle vivait toujours à Milford, et il lui arrivait de passer dans le coin en voiture. Elle m'avait montré la maison un jour, avant notre mariage, lors d'un détour rapide.

— C'est là, avait-elle dit sans s'arrêter.

Elle s'arrêtait rarement. Et si elle le faisait, elle ne sortait pas de la voiture. Elle ne s'était donc jamais tenue sur le trottoir de cette manière.

Et cela faisait sûrement très longtemps qu'elle n'avait pas franchi cette porte d'entrée.

Elle était clouée sur place, apparemment incapable de faire un pas en avant. J'avais envie de la rejoindre et de l'accompagner. L'allée ne faisait qu'une dizaine de mètres de long, mais s'étirait sur un quart de siècle dans le passé. J'imaginais que, pour Cynthia, ça devait être comme regarder dans des jumelles par le mauvais côté. On pouvait marcher toute la journée sans jamais arriver au but.

Mais je ne bougeais pas de ma place sur le trottoir d'en face, le regard fixé sur son dos, sur ses cheveux roux, coupés court. J'avais des consignes.

Et Cynthia semblait attendre qu'on lui donne la permission d'avancer, laquelle finit par arriver.

— C'est bon, madame Archer ? Commencez à marcher vers la maison. Pas trop vite. En hésitant un peu, vous voyez, comme si c'était la première fois que vous y entriez depuis vos quatorze ans.

Cynthia tourna la tête vers une femme en jean et baskets, la queue-de-cheval passée par-dessus la languette à l'arrière de sa casquette. C'était l'une des trois assistantes de la réalisatrice.

— En fait, c'est bien la première fois.

— Ouais d'accord, mais ne me regardez pas, répliqua la fille à queue-de-cheval. Regardez juste la maison, et commencez à remonter l'allée, en repensant à ce jour, il y a vingt-cinq ans, quand c'est arrivé, OK ?

Cynthia braqua les yeux dans ma direction, me fit une petite grimace, à laquelle je répondis par un petit sourire, une sorte d'encouragement muet réciproque.

Puis elle commença à avancer dans l'allée, lentement. Se serait-elle approchée ainsi, avec ce mélange de volonté et d'appréhension, si elle n'avait pas été filmée ? Oui, sans doute. Mais là, cela semblait forcé.

Pourtant, tandis qu'elle gravissait le perron, tendait la main vers la porte, je discernais son tremblement. Une émotion sincère, dont je devinais que la caméra ne parviendrait pas à rendre compte.

La main sur la poignée, elle s'apprêtait à ouvrir quand la fille à queue-de-cheval cria :

— Super ! Stop ! Arrêtez-vous !

Puis, à l'attention du cameraman :

— OK, maintenant, on se positionne à l'intérieur pour la prendre pendant qu'elle entre.

— C'est une blague ou quoi ? protestai-je, assez fort pour que l'équipe l'entende – une demi-douzaine de personnes, sans compter Paula Malloy, la journaliste au sourire éblouissant, vêtue de son emblématique tailleur Donna Karan, qui apparaissait à l'image et faisait les commentaires en voix off.

Paula vint me voir en personne.

— Monsieur Archer, dit-elle en posant les deux mains sur mes bras – un de ses gestes typiques – quelque chose ne va pas ?

— Comment vous pouvez lui faire ça ? Ma femme va entrer là-dedans pour la première fois depuis que sa famille a disparu Dieu sait où, et vous, vous braillez juste : « Coupez » ?

— Terry, reprit Paula en se rapprochant de moi. Je peux vous appeler Terry ?

Je ne répondis pas.

— Terry, je suis désolée, mais nous voulons filmer l'expression de Cynthia au moment où elle pénètre dans la maison après toutes ces années. Nous tenons à ce que ce soit authentique. Honnête. Et je pense que, tous les deux, vous le voulez également.

Ça, c'était la meilleure ! Qu'on joue la carte de l'honnêteté dans *Deadline*, l'émission d'actualités grand public qui, quand elle ne revenait pas sur des crimes bizarres non élucidés, traquait la célébrité qui conduisait en état d'ivresse, ou la rock star qui oubliait d'attacher son bébé sur le siège-auto.

— Bien sûr, admis-je d'un ton las – tout bien considéré, après tant d'années, une couverture télévisée apporterait peut-être enfin des réponses à Cynthia. D'accord. Comme vous voudrez.

Paula m'exhiba sa dentition parfaite et retraversa la rue d'un pas vif, ses hauts talons claquant sur la chaussée.

J'avais fait de mon mieux pour rester discret depuis le début du tournage. J'avais demandé un jour de congé au lycée pour accompagner Cynthia. Rolly Carruthers, mon proviseur et ami de longue date, savait combien ma femme tenait à faire cette émission. Il avait donc trouvé un remplaçant pour assurer mes cours d'écriture créative et de littérature anglaise. Cynthia avait pris sa journée à la boutique de vêtements où elle travaillait, *Pamela's*. En venant, nous avions déposé Grace, notre fille de huit ans, à l'école. Elle aurait été curieuse d'observer une équipe de tournage à l'œuvre, mais il n'était pas question que cette expérience lui fût apportée par un reportage sur la tragédie personnelle de sa mère.

Les gens qui habitaient la maison aujourd'hui, un couple de retraités venus de Hartford une dizaine d'années plus tôt pour accéder plus aisément à leur bateau amarré au port, avaient été payés par les producteurs de l'émission pour laisser les lieux disponibles toute la journée. L'équipe avait entrepris de retirer bibelots gênants et photos personnelles des murs, pour que la maison – à défaut d'être en tout point semblable à ce qu'elle était à l'époque où Cynthia y vivait – paraisse aussi « neutre » que possible.

Avant d'aller passer la journée sur leur bateau, les propriétaires avaient été interviewés sur la pelouse.

Lui : « C'est difficile à imaginer, ce qui a pu se passer ici, dans cette maison, à l'époque. On se demande s'ils n'ont pas tous été découpés en petits morceaux au sous-sol. »

Elle : « Parfois, je crois entendre des voix, vous savez ? Comme si leurs fantômes se promenaient encore. Je suis assise à la table de la cuisine, et j'ai la chair de poule, comme si l'un d'eux, la mère, le père ou le frère, venait de me frôler. »

Lui : « Quand on a acheté la maison, on ne savait rien du drame qui s'y était déroulé. On est les troisièmes propriétaires depuis les faits. Mais quand j'ai découvert ce qui s'était passé ici, je suis allé potasser le sujet à la bibliothèque de Milford. Quand même, on se demande, comment ça se fait que la fille ait été épargnée, hein ? Ça paraît un peu bizarre, vous trouvez pas ? »

Cynthia, qui observait la scène près d'un camion de la production, cria alors :

— Comment ? Ça veut dire quoi, ça ?

Une personne de l'équipe se retourna en faisant « chut », mais Cynthia la rembarra.

— Je me fous de vos « chut », lança-t-elle avant d'interpeller l'homme : Qu'est-ce que vous insinuez ?

Le type lui jeta un regard interloqué. Il devait ignorer que la fille dont il parlait se trouvait sur place. L'assistante à la queue-de-cheval prit Cynthia par le coude et la poussa gentiment mais fermement derrière le camion.

— C'est quoi ces conneries ? demanda Cynthia. Qu'est-ce qu'il voulait dire ? Que j'ai quelque chose à voir dans la disparition de ma famille ?

— Ne vous occupez pas de lui.

— Vous disiez que faire cette émission pourrait m'aider à découvrir ce qui leur est arrivé. C'est la seule raison pour laquelle j'ai accepté d'y participer. Vous allez diffuser ce qu'il a dit ? Les gens vont penser quoi en entendant ça ?

— Ne vous en faites pas. On n'utilisera pas ce passage, affirma l'assistante.

La production, à ce stade, devait craindre que Cynthia ne leur fasse faux bond avant d'avoir été filmée ne serait-ce qu'une minute. Alors toute l'équipe se répandit en propos réconfortants, cajoleurs, lui promettant que lorsque l'émission serait diffusée, elle serait forcément vue par au moins une personne qui aurait des informations à lui communiquer. Ça arrivait tout le temps, selon eux. Ils avaient résolu des affaires qui avaient laissé les policiers impuissants.

Une fois qu'ils eurent convaincu Cynthia que leurs intentions étaient honorables, et chassé les vieux chnoques de la maison, le tournage avait repris.

Je suivis deux cameramen à l'intérieur, puis me mis à l'écart tandis qu'ils étudiaient différents emplacements de caméra pour filmer le visage de Cynthia, sur lequel l'appréhension se mêlait à une impression de déjà-vu. Je supposais qu'au moment de la diffusion, on aurait droit à un montage serré de plans très courts, peut-être qu'ils filtreraient l'image pour la rendre granuleuse, piochant dans leur sacoche à trucages de quoi ajouter de l'intensité à un événement que les réalisateurs de télévision des décennies précédentes auraient trouvé suffisamment dramatique en soi.

On fit monter Cynthia à l'étage. Elle semblait hébétée. Ils voulaient filmer la séquence lorsqu'elle entrait dans son ancienne chambre. Il y eut deux prises. Pour la première, le cameraman attendait dans la pièce, porte fermée, afin de saisir son expression quand elle entrerait, ce qu'elle fit d'un pas vraiment hésitant. Pour la seconde, depuis le palier, la caméra donnait l'impression de regarder par-dessus l'épaule de Cynthia tandis qu'elle pénétrait dans la chambre.

À l'écran, on verrait qu'ils avaient utilisé un objectif grand-angle pour rendre la scène plus sinistre, comme si on allait tomber sur l'horrible Freddy et son visage atrocement scarifié et crevassé, planqué derrière la porte.

Paula Malloy, qui avait débuté comme présentatrice météo, repassa entre les mains de la maquilleuse, puis du coiffeur pour qu'il lui regonfle ses cheveux blonds. Ensuite, on accrocha à sa ceinture et à celle de Cynthia de petits micros dont les fils remontaient sous leurs chemisiers et étaient clipés derrière le col. Paula se pressa contre l'épaule de Cynthia, comme si elles étaient de vieilles amies évoquant, à contrecœur, les mauvais moments au lieu des bons.

Tandis qu'elles arrivaient dans la cuisine, les caméras en marche, Paula demanda :

— Qu'est-ce que vous avez bien pu penser à ce moment-là ? Jusqu'ici, vous n'avez entendu aucun bruit dans la maison, votre frère n'est pas à l'étage, vous descendez dans la cuisine et il n'y a pas le moindre signe de vie.

Cynthia semblait avancer comme une somnambule.

— Je ne savais pas ce qui se passait, répondit-elle doucement. Je pensais que tout le monde était parti tôt.

Que papa était allé travailler, que ma mère avait conduit mon frère au lycée. Je pensais qu'ils étaient furieux contre moi parce que je m'étais mal conduite la veille au soir.

— Vous étiez une ado difficile ? enchaîna Paula.

— Ça dépendait. J'avais... de mauvais moments. J'étais sortie la veille, avec un garçon que mes parents n'appréciaient pas, et j'avais un peu bu. Mais je n'étais pas comme certains gosses. Je veux dire, j'aimais mes parents, et je crois – sa voix se brisa légèrement –, je crois qu'ils m'aimaient.

— Nous avons lu dans les rapports de police de l'époque que vous avez déclaré avoir eu une dispute avec vos parents.

— Oui, admit Cynthia. Parce que je n'étais pas rentrée à l'heure qu'ils m'avaient fixée, et pour leur avoir menti. En plus, je leur avais dit des mots affreux.

— Quels mots ?

Cynthia hésita un instant.

— Oh, vous savez bien. Les mômes sont capables de sortir des trucs assez odieux à leurs parents, des trucs qu'ils ne pensent pas vraiment.

— Et où croyez-vous qu'ils soient, aujourd'hui, vingt-cinq ans après ?

Cynthia secoua tristement la tête.

— C'est la question que je me pose tout le temps. Il ne se passe pas un jour sans que je m'interroge à ce sujet.

— Si vous pouviez leur dire quelque chose, là, tout de suite, pour *Deadline*, si jamais ils étaient toujours vivants, ce serait quoi ?

Déconcertée, Cynthia regarda d'un air presque désespéré par la fenêtre de la cuisine.

— Regardez la caméra, là, lui ordonna Paula Malloy en posant la main sur son épaule.

Je me trouvais sur le côté, et me retins d'entrer dans le cadre pour arracher du visage de la journaliste son expression artificielle.

— Dites-leur simplement ce que vous souhaitez leur dire depuis toutes ces années, reprit-elle.

Les yeux brillants, Cynthia fit ce qu'on lui avait demandé, elle regarda la caméra, mais ne parvint, tout d'abord, qu'à prononcer :

— Pourquoi ?

Paula laissa passer une pause dramatique, puis insista :

— Pourquoi quoi, Cynthia ?

— Pourquoi, répéta Cynthia, s'efforçant de rester calme, pourquoi m'avez-vous laissée ? Si vous étiez en mesure de le faire, si vous êtes toujours vivants, pourquoi ne m'avez-vous pas contactée ? Pourquoi ne m'avez-vous pas laissé un mot, juste un petit mot ? Pourquoi ne m'avez-vous pas au moins dit au revoir ?

Je perçus l'excitation parmi l'équipe. Chacun retenait son souffle. Je savais ce que tout le monde pensait. Qu'ils venaient de décrocher le gros lot. L'émission allait faire un carton. Je les haïssais de profiter du malheur de Cynthia, d'exploiter sa souffrance, de la transformer en spectacle télévisuel. Parce qu'il s'agissait de cela, en fin de compte. C'était du spectacle qu'ils voulaient. Mais je la bouclai, parce que je savais que Cynthia comprenait sans doute aussi qu'ils profitaient d'elle, qu'elle n'était pour eux qu'une histoire de plus qui leur permettait de remplir une demi-heure d'antenne. Et elle consentait à être utilisée si cela permettait que quelqu'un la voie à la télévision et se présente devant elle avec la clef de son passé.

À la demande de la production, Cynthia avait apporté sur les lieux de son enfance deux vieilles boîtes à chaussures pleines de souvenirs. Coupures de presse, polaroids décolorés, photos de classe, bulletins scolaires, toutes les petites affaires qu'elle avait gardées avant de déménager pour vivre chez sa tante, la sœur de sa mère, une femme nommée Tess Berman.

Ils firent asseoir Cynthia à la table de la cuisine, devant les cartons ouverts, où elle puisa ses souvenirs l'un après l'autre, et les étala comme si elle s'apprêtait à recomposer un puzzle, cherchant les pièces à bords droits, pour commencer par les côtés, et progresser ensuite vers le centre.

Mais rien dans les boîtes de Cynthia ne permettait de délimiter le puzzle. Pas moyen de progresser vers le centre. Au lieu d'avoir un millier de pièces formant un seul puzzle, c'était comme si elle avait un millier de pièces provenant d'un millier de puzzles différents.

— Ça, c'est quand on a campé dans le Vermont, annonça-t-elle en montrant un polaroid.

La caméra zooma sur Cynthia et Todd, débraillé, debout à côté de leur mère, devant une tente. Cynthia devait avoir cinq ans, son frère sept, leurs visages étaient maculés de terre, leur mère, les cheveux noués dans un foulard à carreaux rouges et blancs, souriait avec fierté.

— Je n'ai aucune photo de mon père, ajouta-t-elle d'un ton mélancolique. C'était lui qui nous prenait toujours en photo, alors maintenant, il ne me reste que des souvenirs. Je le vois encore, la tête haute, coiffé de son éternel Fedora, avec une ombre de moustache. Un bel homme. Todd lui ressemblait beaucoup.

Puis Cynthia prit un morçeau de papier jauni, qu'elle déplia avec précaution.

— Voici une coupure de journal, parmi les rares choses que j'ai trouvées dans le tiroir de mon père.

La caméra se déplaça de nouveau, fit le point sur le morceau de papier. C'était la photo noir et blanc, au grain passé, d'une équipe de basket scolaire. Une douzaine de garçons fixaient l'objectif, certains souriants, d'autres le visage déformé par des grimaces stupides.

— Papa a dû la garder parce que Todd faisait partie de cette équipe quand il était plus petit, bien que son nom ne figure pas dans la légende. Papa était fier de nous, vraiment. Il nous le répétait tout le temps. Il aimait bien dire en plaisantant qu'on était la meilleure famille qu'il ait jamais eue.

Ils interrogèrent mon proviseur, Rolly Carruthers : « C'est un mystère, expliqua-t-il. Je connaissais Clayton Bigge. Nous avons pêché ensemble une ou deux fois. C'était un type bien. Je n'arrive pas à comprendre ce qui leur est arrivé. Peut-être qu'une sorte de famille Manson, vous voyez, sillonnait le pays, et que celle de Cynthia s'est trouvée au mauvais moment au mauvais endroit ? »

Tante Tess fut interviewée également : « J'ai perdu une sœur, un beau-frère, un neveu. Mais Cynthia a perdu tellement plus que ça. Elle a réussi à passer tous ces obstacles, à devenir malgré tout une gamine formidable, une personne magnifique. »

Et même si les réalisateurs tinrent leur promesse de ne pas diffuser les commentaires du retraité qui vivait maintenant dans la maison de Cynthia, ils avaient trouvé une autre personne qui insinuait quelque chose de presque aussi sordide.

Lorsque le reportage fut retransmis deux semaines plus tard, Cynthia eut la stupéfaction de voir l'inspecteur qui l'avait autrefois interrogée chez elle, après que son ancienne voisine, Mme Jamison, eut appelé la police. Retraité, il vivait aujourd'hui en Arizona. Une bande en bas de l'écran indiquait : « Bartholomew Finlay, inspecteur à la retraite. » Il avait mené l'enquête préliminaire, et finit un an plus tard par classer le dossier car il n'aboutissait à rien. La production envoya une équipe de leur filiale de Phoenix le filmer, assis devant une caravane Airstream rutilante.

« Ce qui m'a toujours travaillé, c'est pourquoi elle en a réchappé. En supposant, bien sûr, que le reste de la famille soit mort. Parce que moi, je n'ai jamais cru à la thèse des parents partis en laissant la gamine derrière. Je veux bien admettre que l'on chasse un gosse difficile de la maison, ce genre de chose arrive tout le temps. Mais se donner la peine de disparaître juste pour se débarrasser d'un de ses enfants ? Cela n'avait aucun sens. Donc ça signifiait forcément un truc louche. Ce qui me ramenait toujours à la première question. Pourquoi avait-elle survécu ? Il n'y a pas trente-six mille réponses à cette question.

— Que voulez-vous dire ? » entendit-on Paula Malloy demander, alors que la caméra restait sur Finlay.

La présentatrice n'ayant pas été envoyée en Arizona interviewer ce type, ces questions avaient été enregistrées en studio.

« À votre avis, répondit l'inspecteur Finlay.

— Comment ça, "à mon avis" ? répéta la voix de Paula.

— Je n'en dirai pas plus. »

En entendant cela, Cynthia devint furieuse.

— Encore ! cria-t-elle au poste de télévision. Ce salaud insinue lui aussi que j'ai quelque chose à voir dans l'histoire. J'entends ça depuis des années ! Et cette garce de Paula Malloy qui avait promis de ne pas diffuser ce genre de commentaire !

Je parvins à la calmer, parce que le reportage, tout compte fait, était plutôt positif. Dans les séquences où on voyait Cynthia à l'écran, marcher dans la maison, raconter à Paula ce qu'elle avait vécu ce jour-là, elle apparaissait sincère, crédible.

— Si quelqu'un sait quelque chose, lui assurai-je, il ne se laissera pas influencer par les propos d'un abruti de flic à la retraite. En fait, je pense même que ce qu'il dit pousserait plutôt à se faire connaître pour le contredire.

Et l'émission passa à l'antenne, mais à la même heure que la finale d'une émission de télé-réalité où des aspirants rock stars obèses, en compétition sous le même toit, tentaient de perdre du poids et de décrocher un contrat. Dès la fin du programme, Cynthia s'installa près du téléphone, avec l'espoir qu'un téléspectateur appelle sans tarder la chaîne pour révéler ce qu'il savait. Avant l'aube, la production serait contactée, le mystère élucidé. Enfin, elle saurait la vérité.

Mais personne n'appela, à part une femme pour raconter que sa famille avait été enlevée par des extraterrestres, et un homme émettant l'hypothèse que les parents de Cynthia, passés à travers une déchirure de l'espace-temps, seraient pourchassés par des dinosaures, ou leurs mémoires effacées dans un futur à la *Matrix*.

Aucun tuyau exploitable.

De toute évidence, celui ou celle qui savait quelque chose n'avait pas regardé l'émission. Ou alors, préférait se taire.

La première semaine, Cynthia téléphona aux producteurs de *Deadline* tous les jours. Ils étaient plutôt gentils, lui promettant que s'ils apprenaient quoi que ce soit, ils la contacteraient. La deuxième semaine, Cynthia n'appela qu'un jour sur deux, mais les producteurs devinrent plus expéditifs, disant qu'il était inutile de téléphoner, qu'ils n'avaient pas eu de retour, et que s'il y avait du nouveau, ils la tiendraient au courant.

Ils travaillaient déjà sur d'autres sujets. L'histoire de Cynthia devint rapidement de l'histoire ancienne.

2

Les yeux de Grace suppliaient, mais son ton était grave.

— Papa… j'ai… huit… ans.

Où donc avait-elle appris à parler de cette manière, cette façon de détacher chaque mot pour s'assurer de leur effet dramatique ? Comme si la question se posait. Ce n'était pas les situations dramatiques qui manquaient dans cette maison.

— Oui, répondis-je à ma fille. Je suis au courant.

Les Cheerios ramollissaient dans son bol, et elle n'avait pas touché son verre de jus d'orange.

— Les autres se moquent de moi, poursuivit-elle.

Je bus une gorgée de café. Je venais à peine de le verser, mais il refroidissait déjà. La cafetière rendait l'âme. Je décidai d'en acheter une en passant au *Dunkin' Donuts* sur le chemin du lycée.

— Qui se moque de toi ?

— Tout le monde, affirma Grace.

— Tout le monde ? Comment ils ont fait ? Ils ont réuni l'école tout entière ? Et le directeur a ordonné à chacun de se moquer de toi ?

— Maintenant, c'est toi qui te moques de moi, papa.

Elle avait raison.

— Excuse-moi. Je voulais juste me rendre compte de l'étendue du problème. Je suppose que ce n'est pas absolument tout le monde. Mais que tu en as l'impression. Et même si c'est peu de gens, je comprends que ça puisse être gênant.

— C'est vraiment gênant, insista Grace.

— Ce sont tes amis ?

— Oui. Ils disent que maman me traite comme un bébé.

— Ta maman fait simplement très attention à toi. Elle t'aime beaucoup.

— Je sais. Mais j'ai quand même déjà *huit* ans.

— Ta maman veut être sûre que tu arrives saine et sauve à l'école, rien de plus.

Grace soupira, puis baissa la tête, découragée. Une mèche brune tomba devant ses yeux marron tandis qu'elle touillait ses Cheerios dans le lait.

— Mais elle n'est pas obligée de m'accompagner jusqu'à l'école, protesta-t-elle. Aucune autre maman ne va jusqu'à l'école, sauf celles des petits de maternelle.

Nous en avions déjà discuté, et j'avais essayé d'en parler à Cynthia, suggérant avec autant de diplomatie que possible qu'il était peut-être temps de laisser Grace voler de ses propres ailes, maintenant qu'elle était en CM1. Il y avait plein d'autres enfants sur le trajet, ce n'était pas comme si elle devait le faire toute seule.

— Pourquoi tu ne m'accompagnes pas, toi, plutôt ? demanda Grace, une petite lueur dans les yeux.

Les rares fois où je l'avais emmenée à l'école, j'étais resté à bonne distance derrière elle. Aux yeux de n'importe qui, j'étais juste en train de flâner dans la rue, et pas de surveiller Grace pour m'assurer qu'elle arrivait à bon port. Nous n'en avions jamais soufflé mot à Cynthia. Ma femme me croyait sur parole, et pensait que j'avais marché au côté de notre fille tout le long du chemin vers l'école élémentaire de Fairmont, puis étais resté à l'observer sur le trottoir jusqu'à ce qu'elle ait passé l'enceinte.

— Je ne peux pas, répondis-je. Je dois être au lycée à huit heures. Si je t'accompagne à l'école avant d'y aller, tu devras attendre devant pendant une heure. Comme ta maman ne commence son travail qu'à dix heures, cela ne lui pose pas de problème. Mais de temps en temps, si mon premier cours est annulé, je pourrai t'y emmener.

À vrai dire, Cynthia avait organisé ses horaires chez *Pamela's* de façon à être disponible le matin et s'assurer que Grace se rendait à l'école en toute sécurité. Travailler dans la boutique de prêt-à-porter féminin de sa meilleure amie de lycée n'avait jamais été son rêve, mais son temps partiel lui permettait d'être à la maison pour la sortie des classes. Concession accordée à Grace, elle ne l'attendait pas devant le portail de l'école, mais un peu plus loin dans la rue, d'où elle voyait le bâtiment et ne tardait généralement pas à repérer la queue-de-cheval de notre fille parmi la foule d'enfants. Cynthia avait bien essayé de la convaincre de lever le bras afin qu'elle la repère plus vite, mais Grace avait refusé catégoriquement.

Le problème se posait lorsqu'un enseignant demandait à la classe de rester après la sonnerie. Par exemple, pour une retenue collective, ou pour des devoirs donnés en dernière minute. Alors Grace, bloquée sur sa chaise, paniquait à l'idée que Cynthia s'inquiète, car sa maman, affolée du retard, risquait de venir la chercher dans sa classe.

— Ah ! et mon télescope est cassé, ajouta Grace.

— Comment ça, cassé ?

— Les machins qui l'accrochent au pied sont desserrés. J'ai essayé de les réparer, mais ils vont se défaire, c'est sûr.

— J'y jetterai un coup d'œil.

— Je dois continuer à surveiller les astéroïdes tueurs, dit Grace. Et je ne peux pas le faire si mon télescope est cassé.

— D'accord. Je t'ai dit que je regarderai.

— Tu sais que si un astéroïde s'écrasait sur la Terre, ce serait comme si un million de bombes nucléaires explosaient ?

— Pas tant que ça, je pense. Mais je vois ce que tu veux dire, ça ferait des dégâts.

— Quand j'ai vérifié, avant de me coucher, qu'il n'y a pas un astéroïde qui arrive pour s'écraser sur la Terre, poursuivit Grace, je peux dormir sans faire de cauchemars.

Je fis signe que je comprenais. À vrai dire, nous ne lui avions pas acheté le télescope le plus cher. C'était un modèle bas de gamme. Non seulement parce qu'on n'aimait pas dépenser une fortune pour un objet dont on ignorait s'il intéresserait longtemps Grace. Mais aussi, parce que nous n'avions tout simplement pas d'argent à jeter par les fenêtres.

— Et maman ? reprit Grace.

— Quoi, maman ?

— Elle est obligée de m'accompagner ?

— Je lui parlerai, promis-je.

— À qui ? demanda Cynthia en entrant dans la cuisine.

Elle était jolie, ce matin. Non, belle, en fait. Cynthia était une femme magnifique, et je ne me lassais jamais de ses yeux verts, de ses pommettes hautes, de sa flamboyante chevelure rousse. Plus courte que lors de notre première rencontre, mais toujours aussi extraordinaire. Les gens croient qu'elle fait de la musculation, mais à mon avis, c'est l'anxiété qui l'aide à conserver sa sveltesse. Elle brûle des calories en s'angoissant. Elle ne court pas, ne fréquente pas les salles de gym. D'ailleurs nous n'aurions pas les moyens de payer un abonnement.

Comme je l'ai dit, je suis professeur de langue et littérature anglaises au lycée, et Cynthia travaille dans une boutique – bien qu'elle soit diplômée en sciences de la famille, et qu'elle ait travaillé quelque temps dans le social – aussi ne roulons-nous pas sur l'or. Nous possédons cette maison, assez vaste pour nous trois, dans un quartier modeste à quelques rues de celle où Cynthia a grandi. On pourrait penser que ma femme aurait préféré s'éloigner de la maison de son enfance, mais je crois qu'elle voulait rester dans le coin, au cas où quelqu'un reviendrait et voudrait la contacter.

Nos deux voitures ont bien dix ans, nos vacances sont banales. Chaque été, nous louons le chalet de mon oncle près de Montpelier, dans le Vermont, pendant une semaine ; et pour les cinq ans de Grace, nous sommes allés à Disneyworld, mais nous avons dormi à l'extérieur du parc dans un motel bon marché d'Orlando où, à deux heures du matin, le type de la chambre voisine demandait à sa nana d'y aller mollo avec les dents.

Mais notre vie est plutôt chouette, et nous sommes à peu près heureux. La plupart des jours.

Les nuits sont difficiles, parfois.

— À la maîtresse de Grace, répondis-je à Cynthia.

— De quoi veux-tu parler à la maîtresse de Grace ?

— Je disais juste que je profiterai de la prochaine réunion parents-enseignants pour parler à Mme Enders. La dernière fois, c'est toi qui y es allée.

— Elle est très gentille, affirma Cynthia. Je la trouve bien plus gentille que celle de l'an dernier. Elle s'appelait comment déjà ? Mme Phelps. Elle était un peu méchante, non ?

— Je la détestais, renchérit Grace. Quand on n'était pas sages, elle nous faisait rester sur une jambe pendant des heures.

— Je dois y aller, dis-je en prenant une nouvelle gorgée de café froid. Cyn, je crois qu'il nous faut une nouvelle cafetière.

— D'accord, je m'en occuperai.

Alors que je me levais de table, Grace me lança un regard désespéré. Je savais ce qu'elle attendait de moi. « Parle-lui, papa. S'il te plaît, parle-lui. »

— Terry, tu as vu le double de la clef ? demanda ma femme.

— Comment ?

Cynthia désigna le clou vide sur le chambranle de la porte qui donne sur notre petit jardin. C'était là que nous accrochions la clef que nous prenions lorsque nous partions de la maison à pied, pour une balade sur le bras de mer, par exemple, et que nous n'avions pas envie d'emporter notre encombrant trousseau de clefs.

— Où est la clef ? répéta-t-elle.

— Aucune idée. Grace, c'est toi qui l'as prise ?

Grace n'avait pas encore sa propre clef. Elle n'en avait guère besoin, puisque Cynthia l'emmenait et venait la chercher à l'école. Elle me fusilla du regard en secouant la tête.

— C'est peut-être moi. J'ai dû la laisser près du lit, émis-je en haussant les épaules.

Je m'avançai vers Cynthia et respirai l'odeur de ses cheveux.

— Tu m'accompagnes à la porte ?

Elle me suivit dans l'entrée.

— Quelque chose ne va pas ? Grace a un problème ? Elle est bien silencieuse ce matin, non ?

Je fis une grimace.

— C'est que, tu sais bien. Elle a huit ans, Cyn.

Piquée au vif, Cynthia recula d'un pas.

— Elle se plaint de moi ?

— Écoute, elle a juste besoin de se sentir un peu plus autonome.

— Alors c'était ça. C'est à moi qu'elle veut que tu parles, pas à sa maîtresse.

Je souris avec lassitude.

— Elle dit que les autres enfants se moquent d'elle.

— Elle n'en mourra pas.

Je voulus ajouter quelque chose, mais sentis que c'était inutile. Nous en avions déjà si souvent parlé.

Alors Cynthia combla le silence.

— Tu sais bien qu'il y a des cinglés dehors. Le monde en est plein.

— Je sais, Cyn. Je sais.

Je fis de mon mieux pour que ma voix ne trahisse ni ma contrariété ni mon découragement.

— Mais jusqu'à quel âge tu vas l'accompagner à l'école ? Douze ans ? Quinze ? Tu l'accompagneras aussi au lycée ?

— Chaque chose en son temps, répliqua Cynthia. J'ai revu la voiture, ajouta-t-elle après une pause.

La voiture. Il y avait toujours une voiture.

Elle lut sur mon visage que je ne voyais pas où était le problème.

— Tu me crois folle, constata-t-elle.

— Non.

— Je l'ai vue deux fois. Une voiture marron.

— Quel modèle ?

— Je ne sais pas. Une voiture quelconque. Avec des vitres teintées. En passant près de Grace et moi, elle a ralenti.

— Elle s'est arrêtée ? Le conducteur t'a dit quelque chose ?

— Non.

— Tu as pu voir sa plaque d'immatriculation ?

— Non. La première fois, je n'y ai pas pensé. Et la seconde, j'étais trop énervée.

— Cynthia, c'est sans doute quelqu'un du quartier. À cause de l'école, les gens doivent ralentir dans ce coin. Tu te souviens que les flics ont installé un radar là-bas ? Pour obliger les gens à ne pas rouler trop vite à certains moments de la journée ?

Détournant le regard, Cynthia croisa les bras.

— Tu n'y es pas tous les jours comme moi. Tu ne peux pas savoir.

— Ce que je sais, en revanche, c'est que tu ne rends pas service à Grace en l'empêchant de se débrouiller toute seule.

— Ah, parce que tu crois, toi, que si un type veut l'embarquer dans sa voiture, elle saura se défendre ? Une petite fille de huit ans !

— Comment est-on passé d'une voiture marron à un type qui kidnapperait Grace ?

— Tu n'as jamais pris ces choses-là autant au sérieux que moi, riposta Cynthia. Et je suppose que c'est compréhensible, venant de ta part.

Je gonflai mes joues, et poussai un soupir bruyant avant de conclure :

— Bon, écoute, on ne va pas résoudre ça maintenant. Il faut que j'y aille.

— Bien sûr.

Puis elle ajouta, le regard toujours fuyant :

— Je crois que je vais les appeler.

J'eus un moment d'hésitation.

— Qui ?

— Les gens de l'émission. *Deadline*.

— Cyn, ça fait trois semaines que l'émission a été diffusée. Si un téléspectateur avait eu quelque chose à nous apprendre, il aurait déjà téléphoné. De plus, dès que la chaîne recevra un appel intéressant, elle nous contactera. Les producteurs espèrent toujours donner une suite à leurs reportages.

— Je vais quand même les appeler. Je ne l'ai pas fait depuis un moment, ça les gonflera moins, cette fois. Ils ont peut-être reçu un coup de fil, pensé que ce n'était pas important ou que c'était un taré, alors que ça peut être une piste. En fait, on a eu de la chance qu'un enquêteur se souvienne de ce qui m'est arrivé et décide que cela valait le coup de revenir dessus.

Gentiment, je l'obligeai à se retourner vers moi, à lever le menton pour croiser mon regard.

— D'accord. Fais tout ce que tu voudras. Je t'aime, tu sais.

— Moi aussi, je t'aime, répondit-elle. Et je… je sais que toute cette histoire me rend compliquée à vivre. Je sais que c'est pesant pour Grace. Que mes angoisses déteignent en quelque sorte sur elle. Mais à cause de l'émission, tout cela est redevenu très concret ces derniers temps.

— Je comprends. Je voudrais juste que tu sois aussi capable de vivre dans le présent. Que tu ne sois pas obsédée par le passé.

Je sentis ses épaules frémir sous mes mains.

— Obsédée ? répéta-t-elle. C'est ce que tu penses ?

Le terme était mal choisi. On pouvait s'attendre à mieux de la part d'un prof de lettres !

— Épargne-moi ta condescendance, reprit Cynthia. Tu penses comprendre, mais tu te trompes. Tu ne pourras jamais comprendre.

Que pouvais-je répondre à ça ? Elle avait raison. Je me penchai pour l'embrasser dans les cheveux, puis partis travailler.

3

Elle voulait se montrer rassurante dans son discours, mais il importait tout autant d'être ferme.

— Je comprends que tu trouves l'idée un brin perturbante, sincèrement. Je vois bien en quoi tout ça pourrait te rebuter un peu, mais je t'assure, j'y ai bien réfléchi, et c'est le seul moyen. C'est comme ça avec la famille. Il faut toujours faire le nécessaire, même si c'est difficile, même si c'est douloureux. Bien sûr que ce sera difficile, mais tu dois regarder la situation dans son ensemble. C'est un peu comme quand on disait – tu es sans doute trop jeune pour t'en souvenir – qu'il faut parfois détruire tout un village pour le sauver. Eh bien, c'est un peu ça. Pense à notre famille comme à un village. Nous devons faire n'importe quoi pour la sauver.

Elle aimait bien ce « nous ». L'idée qu'ils formaient une équipe.

4

Le premier qui attira mon attention à son sujet à l'université du Connecticut, ce fut mon copain Roger quand il me chuchota :

— Vise un peu, Archer. Ça, c'est une nana complètement barjo. Supersexy – ses cheveux, on dirait une pompe à incendie, tu trouves pas ? – mais franchement dérangée.

Cynthia Bigge était assise au deuxième rang de l'amphi et prenait des notes sur la littérature de l'Holocauste, tandis que Roger et moi nous tenions tout en haut, près de la porte, afin de pouvoir prendre la fuite dès que le professeur en aurait terminé avec son interminable exposé.

— Comment ça, barjo ? murmurai-je à mon tour.

— Tu te souviens de cette histoire, il y a quelques années, cette fille dont toute la famille a disparu, et qui n'a jamais réapparu ?

— Non.

À cette époque, je ne lisais pas les journaux, ne regardais pas les infos à la télévision. Comme beaucoup d'ados, j'étais plutôt égocentrique – j'étais en passe de devenir le prochain Philip Roth ou Robertson Davies ou John Irving, la liste se rétrécissait à mesure – et j'ignorais tout de l'actualité, sauf lorsqu'une organisation du campus réclamait la participation d'étudiants pour protester contre un sujet quelconque. J'essayais de me rendre disponible parce que les manifs étaient des occasions formidables pour rencontrer des filles.

— Bon, alors ses parents, sa sœur, ou peut-être son frère, je me rappelle plus, ont tous disparu, expliqua Roger.

Penché vers lui, je demandai à voix basse :

— Ils ont été tués, ou quoi ?

— Va savoir ? C'est ce qui rend l'affaire si intéressante, répondit Roger, désignant ensuite Cynthia. Peut-être qu'elle le sait. Peut-être qu'elle les a tous butés. Tu n'as jamais eu envie de tuer toute ta famille ?

Je fis une moue désabusée. L'idée nous traverse tous l'esprit à un moment donné, il me semble.

— Moi, ce que je vois surtout, c'est son côté bêcheuse, reprit Roger. Elle parle à personne, reste dans son coin. Tout le temps à la bibliothèque, à bosser. Rien à faire des autres. Elle fréquente personne, sort jamais nulle part. Sacrés nichons, cela dit.

Oui, elle était jolie.

C'était le seul cours que nous avions en commun. Je suivais des études pour devenir professeur, au cas où le succès littéraire tarderait un peu. Mes parents, désormais retraités à Boca Raton, avaient tous deux été enseignants, et plutôt satisfaits de ce métier. Du moins, l'affirmaient-ils avec le recul. En me renseignant autour de moi, j'appris que Cynthia était inscrite à la faculté des sciences sociales du campus de Storrs. Ce cursus comportait des disciplines comme « sociologie des genres », « problèmes du couple », « soins des personnes âgées », « économie familiale », ce genre de conneries.

J'étais assis devant la bibliothèque de l'université, revêtu d'un sweat-shirt des UConn Huskies, notre équipe de basket, et en train de relire mes cours, lorsque je sentis une présence.

— Pourquoi tu interroges tout le monde sur moi ? demanda Cynthia.

C'était la première fois que j'entendais le son de sa voix. Une voix douce mais ferme.

— Comment ?

— Il paraît que tu poses des questions sur moi. Tu es bien Terrence Archer, non ?

— Terry, rectifiai-je.

— OK, mais pourquoi tu enquêtes sur moi ?

Je haussai les épaules.

— J'en sais rien.

— Qu'est-ce que tu veux savoir ? Quelque chose en particulier ? Dans ce cas, demande-le-moi directement, je n'aime pas qu'on parle de moi dans mon dos. Je m'en rends toujours compte, figure-toi.

— Écoute, je suis désolé, je voulais juste…

— Tu crois que je ne sais pas que les gens parlent de moi ?

— Hé, t'es parano ou quoi ? Je ne *parle* pas de toi. Je voulais simplement savoir si…

— Tu voulais savoir si c'est bien moi, la fille dont la famille a disparu. Bon, c'est moi. Maintenant, occupe-toi de tes fesses, OK ?

— Ma mère est rousse. Pas aussi rousse que toi, plutôt blond vénitien, tu vois ? Mais tes cheveux sont vraiment magnifiques.

Cynthia cligna des yeux, interloquée.

— Alors, oui, poursuivis-je. J'ai interrogé deux ou trois personnes, parce que je me demandais si tu sortais avec quelqu'un. On m'a dit que non, et je crois comprendre pourquoi, maintenant.

Elle me regardait sans dire un mot.

— Bon, excuse-moi pour tout ça, d'accord ?

Puis je fourrai avec ostentation mes papiers dans mon sac, et le balançai sur mon épaule.

— Salut, dis-je en me levant.

— Non, déclara Cynthia.

Je fis volte-face.

— Non quoi ?

— Non, je ne sors avec personne.

Devant son embarras évident, je me sentis soudain honteux.

— Je ne voulais pas jouer les brutes, hein. Mais tu me parais un peu susceptible, tu vois ?

Après avoir tous deux reconnu qu'elle s'était montrée susceptible, et moi, brutal, cela se termina par un café au snack du campus. Cynthia m'apprit que, en dehors de la fac, elle vivait chez sa tante.

— Tess est une brave femme, dit-elle. Elle ne s'est jamais mariée, n'a jamais eu d'enfants, alors quand j'ai emménagé chez elle, après ce qui est arrivé à ma famille, ç'a plutôt chamboulé sa vie. Mais elle a accepté de m'accueillir sans hésiter. Qu'est-ce qu'elle pouvait faire d'autre, remarque ? Elle aussi traversait un vrai drame, avec sa sœur, son beau-frère et son neveu disparus comme ça.

— Et qu'est devenue ta maison ? Celle où vous viviez ?

Ça, c'était moi tout craché. M. Sens-Pratique. La famille d'une fille s'évanouit dans la nature et moi, je pose des questions immobilières.

— Je ne pouvais pas y habiter seule, expliqua Cynthia. De toute façon, il n'y avait personne pour rembourser l'emprunt, alors comme on ne retrouvait pas ma famille, la banque l'a récupérée, en quelque sorte, ensuite des avocats se sont occupés du reste. L'argent que mes parents avaient mis dans la maison est entré dans une sorte de fidéicommis, mais tu sais, l'emprunt était à peine entamé. Maintenant, depuis le temps, on suppose qu'ils sont morts, hein ? Du moins, légalement, même s'ils sont encore vivants, ajouta-t-elle avec une grimace.

Que répondre à ça ?

— Tante Tess paie mes études, poursuivit-elle. Bon, je travaille l'été, mais ça ne suffit pas. Sincèrement, je me demande comment elle a fait pour m'élever, pour tout payer. Elle doit être endettée jusqu'au cou, mais elle ne s'en plaint jamais.

— Mince, fis-je en avalant une gorgée de café.

Et pour la première fois, Cynthia sourit.

— C'est tout ce que tu trouves à dire, Terry ? « Mince » ?

Son sourire disparut aussi vite qu'il était apparu.

— Oh, excuse-moi, se reprit-elle. Je ne sais pas quels commentaires j'attends des gens, en fait. Moi-même, je ne saurais pas quoi dire si j'étais assise en face de quelqu'un comme moi.

— Je me demande comment tu arrives à supporter ça.

Cynthia avala un peu de thé.

— Tu sais, certains jours, j'ai envie de me tuer. Ensuite, je me dis : « Et s'ils revenaient demain ? » Ce serait le comble, non ? ajouta-t-elle avec un nouveau sourire.

Celui-là aussi s'envola, comme emporté par une brise légère. Une mèche rousse tomba sur ses yeux, et elle la replaça derrière son oreille.

— En fait, ils sont peut-être morts, sans avoir eu l'occasion de me dire au revoir. Ou bien, ils sont toujours vivants, et s'en moquent. Je n'arrive pas à savoir laquelle des deux explications est la pire.

Elle détourna les yeux vers la fenêtre. Nous sommes restés sans parler durant quelques minutes. Cynthia finit par reprendre la parole :

— Tu es sympa. Si je sortais avec un garçon, ce serait quelqu'un dans ton genre.

— Tu sais où me trouver en dernier recours.

Elle regarda encore dehors, observant des étudiants qui flânaient, et, l'espace d'un instant, prit un air absent.

— Parfois, reprit-elle enfin, je crois voir l'un d'eux.

— C'est-à-dire ? Un genre de fantôme ?

— Non, pas du tout, répondit-elle, le regard toujours fixé vers l'extérieur. Je vois une personne qui pourrait être mon père, ou ma mère. De dos. Quelque chose dans leur attitude, leur façon de tenir la tête, de marcher, me paraît en quelque sorte familier, et me fait penser qu'il s'agit d'eux. Ou alors, je vois un garçon, plus vieux que moi d'un an ou deux, qui pourrait être mon frère avec sept ans de plus. Mes parents auraient à peu près la même tête, non ? Mais mon frère, il serait sans doute très différent, tout en ayant gardé quelque chose d'avant, tu ne crois pas ?

— J'imagine, oui.

— Alors, quand je vois des gens comme ça, je leur cours après, je me plante devant eux, ou bien je leur prends le bras pour qu'ils se retournent, et j'étudie leurs visages avec attention.

Elle reporta le regard sur sa tasse de thé, comme pour y trouver une réponse, avant d'ajouter :

— Mais ce n'est jamais eux.

— Un jour, tu ne le feras plus.

— Quand je les aurai retrouvés, dit Cynthia.

Nous avons commencé à nous fréquenter. Nous allions au cinéma, travaillions ensemble à la bibliothèque. Elle essaya de m'intéresser au tennis. Je n'avais jamais vraiment mis les pieds sur un court, mais je fis de mon mieux. Cynthia était la première à reconnaître ne pas être une grande joueuse, elle s'estimait juste correcte, mais elle était dotée d'un revers magistral. C'était un avantage plus que suffisant pour me battre à plate couture. Lorsque je servais et voyais ensuite son bras droit voler par-dessus son épaule gauche, je savais que mes chances de lui retourner la balle au-delà du filet étaient minces. Même quand je voyais la balle arriver.

Un jour, j'étais penché sur ma Royal, déjà une antiquité à l'époque, une énorme machine à écrire en acier, peinte en noir, aussi lourde qu'une Volkswagen, et dont la touche « e » imprimait une lettre qui ressemblait à un « c » même avec un ruban neuf. Je tentais de terminer un essai sur Thoreau dont je me fichais comme d'une guigne. La présence de Cynthia, tout habillée sous la couverture du lit étroit de ma chambre, ne m'aidait guère. Elle s'était endormie en lisant un exemplaire de poche en lambeaux de *Misery*, de Stephen King. La littérature n'étant pas sa matière principale, Cynthia avait le droit de lire ce que bon lui semblait, et trouvait parfois du réconfort à la lecture d'histoires pires que la sienne.

Je l'avais invitée à venir me regarder taper à la machine.

— Tu verras, c'est intéressant. J'utilise tous mes doigts.

— Les dix à la fois ? avait-elle demandé.

Je fis signe que oui.

— Ça paraît incroyable.

Elle était venue en apportant du travail. Elle s'était installée sagement sur mon lit, le dos contre le mur. Je la sentais m'observer, parfois. Puis, elle s'était allongée pour lire, et s'était endormie. Nous passions du temps ensemble, mais nous nous étions à peine touchés. J'avais effleuré son épaule en passant derrière sa chaise à la cafétéria. Ou pris sa main pour l'aider à descendre du bus. Nos épaules s'étaient heurtées un soir, en regardant le ciel étoilé.

Rien de plus.

Il me sembla entendre la couverture se rabattre, mais j'étais concentré sur la rédaction d'une note de bas de page. Puis elle se planta derrière moi ; la sentir si près de moi m'électrisa. Elle glissa les mains sur ma poitrine, et se pencha pour m'embrasser sur la joue. Je tournai le visage de façon que ses lèvres touchent les miennes. Un peu plus tard, sous la couverture, avant que nous fassions l'amour, Cynthia dit :

— Tu ne peux pas me faire de mal.

— Mais je ne veux pas te faire mal. Je vais y aller tout doucement.

— Je ne parle pas de ça, chuchota-t-elle. Si tu me plaques, si tu décides de ne pas rester avec moi, ne t'inquiète pas. Je ne peux pas souffrir plus que je n'ai déjà souffert.

Il s'avéra qu'elle se trompait.

5

En la connaissant mieux, à mesure qu'elle m'ouvrait son cœur, Cynthia m'en apprit plus sur sa famille, sur Clayton, Patricia et son grand frère Todd, qu'elle adorait et détestait selon les jours.

En fait, lorsqu'elle parlait d'eux, elle se reprenait souvent sur son emploi des temps de conjugaison.

— Maman s'appelait – s'appelle Patricia, disait-elle.

Elle était en désaccord avec la partie d'elle-même qui se résignait à l'idée de leur mort. Il lui restait une lueur d'espoir, comme la braise mal éteinte d'un feu de camp.

Sa famille s'appelait Bigge[1]. C'était, bien entendu, une sorte de blague récurrente, car, sa famille, même au sens le plus large, était plutôt réduite, du moins du côté de son père. Clayton Bigge avait perdu ses parents très tôt. Il n'avait ni frère ni sœur, ni oncle ni tante de qui parler. Il n'y avait donc jamais eu de réunions familiales où se rendre, de disputes entre Patricia et Clayton

1. Comme *Big* = grand.

pour décider où passer Noël, même si le travail retenait parfois Clayton hors de la ville durant les fêtes.

— C'est moi, la famille, disait-il volontiers. Il n'y a personne d'autre.

Il n'était pas non plus un grand sentimental. Ni albums de photos poussiéreux des générations précédentes sur lesquels se pencher, ni clichés de jeunesse, ni vieilles lettres d'amour d'anciens béguins que Patricia aurait eu à déchirer en l'épousant. Lorsqu'il avait quinze ans, un incendie mal maîtrisé dans la cuisine familiale avait entièrement brûlé sa maison, et les souvenirs de deux générations étaient partis en fumée. Clayton était le genre d'homme à vivre au jour le jour, profitant du moment présent, indifférent au passé.

Du côté de Patricia, la famille était également réduite, mais au moins avait-elle une histoire. Des tonnes de photos – dans des albums ou des boîtes à chaussures – de ses parents, de la famille élargie, de ses amis d'enfance. Son père était mort de la polio lorsqu'elle était jeune, mais sa mère vivait encore lors de sa rencontre avec Clayton. Elle le trouvait charmant, bien qu'un peu silencieux. Comme il avait convaincu Patricia de se marier dans la plus stricte intimité, l'absence de célébration traditionnelle ne contribua pas à lui gagner l'affection des proches de Patricia.

À commencer par sa sœur Tess, loin d'être convaincue. Elle n'aimait pas beaucoup que le travail de Clayton le retienne le plus souvent sur les routes, laissant Patricia se débrouiller seule avec les enfants durant de si longues périodes. Mais il subvenait à leurs besoins, se montrait honnête, et semblait aimer Patricia d'un amour profond et sincère.

Patricia Bigge travaillait dans un drugstore de Milford, sur North Broad Road, tout près de l'ancienne bibliothèque, où elle empruntait parfois des disques de musique classique. Elle rangeait les étagères, tenait la caisse, aidait le pharmacien, mais juste pour les bricoles. Elle n'avait pas la formation adéquate, et savait qu'elle aurait dû poursuivre ses études, apprendre un peu le commerce, par exemple, mais avant tout elle devait gagner sa propre vie. Tout comme sa sœur Tess, qui travaillait dans une usine de pièces pour radios à Bridgeport.

Un jour, Clayton Bigge était entré dans le drugstore, pour s'acheter une barre de Mars.

Patricia aimait à rappeler que si son mari ne s'était pas pris d'une envie subite de Mars ce jour de juillet 1967, alors qu'il traversait Milford pour son travail, les choses auraient tourné autrement.

Concernant Patricia, elles tournèrent très bien. Clayton lui fit une cour rapide, et, quelques semaines après leur mariage, elle se retrouva enceinte de Todd. Clayton leur dénicha une maison abordable sur Hickory Street, juste après Pumpkin Delight Road, à un jet de pierre de la plage et du détroit de Long Island. Il voulait que sa femme et son enfant vivent dans un lieu décent pendant qu'il se trouvait sur les routes. Il était responsable d'un secteur couvrant, en gros, la région de New York à Chicago, jusqu'à Buffalo, pour la vente de lubrifiants industriels et de divers équipements à des ateliers d'usinage. Un vaste éventail de clients réguliers qui l'occupait beaucoup.

Cynthia était arrivée deux ans après la naissance de Todd.

Je repensais à tout cela en roulant vers le lycée d'Old Fairfield. Je me surprenais souvent à rêvasser sur le passé de ma femme, la façon dont elle avait été élevée, les membres de sa famille que je n'avais jamais rencontrés, et ne rencontrerais probablement jamais, a priori.

Peut-être que si j'avais eu l'occasion de passer du temps avec eux, j'aurais mieux compris le fonctionnement de Cynthia. Mais, à vrai dire, la femme que je connaissais et aimais avait été plus façonnée par ce qui s'était passé depuis qu'elle avait perdu sa famille – ou depuis que sa famille l'avait perdue – que par ce qu'elle avait vécu auparavant.

Je fis un saut au *Dunkin' Donuts* pour acheter un café, résistant à l'envie de l'accompagner d'un beignet au citron, puis franchis le seuil du lycée, le gobelet à la main, une sacoche pleine de rédactions suspendue à l'épaule. Dans le hall, je vis Roland Carruthers, le proviseur, et sans doute mon meilleur ami dans l'établissement.

— Salut, Rolly !

— Où est le mien ? demanda-t-il en désignant mon café.

— Si tu me remplaces pour le premier cours, je retourne t'en chercher un.

— Pour ce premier cours-là, il me faudrait quelque chose de plus costaud qu'un café.

— Ils ne sont pas si terribles que ça.

— Ce sont des sauvages, rétorqua Rolly, sans même se fendre d'un sourire.

— Tu ne sais même pas de quel cours il s'agit, ni quels élèves y assistent.

— S'il s'agit de lycéens d'ici, alors ce sont des sauvages, insista Rolly, toujours pince-sans-rire.

— Dis-moi ce qui se passe avec Jane Scavullo ?

C'était une élève de ma classe d'écriture créative, une gamine instable, au contexte familial perturbé et particulièrement flou selon le secrétariat, où elle passait d'ailleurs presque autant de temps que les secrétaires elles-mêmes. Il se trouve également qu'elle écrivait comme un ange. Un ange prêt à vous défoncer le portrait, mais un ange tout de même.

— Je lui ai dit qu'elle était à un cheveu du renvoi, répondit Rolly.

Jane et une autre fille s'étaient livrées à un crêpage de chignon en bonne et due forme devant le lycée, deux jours plus tôt. Une histoire de garçon, apparemment. Quoi d'autre ? Leur mêlée avait attiré une foule assez considérable de supporters – peu importait qui gagnait tant que la bagarre durait – jusqu'à ce que Rolly vienne les séparer.

— Elle a répondu quoi ?

Rolly fit mine de mâcher bruyamment du chewing-gum, explosion de bulle comprise.

— Je vois.

— Tu l'aimes bien, constata Rolly.

Je retirai le couvercle de mon gobelet, et bus une gorgée de café avant de répondre.

— Elle a quelque chose.

— Toi, personne ne te déçoit suffisamment pour que tu perdes espoir, Terry. Mais tu n'es pas dépourvu de qualités non plus.

On pouvait qualifier mon amitié avec Rolly de « multicouche ». C'était à la fois un collègue et un ami, mais, puisqu'il était plus âgé que moi d'une vingtaine d'années, il représentait également une sorte de père. Il m'arrivait de me tourner vers lui lorsque j'avais besoin d'une opinion ou, comme je lui disais en plaisantant, du recul de la maturité. Je l'avais connu par l'intermédiaire de Cynthia. S'il faisait figure de père pour moi, il était un oncle officieux pour elle. Il avait été ami avec son père, Clayton, avant sa disparition, et, en dehors de tante Tess, il était à peu près la seule connaissance de Cynthia liée à son passé.

Il se préparait à prendre sa retraite, et donnait parfois l'impression de se la couler douce, comptant les jours avant son départ pour la Floride, son installation dans un mobile home flambant neuf du côté de Bradenton, ses sorties en mer pour pêcher le marlin ou l'espadon ou je ne sais quoi.

— Tu seras dans les parages tout à l'heure ?

— Bien sûr, répondit-il. Pourquoi ? Un problème ?

— Non… une broutille.

Rolly hocha la tête. Il savait ce que cela signifiait.

— Passe dans mon bureau. Plutôt après onze heures. Avant, je serai avec le directeur.

Je fis un saut en salle des profs pour vérifier si mon casier contenait du courrier ou des notes importantes, et je m'apprêtais à sortir quand je me heurtai à Lauren Wells, qui regardait aussi son courrier.

— Oh, pardon !

— Hé, s'exclama Lauren avant de reconnaître qui l'avait heurtée, et de me sourire aussi sec.

Elle portait un survêtement rouge et des baskets blanches, ce qui était logique, vu qu'elle enseignait l'éducation physique.

— Comment ça va ? enchaîna-t-elle.

Lauren était arrivée à Old Fairfield quatre ans plus tôt, mutée d'un lycée de New Haven dans lequel enseignait son ex-mari. La rumeur disait qu'après l'échec de son mariage, elle avait refusé de continuer à travailler dans le même établissement que lui. Parce qu'elle s'était taillé une réputation d'entraîneur d'athlétisme hors pair en permettant à ses élèves de gagner de nombreuses compétitions locales, les proviseurs de plusieurs lycées se seraient réjouis de l'intégrer à leur équipe pédagogique.

Rolly avait décroché le gros lot. En privé, il m'avait confié l'avoir embauchée pour ce qu'elle pouvait apporter à l'école, ce qui incluait également, semblait-il, « une plastique du tonnerre, une cascade de cheveux auburn et de sublimes yeux bruns ».

Je m'étais exclamé :

— Auburn ? Tu as bien dit auburn ?

Puis j'avais dû lui lancer un drôle de regard, car il s'était senti obligé d'ajouter :

— Du calme, c'est une simple constatation. La seule gaule que j'arrive encore à lever me sert à pêcher le bar.

Depuis le temps que Lauren Wells travaillait dans ce lycée, je n'étais jamais apparu sur son écran radar, jusqu'à l'émission sur la famille de Cynthia. Depuis, elle me demandait des nouvelles dès qu'elle me voyait.

— Rien à se mettre sous la dent ? reprit-elle.

Interloqué, je crus quelques instants qu'elle voulait savoir si quelqu'un avait apporté de quoi grignoter. Certains jours, des beignets surgissaient comme par miracle sur la table.

— Après le reportage, précisa-t-elle. Ça fait bien trois semaines, maintenant ? Personne n'a appelé pour vous dire ce qui est arrivé à la famille de Cynthia ?

Marrant, qu'elle dise la famille « de Cynthia » et non « de ta femme ». Comme si Lauren connaissait Cynthia, alors qu'elles ne s'étaient jamais rencontrées, du moins, à ce que je sache. Si on ne tenait pas compte de ces réceptions auxquelles les professeurs amenaient leurs conjoints.

— Non, personne.

Elle posa une main compatissante sur mon bras.

— Cynthia doit être tellement, tellement, déçue !

— Euh oui, ce serait bien d'avoir un retour. Quelqu'un sait forcément quelque chose, même après tant d'années.

— Je pense sans cesse à vous deux, déclara Lauren. Je parlais encore de vous à une amie, l'autre soir. Et toi, tu tiens le coup ? Ça va ?

Je feignis la surprise.

— Moi ? Oui, bien sûr, tout va bien.

— Parce que, parfois – et la voix de Lauren s'adoucit –, parfois, tu donnes l'impression d'être, comment dire, je suis peut-être mal placée pour faire cette remarque, mais quand je te vois en salle des profs, tu parais un peu fatigué. Et triste, aussi.

Je n'aurais pas su dire ce qui me frappa le plus. Que Lauren m'ait trouvé l'air fatigué et triste, ou qu'elle m'ait observé en salle des profs.

— Non, je vais très bien, vraiment.

— Tant mieux, dit-elle en souriant, avant de s'éclaircir la gorge. Bon, il faut que je file au gymnase. On devrait bavarder de temps en temps, tous les deux.

De nouveau, elle toucha mon bras, y laissa traîner sa main quelques instants, puis quitta la pièce.

Tout en me dirigeant vers la salle où j'allais donner mon cours d'écriture créative, je me fis de nouveau la réflexion qu'une personne capable d'élaborer un emploi du temps en plaçant une matière « créative » en première heure ne connaissait rien aux lycéens ou était dotée d'un sens de l'humour pervers. J'en avais parlé à Rolly, qui m'avait répondu :

— C'est pour ça qu'on l'appelle ainsi. Il faut être créatif pour trouver un moyen d'intéresser les mômes si tôt le matin. Si quelqu'un peut le faire, c'est bien toi, Terry.

Lorsque je pénétrai dans la salle de classe, vingt-deux ados m'y attendaient, la moitié d'entre eux avachis sur leurs bureaux, comme si un chirurgien les avait dévertébrés au cours de la nuit. Après avoir posé mon gobelet, je fis bruyamment tomber ma sacoche sur le bureau. Le choc sourd attira leur attention. Car ils savaient ce qu'elle contenait.

Au dernier rang, Jane Scavullo, dix-sept ans, était tellement tassée sur sa table que je voyais à peine le pansement qui ornait son menton.

— Bien. J'ai noté vos rédactions, et j'ai trouvé quelques bonnes surprises. Certains d'entre vous ont même réussi à rédiger des paragraphes entiers sans utiliser le mot « chié ».

Quelques ricanements s'élevèrent.

— Vous pouvez pas être viré pour avoir dit ça ? demanda Bruno, un gamin assis sur le bord de la fenêtre, des fils blancs sortant de ses oreilles et disparaissant sous sa veste.

— Ça me ferait bien chier, répondis-je avant de désigner mes propres oreilles. Bruno, tu peux les oublier pour le moment, s'il te plaît ?

Bruno retira ses écouteurs.

Je feuilletai rapidement la pile de copies, la plupart tapées à l'ordinateur, certaines écrites à la main, et en sortis une.

— Bon, je vous avais expliqué que vous n'aviez pas besoin d'écrire des histoires de gens qui s'entre-tuent ou de terroristes nucléaires ou d'aliens jaillissant de poitrines humaines pour que ce soit intéressant, vous vous rappelez ? Et que vous pouviez très bien trouver des sujets dans l'environnement le plus prosaïque ?

Une main se dressa. Celle de Bruno.

— Pro quoi ?

— Prosaïque. Banal, quoi.

— Alors pourquoi vous dites pas « banal » ? Pourquoi vous utilisez un mot compliqué pour « banal » à la place d'un mot banal ?

Je ne pus m'empêcher de sourire.

— Remets ces machins dans tes oreilles, Bruno.

— Ah ben, non, je risquerais de rater un truc prosaïque !

— Laissez-moi vous lire un extrait de ceci, repris-je en brandissant la copie.

La tête de Jane se redressa un peu. Peut-être avait-elle reconnu le papier rayé, les feuilles manuscrites, différentes de celles qui sortaient habituellement d'une imprimante.

— « Son père – du moins l'homme qui couche depuis assez longtemps avec sa mère pour penser qu'elle peut l'appeler comme ça – sort une boîte à œufs du frigo, en casse deux, d'une seule main, dans un bol. Il y a déjà du bacon qui grésille dans la poêle, et lorsqu'elle entre dans la cuisine, il lui fait un signe de la tête, comme pour lui dire de s'asseoir. Il lui demande comment elle veut ses œufs et elle lui répond qu'elle s'en fiche parce qu'elle ne sait pas quoi dire d'autre parce que personne ne lui a jamais demandé comment elle les aime. La seule chose que sa maman lui ait jamais faite et qui ait un vague rapport avec les œufs, c'est une gaufre Eggo décongelée au toaster. Alors elle suppose que peu importe la façon dont ce type les prépare, il y a de bonnes chances que ce soit meilleur qu'une fichue gaufre Eggo. »

Suspendant ma lecture, je relevai la tête :

— Des commentaires ?

Un garçon derrière Bruno lança :

— Moi, j'aime mes œufs baveux.

Puis une fille à l'autre bout de la classe prit la parole :

— J'aime bien. On a envie de savoir comment est le type, par exemple, puisqu'il s'intéresse à son petit déjeuner, c'est peut-être pas un trouduc. Tous les mecs de ma mère sont des trouducs.

— Peut-être que le type prépare son petit déjeuner parce qu'il veut se la faire *en plus* de sa mère, suggéra Bruno.

Rires dans la salle.

Une heure plus tard, alors qu'ils sortaient en file, j'interpellai Jane. Elle s'approcha d'un pas réticent.

— Tu es fâchée ?

Elle haussa les épaules, passa la main sur son pansement, attirant mon attention en essayant de me le cacher.

— C'était bon, Jane. C'est pour ça que je l'ai lue.

Nouveau haussement d'épaules.

— J'ai entendu dire que tu flirtais avec un renvoi.

— C'est cette garce qui a commencé, riposta Jane.

— Tu écris bien. Ton autre texte, je l'ai soumis au concours de nouvelles de la bibliothèque, celui organisé pour les lycéens.

Les yeux de Jane se mirent à briller. Je poursuivis :

— Tes écrits me rappellent parfois Oates. Tu as déjà lu Joyce Carol Oates ?

Jane secoua la tête.

— Alors essaie *Confessions d'un gang de filles*. La bibliothèque du lycée ne l'a probablement pas. Trop de gros mots. Mais tu le trouveras à la bibliothèque municipale.

— On a fini, maintenant ? demanda-t-elle.

J'acquiesçai, et elle franchit la porte.

Je retrouvai Rolly dans son bureau, assis devant l'ordinateur. Il me désigna l'écran en râlant.

— Ils réclament plus d'évaluations. Bientôt, on n'aura même plus le temps de leur enseigner quoi que ce soit. On leur collera des contrôles du matin au soir !

— Parle-moi de cette gosse, Rolly.

Il lui fallut un moment pour se souvenir de qui je parlais.

— Ah oui, Jane Scavullo. La vilaine. Je ne suis même pas sûr qu'on ait une adresse à jour. La dernière qu'on a de sa mère doit remonter à deux ans, je crois. Elle s'est installée avec un nouveau type, qui a aussi accueilli sa fille avec elle.

— Hormis cette bagarre, je trouve qu'elle va mieux depuis quelques mois. Plus calme, moins agressive. Peut-être qu'en fait ce nouveau beau-père lui apporte quelque chose de positif.

Rolly eut une moue indifférente, puis ouvrit une boîte de cookies qu'il me tendit. J'en pris un à la vanille.

— Tout ça m'épuise, soupira-t-il. Ce n'est plus comme quand j'ai débuté. Tu sais ce que j'ai trouvé derrière l'école l'autre jour ? Non seulement des canettes de bière – ça, ça passe encore ! – mais des pipes de crack, et, tu me croiras jamais, un flingue. Sous les buissons, comme s'il était tombé d'une poche, à moins qu'on l'ait caché là, va savoir.

Rien de bien nouveau, hélas.

— Bon, et toi, ça va ? demanda-t-il ensuite. Tu ne sembles pas dans ton assiette aujourd'hui, on dirait ?

— Peut-être. Des bricoles à la maison. Cynthia a du mal à laisser Grace goûter à la liberté.

— Elle surveille toujours les astéroïdes ?

Rolly venait parfois à la maison avec sa femme, Millicent, et adorait discuter avec Grace, qui lui avait montré son télescope.

— Une gamine intelligente, ajouta-t-il. Elle doit tenir ça de sa mère.

— Je comprends pourquoi Cyn fait ça. Je veux dire, si j'avais eu le même genre de vie qu'elle, j'aurais aussi du mal à lâcher prise, mais merde, quand même ! Elle prétend qu'il y a une voiture.

— Une voiture ? répéta Rolly.

— Oui, une voiture marron. Ça fait une ou deux fois qu'elle la voit en accompagnant Grace à l'école.

— Et il s'est passé quelque chose ?

— Rien. Il y a deux mois, c'était un tout-terrain vert. Et l'an dernier, elle disait qu'un homme barbu s'était tenu au coin de la rue, trois jours de suite, en les regardant bizarrement.

Rolly mordit dans son cookie, puis suggéra :

— Ces derniers temps, c'est peut-être à cause de l'émission.

— Je pense que ça joue, oui. Plus le fait que sa famille a disparu depuis vingt-cinq ans. Ça lui sape un peu le moral.

— Je devrais lui parler. Il est temps d'aller voir la mer.

Au cours des années qui avaient suivi la disparition de sa famille, il était arrivé à Rolly d'enlever Cynthia à Tess pour quelques heures. Ils allaient manger une glace au *Carvel* de Bridgeport Avenue, puis se promenaient sur la plage du détroit de Long Island, parfois en discutant, mais pas toujours.

— Ce serait une bonne idée, acquiesçai-je. On voit aussi cette psy de temps en temps, pour démêler certains trucs. Le Dr Kinzler, Naomi Kinzler.

— Et qu'est-ce que ça donne ?

Je fis un geste sceptique avant de demander :

— À ton avis, qu'est-ce qui s'est passé, Rolly ?

— Combien de fois m'as-tu posé la question, Terry ?

— Je voudrais tant que tout ça se termine pour Cyn, qu'elle obtienne enfin des réponses. Je pense que c'est ce qu'elle attendait de l'émission – je m'interrompis un instant. Mais toi, tu connaissais Clayton. Tu as pêché avec lui. Tu sais quel genre d'homme c'était.

— Patricia aussi.

— Ils étaient du genre à abandonner leur fille ?

— Non, répondit Rolly. Ma conviction, et je l'ai depuis toujours au fond du cœur, c'est qu'ils ont été tués. Par une sorte de tueur en série, tu vois, comme je l'ai dit dans le reportage.

J'étais d'accord avec lui, bien que la police n'ait jamais vraiment adhéré à cette théorie. Rien dans la disparition de la famille de Cynthia ne correspondait à ce qui était décrit dans leurs manuels.

— Oui, mais le problème reste le même. Si un tueur en série est venu jusque chez eux pour les tuer, pourquoi avoir laissé Cynthia derrière lui ?

Rolly n'avait aucune réponse à me proposer.

— Je peux te poser une question ? demanda-t-il ensuite. Pourquoi une prof de gym roulée comme une déesse mettrait un mot dans ton casier, puis viendrait le reprendre une minute plus tard ?

— Quoi ?

— N'oublie pas que tu es un homme marié, Terry.

6

Après m'avoir raconté ce qu'il avait observé depuis le fond de la salle des profs, où il faisait semblant de lire un journal, Rolly m'annonça une bonne nouvelle. Sylvia, la prof d'art dramatique, organisait tôt le lendemain matin une répétition du grand spectacle annuel, intitulé cette année *Sacrés Yankees*. Comme la moitié de mes élèves d'écriture créative y participaient, ma première heure de cours sautait – avec autant d'absents, les autres ne se donneraient même pas la peine de venir.

Aussi, le matin suivant, alors que Grace attaquait un toast à la confiture, je lui lançai :

— Devine qui t'emmène à l'école aujourd'hui ?

Son visage s'éclaira aussitôt.

— Toi ? C'est vrai ?

— Oui. Ta maman est déjà au courant.

— Et tu vas marcher tout près de moi, comme maman ? demanda Grace.

Entendant Cynthia descendre l'escalier, je fis signe à ma fille de se taire, laquelle obéit sur-le-champ.

— Alors, Minouchette, ton papa t'accompagne aujourd'hui, dit Cynthia en entrant. Tu es contente ?

Minouchette. C'était le surnom que sa propre mère lui donnait autrefois.

— Oh oui ! s'exclama Grace.

Un sourcil relevé, Cynthia constata :

— Je vois. Tu n'apprécies pas ma compagnie.

— Maman, voyons…

Cynthia lui sourit. Si elle était vexée, elle le cachait bien. Grace, moins assurée que moi, fit machine arrière.

— C'est juste sympa d'y aller avec papa, pour changer.

— Qu'est-ce que tu regardes ? me demanda sa mère.

J'avais le journal ouvert sur les annonces immobilières. Une fois par semaine, il y avait une page spéciale avec des maisons à vendre.

— Oh, rien.

— Comment ça, rien ? Tu penses déménager ou quoi ?

— Je ne veux pas déménager, protesta Grace.

— Personne ne déménage. Mais parfois, je me dis qu'on pourrait avoir plus d'espace.

— Comment avoir plus d'espace sans déménager, hein ? fit remarquer Grace.

— Voilà. Donc il faudra bien changer de maison.

— Ou agrandir celle-ci, suggéra Cynthia.

Grace fut soudain frappée d'une idée de génie :

— Oui ! On pourrait construire un observatoire !

Cynthia éclata de rire, puis suggéra :

— Je pensais plutôt à une nouvelle salle de bains.

Mais notre fille refusait d'en démordre :

— Ah non. Vous pourriez faire une pièce avec un trou dans le plafond pour voir les étoiles quand il fait nuit, et moi, j'aurais un télescope plus grand pour regarder directement au lieu de le faire par une fenêtre, ce qui craint un max.

— Ne dis pas « ce qui craint un max », la reprit Cynthia, sans pour autant cesser de sourire.

— D'accord, maman. J'ai fait une *bavure* ?

C'était dans notre jargon familial la façon délibérément idiote de dire « bévue ». Depuis le temps que cela constituait une boutade entre Cynthia et moi, Grace en était venue à croire en toute sincérité que l'on désignait ainsi un faux pas.

— Non, mon chou, ce n'est pas une bavure. Mais une expression que maman et moi ne voulons pas entendre.

Changeant de sujet, Grace demanda alors :

— Où est mon mot ?

— Quel mot ? répéta sa mère.

— Pour la sortie. Tu devais me faire un mot.

— Ma chérie, tu ne m'as jamais parlé de te faire un mot pour une sortie, répliqua Cynthia. Et tu ne peux pas nous prendre de court comme ça au dernier moment !

— Quel genre de sortie ? intervins-je.

— On doit visiter la caserne des pompiers aujourd'hui, et on ne peut pas y aller sans la permission des parents.

— Pourquoi ne pas nous en avoir parlé plus…

— Ne t'inquiète pas, coupai-je. Je vais taper ça vite fait.

Je courus à l'étage, vers ce qui était en principe notre troisième chambre, mais qui servait à la fois de salle de couture et de bureau. Dans un angle se trouvait une table équipée d'un ordinateur que Cynthia et moi partagions, et sur laquelle je corrigeais mes copies et préparais mes cours. Le meuble supportait également la vieille machine à écrire Royal de mes années d'université, dont je me servais encore pour des notes courtes, vu que j'ai une écriture de cochon. Je trouve plus facile de glisser une feuille de papier sous le rouleau que d'allumer ordinateur et imprimante, lancer Word, créer et rédiger un document, l'enregistrer et tout le bazar.

Je tapai donc en vitesse un mot pour la maîtresse de Grace, lui donnant la permission de quitter l'école pour visiter la caserne de pompiers. Priant qu'aucune confusion ne survienne à cause du « e » qui ressemblait à un « c » et qui transformait le prénom de ma fille en *Gracc*.

Puis je redescendis, tendis à Grace le mot plié, en lui conseillant de le ranger dans son sac à dos pour ne pas le perdre.

À la porte, Cynthia me rappela de bien m'assurer que notre fille entrait dans l'établissement avant de repartir. Hors de portée de voix, Grace virevoltait et tournoyait dans l'allée comme une danseuse sous crack.

— Mais si les enfants jouent d'abord un moment dehors ? En voyant un type comme moi rôder autour de la cour d'école, ils appelleront les flics, tu ne crois pas ?

— Si je te voyais là-bas, je te ferais arrêter immédiatement, affirma Cynthia. Bon, fais-la au moins entrer dans la cour.

Puis elle m'attira vers elle.

— À quelle heure dois-tu être au lycée, précisément ?

— Pas avant le deuxième cours.

— Alors ça te laisse presque une heure, dit-elle en me jetant un regard que je ne voyais pas assez souvent à mon goût.

— Parfaitement exact, madame Archer, répondis-je d'une voix qui feignait la désinvolture. Vous aviez quelque chose en tête ?

— Peut-être bien, monsieur Archer.

En souriant, Cynthia déposa un petit baiser sur mes lèvres.

— Grace risque de se poser des questions si je lui demande de courir tout le long du chemin de l'école, non ?

— File, m'ordonna-t-elle en me poussant vers la porte.

— Alors, c'est quoi le plan ? s'enquit Grace tandis que nous marchions sur le trottoir, côte à côte.

— Quel plan ? Il n'y a pas de plan.

— Je veux dire, tu vas m'accompagner jusqu'où ?

— Je pensais entrer dans l'école moi aussi, et rester assis à côté de toi dans la classe pendant une heure ou deux.

— Papa, arrête de blaguer.

— Qu'est-ce qui te fait penser que je blague ? J'aimerais bien m'asseoir avec toi dans la classe. Voir si tu travailles bien, tout ça.

— Mais tes jambes ne passeraient même pas sous le bureau, observa Grace.

— Je peux m'asseoir dessus. Je ne suis pas exigeant.

— Maman a l'air plutôt contente aujourd'hui, enchaîna-t-elle.

— Bien sûr. Maman est souvent contente.

Grace me lança un regard suggérant que ma remarque n'était pas très honnête. Aussi me repris-je :

— Ta maman a la tête un peu farcie, ces temps-ci. Ce n'est pas une période facile pour elle.

— Parce que ça fait vingt-cinq ans, lança ma fille.

Comme ça. Paf.

— Voilà.

— Et à cause de l'émission, ajouta-t-elle. Je vois d'ailleurs pas pourquoi vous n'avez pas voulu que je la regarde. Tu l'as enregistrée, hein ?

— Ta mère ne veut pas te perturber avec ce qui lui est arrivé, tu comprends ?

— Une de mes copines l'a enregistrée, déclara tranquillement Grace. En fait, je l'ai déjà vue, tu sais.

Cela, avec une sorte de « et toc ! » dans le ton.

— Mais comment as-tu pu la regarder ?

Cynthia la surveillait tellement, entre le trajet de l'école et les invitations chez les copines. Grace aurait-elle apporté en douce la cassette à la maison, et réussi à la visionner pendant que nous étions à l'étage ?

— Quand j'ai déjeuné chez elle, expliqua-t-elle.

Même à huit ans, on ne pouvait pas contrôler tous leurs faits et gestes. Dire que dans cinq ans, elle serait ado. Doux Jésus.

— La personne qui t'a laissée la regarder n'aurait pas dû.

— J'ai trouvé le policier méchant, commenta Grace.

— Quel policier ? De qui tu parles ?

— Celui de l'émission, papa. Celui qui vit dans une caravane. Une de ces caravanes toutes brillantes, tu vois ? Celui qui disait qu'il trouvait bizarre que maman soit la seule de sa famille qui reste. Moi, j'ai bien compris ce qu'il sous-entendait. Il sous-entendait que c'était maman. Qu'elle les avait tous tués.

— Oui, eh bien c'est un sale con.

Grace tourna la tête vers moi et dit, avec un regard sévère :

— Bavure.

— Une insulte n'est pas une bavure, plaidai-je, refusant d'entrer dans les détails.

— Est-ce que maman aimait bien son frère ? Todd ?

— Oui, elle l'adorait. Bien sûr, ils se disputaient, comme tous les frères et sœurs, mais elle l'aimait beaucoup. Et elle ne l'a pas tué, ni sa maman ni son papa.

Je suis désolé que tu aies vu cette émission et entendu ce sale con – oui, ce sale con – d'inspecteur à la retraite suggérer une chose pareille. Tu vas dire à ta mère que tu as vu l'émission ?

Encore sous le choc de mon usage éhonté de gros mots, Grace hocha la tête.

— J'ai peur que ça la fasse flipper.

Elle avait sans doute raison, mais je ne voulus pas abonder dans son sens.

— Eh bien, tu devrais peut-être lui en parler un jour. Un jour où tout le monde sera de bonne humeur.

— Aujourd'hui sera une bonne journée, affirma Grace. Je n'ai pas vu d'astéroïdes hier soir, alors on ne risque rien, au moins jusqu'à ce soir.

— Bonne nouvelle.

— Tu devrais arrêter de m'accompagner, maintenant.

Devant nous trottinaient des enfants de son âge, probablement ses amis. D'autres écoliers déboulaient des rues adjacentes sur notre trottoir. On voyait déjà l'école, trois pâtés de maisons plus loin.

— On approche, insista Grace. Tu peux me regarder d'ici.

— D'accord, voilà ce qu'on va faire. Tu vas avancer devant, et moi je te suivrai en marchant comme un petit vieux.

Et je me mis à traîner des pieds. Grace éclata de rire.

— Salut, papa, dit-elle avant de partir en courant.

Je la suivis des yeux tout en cheminant à petits pas, dépassé par d'autres enfants à pied, à vélo, en skate ou en rollers.

Ma fille ne regarda pas une seule fois en arrière. Elle fonçait pour rattraper ses amies, en leur criant :

« Attendez-moi ! » Je mis les mains dans mes poches, me préparant à rentrer à la maison pour profiter de quelques moments d'intimité avec Cynthia.

C'est à ce moment-là que la voiture marron passa.

C'était un ancien modèle, très banal, peut-être une Impala, aux enjoliveurs un peu rouillés. Vitres teintées, mais avec un produit qui n'était pas de bonne qualité, parce qu'il y avait des bulles sur le verre, comme si la voiture avait la rougeole.

Immobile, j'observai la voiture descendre la rue, jusqu'au dernier angle avant l'école, l'endroit où Grace bavardait en compagnie de deux copines.

Elle s'arrêta au carrefour, à quelques mètres de ma fille, et, un instant, mon cœur s'emballa.

Puis l'un des clignotants s'alluma, l'automobile tourna à droite, et disparut hors de ma vue.

Aidés par un agent vêtu d'un gilet orange vif et armé d'un immense panneau STOP, Grace et ses amis traversèrent la rue et entrèrent dans l'école. À ma grande surprise, elle se retourna sur le seuil et me fit un signe. Je levai la main en retour.

Bon OK, la voiture marron existait bel et bien. Mais nul individu n'en avait bondi pour s'emparer de notre fille. Ni d'aucun autre gosse, d'ailleurs. Si, par hasard, le chauffeur était un tueur en série fou – par opposition à un tueur en série sain d'esprit –, il ne manigançait aucune série de meurtres ce matin.

Ça devait être un type qui se rendait à son travail.

Je restai planté là encore un moment, regardant Grace se faire engloutir par le flot des écoliers, et une vague de tristesse m'envahit. Dans le monde de Cynthia, n'importe qui complotait pour enlever ceux que l'on aimait.

Sans doute, si je n'avais pas songé à cela, aurais-je marché d'un pas plus guilleret sur le chemin du retour. Mais, en approchant de la maison, je m'efforçai de chasser ma morosité, d'adopter un meilleur état d'esprit. Après tout, ma femme m'attendait, très certainement dans notre lit.

Aussi fis-je les dernières dizaines de mètres en courant. Je remontai ensuite à toutes jambes l'allée de la maison, puis ouvris la porte en criant :

— Je suis làààààà !

Pas de réponse.

Je songeai que Cynthia se trouvait déjà sous les draps, attendant que je monte. Mais, une fois arrivé au pied de l'escalier, j'entendis sa voix m'appeler de la cuisine, maussade. Je m'arrêtai dans l'encadrement de la porte.

Cynthia était assise, le téléphone posé devant elle sur la table. Elle semblait livide.

— Que se passe-t-il ?

— Quelqu'un a appelé, répondit-elle doucement.

— Qui ça ?

— Il n'a pas dit qui il était.

— Et que voulait-il ?

— Il a juste dit qu'il avait un message.

— Quel message ?

— Il a dit qu'ils me pardonnaient.

— Quoi ?

— Ma famille. Il a dit qu'ils me pardonnaient ce que j'avais fait.

7

Je m'assis près de Cynthia à la table de la cuisine. En posant une main sur la sienne, je m'aperçus qu'elle tremblait.

— Bon, essaie de te rappeler ses paroles exactes.

— Il a dit…, commença-t-elle.

Comme les mots se bousculaient dans sa bouche, elle se mordit la lèvre, et ajouta :

— Bon, attends une minute. Le téléphone a sonné, reprit-elle après s'être ressaisie, j'ai dit : « Allô ? » et il a demandé : « C'est bien Cynthia Bigge ? » Qu'il m'appelle comme ça m'a fait un choc, mais j'ai répondu oui. Alors il a dit, je n'arrivais pas à y croire, il a dit : « Votre famille, ils vous pardonnent. » Cynthia fit une pause, puis ajouta : « Pour ce que vous avez fait. » Je ne savais pas quoi dire. Je crois lui avoir demandé qui il était, de quoi il parlait.

— Et qu'est-ce qu'il a répondu ?

— Rien. Il a raccroché.

Une larme solitaire coulait sur sa joue tandis qu'elle me regardait droit dans les yeux.

— Pourquoi dire une chose pareille ? Qu'est-ce qu'il entend par « ils me pardonnent » ?

— Je ne sais pas. Ça doit être un cinglé. Un cinglé qui a vu l'émission.

— Mais pourquoi appeler pour sortir ce genre de chose ? Quel est l'intérêt ?

Je saisis le téléphone. C'était le seul modèle un peu sophistiqué que nous avions dans la maison, équipé d'un petit écran où s'affichait le numéro des correspondants.

— Pourquoi dire que ma famille me pardonne ? répéta Cynthia. De quoi m'accusent-ils ? Je ne comprends pas. Et s'ils pensent que je leur ai fait quelque chose, pourquoi m'annoncer qu'ils me pardonnent ? Tout ça ne tient pas debout, Terry.

— Je sais. C'est aberrant, admis-je en observant le téléphone. Tu as vu d'où venait l'appel ?

— J'ai regardé, mais il n'y avait rien sur l'écran, alors quand il a raccroché, j'ai essayé de retrouver le numéro.

Je pressai le bouton pour faire défiler l'historique. Aucun appel n'avait été enregistré au cours des dernières minutes.

— Il n'y a rien.

Cynthia renifla, essuya la larme sur sa joue, puis se pencha à son tour sur l'appareil.

— Je l'ai peut-être… Attends, comment j'ai fait ? Quand j'ai voulu vérifier d'où venait l'appel, j'ai appuyé sur ce bouton pour le sauvegarder.

— Et du coup, tu l'as effacé.

— Quoi ?

— Tu as effacé le dernier appel enregistré.

— Et zut, s'exclama Cynthia. J'étais tellement énervée, tellement bouleversée, je ne savais pas ce que je faisais.

— Je comprends. Bon, cet homme, il semblait comment ?

Je devinai à son regard absent qu'elle n'avait pas entendu ma question.

— Comment j'ai pu faire ça ? Effacer le numéro ! N'empêche que l'écran n'affichait rien. Tu sais, comme quand ça indique numéro inconnu.

— Bon, laisse tomber, tant pis. Mais cet homme, essaie de me décrire sa voix.

Cynthia leva les mains en geste d'impuissance.

— Un homme normal. Sa voix était plutôt basse, un peu comme s'il cherchait à la déguiser, tu vois ? Mais rien de vraiment particulier.

Elle s'interrompit, puis son regard s'éclaira.

— Et si on appelait la compagnie de téléphone ? Ils doivent avoir une trace de l'appel, peut-être même un enregistrement.

— Contrairement à ce que pensent pas mal de gens, les communications des abonnés ne sont pas enregistrées. Et puis, comment veux-tu qu'on présente la chose ? C'est un appel isolé, sans doute un cinglé qui a vu l'émission. Il ne t'a pas menacée, ni parlé de façon obscène.

Je passai un bras autour de ses épaules avant d'ajouter :

— Ne t'inquiète pas trop pour ça. Beaucoup de monde sait ce qui t'est arrivé, maintenant. Ça fait de toi une sorte de cible. Tu sais ce qu'on pourrait essayer de faire ?

— Quoi donc ?

— Prendre un numéro sur liste rouge. Ça nous éviterait ce genre d'appel.

Cynthia secoua énergiquement la tête.

— Non, pas question de faire ça.

— Écoute, je ne pense pas que ce soit tellement plus coûteux et de plus...

— Non, on ne le fera pas, Terry.

— Pourquoi pas ?

Elle déglutit avant de répondre.

— Parce que, quand ils seront prêts, quand ma famille décidera enfin de me contacter, ils doivent pouvoir me joindre.

Comme il me restait du temps libre après le déjeuner, je quittai le lycée, pris la voiture pour traverser la ville, et entrai chez *Pamela's* les mains encombrées de quatre gobelets de café.

Ce n'était pas à proprement parler une boutique de luxe, et Pamela Forster, autrefois la meilleure amie de lycée de Cynthia, ne visait pas une clientèle jeune et branchée. Les rayons alignaient des tenues franchement classiques, le style de vêtements qu'appréciaient, disions-nous en riant, Cynthia et moi, les femmes qui portaient des chaussures pratiques et confortables.

Cyn se trouvait au fond de la boutique, près d'une cabine d'essayage, et s'adressait à une cliente à travers le rideau.

— Vous voulez l'essayer en 38 ?

Elle ne me vit pas entrer, mais Pam, debout derrière la caisse, me salua en souriant. Grande, mince, avec de petits seins, elle était perchée sur des talons aiguilles. La coupe de sa robe turquoise à mi-genoux laissait penser qu'elle ne provenait pas de son propre stock. Ce n'était pas parce qu'elle s'adressait à une clientèle qui ne feuilletait jamais le magazine *Vogue* qu'elle-même devait s'habiller comme un sac.

— Comme c'est gentil, s'exclama-t-elle en regardant les gobelets de café. Mais pour l'instant, Cyn et moi gardons le fort toutes seules. Anne est partie en pause.

— Il sera peut-être encore chaud à son retour.

Pamela versa des sucrettes dans un des cafés.

— Comment ça va ?

— Bien, répondis-je.

— Cynthia dit qu'il n'y a eu aucune nouvelle de l'émission ?

Décidément, tout le monde ne parlait que de ça ! Lauren Wells, Grace, et maintenant, Pamela Forster.

— En effet.

— Moi, je lui avais conseillé de ne pas la faire, déclara Pam, hochant la tête d'un air entendu.

— Ah bon ?

Première nouvelle.

— Oh, il y a longtemps. La première fois que la chaîne l'a contactée. Je lui ai dit : « Ma chérie, il ne faut pas réveiller le chat qui dort. Aucun intérêt de remuer tout ce passé. »

— Tiens donc.

— Je lui ai dit : « Écoute, ça fait vingt-cinq ans, d'accord ? Ce qui est arrivé, est arrivé. Peu importe quoi, après tout. Si tu ne peux pas aller de l'avant alors qu'il a coulé tant d'eau sous les ponts, tu en seras où, dans cinq, dix ans ? »

— Elle ne m'en a jamais parlé.

Cynthia avait fini par nous apercevoir en train de bavarder, mais malgré un signe de la main, elle resta postée près de la cabine d'essayage.

— La nana là-dedans, qui essaie d'enfiler des trucs trop petits pour elle, chuchota Pam, elle est déjà sortie d'ici avec des fringues sans payer, alors on l'a à l'œil. Elle bénéficie d'un service personnalisé.

— Elle pique dans les magasins ? Si elle a volé, pourquoi ne pas la faire arrêter ? Pourquoi la laisser revenir ici ?

— On peut rien prouver. On a juste des soupçons. On lui fait comprendre qu'on est au courant, sans rien dire.

J'imaginai la femme dans la cabine. Jeune, un peu vulgaire, plutôt sûre d'elle. Le genre de personne qu'on désignerait comme voleuse parmi une rangée de suspectes, peut-être un tatouage sur l'épaule, ou…

Le rideau glissa sur la tringle, et une petite femme trapue, la quarantaine bien tassée, sortit en tendant plusieurs vêtements à Cynthia. Si j'avais dû la cataloguer, j'aurais dit qu'elle me faisait penser à une bibliothécaire.

— Je n'ai rien trouvé qui me plaise aujourd'hui, déclara-t-elle poliment avant de quitter la boutique.

— Elle, une voleuse ?

— Catwoman en personne, me confirma Pamela.

Cynthia nous rejoignit, et m'embrassa sur la joue.

— Pause-café ? Que nous vaut l'honneur ? demanda-t-elle.

— J'avais un peu de temps libre, alors voilà.

Pamela s'excusa, puis emporta son gobelet au fond de la boutique.

— C'est à cause de ce matin ? reprit Cynthia.

— Tu semblais un peu secouée après ce coup de fil. J'avais envie de savoir si ça allait, c'est tout.

— Ça va, déclara-t-elle sans grande conviction avant d'avaler une gorgée de café. Ça va bien.

— Pam m'a raconté qu'elle avait cherché à te dissuader de participer à *Deadline*.

— Tu n'étais pas très chaud non plus.

— Mais tu ne m'as jamais dit qu'elle te l'avait déconseillé.

— Tu sais bien que Pam adore donner son avis sur tout. Elle pense aussi que tu pourrais perdre trois kilos, par exemple, ajouta Cynthia.

Subtile manière de me déstabiliser…

— Quand je pense que cette femme, dans la cabine, est une voleuse, on ne le croirait pas !

— On ne sait jamais vraiment, avec les gens, répliqua Cynthia en buvant une nouvelle gorgée de café.

C'était le jour de notre rendez-vous avec le Dr Naomi Kinzler, après le travail. Cynthia déposa Grace chez une copine. Cela faisait quatre mois que nous voyions le Dr Kinzler une semaine sur deux, sur recommandation de notre médecin de famille. Celui-ci avait tenté, sans succès, d'aider ma femme à surmonter ses angoisses, et pensait que parler à quelqu'un lui ferait plus de bien – nous ferait à tous deux plus de bien – que de lui prescrire des médicaments.

Dès le départ, je m'étais montré sceptique sur l'éventuelle efficacité de la psychothérapie, et une dizaine de séances ne m'avaient pas convaincu davantage. Le cabinet du Dr Kinzler se trouvait dans un centre médical à l'autre bout de Bridgeport, donnant sur la barrière de péage. Sauf lorsqu'elle fermait les persiennes, comme c'était le cas ce jour-là. Je suppose qu'elle avait remarqué lors des séances précédentes que je regardais par la fenêtre, m'évadais en comptant les camions.

Tantôt le Dr Kinzler nous recevait ensemble, tantôt l'un de nous sortait pour laisser l'autre en tête à tête.

Je n'étais jamais allé chez un psy avant. En gros, ce que j'en savais, je l'avais appris dans le feuilleton *Les Soprano*, où le Dr Melfi aide Tony à résoudre ses problèmes. J'étais incapable de dire si les nôtres étaient plus graves que les siens. Les gens disparaissaient également autour de Tony, mais c'était souvent lui qui en était la cause. Il avait donc l'avantage de savoir ce qui leur était arrivé.

Naomi Kinzler ne ressemblait guère à Jennifer Melfi. Elle était petite, rondouillarde, avec une abondante chevelure grise tirée en arrière. À mon avis, elle frisait les soixante-dix ans, et pratiquait depuis suffisamment longtemps pour avoir trouvé le moyen d'éviter que la souffrance d'autrui ne la travaille.

— Alors, quoi de neuf depuis notre dernière séance ?

J'ignorais si Cynthia comptait lui parler du coup de fil tordu de la matinée. Pour ma part, d'une certaine façon, je n'en avais pas envie. Je ne trouvais pas cela si important, et il me semblait que nous avions plutôt calmé le jeu pendant ma visite à la boutique. Aussi répondis-je en devançant ma femme :

— Tout va bien. Tout va très bien.

— Et Grace ?

— Grace va bien aussi. Je l'ai accompagnée à l'école ce matin. On a eu une bonne discussion tous les deux.

— À propos de quoi ? demanda Cynthia.

— Rien de particulier. On a bavardé, c'est tout.

— Elle vérifie toujours le ciel chaque soir ? enchaîna le Dr Kinzler. Pour voir s'il y a des météorites ?

Je balayai la remarque d'un geste.

— Oui, mais ce n'est pas grave.

— Vous croyez ? lança la psychothérapeute.

— Bien sûr. Elle s'intéresse au système solaire, à l'espace, aux autres planètes, c'est tout.

— Mais vous lui avez acheté un télescope.

— Évidemment.

— Parce qu'elle craint qu'un astéroïde ne détruise la Terre, me rappela le Dr Kinzler.

— D'abord, ça l'aide à surmonter ses craintes, et en plus ça lui permet d'observer les étoiles. Ainsi que les voisins, je crois bien, ajoutai-je en souriant.

— Concernant son niveau d'angoisse global, diriez-vous qu'il augmente ou qu'il s'atténue ?

— Il s'atténue, dis-je.

— Il augmente, dit Cynthia en même temps.

Le Dr Kinzler haussa légèrement les sourcils. Je détestais cela.

— Je la trouve toujours aussi angoissée, reprit Cynthia en me jetant un regard sévère. Elle est très fragile, par moments.

La psy hocha pensivement la tête. Puis s'adressa à Cynthia :

— Pourquoi, à votre avis ?

Ma femme n'était pas stupide. Elle savait où le Dr Kinzler voulait en venir. Ce n'était pas la première fois.

— Vous pensez que je déteins sur elle ?

Après un imperceptible haussement d'épaules, la thérapeute lui retourna la question :

— Et vous, qu'en pensez-vous ?

— J'essaie de ne pas m'inquiéter devant elle, répondit Cynthia. Nous évitons certains sujets en sa présence.

Je dus grogner ou renifler, ce qui attira leur attention.

— Oui ? me demanda le Dr Kinzler.

— Elle sait. Grace en sait beaucoup plus qu'elle ne le prétend. Elle a vu l'émission.

— Quoi ? s'exclama Cynthia.

— Elle l'a regardée chez une copine.

— Qui ? Je veux son nom !

— Je ne sais pas. Et je ne vois pas l'intérêt de lui arracher ce nom de force. C'est une image, bien sûr, ajoutai-je à l'attention du Dr Kinzler.

Cynthia se mordait les lèvres.

— Grace n'est pas prête. Elle n'a pas besoin de connaître toute cette histoire. Pas maintenant. Il faut la protéger.

— C'est une des difficultés majeures dans le rôle de parent, déclara la psychiatre. Admettre qu'on ne peut jamais protéger son enfant de tout.

Durant un moment, Cynthia digéra la remarque, puis elle lança :

— Il y a eu un coup de téléphone.

Et elle rapporta, presque mot pour mot, l'appel qu'elle avait reçu. Le Dr Kinzler lui posa à peu près les mêmes questions que moi. Si elle avait reconnu la voix, si l'homme avait déjà téléphoné auparavant, ce genre de choses.

— Selon vous, que voulait dire cet homme en affirmant que votre famille vous pardonnait ? demanda-t-elle ensuite.

J'intervins.

— Rien du tout. C'était un cinglé.

La psy me jeta un regard qui me signifiait : « Fermez-la. »

— Je n'arrête pas de repenser à cette phrase, répondit Cynthia. Me pardonner de quoi ? De ne pas les avoir retrouvés ? De ne pas avoir fait plus d'efforts pour découvrir ce qui leur était arrivé ?

— Difficile d'en attendre autant de votre part, remarqua le Dr Kinzler. Vous n'étiez qu'une enfant. À quatorze ans, on est encore un enfant.

— Ou bien je me demande s'ils pensent que je suis à l'origine de ce qui s'est passé ? Qu'ils sont partis à cause de moi, par ma faute. Qu'est-ce que j'ai bien pu faire pour qu'ils me quittent en plein milieu de la nuit ?

— Une partie de vous persiste à vous croire responsable, d'une manière ou d'une autre, avança la thérapeute.

— Écoutez, objectai-je avant que Cynthia réponde. C'était l'appel d'un cinglé. Des tas de gens ont regardé l'émission. Rien d'étonnant à ce que quelques tarés se manifestent, non ?

Le Dr Kinzler poussa un petit soupir avant de me dire :

— Terry, c'est peut-être le moment de nous laisser Cynthia et moi parler seule à seule.

— Non, ce n'est pas la peine, assura ma femme. Il peut rester.

— Terry, reprit la psy d'un ton si contenu que je devinais à quel point elle était énervée. Bien sûr, ce coup de fil peut provenir d'un cinglé, mais les paroles de cet homme n'en risquent pas moins de déclencher des émotions en Cynthia, et analyser sa réaction à ces émotions l'aidera à assumer tout ça.

— Assumer quoi exactement ? demandai-je, et ce, en toute sincérité, sans chercher à ergoter. Je suis sérieux, là, il me semble que l'objectif m'échappe un peu, en ce moment.

— Nous essayons d'aider Cynthia à surmonter un traumatisme de son enfance qui se répercute sur le présent, non seulement pour son propre équilibre, mais pour l'équilibre de votre relation à tous deux.

— Notre relation est parfaite.

— Il ne me croit pas toujours, lâcha Cynthia.

— Comment ça ?

— Tu ne me crois pas toujours, répéta-t-elle. Par exemple, quand je t'ai parlé de la voiture marron. Tu penses que c'est une coïncidence. Ou bien, quand cet homme a téléphoné ce matin. Comme tu n'as pas retrouvé la trace de l'appel dans l'historique de l'appareil, tu te demandes s'il a vraiment eu lieu.

— Je n'ai jamais dit ça. Ce n'est pas vrai, je n'ai jamais dit une chose pareille.

Je m'étais tourné vers le Dr Kinzler, comme si elle était juge et que moi j'étais un accusé désespéré cherchant à prouver son innocence.

— Mais je sais que tu l'as pensé, affirma Cynthia, d'une voix cependant dénuée de colère, en me touchant le bras. Et franchement, je ne te le reproche pas. Je suis consciente de l'état dans lequel je suis. Si difficile à vivre. Pas seulement ces derniers mois, mais depuis notre mariage. Cette histoire a toujours plané au-dessus de nos têtes. Je fais de mon mieux pour la repousser, la ranger au fond du placard, mais, de temps à autre, c'est comme si j'en ouvrais la porte par erreur, et que tout dégringolait. Lorsque nous nous sommes rencontrés…

— Cyn, tu n'as…

— Lorsque nous nous sommes rencontrés, je savais que je te ferais supporter une partie de ma souffrance. Mais j'étais égoïste. Je voulais partager ton amour à tout prix, même si cela signifiait que tu devais partager ma douleur.

— Cynthia…

— Et tu as été si patient, Terry, vraiment. Je t'aime pour cela. Tu es sans aucun doute l'homme le plus patient du monde. Si j'étais à ta place, je finirais aussi par en avoir ras le bol de moi. Allez, il faut s'en remettre, pas vrai ? Ça remonte à si longtemps. Comme dit Pam, oublier enfin ce merdier.

— Je n'ai jamais rien dit de tel.

Le Dr Kinzler nous observait en silence.

— Eh bien, moi, je me le suis dit, répliqua Cynthia. Des centaines de fois. Et j'aimerais bien y arriver. Mais, par moments, et je sais que ça va paraître complètement fou…

À mon tour, comme le Dr Kinzler, je gardais le silence.

— … par moments, je les entends. Je les entends parler, maman, mon frère. Papa. Je les entends aussi clairement que s'ils étaient dans la pièce avec moi. Ils me parlent.

Le Dr Kinzler fut la première à reprendre la parole.

— Et vous leur répondez ?

— Il me semble que oui.

— Cela vous arrive pendant que vous rêvez ?

Cynthia réfléchit un instant.

— C'est probable. Par exemple, je ne les entends pas en ce moment – elle eut un sourire triste – et je ne les ai pas entendus dans la voiture en venant.

Intérieurement, j'eus un soupir de soulagement.

— Alors oui, ça doit m'arriver en dormant, ou en rêvant éveillée. Mais c'est comme s'ils étaient là, autour de moi, essayant de me dire quelque chose.

— Qu'est-ce qu'ils essaient de vous dire ? l'encouragea la psy.

Cynthia me lâcha le bras, croisa les doigts sur ses genoux.

— Je ne sais pas. Ça dépend. Parfois, c'est juste pour parler. De rien en particulier. De ce que nous mangeons, de ce qu'il y a à la télé, de choses sans importance. Et d'autres fois…

Je devais donner l'impression d'être sur le point de dire quelque chose, car le Dr Kinzler me foudroya du regard. Mais non. J'avais ouvert la bouche par anticipation, me demandant ce que Cynthia allait ajouter. C'était la première fois que je l'entendais raconter que les membres de sa famille lui parlaient.

— … d'autres fois, il me semble qu'ils me demandent de les rejoindre, acheva-t-elle.

— De les rejoindre ? répéta la psy.

— Pour que nous soyons de nouveau une famille.

— Et que leur répondez-vous ?

— Que je voudrais bien, mais que je ne peux pas.

— Pourquoi ? demandai-je, à mon tour.

Cynthia me regarda dans les yeux, et sourit avec tristesse.

— Parce que là où ils sont, je ne pourrais pas vous emmener, Grace et toi.

8

— Et si je laissais tomber tout ce bazar pour le faire directement ? demanda-t-il. Après je pourrais rentrer à la maison.

— Non, non, répliqua-t-elle d'un ton où pointait la colère.

Elle prit le temps de se calmer avant de poursuivre :

— Je sais que tu aimerais rentrer. Rien ne me ferait plus plaisir. Mais nous devons d'abord nous débarrasser du reste. Ne sois pas impatient. Il m'est arrivé, quand j'étais jeune, d'être un peu emportée, trop impulsive. Maintenant, je sais qu'il vaut mieux prendre le temps de faire les choses correctement.

Elle l'entendit soupirer au bout du fil.

— Je n'ai pas envie de tout foirer, dit-il.

— Et tu ne le feras pas. Tu as toujours cherché à faire plaisir, tu sais bien. C'est agréable d'en avoir au moins un comme ça à la maison – elle gloussa légèrement. Tu es un bon petit garçon, et tu ne peux pas savoir comme je t'aime.

— Je ne suis plus vraiment un petit garçon.

— Et je ne suis plus une petite fille non plus, mais je penserais toujours à toi quand tu étais plus jeune.

— Ça fera un drôle d'effet... de faire ça.

— Je sais. Mais c'est ce que j'essaie de t'expliquer. Si tu restes patient, le moment venu, une fois le terrain préparé, cela semblera la chose la plus naturelle du monde.

— J'imagine, oui.

Il ne semblait pas convaincu.

— Tu ne dois pas l'oublier. Ce que tu es en train de faire, ça fait partie d'un cycle plus important. Nous en sommes un élément, tu comprends. Tu l'as déjà vue ?

— Oui. C'était bizarre. Quelque chose en moi avait envie de dire : « Salut », de lui dire : « Hé, tu voudras pas le croire quand je t'aurai dit qui je suis. »

9

Le week-end suivant, nous sommes allés voir Tess, la tante de Cynthia, qui habitait une modeste maison à mi-chemin de Derby, non loin de la route abondamment boisée venant de Milford. Elle ne vivait qu'à vingt minutes de chez nous, mais nous n'allions pas la voir aussi souvent que nous le devions. Aussi, à la moindre occasion un peu spéciale, Thanksgiving, Noël, ou, comme ce week-end en particulier, son anniversaire, nous ne manquions pas de nous réunir.

Ce qui ne me posait aucun problème. J'aimais Tess presque autant que Cynthia. Non seulement parce que c'était une chouette vieille nana – expression qui me valait un regard noir et néanmoins espiègle – mais surtout à cause de ce qu'elle avait fait pour Cynthia après la disparition de sa famille : recueillir sans hésiter une jeune adolescente, qui, de l'aveu même de l'intéressée, lui donnait parfois du fil à retordre.

— Je n'avais pas le choix, m'avait expliqué Tess un jour. C'était la fille de ma sœur. Et ma sœur avait disparu, en même temps que son mari et mon neveu. Que voulais-tu que je fasse d'autre, bon sang ?

Tess avait des manières irascibles, elle était souvent mordante, mais c'était une attitude destinée à se protéger. Sous ces dehors revêches, elle n'était que douceur et tendresse. Encore que sa vie lui eût donné le droit d'avoir mauvais caractère. Bien avant que Cynthia vienne vivre avec elle, son mari l'avait quittée pour une serveuse de Stamford, avec laquelle, comme disait Tess, il avait fichu le camp quelque part dans l'Ouest sans qu'on entende plus jamais parler de lui, et tant mieux. Tess, qui avait abandonné quelques années plus tôt son travail à l'usine d'équipements radio, trouva un poste d'employée de bureau à la voirie départementale, gagnant juste de quoi vivre. Il ne lui restait guère de quoi élever une adolescente, mais il fallut faire avec. Elle n'avait jamais eu d'enfants et, après le départ de son tocard de mari, appréciait que quelqu'un partage sa vie, même si les circonstances qui lui avaient amené Cynthia étaient entourées de mystère, et pour le moins tragiques.

Tess dépassait à présent largement la soixantaine et, désormais à la retraite, vivait de sa maigre pension. Elle suivait son petit train-train, jardinait, faisait à l'occasion une excursion en bus, comme à l'automne précédent dans le Vermont et le New Hampshire, pour admirer le changement de couleur des feuilles sur les arbres. « Seigneur, un bus plein de vieux, déprimant au possible ! » avait-elle commenté en rentrant. En dehors de ça, une vie sociale plutôt réduite. Adhérer à des clubs du troisième âge ne lui disait rien. Mais elle se tenait au courant avec les informations télévisées, restait abonnée au *Harper's*, au *New Yorker* et à *Atlantic Monthly*, et n'hésitait pas à donner ses opinions politiques, orientées centre gauche.

— À côté de ce président, me dit-elle un jour au téléphone, une enclume gagnerait le prix Nobel.

Vivre l'essentiel de son adolescence avec Tess avait modelé le comportement de Cynthia autant que son esprit, contribuant sans aucun doute à sa décision d'exercer dans le domaine social pendant nos premières années de mariage.

Tess était toujours si heureuse de nous voir. Surtout Grace.

— J'étais en train de trier des cartons de vieux bouquins au sous-sol, expliqua-t-elle en s'effondrant dans son fauteuil inclinable après la grande série d'embrassades à notre arrivée. Regarde ce que j'ai trouvé.

Elle se pencha pour déplacer un exemplaire du *New Yorker* qui cachait autre chose, et tendit à Grace un très grand livre relié, *Cosmos*, de Carl Sagan. Les yeux de Grace s'agrandirent lorsqu'elle aperçut le kaléidoscope d'étoiles sur la couverture.

— C'est plutôt un vieux bouquin, tempéra Tess, comme pour s'excuser de sa prévenance. Il a au moins trente ans, et l'auteur est mort. Ce qu'on trouve aujourd'hui sur Internet est sans doute meilleur, mais on ne sait jamais, peut-être qu'il y a là-dedans des choses qui vont t'intéresser.

— Merci ! s'exclama Grace, qui manqua lâcher le livre en le saisissant, surprise par son poids. Ça parle des astéroïdes ?

— Probablement, répondit Tess.

Grace dévala l'escalier du sous-sol, où je savais qu'elle se pelotonnerait sur le canapé devant la télévision, éventuellement enroulée dans une couverture, pour feuilleter le livre.

— C'est adorable, dit Cynthia en embrassant sa tante pour la quatrième fois au moins depuis notre arrivée.

— Ç'aurait été idiot de le jeter, plaida Tess. J'aurais pu le donner à la bibliothèque, mais vous croyez qu'ils veulent des bouquins vieux de trente ans ? Comment ça va, ma chérie ? Tu as l'air fatiguée, je trouve.

— Oh, tout va bien, répondit Cynthia. Et toi ? Tu parais crevée aujourd'hui.

— Non, je ne crois pas, répliqua Tess en nous dévisageant par-dessus ses lunettes de lecture.

Soulevant un sac de courses plein à craquer, je dis :

— On a apporté des choses.

— Oh, il ne fallait pas ! protesta Tess pour la forme. Bon, allez, passe-moi mon butin.

Après avoir rappelé Grace pour qu'elle assiste à la remise des cadeaux, Tess déballa de nouveaux gants de jardinage, une écharpe de soie rouge et vert, des gâteaux aux formes rigolotes. Elle s'extasiait haut et fort à mesure qu'elle sortait chaque paquet du sac.

— Les gâteaux, c'est de ma part, précisa Grace. Eh ! tante Tess ?

— Oui, ma chérie ?

— Pourquoi tu gardes tellement de papier-toilette ?

— Grace ! gronda Cynthia.

— Ça, Grace, c'est une bavure, renchéris-je.

D'un geste évasif, Tess signifia qu'il lui en fallait plus pour l'embarrasser. Comme beaucoup de personnes âgées, elle avait tendance à stocker certains basiques. Les placards de son sous-sol regorgeaient de ouate de cellulose double épaisseur.

— Quand c'est en promo, j'en achète plus, voilà tout.

Tandis que Grace redescendait au sous-sol, Tess ajouta avec humour :

— Et lorsque l'Apocalypse arrivera, je serai la seule à pouvoir garder mon derrière propre.

Le déballage des cadeaux semblait l'avoir épuisée, et elle s'enfonça dans son fauteuil en poussant un gros soupir.

— Ça va ? demanda Cynthia.

— Oui, impeccable, répondit Tess avant de s'écrier, comme si la mémoire lui revenait brusquement. Zut, j'ai oublié ! Je comptais acheter de la glace pour Grace.

— Aucune importance, répliqua Cynthia. De toute façon, on pensait t'emmener dîner. Au *Knickerbocker's*, par exemple ? Tu adores leurs patates sautées.

— Ah, je ne sais pas. Tout compte fait, je suis peut-être un peu fatiguée. Pourquoi ne pas dîner ici, plutôt ? J'ai quelques bricoles. Mais je voulais vraiment de la glace.

— Je peux y aller, dis-je.

Tess vivait plus près de Derby que de Milford, je pouvais m'y rendre avec la voiture et trouver une épicerie ou un petit supermarché.

— Du coup, il me faudrait deux ou trois choses de plus. Cynthia, tu devrais peut-être y aller toi-même. Tu sais que si on envoie Terry, il fera tout de travers.

— C'est bien possible.

— Et comme ça j'en profiterai pour lui demander de me descendre des bricoles du garage au sous-sol, ajouta Tess. Tu veux bien, Terry ?

J'acquiesçai et Tess rédigea une petite liste de courses. Cynthia s'en empara en annonçant qu'elle n'en avait que pour une demi-heure. Tandis qu'elle franchissait la porte, je jetais un coup d'œil sur le panneau d'affichage accroché près du téléphone mural, où Tess avait punaisé une photo de Grace prise à Disneyworld. Ensuite, j'ouvris le compartiment freezer du réfrigérateur, en quête de glaçons à mettre dans un verre d'eau.

Sur le devant trônait un bac de glace au chocolat. Je le sortis, en soulevai le couvercle. Presque plein. Elle perd un peu la boule avec l'âge, songeai-je.

— Hé, Tess ! Tu as encore de la glace ici.

— Tiens donc, répliqua-t-elle depuis le salon.

Je remis le bac en place, refermai le frigo, puis vins m'asseoir près d'elle.

— Qu'est-ce qui se passe ?

— Je suis allée voir le médecin, annonça-t-elle.

— Pourquoi ? Quelque chose ne va pas ?

— Je suis en train de mourir, Terry.

— Comment ça ? Qu'est-ce qui ne va pas ?

— Ne t'inquiète pas, ça ne va pas arriver cette nuit. Il me reste six mois, peut-être un an. On ne peut jamais vraiment savoir. Certains s'accrochent un bout de temps, mais je ne compte pas jouer les prolongations. Ce n'est pas une belle façon de partir. Pour te dire la vérité, j'aimerais mieux que ça survienne d'un coup, comme ça, tu vois ? Ce serait plus simple.

— Tess, dis-moi ce qui ne va pas.

Elle se contenta de hausser les épaules.

— Ça n'a pas grande importance. Les médecins m'ont fait une série d'examens, ils doivent en faire d'autres pour être sûrs, mais ils ne changeront sans doute pas leur pronostic. Le résultat des courses, c'est que je vois la ligne d'arrivée. Mais je voulais t'en parler en premier, parce que Cynthia traverse une période difficile ces temps-ci. Les vingt-cinq ans, l'émission de télévision…

— Elle a reçu un coup de fil anonyme, l'autre jour. Ça l'a beaucoup ébranlée.

Tess ferma les yeux un instant, et secoua la tête.

— Du pipeau. Ces gens-là regardent une émission à la télé, et ensuite ils cherchent le numéro dans l'annuaire.

— C'est bien mon avis.

— Mais Cynthia finira par apprendre que je vais mal. Le tout est d'attendre le bon moment.

Il y eut des bruits dans l'escalier. Grace surgit du sous-sol, trimballant son nouveau livre à deux mains.

— Vous saviez que, même si la Lune paraît avoir été beaucoup plus frappée par des astéroïdes que la Terre, la Terre en a sûrement reçu autant ? Mais comme la Terre a une atmosphère, l'atmosphère aplanit le sol et on ne voit pas tous ses cratères, mais puisqu'il n'y a pas d'air ni rien sur la Lune, quand un astéroïde s'écrase dessus, la marque reste pour toujours.

— Chouette livre, alors ? dit Tess.

— Oui, approuva Grace. J'ai faim.

— Maman est allée faire quelques courses. Elle ne va pas tarder. Mais il y a de la glace dans le freezer, si tu veux. Au chocolat.

— Emporte donc tout le bac, suggéra Tess. Et une cuiller.

— C'est vrai, je peux ? demanda Grace.

C'était contraire à toutes les règles qu'on lui avait inculquées.

— Vas-y.

Elle courut dans la cuisine, tira une chaise devant le frigo, attrapa glace et cuiller, puis redévala l'escalier.

Les yeux de Tess brillaient lorsque je reportai mon regard sur elle pour déclarer :

— À mon avis, c'est toi qui dois le dire à Cynthia.

Elle me saisit aussitôt la main.

— Oh, bien sûr, je ne comptais pas te le demander, Terry. J'avais juste besoin de t'en parler d'abord, pour que tu sois prêt à soutenir Cynthia quand je le lui dirai.

— J'aurai besoin qu'elle me soutienne aussi, tu sais.

Ma remarque la fit sourire.

— Finalement, elle n'a pas fait une si mauvaise affaire avec toi. Je n'en étais pas vraiment sûre, au début, tu sais.

— Oui, c'est ce que tu disais.

Et je lui souris à mon tour.

— Tu me semblais un peu trop sérieux. Trop réfléchi. Mais en fait, tu t'es révélé parfait. Je suis heureuse qu'elle t'ait trouvé, après tant de chagrins.

Puis Tess détourna le regard, mais me serra la main un peu plus fort.

— Il y a autre chose, Terry.

Son ton sous-entendait que ce dont elle voulait me parler était plus grave encore que le fait qu'elle soit en train de mourir.

— J'ai des choses sur le cœur, dont il faut que je me libère, tant que j'en ai encore la possibilité. Tu comprends, Terry ?

— Je crois, oui.

— Et il me reste si peu de temps. Imagine que je parte demain ? Ou bien que je n'aie plus l'occasion de vous en parler ? Le problème, c'est que je ne sais pas si Cynthia est prête à entendre tout ça. Ni même si l'apprendre lui rendra service, car ce que j'ai à dire soulèvera davantage de questions que ça n'apportera de réponses. En fait, ça risque plus de la déstabiliser que de l'aider.

— Tess, de quoi s'agit-il ?

— Un peu de patience, écoute-moi jusqu'au bout. Vous devez être au courant parce que ça risque d'être un jour une pièce importante du puzzle. En soi, je ne sais pas ce que ça vaut, mais dans le futur, vous en découvrirez peut-être un peu plus sur ce qui est arrivé à ma sœur, à son mari et à Todd. Dans ce cas, ça pourra vous être utile.

Je respirais avec peine, sans rien dire, le souffle court, impatient d'entendre ses révélations. Je devais avoir l'air stupide, car elle se renfrogna.

— Eh bien ? Ça ne t'intéresse pas ?

— Bon Dieu, Tess. J'attends !

— C'est à propos de l'argent, lâcha-t-elle.

— L'argent ?

Tess acquiesça d'un geste las.

— Oui. De l'argent surgissait. Comme ça.

— Mais d'où venait-il ?

— Eh bien, c'est toute la question. D'où venait-il ? Qui le déposait ?

Sentant l'exaspération me gagner, je me frottai le crâne.

— Bon, si tu commençais par le début ?

Tess expira doucement par le nez.

— Élever Cynthia n'allait pas être facile. Mais comme je te l'ai déjà dit, je n'avais pas le choix. Et je n'en aurais pas fait d'autre. Il s'agissait de ma nièce, la chair et le sang de ma sœur. Je l'aimais comme ma propre fille, donc quand tout ça est arrivé, je l'ai recueillie, un point c'est tout. Avant la disparition de ses parents, c'était une gamine pas toujours facile, et ça l'a calmée, à certains égards. Elle a commencé à devenir plus sérieuse, à être plus attentive à l'école. Bien sûr, elle avait des jours avec et des jours sans. Un soir, les flics l'ont ramenée à la maison, ils avaient trouvé de la marijuana sur elle.

— Non ?

— Elle s'en est tirée avec un avertissement, poursuivit Tess en souriant, avant de poser un doigt sur sa bouche. Pas un mot là-dessus, hein ?

— Promis.

— De toute façon, quand il t'arrive une chose pareille, comme perdre ta famille, tu penses que ça te donne le droit de faire ce qui te chante, de tirer sur la corde, de rentrer tard, comme si on te le devait bien, tu comprends ?

— Je crois, oui.

— Mais une partie d'elle avait envie de se prendre en main. Pour voir, au cas où ses parents reviendraient, si elle était capable de faire quelque chose d'elle-même, de ne pas devenir inutile. Même s'ils n'étaient plus là, elle voulait qu'ils soient fiers d'elle. Alors elle a décidé de faire des études.

— À l'université du Connecticut, ajoutai-je.

— Voilà. Bonne fac. Pas bon marché. Je me demandais comment la payer. Ses notes n'étaient pas mauvaises, mais pas de quoi décrocher une bourse, si tu vois ce que je veux dire. J'allais devoir souscrire à un emprunt, trouver une solution.

— D'accord.

— Et puis j'ai trouvé la première enveloppe. Sur le siège passager de la voiture, continua Tess. Simplement posée là. Je sortais du travail et, en ouvrant la portière, j'ai vu cette enveloppe blanche sur le siège. En fait, j'avais fermé la voiture, mais en laissant la vitre un peu baissée, pour faire entrer un peu d'air, parce qu'il faisait très chaud. Il y avait assez d'espace pour glisser l'enveloppe, mais tout juste. Elle était épaisse.

Je me penchai en avant.

— Du liquide ?

— Presque cinq mille dollars, précisa Tess. En petites coupures. De tout, de vingt, de cinq, quelques-unes de cent.

— Une enveloppe pleine de liquide, sans un mot d'accompagnement, sans une explication, rien ?

— Oh si, il y avait un mot.

Elle se leva et s'approcha d'un vieux bureau à cylindre placé près de la porte, dont elle ouvrit l'unique tiroir.

— J'ai retrouvé tout ça en commençant à ranger le sous-sol, à trier les cartons de livres, et tout le reste. Je dois me mettre à jeter des affaires maintenant, pour vous faciliter les choses, à Cynthia et à toi, quand je ne serai plus là.

Elle tenait une petite pile d'enveloppes, une douzaine à peu près, retenues par un élastique. Le tout ne faisait qu'un centimètre d'épaisseur.

— Elles sont toutes vides. Mais j'ai quand même gardé les enveloppes, même s'il n'y a rien d'écrit dessus, ni adresse d'expéditeur ni cachet de la poste, bien entendu. Mais je me disais : « Imaginons qu'elles portent des empreintes digitales, ou n'importe quoi qui puisse servir un jour ? »

Tess les touchait à pleines mains, aussi la fiabilité de ces témoignages éventuels me sembla-t-elle plus que douteuse. Cela dit, la science médico-légale n'était pas vraiment mon domaine. Je n'enseignais pas la chimie.

Tess tira une feuille de papier du paquet.

— Voici le seul mot que j'aie reçu. Avec la première enveloppe. Toutes les suivantes ne contenaient que de l'argent.

Elle me tendit une feuille de papier de format standard, pour machine à écrire, pliée en trois, légèrement jaunie par le temps.

Je la dépliai.

Le message était délibérément tapé en lettres majuscules :

> CECI EST POUR VOUS AIDER AVEC CYNTHIA. POUR SON ÉDUCATION, OU TOUT CE QUI SERA NÉCESSAIRE. IL Y EN AURA D'AUTRES, MAIS VOUS DEVREZ SUIVRE LES RÈGLES SUIVANTES. NE JAMAIS PARLER DE CET ARGENT À CYNTHIA. NE JAMAIS EN PARLER À PERSONNE. NE JAMAIS CHERCHER À SAVOIR D'OÙ IL VIENT. JAMAIS.

Voilà.

Je le lus sans doute trois fois de suite avant de relever les yeux vers Tess, debout devant moi.

— J'ai obéi, déclara-t-elle. Je n'en ai jamais parlé à Cynthia. Ni à personne. Je n'ai jamais essayé de découvrir qui avait laissé ça dans ma voiture. Je ne pouvais jamais prévoir quand ni où l'argent serait déposé. Une fois, je l'ai trouvé en rentrant le soir, roulé dans le *New*

Haven Register sur le perron. Une autre fois, déposé dans ma voiture en sortant du Post Mall.

— Et tu n'as jamais vu personne.

— Non. Je pense qu'on me surveillait, et qu'on attendait que je sois assez éloignée pour le déposer en toute sécurité. Tu sais quoi ? Je veillais toujours, en garant ma voiture, à laisser la vitre un peu baissée, au cas où.

— Combien as-tu reçu, en tout ?

— En presque six ans, quarante-deux mille dollars, répondit-elle.

— Mince !

Tess tendit la main pour récupérer la lettre. Elle la replia, la glissa de nouveau avec les enveloppes sous l'élastique, puis remit le tout dans le tiroir du bureau.

— Depuis quand n'as-tu plus rien reçu ?

Elle réfléchit quelques instants avant de répondre.

— Environ quinze ans, je dirais. Depuis que Cynthia a terminé ses études. Je peux t'assurer que ç'a été une vraie bénédiction. Sans ça, je n'aurais jamais pu lui payer la fac, à moins de vendre la maison ou de prendre un nouvel emprunt.

— Mais, qui a pu laisser cet argent ?

— C'est la question à quarante-deux mille dollars, répliqua Tess. Celle que je n'ai cessé de me poser pendant toutes ces années. Sa mère ? Son père ? Les deux ?

— Ce qui impliquerait qu'ils étaient vivants durant tout ce temps, ou au moins l'un des deux. Peut-être même le sont-ils encore aujourd'hui. Mais si l'un ou l'autre était en mesure de faire ça, de te surveiller, de te laisser de l'argent, pourquoi ne pas prendre carrément contact ?

— Je sais bien. C'est complètement insensé. D'autant que j'ai toujours été persuadée que ma sœur était morte. Qu'ils étaient morts tous les trois. Que ça s'était passé la nuit même de leur disparition.

— S'ils sont tous morts, alors la personne qui t'a envoyé l'argent se sent d'une certaine façon responsable de leur décès. Et elle essaie de se racheter.

— Tu vois, c'est ce que je te disais. Cette affaire soulève plus de questions qu'elle n'apporte de réponses. L'argent ne signifie pas qu'ils soient vivants. Ni qu'ils soient morts.

— Mais il signifie quelque chose. Et quand les versements ont cessé, quand tu as été certaine qu'il n'y en aurait plus, pourquoi n'as-tu pas prévenu la police ? L'enquête aurait pu être relancée.

Le regard de Tess s'assombrit.

— Je sais qu'à tes yeux, je suis quelqu'un qui ne craint pas de semer la pagaille, mais là, Terry, je n'étais pas sûre de vouloir connaître la vérité. J'avais peur, littéralement, peur que la vérité, si on la découvrait, ne fasse souffrir Cynthia. Tout ça m'a sérieusement minée. Le stress, l'angoisse. Je me demande si ça n'explique pas ma maladie. Il paraît que le stress affecte beaucoup le corps.

— Je l'ai entendu dire, oui. Tu as peut-être besoin d'en parler à quelqu'un, dis-je après un instant.

— Oh, j'ai essayé, répliqua Tess. Je suis allée voir votre Dr Kinzler.

— Ah bon ?

J'étais estomaqué.

— Cynthia avait mentionné son nom, alors je l'ai appelée, et je l'ai rencontrée deux ou trois fois. Mais comme tu le sais, je ne m'épanche pas facilement devant des étrangers. Il y a des choses dont on ne parle qu'en famille.

Dehors, une voiture s'arrêta dans l'allée.

— À toi de voir s'il faut parler des enveloppes à Cynthia, déclara Tess. Pour mon problème de santé, je la mettrai au courant moi-même, bien assez tôt.

Une portière de voiture claqua. Par la fenêtre, je vis Cynthia faire le tour du véhicule, ouvrir le coffre.

— Il faut que j'y réfléchisse, répondis-je. Je ne sais pas encore quoi faire. Mais merci de me l'avoir dit. J'aurais aimé que tu le fasses plus tôt, d'ailleurs.

— Si seulement j'avais pu, Terry.

La porte de la maison s'ouvrit, et Cynthia entra, les bras chargés de sacs de courses, à l'instant même où Grace surgissait du sous-sol, le bac de glace serré sur sa poitrine comme une peluche, la bouche maculée de chocolat.

Sa mère lui jeta un regard intrigué. Je voyais tourner les rouages de son cerveau, jusqu'à lui permettre de conclure qu'elle avait été envoyée sur une mission bidon.

— Figure-toi, clama Tess, que juste après ton départ, on a découvert qu'il y avait quand même de la glace. Mais j'avais besoin du reste, de toute façon. C'est mon anniversaire, non ? Alors on va faire une sacrée fête.

10

Ce soir-là, lorsque j'entrai dans la chambre de Grace pour lui souhaiter une bonne nuit, la pièce était déjà plongée dans l'obscurité. Mais j'aperçus la silhouette de ma fille devant la fenêtre, scrutant le ciel éclairé par la Lune à travers son télescope. Je discernais tout juste l'épais adhésif dont elle avait sommairement entouré l'appareil à sa jonction avec le support.

— Ma chérie ?

Elle répondit d'un petit signe, sans pour autant se détourner du télescope. Lorsque mes yeux s'accommodèrent à la pénombre, je remarquai le livre *Cosmos* ouvert sur son lit.

— Qu'est-ce que tu vois ?

— Pas grand-chose, répondit Grace.

— Dommage.

— Pas du tout. Si rien ne vient détruire la Terre, tant mieux.

— Bon, je ne dirai pas le contraire.

— Je ne veux pas qu'il vous arrive quoi que ce soit, à maman et toi, poursuivit Grace. Si un astéroïde doit s'écraser sur la maison demain matin, je peux le voir arriver dès maintenant. Comme ça vous pouvez dormir tranquilles.

Je mis la main dans ses cheveux, descendis vers son épaule.

— Papa, tu décales mon œil ! protesta-t-elle.

— Oh, excuse-moi.

— Je crois que tante Tess est malade, dit-elle ensuite.

Oh, non, pitié. Elle avait tout entendu. Au lieu de lire au sous-sol, elle s'était cachée dans l'escalier pour écouter.

— Grace, est-ce que tu… ?

— Elle n'avait pas l'air très heureuse pour son anniversaire, je trouve. Moi, j'étais bien plus contente que ça le jour de mon anniversaire.

— Tu sais, quand on devient vieux, les anniversaires sont moins importants. On en a déjà eu des tas. L'attrait de la nouveauté passe un peu, au bout d'un moment.

— C'est quoi, l'attrait de la nouveauté ?

— Tu sais, quand les choses sont nouvelles, et que ça les rend excitantes. Et ensuite, elles deviennent moins drôles, plus ennuyeuses. C'est ça, l'attrait de la nouveauté.

— Ah bon, répliqua Grace en déplaçant un peu le télescope vers la gauche. La Lune brille drôlement fort ce soir. On voit tous ses cratères.

— Allez, au lit, maintenant.

— Encore une petite minute, protesta-t-elle. Toi, dors bien, et ne t'inquiète pas pour les astéroïdes ce soir.

Je décidai de ne pas me montrer trop sévère en lui intimant l'ordre de se glisser immédiatement sous la couette. Après tout, laisser une enfant dépasser l'heure de son coucher pour étudier le système solaire ne me semblait pas un crime nécessitant l'intervention de la Protection de l'enfance. Après lui avoir déposé un tendre baiser derrière l'oreille, je regagnai ma propre chambre.

Cynthia, qui avait déjà souhaité bonne nuit à Grace, était assise dans le lit, et feuilletait distraitement un magazine.

— Je dois faire des courses au centre commercial demain, annonça-t-elle sans relever les yeux. Grace a besoin de nouvelles chaussures de sport.

— Celles qu'elle porte n'ont pas l'air usées.

— Non, mais elles sont trop petites. Tu nous accompagnes ?

— D'accord. Je tondrai la pelouse le matin. Et on pourrait déjeuner là-bas.

— C'était sympa aujourd'hui, reprit Cynthia. On ne voit pas Tess assez souvent, je trouve.

— Pourquoi ne pas décider de le faire chaque semaine ?

Elle me sourit.

— Tu crois ?

— Bien sûr. On l'inviterait à dîner ici, ou bien on l'emmènerait au *Knickerbocker's*, ou encore dans ce restau de fruits de mer. Ça lui ferait plaisir.

— Elle adorerait ça. Elle m'a paru un peu préoccupée, aujourd'hui, non ? Et puis, cette histoire de glace dans le freezer, je crois qu'elle commence à perdre la tête.

Je me déshabillai, en plaçant mes vêtements à mesure sur le dossier d'une chaise.

— Bah, ce n'est pas très grave.

Tess voulait attendre le bon moment pour apprendre ses ennuis de santé à Cynthia. Elle n'avait pas voulu lui gâcher sa propre fête d'anniversaire. Et même s'il lui revenait de décider à quel moment elle lui en parlerait, je trouvais anormal d'être au courant alors que ma femme ignorait tout.

Mais plus encore, il me pesait d'être le seul à savoir que Tess avait reçu de l'argent anonymement pendant plusieurs années. Quel droit avais-je de garder cette information pour moi ? Cynthia en était incontestablement la véritable destinataire. Tess repoussait cette révélation parce qu'elle trouvait sa nièce trop fragile ces derniers temps, et je ne pouvais que lui donner raison. N'empêche.

J'étais tenté de demander à Cynthia si elle savait que sa tante avait rencontré le Dr Kinzler, mais elle aurait voulu savoir pourquoi Tess ne lui en avait pas parlé plutôt à elle, aussi laissai-je tomber.

— Ça va ? me demanda Cynthia.

— Oui, oui. Un peu claqué, c'est tout.

Enfin déshabillé, j'allai me laver les dents, puis la rejoignis dans le lit, et m'allongeai sur le côté en lui tournant le dos. Cynthia jeta sa revue par terre, éteignit la lumière. Quelques secondes plus tard, elle mit son bras autour de moi, et caressa mon torse avant de me prendre dans sa main.

— Tu es claqué à quel point ? chuchota-t-elle.

— Pas à ce point, répondis-je en me retournant vers elle.

— J'ai envie de me sentir à l'abri dans tes bras, ajouta-t-elle, sa bouche désormais contre la mienne.

— Sois tranquille, aucun astéroïde en vue ce soir.

Si la lumière avait été allumée, j'aurais vu son sourire.

Ensuite, Cynthia s'endormit rapidement. Je n'eus pas cette chance.

Je contemplai le plafond, changeai de position, consultai le réveil. Lorsque le chiffre des minutes bascula, je me mis à compter jusqu'à soixante, pour voir si je tombais juste. Puis je roulai de nouveau sur le dos, et recommençai à étudier le plafond. Vers les trois heures du matin, Cynthia, me sentant agité, marmotta :

— Ça va pas ?

— Si. Rendors-toi.

C'étaient ses questions que j'étais incapable d'affronter. Si j'avais su quoi répondre à Cynthia lorsqu'elle m'interrogerait sur les liasses remises à Tess pour payer son éducation, je lui en aurais sans doute parlé tout de suite.

Faux. Connaître certaines des réponses ne ferait que soulever de nouvelles questions. Si j'avais su que l'argent était déposé par un membre de la famille, si même j'avais su lequel c'était, je n'aurais pas su répondre à la question : « Pourquoi ? »

L'argent pouvait avoir été déposé par quelqu'un qui n'appartenait pas à la famille. Mais qui ? Qui se serait senti assez responsable de Cynthia, de ce qui était arrivé à ses parents et à son frère, pour laisser une telle somme pour son éducation ?

Puis je me demandai s'il fallait en informer la police. Convaincre Tess de leur remettre la lettre et les enveloppes. Peut-être contenaient-elles, malgré toutes ces années, des secrets qu'une équipe d'experts de la police scientifique saurait déchiffrer.

À condition, bien entendu, qu'il existe encore un policier intéressé par cette affaire. Le dossier était depuis très longtemps classé parmi les cas non élucidés.

Au moment de l'émission *Deadline*, les producteurs avaient eu toutes les peines du monde à retrouver des personnes encore en exercice qui avaient participé à l'enquête. Raison pour laquelle ils durent se déplacer jusqu'en Arizona pour interroger cet inspecteur qui insinuait sournoisement, assis devant sa caravane Airstream, que Cynthia avait quelque chose à voir dans la disparition de son frère et de ses parents.

Je restai éveillé, rongé par cette information que j'étais le seul à posséder, et qui était tout juste bonne à me rappeler que Cynthia et moi ignorions encore beaucoup de choses.

Le lendemain, je tuais le temps à la librairie pendant que Cynthia et Grace cherchaient des chaussures. Je tenais un vieux Philip Roth que je n'avais jamais trouvé le temps de lire, lorsque Grace entra en courant dans le magasin. Cynthia la talonnait, un sac de shopping à la main.

— Je meurs de faim, annonça ma fille en m'entourant de ses bras.

— Tu as trouvé des chaussures ?

Reculant d'un pas, elle joua les mannequins, me présentant l'un après l'autre ses pieds chaussés de neuf. Des baskets blanches ornées d'une éclatante bande rose.

— Et dans le sac ?

— Ses vieilles tennis, répondit Cynthia. Elle devait absolument porter les neuves tout de suite. Tu as faim ?

— Oui.

Je reposai le Philip Roth, et l'escalator nous conduisit à l'étage des fast-foods. Comme Grace voulait un hamburger, je lui donnai de l'argent pour qu'elle aille se l'acheter elle-même, tandis que Cynthia et moi allions à un autre stand nous procurer une soupe et un sandwich. Cynthia ne cessait de regarder vers le *McDonald's*, afin de ne pas perdre Grace de vue. En ce samedi après-midi, le centre commercial était bondé. Les rares tables libres se remplissaient à vue d'œil.

Cynthia était si occupée à surveiller notre fille que je dus m'occuper seul de nos deux plateaux.

— Elle nous a trouvé une table, annonça-t-elle.

En effet, Grace, installée à une table de quatre, nous adressait de grands signes, continuant bien après que nous l'avions repérée. Le temps de la rejoindre, elle avait déjà déballé son Big Mac et disposé ses frites dans l'autre partie de l'emballage.

— Beurk, commenta-t-elle devant ma soupe de brocolis.

Une femme sympathique d'une cinquantaine d'années, vêtue d'un manteau bleu, assise seule à la table voisine, nous sourit avant de s'intéresser à son repas.

Je pris place à côté de Grace, face à Cynthia. Comme elle ne cessait de regarder par-dessus mon épaule, je me retournai à mon tour, cherchant ce qui attirait son attention.

— Qu'est-ce qu'il y a ?

— Rien, répondit-elle avant de mordre dans son sandwich crudités-poulet.

— Qu'est-ce que tu regardais ?

— Rien, répéta-t-elle.

Grace enfourna une frite qu'elle débita à toute allure en petits tronçons.

Cynthia fixait de nouveau le même point derrière moi.

— Bon sang, Cyn, qu'est-ce que tu regardes ?

Cette fois, elle ne nia pas tout de suite avoir remarqué quelque chose.

— Cet homme, là-bas. Non, ne te retourne surtout pas.

— Eh bien ? Qu'est-ce qu'il a de spécial ?

— Rien.

Je poussai un soupir, et levai sans doute les yeux au ciel.

— Pour l'amour de Dieu, Cyn, ne me dis pas que…

— Il ressemble à Todd.

Bien. Restons calme, me dis-je. Ce n'était pas la première fois que cela nous arrivait.

— En quoi te fait-il penser à ton frère ?

— Je ne sais pas, répondit Cynthia. Quelque chose en lui. Il a des airs qu'aurait sans doute Todd aujourd'hui.

— De quoi vous parlez ? demanda Grace.

— T'occupe, lui intimai-je avant de revenir à Cynthia. Dis-moi comment il est, que j'aille mine de rien jeter un œil sur lui.

— Brun, vêtu d'une veste marron. Il mange chinois. Un pâté impérial, pour être exacte. On dirait une version jeune de papa, ou une version âgée de Todd, je te dis.

Pivotant lentement sur mon tabouret, je feignis d'étudier les différents menus et ne tardai pas à repérer l'homme, qui rattrapait du bout de la langue des miettes d'un pâté impérial largement entamé. J'avais vu des photos de Todd dans les cartons à souvenirs de Cynthia, et effectivement, à supposer qu'il ait atteint le début de la quarantaine, il aurait pu ressembler à ce type. Légèrement empâté, le teint blafard, les cheveux bruns, environ un mètre quatre-vingts, encore qu'étant assis, c'était difficile à dire.

— Il ressemble à n'importe qui.

— Je vais aller le voir de plus près, décida Cynthia.

Et elle se leva sans me laisser le temps de l'en dissuader.

— Chérie…

Je voulus la retenir en tentant vaguement de lui prendre le bras, sans y parvenir. Elle s'élança.

— Maman va où ? demanda Grace.

— Aux toilettes.

— Moi aussi, je vais avoir besoin d'y aller, déclara-t-elle en balançant ses jambes pour admirer ses nouvelles chaussures.

— Elle t'y emmènera après.

Je suivis Cynthia des yeux, tandis qu'elle faisait un large détour dans la direction opposée de l'endroit où se trouvait l'homme. Elle longea ensuite les différents stands de nourriture, s'approchant de lui par-derrière, le dépassa sans ralentir pour rejoindre la file d'attente du *McDonald's*. Elle décocha alors plusieurs regards aussi anodins que possible sur l'homme qui était censé ressembler à s'y méprendre à son frère Todd.

Puis elle revint s'asseoir, munie d'une coupelle de glace au chocolat. Sa main tremblait en la posant sur le plateau de Grace, qui poussa un cri de joie.

Ignorant l'expression de gratitude de notre fille, Cynthia me regarda fixement et déclara :

— C'est lui.

— Cyn…

— C'est mon frère.

— Chérie, voyons, ça ne peut pas être Todd.

— Je l'ai bien regardé. C'est lui. J'en suis aussi certaine que je sais que c'est Grace qui est assise à côté de toi.

Celle-ci releva la tête de sa glace.

— Ton frère est ici ? Todd ?

Sa curiosité semblait sincère.

— Contente-toi de manger ta glace, la tança sa mère.

— Je sais comment il s'appelle, poursuivit la petite. Et ton papa, c'était Clayton, ta maman, Patricia.

Elle énumérait les prénoms comme pour un exercice scolaire.

— Grace ! siffla Cynthia.

Mon cœur se mit à battre très fort. Ça risquait de tourner au vinaigre.

— Je vais aller lui parler, annonça-t-elle.

Et voilà.

— Tu ne peux pas faire ça, dis-je. Écoute-moi, il n'y a aucune chance que ce soit Todd, c'est absurde. Merde, si ton frère était en mesure de venir dans un centre commercial, manger de la nourriture chinoise devant tout le monde, tu ne crois pas qu'il t'aurait contactée ? Et il t'aurait forcément remarquée, là. On aurait dit l'inspecteur Clouseau quand tu tournicotais autour de lui, pas discrète pour deux sous. Cynthia, c'est juste un type qui ressemble vaguement à ton frère. Si tu lui tombes dessus en lui affirmant qu'il s'appelle Todd, tu vas le faire flipper et…

— Il s'en va, coupa Cynthia, la voix étranglée de panique.

En effet, l'homme s'était levé, s'essuyant une dernière fois les lèvres avec une serviette de papier qu'il jeta ensuite en boule dans son assiette. Sans se donner la peine de vider son plateau dans la poubelle, il se dirigea vers les lavabos.

— C'est qui l'inspecteur Cluzo ? demanda Grace.

Je mis Cynthia en garde.

— Tu ne peux quand même pas entrer là-dedans avec lui.

— Tu vas dans les toilettes des hommes, maman ? renchérit Grace.

— Finis ta glace, répliqua sa mère.

La dame en manteau bleu picorait sa salade, faisant mine de ne pas nous entendre.

Il ne me restait que quelques secondes pour empêcher ma femme de faire une chose que nous regretterions tous.

— Cyn, tu te rappelles ce que tu m'as dit, quand on s'est rencontrés ? Que tu voyais tout le temps des gens qui pouvaient être les membres disparus de ta famille ?

— Il va forcément ressortir. À moins qu'il y ait une autre issue. Il y en a une autre ?

— Non, je ne pense pas. Cynthia, ce que tu ressens est parfaitement normal. Tu as passé ta vie à les chercher. Je me souviens de cette émission de Larry King, il y a quelques années, avec ce type dont le fils avait été tué par O. J., il s'appelait Goldman je crois, et il a raconté qu'un jour, alors qu'il conduisait, il avait vu quelqu'un au volant de la même voiture que son fils, et il l'avait suivi, pour vérifier à quoi ressemblait le conducteur, même s'il savait que son fils était mort, et que c'était idiot…

— Tu ne sais pas si Todd est mort, objecta Cynthia.

— Non, ce n'est pas ce que je voulais dire. Je…

— Le voilà. Il va prendre l'escalator.

Elle s'élança à sa poursuite.

— Putain de merde ! rugis-je.

— Papa ! me gronda Grace.

Je me tournai vers elle.

— Toi, tu ne bouges pas d'ici, compris ?

Une cuillerée de glace suspendue à mi-chemin de sa bouche, elle acquiesça de la tête. La dame de la table voisine nous dévisagea de nouveau, et je surpris son regard.

— Excusez-moi, madame. Vous voulez bien garder un œil sur ma fille, juste une minute ?

Ne sachant quoi répondre, elle me regarda en silence.

— Juste une petite minute, répétai-je, tentant de la rassurer.

Puis je me levai, sans lui laisser le temps de refuser, et courus derrière Cynthia. La tête de l'homme disparaissait tandis que l'escalator descendait. La foule, devenue dense, ralentissait ma femme, et une demi-douzaine de personnes la séparait déjà de lui lorsqu'elle posa à son tour le pied sur la première marche. Il y en avait autant entre elle et moi.

Arrivé en bas, l'homme se dirigea à grands pas vers la sortie. Cynthia essaya de contourner un couple devant elle, mais ils tenaient une poussette en équilibre sur les marches en mouvement, et il lui était impossible de les dépasser.

Le pied de l'escalator enfin atteint, elle galopa derrière le type, qui atteignait les portes.

— Todd ! le héla-t-elle.

L'homme ne lui prêta aucune attention. Il poussa le premier battant, le laissa retomber derrière lui, poussa le second, fit un pas vers le parking. Je faillis rattraper Cynthia alors qu'elle franchissait la première porte.

— Cynthia !

Mais elle ne m'accorda pas plus d'attention que l'autre ne lui en avait prêté. Une fois dehors, elle cria de nouveau « Todd ! » sans résultat, puis réussit à agripper le type par le coude.

Il se retourna, stupéfait devant cette femme essoufflée, qui le regardait de ses yeux écarquillés.

— Oui ?

— Excusez-moi, commença Cynthia avant de s'arrêter une seconde pour retrouver une respiration plus calme. Il me semble que je vous connais.

À présent, je me trouvais près d'elle, et le type me dévisagea, l'air de penser : « C'est quoi ce binz ? »

— Non, je ne crois pas, dit-il lentement.

— Vous êtes Todd, affirma Cynthia.

— Todd ? Non, répliqua l'homme en secouant la tête. Madame, je suis navré, mais…

— Je sais qui vous êtes, l'interrompit-elle. Quand je vous regarde, je vois mon père. Je le vois à vos yeux.

J'intervins enfin.

— Excusez-nous, mais ma femme trouve que vous ressemblez à son frère. Elle ne l'a pas vu depuis très longtemps.

Cynthia se tourna vers moi avec colère.

— Je ne suis pas folle, protesta-t-elle, avant de revenir à l'homme. Bon, alors qui êtes-vous ? Dites-le-moi.

— Ma petite dame, je ne sais pas quel est votre problème, mais je sais que ce n'est pas le mien, d'accord ?

Je tentai de m'interposer et m'adressai à l'homme d'une voix aussi apaisante que possible :

— Écoutez, je comprends que c'est beaucoup vous demander, mais si vous aviez l'obligeance de nous dire qui vous êtes, ça pourrait peut-être tranquilliser ma femme.

— C'est complètement dingue. Je n'ai aucune raison de faire ça !

— Vous voyez ? reprit Cynthia. Vous êtes mon frère, mais vous refusez de l'admettre, allez savoir pourquoi.

Écartant Cynthia, je lui ordonnai d'attendre une minute. Puis me retournai vers le type.

— La famille de ma femme a disparu depuis longtemps. Ça fait donc des années qu'elle n'a pas revu son frère et, apparemment, vous lui ressemblez. Je comprendrais que vous refusiez, mais si vous pouviez juste me montrer une carte d'identité, un permis de conduire, n'importe quoi, ça nous aiderait énormément, parce que ma femme cesserait de se tracasser. Ce serait réglé une fois pour toutes.

Il me dévisagea durant quelques instants.

— Elle a besoin d'aide, vous savez.

Je ne répondis pas.

Enfin, il secoua la tête en soupirant, sortit un portefeuille de sa poche, en tira une carte plastifiée qu'il me tendit.

— Voilà.

C'était un permis de conduire au nom de Jeremy Sloan. Une adresse à Youngstown. Et sa photo dans l'angle.

— Je peux vous l'emprunter une seconde ?

Il accepta, et je mis la carte sous le nez de Cynthia. Elle la saisit entre deux doigts hésitants, puis l'étudia, les larmes aux yeux. Son regard se portait tantôt sur la photo, tantôt sur l'homme. Enfin, d'un geste lent, elle lui rendit le permis.

— Je suis désolée, murmura-t-elle. Sincèrement désolée.

L'autre récupéra la carte, la remit dans son portefeuille, hocha de nouveau la tête d'un air outré, marmonna quelque chose entre ses dents, dont je ne compris que le mot « timbrée », puis repartit vers le parking.

— Allez, viens, Cyn. Allons retrouver Grace.

— Grace ? s'écria-t-elle. Tu as laissé Grace toute seule ?

— Elle est avec une dame. Tout va bien.

Mais elle courait déjà dans le centre commercial, remontait l'allée principale, grimpait l'escalator quatre à quatre. Je la talonnais de près, tandis que nous nous frayions un chemin entre les innombrables tables occupées, jusqu'à celle où nous avions déjeuné. Il restait trois plateaux. Avec nos bols de soupe et nos sandwichs entamés, les emballages *McDonald's* de Grace.

Notre fille, en revanche, avait disparu.

Ainsi que la femme au manteau bleu.

— Bon sang, où… ?

— Oh, mon Dieu, gémit Cynthia. Tu l'as laissée ici ? Tu l'as laissée ici toute seule ?

— Je te dis que je l'ai laissée avec une femme, celle qui était assise à côté de nous.

Je me retenais d'ajouter que si elle ne s'était pas lancée sur une fausse piste, je n'aurais pas été obligé de laisser notre fille toute seule. Mais bon.

— Elle ne doit pas être loin.

— Quelle femme ? demanda Cynthia. Comment est-elle ?

— J'en sais rien. Une femme plus très jeune, avec un manteau bleu. Elle était assise à cette table.

Elle avait laissé un peu de salade sur le plateau, ainsi qu'un demi-gobelet de Coca-Cola. À croire qu'elle était partie précipitamment.

— Prévenons le service de sécurité, dis-je, luttant contre la panique. Qu'ils recherchent une dame en bleu accompagnée d'une petite fille…

Je scrutais les alentours, en quête d'un quelconque uniforme.

— Auriez-vous vu notre petite fille ? demandait Cynthia aux gens qui occupaient les tables environnantes. Huit ans. Elle était assise juste ici.

Les gens la regardaient, le visage inexpressif, et haussaient les épaules.

Je sentis le désespoir m'envahir. Je me retournai vers le comptoir *McDonald's*, imaginant que la femme aurait pu convaincre Grace de la suivre avec la promesse d'une nouvelle glace. Mais Grace était certainement trop fine pour se laisser embobiner de cette manière. Elle n'avait que huit ans, mais on lui avait tout appris des dangers de la rue…

Cynthia, debout au milieu de la foule, se mit à hurler le prénom de notre fille.

— Grace ! Grace !

Et soudain, derrière moi, une voix lança :

— Coucou, papa.

Je fis volte-face.

— Pourquoi maman crie comme ça ?

— Bon sang, où étais-tu ?

Nous ayant repérés, Cynthia arrivait en courant.

— Et cette dame, poursuivis-je. Pourquoi elle est partie ?

— Son téléphone portable a sonné et elle a dit qu'elle devait s'en aller, expliqua Grace d'une voix très calme. Et après j'ai eu besoin d'aller aux toilettes. Je te l'avais dit, que je devais aller aux toilettes, non ? Pas la peine de s'affoler.

Cynthia attrapa sa fille, l'écrasa contre elle, au risque de l'étouffer. Si jusque-là j'avais eu certains scrupules à garder pour moi les informations sur les versements secrets d'argent reçus par Tess, ce n'était plus le cas. Cette famille n'avait pas besoin de perturbations supplémentaires.

Aucun de nous ne parla sur le chemin du retour.

À la maison, le répondeur clignotait. C'était un message d'une productrice de l'émission *Deadline*. Plantés tous les trois dans la cuisine, nous l'avons écoutée annoncer qu'une personne avait contacté la chaîne. Une personne prétendant savoir ce qui était arrivé aux parents et au frère de Cynthia.

Ma femme rappela immédiatement, trépignant pendant qu'on recherchait la productrice, sortie boire un café. Enfin, elle l'eut au bout du fil.

— Qui est-ce ? demanda-t-elle, le souffle court. Mon frère ?

Cynthia était persuadée que, tout compte fait, c'était lui qu'on avait vu au centre commercial. Ç'aurait été logique.

La productrice démentit. Non, ce n'était pas son frère. C'était une femme, une voyante, quelque chose comme ça. Mais parfaitement sérieuse, selon eux.

Après avoir raccroché, Cynthia nous expliqua :

— Une voyante affirme savoir ce qui s'est passé.

— Super ! s'écria Grace.

Ouais, super, me dis-je. Une voyante. Ça c'était vraiment de la balle.

11

— Je pense qu'on devrait au moins écouter ce qu'elle a à dire, suggéra Cynthia.

Plus tard ce soir-là, j'étais assis à la table de la cuisine devant un paquet de copies à corriger, éprouvant le plus grand mal à me concentrer. Cynthia avait été incapable de penser à autre chose qu'à la télépathe depuis l'appel de la production. Pour ma part, je m'étais montré plutôt indifférent.

Je n'avais pas dit grand-chose pendant le dîner, mais une fois Grace remontée dans sa chambre pour faire ses devoirs, Cynthia, debout près de l'évier, me tournant le dos pour charger le lave-vaisselle, lança :

— Il faut qu'on en parle, Terry.

— Je ne vois pas de quoi on doit discuter. Une voyante, c'est à peine un cran au-dessus du type qui affirme que ta famille a disparu par une déchirure de l'espace-temps. Cette femme les voit peut-être en train de chevaucher un brontosaure, ou de pédaler dans la voiture des Pierrafeu.

Cynthia s'essuya les mains avant de se tourner vers moi.

— C'est odieux, déclara-t-elle.

Je cessai un instant de lire un essai abominablement mal rédigé sur Whitman.

— Quoi ?

— Ce que tu viens de dire. C'est odieux. Tu es odieux.

— Pas du tout.

— Tu es encore furieux contre moi, poursuivit-elle. À cause de ce qui s'est passé au centre commercial.

Je ne répondis rien. Ce n'était pas entièrement faux. Nous n'avions pas échangé un mot pendant le trajet du retour après avoir récupéré Grace. Pourtant, j'avais des choses à dire, mais je sentais que ce n'était pas le bon moment. Je voulais lui dire que j'en avais assez. Qu'il était temps qu'elle avance. Qu'elle devait accepter l'idée que ses parents étaient morts, que son frère était mort, que le vingt-cinquième anniversaire de leur disparition n'y changeait rien, ni le fait qu'une médiocre émission de télé s'y soit vaguement intéressée. Que si elle avait perdu une famille des années plus tôt, ce qui était une tragédie absolue, j'en convenais, elle en avait désormais une autre, mais que si elle ne voulait pas vivre dans le présent pour nous, et préférait s'accrocher au passé, alors…

Mais je m'étais tu. Je ne pouvais me résoudre à lui balancer tout ça. Cependant, je m'étais senti impuissant à lui offrir le moindre réconfort, une fois rentrés à la maison. Réfugié dans le salon, j'avais allumé la télévision, zappé, mais n'étais pas parvenu à fixer mon attention plus de trois minutes sur le même programme. Cynthia s'était jetée dans une frénésie de ménage.

Aspirateur, nettoyage de salle de bains, rangement des conserves dans le garde-manger. N'importe quoi pour s'occuper et ne pas avoir à me parler. Si ce genre de guerre froide n'apportait pas grand-chose de positif, la maison, en tout cas, méritait dorénavant de figurer dans *Maison et Jardin*.

L'appel de cette télépathe, via *Deadline*, n'avait que renforcé ma fureur.

Cependant, je prétendis que je n'étais pas en colère, tout en estimant du doigt le temps qu'il me faudrait pour venir à bout de la pile de copies qu'il me restait à corriger.

— Je te connais, objecta Cynthia. Et je sais quand tu es furieux. Je suis désolée de ce qui s'est passé cet après-midi. Désolée pour toi, désolée pour Grace. Et désolée pour cet homme, pour le mauvais moment que je lui ai fait passer. J'ai embarrassé tout le monde, moi-même, vous. Que veux-tu que je te dise de plus ? Je vais déjà voir le Dr Kinzler, non ? Que veux-tu que je fasse ? Y aller toutes les semaines, au lieu d'une fois tous les quinze jours ? Tu veux que je prenne des médicaments, quelque chose qui endorme ma souffrance, qui me fasse oublier tout ce que j'ai vécu ? Ça te ferait plaisir ?

— Nom d'un chien ! m'écriai-je, jetant violemment mon feutre rouge sur les copies.

— Tu serais plus heureux si je partais, pas vrai ?

— Ridicule.

— Tu n'en peux plus, hein ? Et tu sais quoi ? Moi non plus. J'en ai assez, par-dessus la tête, moi aussi. Tu crois que l'idée de rencontrer une voyante me plaît ? Tu crois que je ne me rends pas compte de ce que ça a de désespéré ? Combien j'aurais l'air pitoyable en allant écouter ce qu'elle a à me raconter ? Mais tu ferais quoi, à ma place, s'il s'agissait de Grace ?

— Ne dis pas une chose pareille, Cynthia.

— Et si on l'avait perdue, tout à l'heure ? Et si elle disparaissait, un jour ? Imagine qu'elle ait disparu depuis des mois, des années ? Et qu'on n'ait pas la moindre idée de ce qui lui est arrivé ?

— Je t'interdis d'échafauder des scénarios pareils, répétai-je.

— Ensuite, imagine que tu reçoives un coup de téléphone, qu'une personne prétende avoir eu une vision, un truc de ce genre, prétende avoir rêvé de Grace, savoir où elle est. Tu refuserais de l'entendre, c'est ça ?

Je détournai le regard en serrant les dents.

— Tu ferais ça ? continua Cynthia. Pour éviter de passer pour un imbécile ? Par peur d'avoir l'air aux abois, désespéré ? Mais s'il y avait ne serait-ce qu'une chance sur un million que cette personne sache quelque chose ? Qu'elle soit intimement persuadée d'avoir vu quelque chose, perçu un signe qu'elle aurait interprété comme une vision, peu importe, et que ça puisse nous aider à la retrouver, malgré nos réticences initiales ?

Je pris ma tête entre mes mains, et mes yeux se posèrent sur : « Le livre le plus connu de M. Whitman est *Feuilles d'herbe*, certains pensent que ça parle de marijuana, mais pas du tout, même si on a du mal à croire qu'un type qui a écrit un truc appelé *Je chante le corps électrique* se défonçait pas au moins de temps en temps. »

Le lendemain, au lycée, Lauren Wells ne portait pas son habituel survêtement. Mais un T-shirt moulant noir et un jean siglé. Cynthia en aurait reconnu la marque à dix mètres. Un soir, alors que nous regardions *American Idol* sur notre minuscule écran dépourvu de toute haute définition, elle désigna une concurrente braillant sa version de « Wind Beneath My Wings » de Bette Midler en affirmant : « Elle porte un Sevens. »

Je ne sais pas si Lauren portait un Sevens, mais son jean lui allait drôlement bien, et les élèves de sexe masculin se tordaient le cou sur son passage.

Elle m'aborda en me croisant dans le hall.

— Comment ça va, aujourd'hui ? Mieux ?

Je ne me rappelais pas avoir prétendu ne pas me porter à merveille lors de notre dernière discussion, mais je répondis :

— Oui, impeccable. Et toi ?

— Moi aussi. Encore que j'aie failli prendre un jour de congé, hier. Une fille, qui était en terminale avec moi, s'est tuée dans un accident de voiture du côté d'Hartford, il y a quelques jours. C'est une autre amie avec qui je reste en contact sur MSN qui me l'a appris, et ça m'a fichu le moral à zéro.

— Vous étiez très proches ?

Lauren haussa vaguement les épaules.

— Ben, elle faisait partie de ma promotion, quoi. Il m'a fallu quelques minutes pour la situer quand ma copine a cité son nom. On ne se fréquentait pas vraiment, elle était juste assise derrière moi à certains cours. Mais ça fait quand même un sacré choc quand ce genre de truc arrive à quelqu'un que tu connais. Ça fait réfléchir, on se remet en cause, alors du coup j'ai failli ne pas venir hier.

— Se remettre en cause, répétai-je, peu convaincu que la situation pénible de Lauren justifiât un élan de compassion. Oui, hélas, ce sont des choses qui arrivent.

Je me sens aussi mal que n'importe qui lorsque quelqu'un meurt dans un accident de voiture, mais Lauren me faisait perdre mon temps avec une tragédie impliquant quelqu'un que je ne connaissais pas, et dont il devenait clair qu'elle-même ne la connaissait pas si bien que ça non plus.

Comme nous étions plantés en plein milieu du hall, des élèves nous contournaient de leur démarche traînante.

— Alors, elle est comment ? demanda Lauren.

— Qui ça ?

— Paula Malloy. La journaliste de *Deadline*. Elle est aussi sympa en vrai qu'à la télé ? Parce qu'elle a l'air très sympa.

— Elle a des dents magnifiques.

Puis, effleurant son bras, je lui fis signe de reculer vers le mur de casiers, afin de ne pas bloquer le passage.

— Écoute, reprit Lauren. Euh, M. Carruthers et toi vous entendez plutôt bien, pas vrai ?

— Rolly et moi ? Oui, on se connaît depuis longtemps.

— C'est un peu délicat comme question, mais l'autre jour, en salle des profs, il était là, et euh, comment dire, il t'a raconté m'avoir vue mettre quelque chose dans ta corbeille à courrier et le reprendre ensuite ?

— Eh bien…

— Parce que, bon, d'accord, je t'avais mis un mot, et puis j'ai réfléchi, j'ai pensé que c'était peut-être une mauvaise idée, alors je l'ai repris. Mais après, je me suis dit : « Ah, super, si M. Carruthers, si Roland m'a vue, il lui en parlera certainement, alors zut, j'aurais mieux fait de le laisser parce que, au moins, il saurait de quoi il s'agissait au lieu de te demander ce que… »

— Lauren, laisse tomber. Ça n'a pas d'importance.

Je n'étais pas sûr de vouloir connaître la teneur de son mot. Je n'avais aucune envie de complications supplémentaires dans ma vie pour le moment. Et j'étais certain de vouloir éviter toute complication avec Lauren Wells, même si le reste de ma vie devait se révéler aussi lisse que du marbre.

— C'était juste un petit mot pour Cynthia et toi, poursuivit-elle. Pour vous proposer de venir à la maison, à l'occasion. Je pensais inviter d'autres amis, ça vous aurait fait un break sympa, avec tous vos soucis. Mais après, je me suis dit que j'allais peut-être un peu trop loin, tu comprends ?

— Eh bien, c'est adorable de ta part. Pourquoi pas en effet, un de ces jours ?

Jamais de la vie, rectifiai-je intérieurement.

Le regard de Lauren s'éclaira un instant.

— Bon, conclut-elle. Tu vas au Post Mall ce soir ? Il y a des stars de la dernière tournée *Survivor* qui viennent signer des autographes. Moi, j'y vais.

— Je n'étais pas au courant. Mais, ce soir, Cynthia et moi allons à New Haven. Pour *Deadline*. Une bricole. Simple suivi de l'émission.

Je regrettai aussitôt de lui avoir dit ça. Radieuse, elle me lança :

— Tu me raconteras tout demain, d'accord ?

Je me contentai de sourire, puis annonçai qu'il me fallait rejoindre ma classe. En m'éloignant, je fis une grimace invisible.

L'heure du dîner fut avancée en prévision de la route à faire pour nous rendre à New Haven, à la filiale de la Fox. Notre intention était de confier Grace à une baby-sitter, mais malgré plusieurs tentatives, Cynthia ne parvint à obtenir aucune des jeunes filles habituelles.

— Je peux rester toute seule, affirma Grace au moment des préparatifs du départ.

Notre fille n'était *jamais* restée seule à la maison, et il n'était pas question de commencer ce soir. On verrait dans cinq ou six ans, éventuellement.

— Aucune chance, ma vieille, rétorquai-je. Apporte ton *Cosmos* ou des devoirs, de quoi t'occuper là-bas.

— Je pourrai écouter ce que la dame raconte ?

— Non, trancha Cynthia avant moi.

Elle avait été à cran pendant tout le dîner. Ma mauvaise humeur était passée, donc je n'y étais pour rien. Je mis ça sur le compte de l'anxiété concernant les révélations que ferait la voyante. Se faire lire les lignes de la main, prédire l'avenir, ou tirer les cartes, ça pouvait être amusant, même si l'on n'y croyait pas. Dans des circonstances normales, en tout cas. Là, les choses seraient différentes.

— On m'a demandé d'apporter une des boîtes à chaussures, annonça-t-elle.

— Laquelle ?

— N'importe. La voyante dit qu'elle a juste besoin de la tenir, ou de tenir un objet qu'elle contient, pour mieux sentir les vibrations du passé.

— Je vois. Et la séance sera filmée, j'imagine ?

— Je vois mal comment les en empêcher, répliqua Cynthia. C'est leur émission qui a poussé cette femme à se faire connaître.

— On sait qui c'est, au moins ?

— Elle s'appelle Keisha. Keisha Ceylon.

— Vraiment.

— J'ai regardé sur Internet, ajouta Cynthia. Elle a un site.

— Tu m'étonnes !

Puis je lui fis un sourire penaud.

— Sois gentil, Terry.

Nous étions déjà installés dans la voiture, sur le point de reculer dans l'allée, lorsque Cynthia s'écria :

— Attends ! J'y crois pas ! J'ai oublié la boîte à chaussures.

Elle avait sorti du placard l'un de ses cartons de souvenirs familiaux, et l'avait posé sur la table de la cuisine pour être sûre de ne pas l'oublier.

— J'y vais, dis-je en tirant le frein à main.

Mais elle avait déjà pris les clefs dans son sac, ouvrait la portière.

— J'en ai pour une seconde.

Je la suivis des yeux tandis qu'elle se précipitait vers la maison, déverrouillait la porte d'entrée et se ruait à l'intérieur en laissant les clefs dessus. Il me sembla qu'elle restait plus longtemps que nécessaire pour récupérer une boîte, mais elle finit par réapparaître, le carton sous le bras, puis referma la porte avant de revenir à la voiture.

— Pourquoi ç'a été si long ?

— J'ai pris un Advil, expliqua-t-elle. J'ai une migraine atroce.

Au siège de la chaîne, la productrice à queue-de-cheval nous accueillit, puis nous guida vers un studio d'enregistrement. Le décor du plateau se composait d'un canapé, d'une paire de fauteuils, de quelques fausses plantes vertes et d'un arrière-plan en treillis de bois ringard. Paula Malloy s'y trouvait déjà, et elle salua Cynthia comme une vieille copine, dégoulinante de sympathie forcée. Cynthia gardait ses distances. À côté de Paula se tenait une femme noire d'une bonne cinquantaine d'années, vêtue d'un impeccable tailleur bleu marine. Je me demandais s'il s'agissait d'une autre productrice, ou d'une responsable de la chaîne.

— Je vous présente Keisha Ceylon, annonça Paula.

Sans doute m'étais-je attendu à une sorte de Gitane, une hippie. Avec une jupe en batik qui lui serait descendue jusqu'aux pieds. Et non à quelqu'un qui avait l'air de présider un conseil d'administration.

— Ravie de vous rencontrer, déclara Keisha en nous serrant la main, puis, surprenant quelque chose dans mon regard, elle ajouta : Vous vous attendiez à autre chose.

— C'est possible.

— Et voici Grace, je suppose, poursuivit-elle, se penchant pour serrer aussi la main de notre fille.

— Bonjour, dit Grace.

— Où Grace pourrait-elle s'installer ? demandai-je.

— Je peux rester ? tenta la petite, avant de lever la tête vers Keisha. Vous avez eu une vision des parents de ma maman, un truc comme ça ?

— Dans une loge, par exemple ? repris-je.

— Comme au théâtre ? demanda Grace tandis qu'une assistante la conduisait vers une autre assistante.

Après être passées entre les mains des maquilleuses, Cynthia et Keisha furent installées sur le canapé, le carton à chaussures posé entre elles. Paula prit place dans un fauteuil en face d'elles, pendant qu'on mettait silencieusement deux caméras en position. Je battis en retraite dans l'obscurité du studio, assez loin pour ne pas gêner, mais assez près pour observer.

Paula fit une rapide mise au point, un résumé du reportage diffusé quelques semaines auparavant. Puis elle annonça à son public un rebondissement extraordinaire. Une voyante s'était présentée, une femme qui pensait pouvoir apporter des éclaircissements sur la disparition de la famille Bigge en 1983.

— J'ai vu votre émission, expliqua Keisha Ceylon d'une voix basse, rassurante. Et, bien entendu, je l'ai trouvée intéressante. Mais je n'y ai plus vraiment pensé. Et puis, deux semaines après, j'aidais un client à entrer en communication avec un parent disparu, sans parvenir au succès habituel, comme s'il y avait des interférences, comme si j'étais sur une de ces lignes d'autrefois, communes à plusieurs abonnés, quand quelqu'un décrochait le téléphone en même temps que vous essayiez de passer un appel.

— Tout à fait fascinant, souffla Paula.

Cynthia restait de marbre.

— Et alors, j'ai entendu une voix, une voix de femme qui me disait: « S'il vous plaît, transmettez un message à ma fille. », continua Keisha.

— Vraiment ? Et elle a dit qui elle était ?

— Elle a dit qu'elle s'appelait Patricia.

Cynthia battit des cils.

— Et qu'a-t-elle dit d'autre ? demanda Paula.

— Qu'elle voulait que je contacte sa fille, Cynthia.

— Pourquoi ?

— Je ne sais pas exactement. Je pense qu'elle voulait que je la contacte pour en apprendre plus. C'est la raison pour laquelle je vous ai priée, ajouta Keisha en souriant à Cynthia, d'apporter des souvenirs, pour que je puisse les tenir entre mes mains, et peut-être comprendre ce qui s'est passé.

Paula se pencha vers ma femme.

— Vous en avez apporté, n'est-ce pas ?

— Oui, répondit Cynthia. Voilà une des boîtes que je vous ai déjà montrées. Elle contient des photos, des coupures de journaux, des bricoles. Je peux vous les sortir et…

— Non, coupa Keisha. Ce n'est pas la peine. Donnez-moi simplement la boîte.

Cynthia la laissa s'en emparer, la poser sur ses genoux. Keisha plaça une main à chaque extrémité, puis ferma les yeux.

— Je sens énormément d'énergie se dégager de là-dedans, murmura-t-elle.

Arrête ton cinoche, songeai-je.

— Je ressens… de la tristesse. Tellement de tristesse.

— Que ressentez-vous d'autre ? insista Paula.

Keisha fronça les sourcils.

— Je sens… que vous allez recevoir un signe.

— Un signe ? intervint Cynthia. Quel genre de signe ?

— Un signe… qui vous aidera à répondre à vos questions. Je ne suis pas certaine de pouvoir vous en dire plus.

— Pourquoi ? demanda Cynthia.

— Pourquoi ? demanda Paula.

Keisha rouvrit les yeux.

— Je… Je voudrais que les caméras s'éteignent un moment.

— Ah ? dit Paula. Les gars, on peut couper une seconde ?

— OK, répondit l'un des cameramen.

— Quel est le problème, Keisha ? reprit Paula.

— Qu'est-ce qui se passe ? renchérit Cynthia. Qu'est-ce que vous ne voulez pas révéler devant les caméras ? Quelque chose à propos de ma mère ? Quelque chose qu'elle vous a demandé de me dire ?

— Si on veut, répliqua la voyante. Mais avant d'aller plus loin, j'aimerais mettre au clair combien je vais toucher pour ça.

Nous y voilà.

— Euh, Keisha, dit Paula, il me semble qu'on vous a expliqué qu'on couvrait tous vos frais, voire une nuit d'hôtel si nécessaire – je sais que vous venez de Hartford – mais qu'en aucun cas nous ne paierions vos services au sens professionnel du terme.

— Ce n'est pas ce que j'avais compris, riposta l'autre, maintenant piquée au vif. J'ai des révélations extrêmement importantes à faire à cette dame, et si vous voulez les entendre, il faudra me donner une compensation financière.

— Pourquoi ne pas les lui faire maintenant, et voir ce qu'elles valent ? suggéra Paula.

Je m'avançai vers le plateau, attrapant le regard de Cynthia.

— Chérie ?

Et je complétai avec le signe de tête universel qui signifiait : « On y va. »

Elle acquiesça d'un air résigné, décrocha le micro de son chemisier, et se leva.

— Qu'est-ce que vous faites ? demanda Paula.

— On se tire, répondis-je.

— Comment ça ? protesta Keisha, outrée. Où allez-vous ? Madame, si les producteurs de cette émission refusent de payer pour entendre ce que je sais, vous devriez peut-être le faire vous-même.

— Je ne vais pas me laisser ridiculiser plus longtemps, déclara Cynthia.

— Mille dollars, lança Keisha. Pour mille dollars, je vous révèle ce que votre maman m'a demandé de vous dire.

Cynthia contournait le canapé. Je lui tendis la main.

— D'accord, sept cents ! reprit Keisha tandis que nous prenions le chemin des loges.

— Vous êtes un vrai phénomène, déclara Paula à la voyante. Vous pouviez passer à la télé, vous offrir la meilleure pub du monde à l'œil, mais vous avez tout fichu par terre pour quelques centaines de dollars !

Keisha foudroya Paula du regard, puis leva les yeux sur ses cheveux.

— Cette couleur est vraiment ratée, pétasse.

— Tu avais raison, dit Cynthia sur le trajet du retour.

J'en convins d'un signe de tête.

— C'était bien de ta part, de partir comme ça. Tu aurais dû voir la tête de cette soi-disant voyante pendant que tu décrochais ton micro. On aurait dit qu'elle regardait son bifteck s'envoler.

Le sourire de Cynthia brilla dans la lueur de phares arrivant en sens inverse. Grace, après avoir posé une rafale de questions auxquelles nous avions refusé de répondre, s'était endormie sur la banquette arrière.

— Quelle perte de temps, cette soirée, soupira Cynthia.

— Non. Ce que tu disais était vrai, et j'ai eu tort de m'être montré si désagréable à ce sujet. Même s'il n'y a qu'une chance sur un million, il faut la vérifier. C'est ce qu'on a fait. Maintenant, on peut la rayer de la liste et avancer.

Arrivés à la maison, je pris Grace dans mes bras pour la porter à l'intérieur. Cynthia me précéda dans le salon, puis alluma les lumières de la cuisine pendant que je me dirigeais vers l'escalier pour mettre notre fille au lit.

— Terry ?

D'ordinaire, j'aurais répondu : « J'arrive », et je serais monté coucher Grace. Mais quelque chose dans la voix de ma femme m'intimait de venir immédiatement dans la cuisine.

Ce que je fis.

Posé au milieu de la table, il y avait un chapeau d'homme. Un vieux chapeau noir, brillant à force d'usure. Un Fedora.

12

Elle essaya de s'approcher un peu, aussi près qu'elle le pouvait, et lui chuchota :

— Pour l'amour du ciel, tu m'écoutes, au moins ? Je fais tout ce trajet jusqu'ici et tu n'ouvres même pas les yeux. Tu crois que c'est facile pour moi de venir ici ? Tu m'en auras fait voir de dures. Avec les efforts que je fais, tu pourrais au moins rester éveillé quelques minutes. Tu as toute la journée pour dormir. Bon, je vais te dire une chose. Pas question que tu nous laisses tomber. Tu vas rester encore un petit bout de temps, je te le garantis. Quand ce sera le moment de partir, crois-moi, tu seras le premier informé.

Puis il parut essayer de dire quelque chose.

— Quoi ?

Elle parvint tout juste à comprendre une question.

— Ah, lui ? Il n'a pas pu venir ce soir.

13

Après avoir installé Grace le plus délicatement possible sur le canapé du salon, et glissé un oreiller sous sa tête, je retournai dans la cuisine.

À la façon dont Cynthia fixait le Fedora, on aurait cru qu'il s'agissait d'un rat crevé. Elle se tenait le plus loin possible de la table, dos au mur, le regard affolé.

Ce n'était pas le chapeau en soi qui m'effrayait. Mais la manière dont il était arrivé ici.

— Surveille Grace une minute, dis-je.

— Fais attention, Terry.

À l'étage, je passai les chambres en revue, éclairant et passant la tête dans chacune. Vérifiai la salle de bains, puis fis la même chose dans les autres pièces. Regardant sous les lits, inspectant les placards. Tout semblait en ordre.

Je redescendis, ouvris la porte du sous-sol encore inachevé. Au pied de l'escalier, je réussis à attraper à tâtons le cordon électrique, pour allumer l'ampoule nue.

— Tu vois quelque chose ? cria Cynthia du haut des marches.

Je voyais un lave-linge, un sèche-linge, un établi recouvert de bric-à-brac, un assortiment de bidons de peinture presque vides, un matelas roulé. Pas grand-chose d'autre.

— La maison est vide, déclarai-je en remontant.

Cynthia ne quittait pas le chapeau des yeux.

— Il est venu ici, affirma-t-elle.

— Qui est venu ?

— Mon père. Il est venu ici.

— Cynthia, il est certain que quelqu'un est venu déposer ça sur la table, mais pourquoi ton père ?

— C'est son chapeau, dit-elle d'une voix extraordinairement calme.

Comme je m'approchais de la table et faisais mine de le prendre, elle m'arrêta.

— Ne le touche pas !

— Il ne va pas me mordre.

Je saisis le chapeau entre le pouce et l'index, puis le retournai à deux mains pour regarder à l'intérieur.

C'était un vieux chapeau, pas de doute. Le bord était usé, la garniture noircie par des années de transpiration, la toile élimée au point d'être luisante par endroits.

— Ce n'est qu'un chapeau.

— Regarde à l'intérieur, suggéra Cynthia. Mon père, des années avant d'acheter celui-là, avait perdu plusieurs chapeaux, on lui prenait le sien par erreur au restaurant, une fois c'est lui qui a embarqué celui de quelqu'un d'autre, bref, il a marqué un « C » au feutre sous la bande intérieure. « C » pour « Clayton ».

Je fis glisser mon doigt sous la bande pour la soulever. Et trouvai la marque sur le côté droit, à l'arrière du chapeau. Je le retournai pour que Cynthia puisse voir.

— Oh ! mon Dieu, souffla-t-elle.

Puis, d'un pas hésitant, elle avança, tendit la main. J'y déposai le chapeau, qu'elle saisit comme s'il s'agissait d'un objet sorti de la tombe de Toutankhamon. Elle le tint un moment avec déférence entre ses mains, puis l'éleva lentement vers son visage. Je crus un instant qu'elle allait le poser sur sa tête, mais elle l'approcha de son nez et en respira l'odeur.

— C'est le sien.

Inutile de la contredire. Je savais que le sens de l'odorat s'exacerbait lorsque la mémoire se mettait en route. Je me souvenais d'être retourné dans la maison de mon enfance une fois adulte – la maison dont nous avions déménagé quand j'avais quatre ans – et d'avoir demandé aux nouveaux propriétaires de me laisser y faire un petit tour. Ils avaient accepté avec la plus grande gentillesse. Mais si la disposition des lieux, le craquement de la quatrième marche de l'escalier, la vue du jardin depuis la fenêtre de la cuisine, me parurent tous familiers, c'est lorsque j'entrai dans la salle de bains qu'une bouffée mélangeant cèdre et moiteur me fit presque tourner la tête. Et qu'un flot de souvenirs brisa aussitôt le barrage de ma mémoire.

Aussi comprenais-je sans peine ce que Cynthia ressentait en tenant le chapeau devant son visage. Elle respirait l'odeur de son père.

Elle savait, point final.

— Il est venu ici, répéta-t-elle. Il était ici, dans cette cuisine, dans notre maison. Pourquoi, Terry ? Pourquoi venir ? Pourquoi faire cela ? Pourquoi laisser son fichu chapeau sans attendre que je sois rentrée ?

— Cyn, dis-je en essayant de parler posément, même s'il s'agit du chapeau de ton père, et si tu le dis, je te crois, ça ne veut pas dire que c'est lui qui l'a déposé.

— Il n'allait jamais nulle part sans ce chapeau. Il le portait partout. Il le portait la dernière fois que je l'ai vu. Il ne l'a pas laissé derrière lui à la maison. Tu comprends ce que ça veut dire, n'est-ce pas, Terry ?

J'attendis la suite.

— Ça veut dire qu'il est vivant !

— Peut-être. Oui, peut-être. Mais pas forcément.

Cynthia reposa le chapeau sur la table, fit un pas vers le téléphone, s'arrêta, hésita de nouveau.

— La police. Ils pourraient relever des empreintes digitales.

— Sur le chapeau ? Ça m'étonnerait. Mais tu sais déjà que c'est celui de ton père. Même si on trouve ses empreintes dessus, ça t'apporterait quoi de plus ?

— Non, pas sur le chapeau, objecta Cynthia. Sur la poignée de la porte d'entrée. Sur la table. N'importe. S'ils trouvent ses empreintes ici, c'est qu'il est vivant.

Malgré mes doutes sur ce point, je convins qu'appeler la police était une bonne idée. Une personne – peut-être pas Clayton Bigge, mais *quelqu'un* – était entrée chez nous pendant notre absence. Pouvait-on parler d'effraction alors que rien ne semblait avoir été cassé ? En tout cas, il y avait eu violation de domicile.

J'appelai le 911, expliquai qu'on était entré dans notre maison, que ma femme et moi étions bouleversés et inquiets, que nous avions une petite fille.

Un véhicule s'arrêta devant la maison dix minutes plus tard. Deux policiers en descendirent, un homme et une femme. Ils cherchèrent des signes d'effraction sur les portes et les fenêtres, sans rien trouver. Bien entendu, avec tout ce remue-ménage, Grace s'était réveillée et refusait d'aller au lit. Même après l'avoir expédiée à l'étage pour qu'elle enfile son pyjama, nous l'apercevions en haut de l'escalier, nous observant à travers les barreaux de sa prison pour enfants.

— Quelque chose a été volé ? demanda la femme flic, tandis que son collègue se grattait la tête sous sa casquette.

— Euh, non, pour autant que je sache, répondis-je. Je n'ai jeté qu'un coup d'œil rapide, mais il semble que rien ne manque.

— Des dégâts ? Des traces de vandalisme ?

— Non, rien de ce style.

— Vous devez relever les empreintes, intervint Cynthia.

Le policier se tourna vers elle.

— Vous dites ?

— Les empreintes. Vous ne faites pas ça en cas d'effraction ?

— Ma petite dame, j'ai bien peur qu'il n'y ait aucune trace d'effraction. Tout paraît en ordre.

— Mais ce chapeau a pourtant été déposé ici pendant notre absence. Ça prouve que quelqu'un est entré. Nous avions fermé la maison en partant.

— Donc, si je comprends bien, reprit le flic, selon vous, quelqu'un est entré chez vous par effraction sans rien casser, n'a rien pris et, au contraire, vous a laissé ce chapeau sur la table de votre cuisine ?

Cynthia acquiesça. Je devinais à quoi ce scénario pouvait ressembler aux yeux des policiers.

— J'ai peur que nous n'ayons du mal à convaincre un technicien de venir relever des empreintes, alors qu'il n'y a aucun indice d'acte criminel, déclara la femme.

— Ça doit être une simple farce, renchérit son collègue. Il y a des chances qu'une de vos connaissances se soit amusée à vous faire une blague.

Tu parles d'une blague, songeai-je. Regarde, on est morts de rire.

— Rien n'indique que la serrure a été forcée, poursuivit-il. Vous avez peut-être prêté une clef à une personne qui est entrée pour déposer ce chapeau ici, en pensant qu'il vous appartenait. Pas plus compliqué que ça.

Mon regard se tourna alors vers le petit clou vide où nous accrochions d'habitude notre clef de réserve. Celle dont j'avais remarqué qu'elle manquait, l'autre jour.

— Vous pourriez laisser un officier posté devant la maison ? demanda Cynthia. Pour surveiller ? Au cas où quelqu'un essaierait encore d'entrer ? Juste pour l'en empêcher, pour voir qui c'est, sans lui faire de mal. Qui que ce soit, je ne veux pas que vous lui fassiez du mal.

— Cyn..., intervins-je.

— Madame, je crains que ce soit injustifié. Et nous ne pouvons pas mettre votre maison sous surveillance sans une bonne raison, rétorqua la femme flic. Mais n'hésitez pas à nous appeler s'il vous arrive encore quelque chose d'inhabituel.

Après quoi, ils prirent congé. Et, selon toute vraisemblance, retournèrent à leur voiture se payer une bonne tranche de rigolade à nos dépens. J'imaginais sans peine le rapport de police : « Appel pour apparition étrange de chapeau. » Leurs collègues en riront un bon moment.

Lorsqu'ils furent partis, nous nous assîmes en silence à la table de la cuisine, le chapeau entre nous.

Redescendue sur la pointe des pieds, Grace entra dans la pièce, désigna le chapeau en souriant, et demanda :

— Je peux le mettre ?

— Non, répliqua Cynthia en le saisissant entre ses mains.

— Va au lit, mon cœur, dis-je, et Grace se sauva.

Cynthia ne lâcha pas le chapeau jusqu'à ce que nous montions à notre tour nous coucher.

Cette nuit-là, tout en contemplant de nouveau le plafond, je repensais au fait que Cynthia, au dernier moment, avait oublié d'emporter le carton à chaussures pour cette lamentable rencontre avec la voyante. Au fait qu'elle était retournée en courant à la maison, juste une minute, pendant que Grace et moi attendions dans la voiture.

Au fait que malgré mon offre d'aller lui chercher la boîte, elle m'avait devancé.

Elle était restée longtemps dans la maison, pour ne prendre qu'un carton. Et un Advil, avait-elle dit en revenant à la voiture.

« Impossible », me répétai-je en regardant Cynthia, endormie à côté de moi.

Absolument impossible.

14

Comme j'avais un peu de temps libre entre deux cours, je passai la tête dans le bureau de Rolly Carruthers.

— Tu as une minute ?

Rolly consulta le tas de dossiers qui encombrait son bureau. Rapports du conseil d'administration, évaluations de professeurs, estimations budgétaires. Il croulait sous la paperasse.

— Si tu n'as besoin que d'une minute, je vais devoir dire non. En revanche, s'il te faut au moins une heure, il se peut que je t'aide.

— Une heure me conviendrait très bien.

— Tu as déjeuné ? reprit-il.

— Non.

— Alors, allons au *Stonebridge*. C'est toi qui conduis. Je pourrais me soûler.

Il enfila son blouson, puis prévint sa secrétaire qu'il quittait le lycée un certain temps, mais qu'elle pouvait le joindre sur son portable si le bâtiment prenait feu.

— Ça m'évitera de revenir pour rien, ajouta-t-il.

La secrétaire insista pour qu'il prenne d'abord un recteur qu'elle avait en ligne, et il m'assura n'en avoir que pour deux minutes. Je sortis donc de son bureau, juste au moment où surgissait Jane Scavullo, qui dévalait le couloir à toute allure, sans doute pour aller flanquer une dérouillée à une fille dans la cour du lycée.

La pile de livres qu'elle portait s'éparpilla sur le sol.

— Putain de merde, s'exclama-t-elle.

— Désolé.

Je m'agenouillai pour l'aider à les ramasser.

— C'est bon, répliqua-t-elle en se précipitant sur les livres avant moi.

Mais elle ne fut pas assez rapide, et je tenais déjà *Confessions d'un gang de filles*, le roman de Joyce Carol Oates que je lui avais conseillé.

Elle me l'arracha des mains, et il rejoignit le reste de ses affaires. D'un ton extrêmement neutre, je lui demandai :

— Alors, tu le trouves comment ?

— Pas mal, répondit-elle. Ces filles sont vraiment ravagées. Pourquoi vous m'avez conseillé de le lire ? Vous pensez que je vaux pas mieux que les filles de cette histoire ?

— Ces filles ne sont pas si mauvaises que ça. Et non, je ne trouve pas que tu leur ressembles. Mais j'ai pensé que le style du roman te plairait.

Jane fit claquer une bulle de chewing-gum.

— Je peux vous poser une question ?

— Bien sûr.

— Qu'est-ce que ça peut vous faire ?

— C'est-à-dire ?

— Qu'est-ce que ça peut vous faire, ce que je lis, ce que j'écris, tout ça ?

— Tu crois qu'un prof n'est là que pour rabâcher un programme ?

Elle parut sur le point de sourire, mais se retint.

— Je dois y aller.

Et elle décampa.

À notre arrivée au *Stonebridge*, la foule du déjeuner s'était clairsemée. Rolly commanda des crevettes au lait de coco et une bière pour commencer, tandis que je choisissais un grand bol de bisque de palourdes Nouvelle-Angleterre avec supplément de crackers et du café.

Rolly parla de la mise en vente prochaine de leur maison, du surplus d'argent qui leur resterait une fois payé le mobile home de Bradenton. Cet argent pourrait être déposé à la banque, placé, sa femme et lui s'offriraient un ou deux voyages. Il s'achèterait aussi un bateau pour pêcher sur le Manatee. C'était comme s'il n'était déjà plus proviseur. Il était ailleurs.

— Il y a des trucs qui me tracassent, dis-je.

Rolly but une gorgée de sa bière, puis demanda :

— Lauren Wells ?

— Non, répliquai-je, surpris. Qu'est-ce qui te fait penser qu'il s'agit d'elle ?

— Je t'ai vu discuter avec elle dans le hall.

— C'est une cinglée.

Rolly sourit.

— Oui, mais une cinglée bien roulée.

— Je ne sais pas ce qui lui prend. Je pense que, dans son univers, Cynthia et moi avons plus ou moins atteint un statut de célébrités. Lauren ne m'adressait pour ainsi dire jamais la parole avant qu'on passe dans cette émission.

— Je peux avoir un autographe ? railla Rolly.

— Va te faire voir !

Je fis une pause, comme pour signaler que je changeais de sujet, avant de lancer :

— Cynthia t'a toujours considéré comme une sorte d'oncle. Je sais que tu t'es occupé d'elle, après ce qui s'est passé. Alors ça me donne le sentiment de pouvoir te parler d'elle, quand il y a un problème, tu vois ?

— Continue.

— Je commence à me demander si elle ne déraille pas.

Rolly reposa son verre sur la table, essuya ses lèvres.

— Vous n'allez pas déjà voir une psy, le Dr Krinkle, ou je ne sais quoi ?

— Kinzler, oui. Tous les quinze jours.

— Tu lui en as parlé ?

— Non, c'est compliqué. C'est-à-dire que, parfois, elle nous prend séparément, alors je pourrais aborder le sujet. Mais ça ne concerne pas un fait précis. C'est un ensemble de petites choses.

— Par exemple ?

Je le mis au courant de tout : l'angoisse de la voiture marron ; le coup de fil anonyme lui annonçant que sa famille lui pardonnait, la manière accidentelle dont elle avait effacé l'appel ; le type qu'elle avait poursuivi dans le centre commercial, croyant que c'était son frère ; le chapeau sur la table de la cuisine.

— Quoi ? s'exclama Rolly. Le chapeau de Clayton ?

— Oui, apparemment. Enfin, je suppose qu'elle a pu le garder dans un carton depuis des années. Mais il porte bien la petite marque à l'intérieur, son initiale, sous la bande.

Rolly réfléchit un instant, puis remarqua :

— Si elle a déposé le chapeau dans la cuisine, elle a pu y inscrire l'initiale elle-même.

Cela ne m'était pas venu à l'esprit. Cynthia m'avait fait chercher la marque, au lieu de prendre le chapeau et de regarder elle-même. L'expression de son visage avait été plutôt convaincante.

Mais la suggestion de Rolly tenait la route.

— D'ailleurs, ça n'a même pas besoin d'être celui de son père, poursuivit-il. Ça peut être le chapeau de n'importe qui. Elle a pu l'acheter dans une friperie et prétendre que c'était le sien.

— Mais elle l'a reniflé. Et, en le reniflant, elle a affirmé qu'il s'agissait du chapeau de son père !

Rolly me dévisagea comme si j'étais l'un de ses abrutis de lycéens.

— Elle aurait aussi bien pu te le faire renifler, tant qu'à faire. Ça ne prouve rien du tout.

— Alors elle peut avoir tout inventé. J'ai du mal à le croire.

— Cynthia ne me donne pas l'impression d'être déséquilibrée, objecta-t-il. Terriblement stressée, oui. Mais délirante ?

— Non. Elle ne délire pas.

— Ou capable d'affabuler ? Pourquoi inventer des choses pareilles ? Pourquoi prétendre avoir reçu cet appel téléphonique ? Pourquoi monter un coup comme celui du chapeau ?

Je cherchais désespérément une réponse.

— Je n'en sais rien. Pour attirer l'attention ? Afin que la police rouvre le dossier, par exemple, et découvre enfin ce qui est arrivé à sa famille ?

— Mais pourquoi maintenant ? insista Rolly. Pourquoi avoir attendu tout ce temps ?

Là encore, je n'en avais aucune idée.

— Merde, je ne sais pas quoi penser. J'aimerais seulement que tout ça se termine. Quitte à apprendre qu'ils sont morts cette nuit-là.

— Et tourner la page, conclut Rolly.

— Je déteste cette expression, mais en gros, c'est ça, oui.

— Bon, tu dois quand même considérer que si Cynthia n'*a pas* déposé le chapeau sur la table, ça veut dire que quelqu'un est effectivement entré chez vous. Et cela ne signifie pas forcément qu'il s'agit de son père.

— Oui. Et j'ai déjà décidé d'équiper nos portes de nouveaux verrous.

L'image d'un étranger se promenant dans les pièces de la maison, observant et tripotant nos affaires, se faisant une idée de qui nous étions, surgit dans mon esprit. J'eus un frisson.

— On essaie de penser à bien tout verrouiller chaque fois qu'on s'en va, repris-je, mais je pense qu'il nous arrive d'oublier de temps à autre de fermer la porte de derrière, surtout quand Grace entre et sort sans qu'on le sache.

J'essayai de me rappeler quand j'avais remarqué pour la première fois que la clef ne pendait pas à son crochet, puis ajoutai :

— Mais je suis sûr qu'on avait tout fermé le soir de notre rencontre avec cette tarée de voyante.

— Quelle voyante ? demanda Rolly.

Je lui racontai notre désastreuse entrevue.

— En achetant tes verrous, suggéra-t-il, regarde aussi ces barres qu'on pose en travers des fenêtres de sous-sol. C'est souvent par là que les voyous s'introduisent.

Je gardais le silence durant quelques minutes. Je n'avais pas encore abordé le vrai sujet de ma discussion.

— En fait, il y a encore autre chose, finis-je par dire.

— Quoi donc ?

— Cyn a l'esprit si fragile en ce moment que je ne lui en ai même pas parlé. C'est à propos de Tess.

Rolly haussa un sourcil, puis but une gorgée de bière.

— Que se passe-t-il avec Tess ?

— Pour commencer, elle va mal. Elle m'a annoncé qu'elle allait mourir.

— Ah merde ! C'est quoi ?

— Elle n'a pas voulu entrer dans les détails, mais à mon avis, c'est un cancer, quelque chose comme ça. Cela dit, elle n'a pas si mauvaise mine, plutôt fatiguée, tu vois ? Mais elle ne guérira pas. Du moins, dans l'état actuel des choses.

— Cynthia va être effondrée. Elles sont si proches.

— Oui, je sais. Et je pense que c'est à Tess de lui dire. Moi, je ne peux pas. Je ne *veux* pas. Mais bientôt, elle ne pourra plus lui cacher son état.

— Et le deuxième point ? demanda Rolly.

— Hein ?

— Tu as dit « pour commencer ». Et ensuite ?

J'eus un instant d'hésitation. Il me semblait incorrect de parler à Rolly avant Cynthia des versements secrets reçus par Tess, mais c'était l'une des raisons qui me poussaient à le faire – je voulais qu'il me dise comment il s'y prendrait pour l'annoncer à Cynthia.

— Pendant un certain nombre d'années, Tess a touché de l'argent.

Rolly posa son verre de bière.

— Comment ça, elle a touché de l'argent ?

— Quelqu'un lui déposait de l'argent. En liquide, dans une enveloppe. Plusieurs fois. Avec un mot expliquant que c'était pour aider à payer les études de Cynthia. Le montant variait, mais, au total, la somme dépasse quarante mille dollars.

— Putain ! souffla Rolly. Et elle n'en avait jamais parlé avant ?

— Non.

— Elle a dit de qui ça venait ?

— C'est tout le problème, répondis-je. Tess n'en a aucune idée, et elle se demande si, après toutes ces années, on pourrait relever des empreintes digitales sur le mot et les enveloppes qui contenaient l'argent, ou des traces d'ADN, je n'y connais rien à ces trucs. Mais elle est persuadée que c'est lié à la disparition de la famille de Cynthia. D'ailleurs, qui lui donnerait de l'argent, sinon quelqu'un de sa famille, ou une personne qui se sente responsable de ce qui leur est arrivé ?

— Bon Dieu de merde, répéta Rolly. C'est énorme. Et Cynthia n'est au courant de rien ?

— Non. Mais elle a le droit de le savoir.

— Bien sûr qu'elle en a le droit.

Rolly vida son verre d'un trait, puis, d'un geste, en réclama aussitôt un autre à la serveuse.

— Enfin, je pense, ajouta-t-il.

— Qu'est-ce que tu veux dire ?

— Je ne sais pas. Je m'inquiète, comme toi. Admettons que tu lui dises. Et ensuite ?

Je remuai ma bisque du bout de ma cuiller. Je n'avais guère d'appétit.

— Voilà. Ça soulève davantage de questions que ça n'apporte de réponses.

— Même si ça signifie qu'un membre de la famille de Cynthia était vivant à l'époque, rien ne dit que c'est encore le cas aujourd'hui. Les versements ont cessé quand ?

— À peu près au moment où elle a terminé ses études.

— Ce qui fait quoi, vingt ans ?

— Pas tout à fait. Mais longtemps.

Rolly hocha pensivement la tête.

— Mon vieux, je ne sais pas quoi te dire. Enfin, je sais ce que je ferais à ta place, mais c'est à toi de décider comment te débrouiller.

— Dis-moi ce que tu ferais, toi.

Il pressa les lèvres et se pencha en avant.

— Je me tairais.

J'en restais comme deux ronds de flan.

— Vraiment ?

— Au moins pour le moment. Parce que ça ne fera que tourmenter Cynthia. Ça l'incitera à penser que si elle avait connu l'existence de cet argent, au moins quand elle était étudiante, elle aurait pu faire quelque chose pour les retrouver, qu'en étant attentive ou en posant les bonnes questions, elle aurait pu découvrir ce qui s'était passé. Or qui sait si c'est encore possible aujourd'hui.

En y réfléchissant un peu, j'admis qu'il avait raison.

— Sans compter, poursuivit Rolly, qu'au moment où Tess a le plus besoin de son soutien, de son amour, puisqu'elle est mourante, Cynthia pourrait être folle de rage contre elle.

— Je n'y avais pas pensé.

— Elle peut très bien se sentir trahie. Avoir le sentiment que sa tante n'avait pas à lui cacher cette information pendant toutes ces années. Qu'elle était en droit de savoir. Ce serait légitime.

Je hochai la tête, puis m'interrompis.

— Mais moi qui viens juste de l'apprendre, si je ne lui en parle pas tout de suite, dans son esprit, je la trahis de la même façon que Tess l'a fait, non ?

Rolly me dévisagea en souriant.

— C'est pour ça que je suis bien content que ce soit à toi de prendre une décision et pas à moi, mon ami.

En rentrant à la maison, je vis la voiture de Cynthia dans l'allée, et un véhicule inconnu garé sur le trottoir. Une Toyota gris métallisé, le genre de voiture lambda qu'on oublie aussitôt après l'avoir regardée.

Je franchis la porte d'entrée, et découvris Cynthia dans le canapé du salon, en face d'un homme trapu mais costaud, presque chauve, au teint olivâtre. Ils se levèrent tous les deux à mon arrivée, et ma femme s'avança vers moi.

— Salut, chéri, dit-elle, un sourire forcé aux lèvres.

— Salut, mon cœur.

Puis je me tournai vers l'homme et lui tendis la main, qu'il me serra avec assurance.

— Bonsoir.

— Monsieur Archer, répondit-il d'une voix profonde, presque onctueuse.

— Voici M. Abagnall, annonça Cynthia. C'est le détective privé que j'ai engagé pour découvrir ce qui est arrivé à ma famille.

15

— Denton Abagnall, précisa le détective. Votre épouse vient de me communiquer un grand nombre de renseignements, mais j'aimerais également vous poser quelques questions.

— Pas de problème.

Puis je lui fis comprendre que je souhaitais qu'il m'accorde un instant avant de poursuivre et me tournai vers Cynthia :

— Je peux te parler une minute ?

Elle lança un regard navré à Abagnall, lui demanda de bien vouloir nous excuser, et me suivit dehors, sur le perron. Notre maison était trop petite pour que le détective ne puisse pas entendre notre discussion – dont je craignais qu'elle ne devienne vite houleuse.

— Qu'est-ce que tu fabriques ?

— Je n'en peux plus d'attendre comme ça, répondit Cynthia. D'attendre que quelque chose arrive, de me demander ce qui se passera ensuite. J'ai décidé de prendre les choses en main.

— Tu espères quoi ? C'est une vieille histoire, Cynthia, elle a vingt-cinq ans !

— Ah, merci de me le rappeler.

Je fis une grimace.

— En tout cas, le chapeau n'est pas réapparu il y a vingt-cinq ans, reprit Cynthia. Et le coup de fil que j'ai reçu le jour où tu as emmené Grace à l'école, ça ne remonte pas à vingt-cinq ans non plus.

— Chérie, même si je trouvais que c'était une bonne idée d'engager ce détective, je vois mal comment on pourrait le payer. Il prend combien ?

Elle m'indiqua son tarif journalier. Auquel il fallait ajouter tous les frais, précisa-t-elle.

— Bon, et tu comptes lui accorder combien de temps ? Une semaine ? Un mois ? Six mois ? Il peut travailler un an dessus sans rien trouver.

— On peut sauter une échéance de notre emprunt, suggéra Cynthia. Souviens-toi du courrier que la banque a envoyé avant Noël dans lequel ils proposaient de repousser le remboursement de janvier afin de pouvoir honorer les prélèvements de la carte bancaire pour les achats des fêtes de fin d'année. La mensualité est reportée à la fin de l'emprunt. Eh bien, on a qu'à dire que c'est mon cadeau de Noël. Tu n'auras rien à m'offrir cette année.

Je regardais fixement mes pieds, incapable de me décider.

— Qu'est-ce qui t'arrive, Terry ? poursuivit-elle. Si je t'ai épousé, c'est aussi parce que je savais que tu serais toujours là pour moi, que tu connaissais mon histoire de dingue, et que tu me soutiendrais, que tu serais toujours de mon côté. Et pendant des années, ç'a été le cas. Mais ces derniers temps, je ne sais pas, j'ai l'impression que tu n'es plus le même. Que tu t'es lassé de ce rôle. Et même que tu n'es plus tout à fait certain de me croire.

— Cynthia, ne…

— C'est sans doute une des raisons pour lesquelles je veux engager cet homme. Parce que, lui, il ne me jugera pas. Il ne se lancera pas là-dedans tout en pensant que je suis timbrée.

— Mais je n'ai jamais dit que tu…

— Tu n'as pas besoin de le dire, coupa Cynthia. Je l'ai vu dans tes yeux. Quand j'ai cru que cet homme était mon frère. Tu as pensé que je perdais la tête.

— Allez, vas-y, engage-le, ton putain de détective !

Je ne vis pas venir la claque. À mon avis, Cynthia non plus, et c'était pourtant elle qui l'avait lancée. Cela s'était produit, comme ça. Une explosion de colère. Un coup de tonnerre, là, sur le seuil de notre porte. Et durant quelques secondes, nous ne pûmes rien faire d'autre que nous dévisager, figés dans un silence stupéfait. Cynthia, les deux mains suspendues devant sa bouche grande ouverte, paraissait tétanisée.

Je finis par reprendre la parole.

— Heureusement que ce n'était pas ton revers. Sinon, j'imagine que tu m'aurais mis K.-O.

— Terry, je ne sais pas ce qui m'a pris. Je crois… Je crois que j'ai tout simplement perdu l'esprit un instant.

Je la pris dans mes bras, chuchotant à son oreille :

— Excuse-moi. Je serai toujours de ton côté. Je serai toujours là pour toi.

Elle m'enlaça à son tour, pressa sa tête sur ma poitrine. J'avais le sentiment profond que j'allais jeter notre argent par la fenêtre. Mais même si Denton Abagnall ne découvrait rien, l'engager c'était peut-être exactement ce dont Cynthia avait besoin. Elle avait peut-être raison. C'était une manière de prendre le contrôle de la situation.

Quelque temps, en tout cas. Tant que nous pourrions nous le permettre financièrement. Je fis un rapide calcul mental, et me dis qu'avec une mensualité de l'emprunt, et en puisant deux mois dans notre budget de location de films, nous pouvions nous offrir une semaine de détective.

— On l'engage, décidai-je.

Cynthia me serra un peu plus fort contre elle.

— S'il ne trouve rien rapidement, précisa-t-elle sans me regarder, on arrêtera.

— On sait qui est ce type ? Il est sérieux ? Digne de confiance ?

Cynthia s'écarta de moi en reniflant. Je lui tendis un mouchoir de papier, et elle s'essuya les yeux, puis se moucha.

— J'ai téléphoné à la productrice de *Deadline*. Elle est d'abord restée sur la défensive, croyant que j'appelais pour lui en coller plein la tête à propos de la voyante. Mais quand je lui ai demandé s'ils faisaient appel à des détectives pour leurs enquêtes, elle m'a donné le nom d'Abagnall. Elle m'a dit qu'ils n'avaient jamais utilisé ses services, mais qu'ils avaient fait un reportage sur lui. Et qu'il semblait réglo.

— Allons lui parler.

Le détective était resté sur le canapé, fouillant dans les cartons de souvenirs de Cynthia. Il se leva à notre retour. Je vis que ma joue rouge n'échappa pas à son regard, mais il n'en laissa rien paraître.

— J'espère que ça ne vous dérange pas, dit-il. Je jetais un coup d'œil à tout ceci. Et j'aimerais continuer à examiner ces objets un moment, le temps que vous décidiez si vous souhaitez m'engager.

— La décision est déjà prise. Nous aimerions que vous tentiez de découvrir ce qui est arrivé à la famille de ma femme.

— Je ne vous donnerai pas de faux espoirs.

Abagnall parlait d'une voix lente, mesurée, et griffonnait de temps à autre sur son calepin.

— Cette piste est vraiment froide, poursuivit-il. Je vais commencer par relire les rapports de police, poser des questions à quiconque se souvient d'avoir travaillé sur l'affaire, mais je pense qu'il ne faut pas trop espérer.

Cynthia hocha gravement la tête.

— Je ne vois rien là-dedans qui me saute aux yeux, continua le détective en désignant les boîtes. Rien qui constitue un indice quelconque, du moins pour l'instant. Mais si vous le permettez, j'aimerais les conserver un moment, pour les étudier de plus près.

— Sans problème, dit Cynthia. Pourvu que je les récupère.

— Bien entendu.

— Et le chapeau ? demanda-t-elle.

Le chapeau qu'elle croyait être celui de son père se trouvait sur le canapé. Abagnall venait de l'examiner.

— Eh bien, répondit-il, tout d'abord, je vous suggère de revoir la sécurité de cette maison, peut-être de changer les serrures, de poser des verrous sur les portes.

— C'est en cours, affirmai-je.

J'avais déjà contacté plusieurs serruriers.

— Car, que ce chapeau appartienne ou non à votre père, quelqu'un est entré ici pour le déposer. Vous avez une fille, cette maison doit être aussi sécurisée que possible. Quant à déterminer si c'est bien celui de votre père, ajouta le détective de sa voix basse et tranquille, je pourrais l'apporter à un labo privé, tenter une analyse ADN en cherchant des échantillons de cheveux, ou à partir de la sueur sur la bande intérieure. Mais ça coûtera très cher, et vous devrez fournir un échantillon afin d'effectuer les comparaisons, madame Archer. Si un lien était trouvé entre votre ADN et celui qu'on récupérerait sur le chapeau, cela confirmerait qu'il s'agit effectivement de celui de votre père, mais en aucun cas qu'il est vivant.

Je vis à son expression que l'accablement gagnait Cynthia.

— Pourquoi ne pas laisser ça de côté pour le moment ?

Abagnall acquiesça.

— Ce serait mon conseil, pour l'heure, tout du moins.

Son téléphone portable sonna soudain dans sa poche. Il s'excusa, le sortit, regarda qui appelait et décrocha.

— Oui, mon amour ?

Il écouta quelques secondes, puis hocha la tête.

— Oh, ça me paraît formidable. Avec les crevettes ? Bon, mais pas trop épicé, ajouta-t-il en souriant. D'accord. À tout à l'heure.

En rangeant son téléphone, il expliqua :

— C'est ma femme. Elle m'appelle toujours à cette heure-ci pour me dire ce qu'elle prépare à dîner.

Cynthia échangea un regard avec moi.

— Ce soir, crevettes et linguini sauce piquante, poursuivit Abagnall, la mine réjouie. Voilà qui me donne envie de rentrer au plus vite. Bon, madame Archer, auriez-vous par hasard des photos de votre père ? Vous m'en avez donné quelques-unes de votre mère et de votre frère, mais je n'en ai aucune de Clayton Bigge.

— Non, hélas.

— Alors j'irai voir au département des véhicules automobiles. J'ignore jusqu'où remontent les enregistrements de permis de conduire, mais il y aura peut-être une photo dans leurs fichiers. Vous pourriez aussi m'en dire plus sur le secteur qu'il sillonnait pour son travail.

— Toute la région entre ici et Chicago, répondit Cynthia. Il était représentant. Il prenait des commandes d'équipements pour des ateliers d'usinage, quelque chose comme ça, je crois.

— Vous ne connaissiez pas son itinéraire exact ?

— Non. J'étais gamine. Je ne comprenais pas vraiment ce qu'il faisait, juste qu'il était toujours sur les routes. Un jour, il m'a montré des photos de l'immeuble Wrigley à Chicago. Je crois que l'un des polaroids se trouve dans le carton.

Après avoir hoché la tête, Abagnall referma son carnet, le glissa dans sa veste, puis il nous remit à chacun une carte de visite. Enfin, il prit les deux boîtes à chaussures et se leva.

— Je vous contacterai bientôt pour vous dire si je progresse. Vous pourriez me régler dès maintenant trois jours de service ? Je ne pense pas trouver d'ici là les réponses que vous attendez, mais ça me permettra de savoir si la chose est raisonnablement possible.

Cynthia alla chercher son chéquier dans son sac, puis remplit un chèque qu'elle tendit au détective.

À ce moment-là, Grace, qui était restée tout ce temps-là dans sa chambre, appela sa mère depuis l'étage.

— Maman ? Tu peux monter une minute ? J'ai renversé quelque chose sur mon T-shirt.

— Je vais raccompagner M. Abagnall à sa voiture, dis-je.

La portière ouverte, il s'apprêtait à prendre place derrière le volant, lorsque je le retins.

— Ma femme m'a signalé que vous aimeriez discuter avec sa tante Tess ?

— En effet.

Si je voulais éviter que les efforts d'Abagnall restent tout à fait vains, autant qu'il en sache un maximum.

— Elle m'a récemment appris quelque chose, quelque chose qu'elle n'a pas encore révélé à Cynthia.

Le détective attendit tranquillement la suite. Je le mis donc au courant des remises anonymes d'argent.

— Bon, déclara-t-il.

— Je vais prévenir Tess de votre visite. Et lui demander de ne rien vous cacher.

— Merci.

Puis Abagnall s'installa dans la voiture, claqua la portière, puis baissa la vitre et me demanda :

— Vous la croyez ?

— Tess ? Oui. Elle m'a montré le mot, les enveloppes.

— Non, votre épouse. Vous croyez ce que dit votre épouse ?

Je m'éclaircis la voix avant de répondre.

— Bien sûr.

Abagnall boucla sa ceinture, puis raconta :

— Une femme m'a appelé un jour, pour que je retrouve une personne. Je suis allé la voir, et devinez qui elle voulait que je cherche ?

À mon tour d'attendre la suite.

— Elvis. Elle me demandait de retrouver Elvis Presley. C'était vers 1990, et cela faisait bien treize ans qu'Elvis était mort. Elle habitait une grande maison, elle avait beaucoup d'argent, et quelques boulons en moins dans la tête, comme vous l'avez probablement deviné. Elle n'avait même jamais rencontré Elvis de sa vie, n'avait aucun lien avec lui, mais elle était persuadée que le King vivait toujours, attendant qu'elle vienne le sauver. J'aurais pu travailler pour elle pendant un an, prétendre suivre la trace d'Elvis. Grâce à cette brave dame, j'aurais pu prendre une retraite anticipée. Mais je me devais de refuser. Comme elle était très peinée, je lui ai expliqué qu'on m'avait déjà engagé auparavant pour chercher Elvis, que je l'avais retrouvé, qu'il allait bien, mais souhaitait vivre le reste de ses jours en paix.

— Sans blague ! Et elle a marché ?

— Sur le moment, en tout cas. Bien sûr, il se peut qu'elle ait appelé un autre détective par la suite et que celui-ci soit toujours sur l'affaire, allez savoir, ajouta-t-il avec un petit gloussement. Ce serait le comble, non ?

— Où voulez-vous en venir, monsieur Abagnall ?

— Ce que j'essaie de vous dire, c'est que votre femme tient vraiment à savoir ce qui est arrivé à ses parents, à son frère. Je n'aurais pas empoché le chèque d'une personne que je soupçonne de me baratiner. Votre épouse ne me baratine pas.

— Je ne crois pas non plus. Mais cette femme qui vous demandait de retrouver Elvis, elle vous baratinait ? Ou bien elle croyait sincèrement, du fond du cœur, qu'Elvis vivait toujours ?

Abagnall me fit un sourire triste.

— Je reviendrai vous faire mon rapport dans trois jours, ou avant si j'apprends quoi que ce soit d'intéressant.

16

— Les hommes sont faibles – pas toi, bien sûr – et ils vous laissent tomber, mais les femmes vous trahissent tout autant, déclara-t-elle.

— Je sais, tu me l'as déjà dit, remarqua-t-il.

— Oh, excuse-moi – elle devenait sarcastique, et il n'aimait pas quand elle prenait ce ton-là. Je t'ennuie, mon chéri ?

— Non, pas du tout. Continue. Tu disais que les femmes trahissent aussi. Je t'écoutais.

— Parfaitement. Cette Tess, par exemple.

— Ah oui.

— Elle m'a volée.

— Bon…, commença-t-il.

« Techniquement parlant », allait-il dire, puis il jugea inutile de lancer le débat.

— C'est ce qu'elle a fait, au fond, reprit-elle. Cet argent m'appartenait. Elle n'avait aucun droit de le garder pour elle.

— Ce n'est pas comme si elle l'avait dépensé pour son compte, non plus. Elle l'a utilisé pour…

— Ça suffit ! Plus j'y pense, plus ça me rend folle. Et je n'apprécie pas beaucoup que tu la défendes.

— Je ne la défends pas, objecta-t-il.

— Elle aurait dû trouver un moyen de m'en parler, et de réparer le préjudice.

Et comment aurait-elle fait, songea-t-il. Mais il se tut.

— Tu es toujours là ? demanda-t-elle.

— Je suis là.

— Tu voulais dire quelque chose ?

— Non, rien. Enfin… ç'aurait été un peu compliqué, tu ne crois pas ?

— Il y a des jours où je ne supporte pas de te parler, répliqua-t-elle. Appelle-moi demain. Si d'ici là j'ai besoin d'une conversation intelligente, je parlerai à mon miroir.

17

Aussitôt après le départ d'Abagnall, j'appelai Tess sur mon portable pour la prévenir de la visite du détective.

— Je l'aiderai de mon mieux, promit-elle. Je crois que Cynthia a raison de demander à un détective de reprendre l'enquête. Si elle est disposée à ce type de démarche, elle est sans doute prête à entendre ce que j'ai à lui dire.

— On va bientôt se revoir tous les quatre.

— Quand le téléphone a sonné, je pensais justement t'appeler. Mais je ne voulais pas téléphoner à la maison, si Cynthia avait décroché, ç'aurait paru bizarre de demander à te parler. Et je ne pense pas avoir ton numéro de portable.

— De quoi s'agit-il, Tess ?

Elle inspira à fond.

— Oh, Terry, j'ai fait de nouvelles analyses.

Je sentis mes jambes faiblir. La dernière fois, elle m'avait annoncé qu'il ne lui restait probablement que quelques mois à vivre. Ce délai s'était-il encore raccourci ?

— Alors ?

— Alors je vais bien, répondit-elle. Tout va bien. Les médecins m'ont expliqué que les résultats précédents semblaient probants, mais qu'en fait, ils étaient faux. Les derniers permettent d'être catégorique. Terry, je ne vais pas mourir !

— Mon Dieu, Tess, quelle merveilleuse nouvelle. Ils en sont certains ?

— Absolument certains.

— C'est tellement formidable !

— Oui. Si j'avais la foi, je dirais que mes prières ont été entendues. Terry, dis-moi que tu n'en as pas parlé à Cynthia.

— Bien sûr que non, Tess !

Lorsque je revins dans la maison, Cynthia remarqua une larme sur ma joue. Je pensais les avoir bien essuyées, mais j'avais dû en oublier une. Elle leva la main vers mon visage et l'effaça du bout du doigt.

— Terry ? Qu'est-ce qui se passe ?

Je la pris dans mes bras.

— Je suis heureux. Tout simplement heureux.

Elle a sûrement pensé que je devenais dingue. Personne n'était jamais heureux à ce point dans cette maison.

Les deux jours suivants, Cynthia fut plus détendue qu'elle ne l'avait été depuis longtemps. Avoir mis Denton Abagnall sur l'affaire lui procurait un sentiment d'apaisement. Je craignais qu'elle ne l'appelle sur son portable toutes les deux heures, comme elle l'avait fait avec les producteurs de *Deadline*, pour connaître ses progrès, si tant est qu'il en fasse. Mais non. Le soir, alors que nous étions assis dans la cuisine juste avant de monter nous coucher, elle me demanda si je pensais qu'il apprendrait quelque chose. Donc, même si l'enquête occupait son esprit, elle semblait disposée à laisser le détective travailler sans le harceler.

Le lendemain, lorsque Grace rentra de l'école, sa mère lui proposa d'aller sur les courts de tennis municipaux, derrière la bibliothèque. Je ne jouais pas mieux qu'à l'époque de la fac, et je ne touchais pour ainsi dire jamais à une raquette, mais j'adorais regarder les filles jouer, surtout m'extasier sur le redoutable revers de Cynthia. Alors je les suivis, emportant des copies à corriger, relevant les yeux toutes les deux secondes pour observer ma femme et ma fille courir, éclater de rire, se taquiner. Bien entendu, Cynthia ne profitait pas de son revers pour battre Grace à plate couture, au contraire, elle lui prodiguait sans cesse des conseils avisés pour améliorer le sien. Grace se débrouillait bien, mais, après une demi-heure, je la vis tirer la langue. J'imaginais qu'elle aurait préféré se trouver à la maison en train de lire Carl Sagan, comme n'importe quelle petite fille de huit ans.

Lorsqu'elles eurent terminé, je proposai de nous offrir un dîner rapide sur le chemin du retour.

— Tu es sûr ? demanda Cynthia. Avec nos... dépenses supplémentaires, en ce moment ?

— Je m'en fiche.

Elle m'adressa un sourire démoniaque.

— Qu'est-ce qui te prend ? Depuis hier, tu es le plus joyeux petit loup de la ville.

Comment lui expliquer ? Comment lui dire que les bonnes nouvelles que m'avait communiquées Tess me transportaient de joie, alors qu'elle n'avait rien su des mauvaises ? Elle aurait été heureuse que Tess aille bien, mais blessée qu'on l'ait tenue dans l'ignorance.

— Je me sens juste… optimiste.

— À propos des recherches de M. Abagnall ?

— Pas seulement. J'ai le sentiment qu'on a passé un cap, que tu as – qu'on a tous les deux – traversé une période difficile, et qu'on est en train d'en sortir.

— Alors je crois que je prendrai un verre de vin avec le dîner, annonça-t-elle d'un ton enjoué.

Je lui retournai son sourire espiègle.

— Excellente idée.

— Moi, un milk-shake, renchérit Grace. Avec une cerise.

De retour à la maison, Grace disparut pour regarder sur Discovery Channel une émission sur les anneaux de Saturne. Cynthia et moi nous effondrâmes devant la table de la cuisine. Je me mis à aligner des chiffres sur un bloc, les additionnant dans un ordre, puis un autre. C'était toujours là que nous nous installions lorsque nous étions confrontés à de graves décisions financières : pouvait-on se permettre d'acheter une seconde voiture ? Est-ce qu'un voyage à Disneyworld ferait exploser notre budget ?

— Je crois qu'on a les moyens de payer M. Abagnall deux semaines au lieu d'une seule, dis-je. On ne devrait pas se retrouver à la rue.

Cynthia posa sa main sur la mienne.

— Je t'aime, tu sais.

Dans la pièce voisine, une voix à la télé prononça le mot « Uranus », et Grace gloussa.

— Je t'ai déjà raconté quand j'ai détruit la cassette de James Taylor de ma mère ? demanda Cynthia.

— Non.

— Je devais avoir onze ou douze ans. Maman avait des tas de cassettes de musique, elle adorait James Taylor, Simon et Garfunkel, Neil Young, et plein d'autres, mais celui qu'elle préférait, c'était James Taylor. Elle disait que ses chansons pouvaient la rendre heureuse, et aussi la rendre triste. Un jour, maman m'a énervée, je voulais porter à l'école un vêtement qui était dans la corbeille de linge sale, et j'ai commencé à brailler qu'elle n'avait pas fait son boulot.

— Elle a dû apprécier.

— Elle a répondu que si je n'étais pas satisfaite de sa façon de s'occuper de mon linge, je savais où se trouvait la machine. Alors j'ai ouvert le lecteur de cassettes qui était dans la cuisine, arraché celle qui était dedans, et je l'ai jetée par terre. La cassette a éclaté en deux, le ruban s'est dévidé, et ce n'était pas récupérable.

Je l'écoutais en silence.

— Je suis restée figée, horrifiée d'avoir fait une chose pareille. J'ai pensé qu'elle allait me tuer. Au lieu de quoi, elle a laissé tomber ce qu'elle était en train de faire, elle est venue ramasser la cassette, terriblement calme, a regardé laquelle c'était, et a dit : « James Taylor. C'est celle avec "Your Smiling Face". Ma préférée. Tu sais pourquoi je l'aime autant ? Parce que ça commence par : "Dès que je vois ton visage, je souris aussi, car je t'aime." » Ou quelque chose comme ça. Et elle a ajouté : « C'est ma chanson préférée parce que, chaque fois que je l'entends, elle me fait penser à toi, combien je t'aime. Et là, après ce que tu viens de faire, il faudrait plus que jamais que j'écoute cette chanson. »

Les yeux de Cynthia brillaient de larmes.

— Alors, après l'école, j'ai pris le bus pour le Post Mall, et j'ai cherché la cassette. *JT*, c'était son titre. Je l'ai achetée, et je suis rentrée lui offrir. Elle a retiré la cellophane, a mis la cassette dans le lecteur, et m'a demandé si je voulais écouter sa chanson préférée.

Une larme coula sur sa joue, tomba sur la table.

— J'adore cette chanson, murmura Cynthia. Et maman me manque tellement.

Un peu plus tard, elle téléphona à Tess. Sans raison particulière, juste pour parler. Ensuite, elle monta me rejoindre dans notre chambre-atelier-de-couture-bureau, où j'étais en train de taper des notes pour mes élèves sur ma vieille Royal. Ses yeux rougis indiquaient qu'elle avait encore pleuré.

Tess, m'expliqua-t-elle, avait cru être très malade, en stade terminal, mais en fin de compte, tout allait bien.

— Elle a dit qu'elle ne voulait pas m'en parler, qu'elle trouvait que j'avais bien assez de soucis comme ça, et qu'elle préférait ne pas *m'accabler* avec ça. C'est le mot qu'elle a employé, « accabler ». Tu le crois ?

— C'est dingue.

— Et puis elle a appris qu'en fait, elle allait bien, alors elle a senti qu'elle pouvait tout me dire. Mais j'aurais aimé qu'elle m'en parle dès le début, tu comprends ? Parce qu'elle a toujours été là pour moi, et peu importe ce que je traverse, elle reste…

Cynthia s'interrompit pour se moucher, puis ajouta :

— Je ne peux pas imaginer la perdre.

— Je sais. Moi non plus.

— Quand tu étais si heureux, cela n'avait rien à voir…

— Non. Bien sûr que non.

Sans doute aurais-je dû lui dire la vérité. C'était l'occasion de me montrer honnête. Mais j'avais choisi de ne pas le faire.

— Ah, zut, reprit Cynthia. Elle veut que tu la rappelles. Probablement pour t'en parler elle-même. Ne lui dis pas que je t'ai mis au courant, d'accord ? S'il te plaît. Je ne pouvais pas le garder pour moi, tu comprends ?

— Pas de problème.

Je descendis téléphoner à Tess.

— Je lui ai tout raconté, déclara-t-elle.

— Je sais. Merci.

— Il est venu, poursuivit Tess.

— Qui ?

— Le détective. M. Abagnall. C'est un homme très sympathique.

— Oui.

— Sa femme a appelé pendant qu'il était là. Pour lui dire ce qu'elle lui préparait à dîner.

— Et c'était quoi ?

Il fallait que je sache.

— Euh, du rôti, je crois. Un rôti de bœuf, avec du Yorkshire pudding.

— Ça paraît délicieux.

— Bref, je lui ai tout raconté. L'argent, la lettre. Je lui ai donné les enveloppes. Ça l'a beaucoup intéressé.

— Je m'en doute.

— Tu crois qu'on peut encore trouver des empreintes sur du papier, après toutes ces années ? demanda-t-elle.

— Je n'en sais rien. Ça fait longtemps, et tu les as souvent manipulées. Je ne suis pas expert en la matière. Mais à mon avis, tu as très bien fait de les lui remettre. Si quelque chose te revient à l'esprit, n'hésite pas à l'appeler.

— C'est ce qu'il m'a dit aussi. Il m'a laissé sa carte. Elle est là, sous mes yeux, punaisée sur le panneau près du téléphone, juste à côté de la photo de Grace avec Goofy. Ils ont l'air aussi idiots l'un que l'autre, là-dessus.

— Très bien.

— Embrasse Cynthia pour moi.

— Promis. Je t'aime, Tess. Au revoir.

— Elle te l'a dit ? demanda Cynthia lorsque je fus remonté dans notre chambre.

— Oui.

Cynthia, maintenant en chemise de nuit, était étendue sur le lit, au-dessus des couvertures.

— Toute la soirée, j'ai pensé te faire l'amour comme une folle, mais je suis tellement fatiguée que je ne me sens pas capable de la moindre performance honnête, soupira-t-elle.

— Je ne suis pas très exigeant.

— On remet ça à une autre fois ?

— D'accord. On pourrait confier Grace à Tess pour un week-end, et remonter jusqu'à Mystic. Se dégoter un petit hôtel.

Cynthia était tout à fait d'accord.

— Je dormirai aussi peut-être mieux là-bas, ajouta-t-elle. Ces derniers temps, mes rêves sont plutôt... perturbants.

Je m'assis sur le bord du lit.

— C'est-à-dire ?

— Ce que j'expliquais au Dr Kinzler. Je les entends. Ils me parlent, ou bien c'est moi qui leur parle, ou on se parle mutuellement. Je suis avec eux sans l'être vraiment, je peux presque les toucher. Mais quand je tends la main, c'est comme s'ils étaient faits de fumée. Ils se dissipent dans l'air.

Je me penchai pour l'embrasser sur le front.

— Tu as déjà souhaité bonne nuit à Grace ?

— Oui, pendant que tu discutais avec Tess.

— À mon tour alors. Essaie de dormir.

Comme d'habitude, la chambre de Grace était totalement plongée dans le noir, pour lui permettre de mieux voir les étoiles dans son télescope.

— Pas de danger, ce soir ? demandai-je en me glissant à l'intérieur, puis en refermant la porte pour éviter de laisser entrer la lumière du palier.

— On dirait, répondit Grace.

— Tant mieux.

— Tu veux voir ?

Grace pouvait regarder dans le télescope en se tenant debout, mais je n'avais pas envie de me plier en douze, aussi pris-je la chaise de son bureau, et m'assis devant l'appareil. Mais, en lorgnant dans l'extrémité, je ne vis que du noir parsemé de petits points brillants.

— Bon, qu'est-ce que j'observe ?

— Des étoiles, répondit Grace.

En tournant la tête, je pus saisir son sourire espiègle, à peine visible dans la pénombre.

— Merci bien, Carl Sagan.

Puis je remis mon œil en place, et m'efforçai d'ajuster un peu le télescope, qui dévia de son support. L'adhésif dont Grace l'avait entouré pour le fixer avait lâché.

— Je t'avais prévenu que ce pied était nul, répliqua-t-elle à mon exclamation de surprise.

— Bon, OK.

Je fis un nouvel essai, mais l'angle de la lunette s'était déplacé, et je voyais maintenant une portion extrêmement agrandie du trottoir d'en face.

Ainsi qu'un homme, en train d'observer notre maison.

Son visage brouillé, aux traits flous, emplissait la lentille. Lâchant le télescope, je me levai pour m'avancer vers la fenêtre.

— Qui c'est, bon sang ? demandai-je, plus à moi-même qu'à Grace.

— Qui ça ?

À son tour, elle s'approcha de la fenêtre, juste à temps pour voir l'homme s'enfuir.

— C'est qui, papa ?

— Toi, tu ne bouges pas d'ici.

Je me ruai hors de sa chambre, dévalai l'escalier quatre à quatre, ouvris la porte d'entrée à la volée. Je courus le long de l'allée, étudiai la rue que l'homme avait prise. À une cinquantaine de mètres, les feux stop rouges d'une voiture garée le long du trottoir s'allumèrent tandis qu'on mettait le contact, puis elle démarra.

Je me trouvais trop loin, et il faisait trop sombre pour pouvoir lire la plaque d'immatriculation, ou reconnaître le modèle du véhicule, avant qu'il tourne l'angle et disparaisse. D'après le son de son moteur, c'était un vieux modèle. De couleur sombre. Bleu foncé, brun, gris, impossible à dire.

Je fus tenté de sauter dans ma propre voiture, mais les clefs se trouvaient dans la maison et, le temps de les récupérer, l'homme serait à Bridgeport.

Grace m'attendait sur le seuil de la maison.

— Je t'avais ordonné de ne pas bouger de ta chambre ! dis-je avec colère.

— Je voulais juste voir…

— Va te coucher immédiatement.

Comprenant que toute tentative de discussion était vouée à l'échec, elle grimpa l'escalier à la vitesse de l'éclair.

Mon cœur battait à tout rompre, et il me fallut un moment pour retrouver mon calme avant de monter. Lorsque je finis par y parvenir, Cynthia dormait à poings fermés.

Je la regardai, et me demandai quelles sortes de conversations elle était en train d'écouter, ou de tenir, avec ses disparus ou ses morts.

« Pose-leur une question de ma part, avais-je envie de lui dire. Demande-leur qui observe notre maison. Demande-leur ce qu'il nous veut. »

18

Le lendemain matin, Cynthia s'arrangea par téléphone avec Pam pour arriver un peu plus tard à la boutique. Un serrurier devait venir à neuf heures. À supposer que nous n'en ayons pas déjà réservé un, l'incident de la veille m'aurait sans aucun doute poussé à le faire.

Pendant le petit déjeuner, et avant que Grace ne descende pour aller à l'école, je parlai à Cynthia de l'homme aperçu sur le trottoir. J'avais envisagé de ne rien lui dire, mais très momentanément. D'abord, il y avait de grandes chances que Grace la mette au courant. Ensuite, si un homme surveillait la maison, quels que soient son identité et ses motifs de le faire, nous devions tous nous tenir sur nos gardes. Pour ce que nous en savions, cela n'avait strictement aucun rapport avec la situation de Cynthia. Il s'agissait peut-être d'une sorte de pervers au sujet duquel il fallait alerter le voisinage.

— Tu l'as bien regardé ? demanda Cynthia.

— Non. Je l'ai poursuivi dans la rue, mais il est monté dans une voiture et a fichu le camp.

— Et tu as pu voir la voiture ?

— Non plus.

— Elle aurait pu être marron ?

— Cyn, je n'en sais rien. Il faisait sombre, et la voiture était sombre aussi.

— Donc elle pouvait être marron.

— Oui. Elle pouvait être marron. Ou bleu foncé, ou noire. Je ne sais pas.

— Je parie que c'est le même, déclara Cynthia. Celui qui nous suivait sur le chemin de l'école, Grace et moi.

— Bon, je vais parler aux voisins.

Je réussis à attraper ceux des maisons mitoyennes alors qu'ils partaient travailler, et leur demandai s'ils avaient remarqué quelqu'un ou quelque chose d'insolite dans les parages le soir précédent, ou n'importe quel autre soir. Aucun n'avait rien vu.

Mais je donnai néanmoins un coup de fil à la police, au cas où un autre habitant de la rue aurait signalé quoi que ce soit sortant de l'ordinaire ces jours derniers. On me passa l'agent qui enregistrait ce genre d'affaire.

— Non, rien de particulier, dit-il, encore que..., attendez, il y a eu un rapport l'autre jour, un truc assez bizarre, franchement.

— C'était quoi ?

— Des gens ont appelé à cause d'un chapeau qu'ils ont trouvé dans leur maison – le policier se mit à rire – au début, j'ai cru que c'était une faute de frappe, qu'on avait déposé un drapeau, mais non, c'est bien un chapeau.

— Laissez tomber.

Au moment où je partais pour le lycée, Cynthia m'interpella.

— J'aimerais aller chez Tess. Bon, je sais qu'on l'a vue le week-end dernier, et que, d'habitude, on n'y va pas chaque semaine. Mais vu ce qu'elle vient de traverser, je pensais que…

— N'en dis pas plus. Je trouve l'idée formidable. Pourquoi ne pas y aller demain soir ? On l'emmènerait manger une glace, par exemple ?

— Je vais l'appeler, décida Cynthia.

Au lycée, je vis Rolly en salle des profs, qui rinçait un mug avant de se verser du café remarquablement ignoble.

— Comment ça va ? demandai-je en arrivant derrière lui.

Il sursauta.

— Putain, quelle frousse !

Je me servis également une tasse, et y ajoutais une tonne de sucre pour en masquer le goût.

— Alors, comment ça va ?

Rolly haussa les épaules. Il semblait ailleurs.

— Toujours pareil. Et toi ?

Un soupir m'échappa.

— Un type observait notre maison dans le noir, hier soir, et le temps de descendre dans la rue, il s'était enfui.

Je bus une gorgée de café. Le goût restait infect.

— Qui est responsable de cette horreur ? Le café est sous-traité à une entreprise d'évacuation des eaux usées, ou quoi ?

— Quelqu'un observait votre maison ? répéta Rolly. Pour quoi faire, à ton avis ?

— Aucune idée, mais, ce matin, on fait installer des verrous sur les portes, et il semblerait que ce soit le bon moment.

— Ça fout les jetons. C'était peut-être un type qui traînait pour voir si des gens avaient laissé leur garage ouvert, par exemple, pour piquer des trucs.

— Peut-être. De toute façon, les nouveaux verrous ne sont pas une mauvaise idée.

— C'est vrai, admit Rolly.

Il se tut quelques instants, puis annonça :

— Je pense prendre ma retraite plus tôt.

Nous avions donc terminé de parler de moi.

— Je croyais que tu devais rester au moins jusqu'à la fin de l'année scolaire ?

— Ben, oui, mais imagine que je meure ? Ils seraient bien obligés de me trouver un remplaçant, non ? Après tout, ça fait juste quelques dollars mensuels en moins sur ma pension. Je suis prêt à partir, Terry. Diriger une école, travailler dans un lycée, ce n'est plus ce que c'était, tu comprends ? Je veux dire, il y a toujours eu des gosses difficiles, mais c'est bien pire aujourd'hui. Ils sont armés. Leurs parents s'en foutent. J'ai donné quarante ans de ma vie au système, et maintenant, je veux arrêter. Millicent et moi, on vend la maison, on dépose l'argent à la banque, et direction Bradenton. Ma tension baissera peut-être enfin.

— C'est vrai que tu as l'air tendu ce matin. Tu devrais peut-être rentrer ?

— Non, ça va aller.

Rolly se tut de nouveau. Il ne fumait pas, mais on aurait dit un fumeur en manque.

— Millicent a déjà pris sa retraite, dit-il ensuite. Plus rien ne me retient. Aucun de nous deux ne rajeunira, pas vrai ? On ne sait jamais combien de temps il nous reste. On est là, et une minute plus tard, pfuitt, on n'y est plus.

Je me frappai le front.
— Oh, ça me fait penser !
— Quoi ?
— À propos de Tess.
Rolly battit des cils.
— Eh bien, quoi, Tess ?
— Finalement, elle va bien.
— Hein ?
— Les médecins ont fait de nouvelles analyses, et en fin de compte, leur diagnostic initial était faux. Elle n'est pas en train de mourir. Tout va bien pour elle.
Rolly paraissait complètement abasourdi.
— Mais qu'est-ce que tu racontes ?
— Je te dis que Tess va bien.
— Mais, objecta-t-il lentement, comme s'il n'en croyait pas ses oreilles, ces médecins lui ont dit qu'elle allait mourir et maintenant, ils disent le contraire ? Ils disent qu'ils se sont trompés ?
— Tu sais, ce n'est pas ce que j'appellerais une mauvaise nouvelle.
Rolly cligna de nouveau des yeux.
— Bien sûr que non, Terry. Bien sûr que non. C'est une nouvelle formidable. Ça vaut mieux que de commencer par une bonne et en apprendre une mauvaise ensuite, je suppose.
— Exact.
Puis il consulta sa montre.
— Bon, je dois y aller.
Moi aussi. Mon cours d'écriture créative commençait une minute plus tard. Le dernier devoir que j'avais donné à mes élèves consistait à écrire une lettre à une personne inconnue – réelle ou imaginaire – et à lui

raconter quelque chose qu'ils n'avaient envie de dire à personne d'autre. « Il est parfois plus facile de dire des choses très personnelles à un étranger. Comme si c'était moins déstabilisant de se confier à quelqu'un qui ne vous connaît pas. »

Lorsque je réclamai un volontaire pour donner le coup d'envoi, Bruno, le fanfaron de la classe, leva la main, à ma grande surprise.

— Bruno ?

— Oui, m'sieur, je suis prêt.

Ça ressemblait peu à Bruno de se porter volontaire, comme d'avoir fait son devoir. Je craignais le pire, tout en étant intrigué.

— D'accord. Vas-y.

Il ouvrit son cahier, commença à lire.

— « Cher Penthouse… »

Toute la classe s'esclaffait déjà.

— Stop. C'est censé être une lettre à quelqu'un que tu ne connais pas.

— Mais je connais pas un chat à *Penthouse*. J'ai fait ce que vous avez dit. J'ai écrit quelque chose que je dirais à personne d'autre. Pas à ma maman, en tout cas.

— Ta mère, y a que l'autobus qui lui est pas passé dessus, railla quelqu'un.

— T'es jaloux, riposta Bruno. Tu voudrais que la tienne soit comme ça, au lieu de ressembler à la photocopie d'un cul.

— Un autre volontaire ? demandai-je.

— Non, attendez, protesta Bruno. « Cher Penthouse, j'aimerais te raconter une expérience impliquant un de mes très proches amis, que je préfère appeler M. Johnson. »

Un dénommé Ryan faillit tomber de sa chaise, écroulé de rire.

Comme d'habitude, Jane Scavullo, assise au fond de la classe, regardait par la fenêtre avec ennui, comme si elle était au-dessus de tout ce qui se passait dans cette salle. Aujourd'hui, elle avait sans doute raison. Elle semblait avoir envie d'être n'importe où ailleurs, et si je m'étais regardé dans un miroir à ce moment-là, j'aurais probablement vu la même expression sur mon visage.

Une fille du premier rang, Valerie Swindon, une vraie fayotte, leva la main à son tour.

— « Cher président Lincoln, je pense que vous avez été un immense président parce que vous avez aboli l'esclavage et fait que tous soient égaux. »

Et ainsi de suite. Les gosses bâillaient, levaient les yeux au plafond, et je songeais que c'était terrible que l'on ne puisse pas rendre hommage à Abraham Lincoln sans passer pour un raseur. Mais tandis qu'elle lisait sa lettre, mon esprit dérivait malgré moi vers le sketch de Bob Newhart, la conversation téléphonique entre le brillant esprit de Madison Avenue et le président, quand il dit à Abe qu'il devrait se détendre, aller au théâtre.

Je sollicitai deux autres élèves, puis tentai le coup avec Jane.

— Je passe mon tour, déclara-t-elle.

Mais, en quittant la classe à la fin du cours, elle jeta une feuille de papier sur mon bureau. Voici ce que je lus :

« Cher X,

« Ceci est une lettre de n'importe qui à n'importe quel autre, pas besoin de noms, de toute façon, on ne connaît jamais vraiment personne. Les noms ne changent rien à l'affaire. Le monde est entièrement peuplé d'étrangers. Des millions et des millions d'étrangers. Chacun est l'étranger de tous les autres. On pense parfois connaître des gens, surtout ceux qui sont censés être proches, mais si on les connaissait vraiment, pourquoi s'étonner de leurs conneries ? Par exemple, les parents sont toujours surpris de ce que font leurs gosses. Ils les élèvent depuis qu'ils sont bébés, passent chaque journée sans exception avec eux, pensent qu'ils sont d'adorables putains d'anges, et un jour les flics sonnent à la porte et leur disent, hé, devinez quoi, votre gosse vient de défoncer le crâne d'un autre avec une batte de base-ball. Ou alors c'est vous le gosse, vous trouvez que les choses vont plutôt pas mal, et un jour le type censé être votre père dit salut, je me casse, amusez-vous bien. Et vous pensez, c'est quoi ce merdier ? Alors, des années plus tard, votre maman finit par s'installer avec un autre mec, il a l'air correct, mais vous pensez, ça va arriver quand ? C'est ça, la vie. La vie, c'est se demander tout le temps, ça va arriver quand ? Parce que si ça fait très, très longtemps que ce n'est pas arrivé, vous savez que vous êtes sacrément redevable.

« Amicalement,

« X. »

Je le relus deux, trois fois, puis, avec mon feutre rouge, j'inscrivis un *A* en haut de la feuille.

À l'heure du déjeuner, je voulais passer de nouveau voir Cynthia à la boutique de Pamela, et je rejoignais ma voiture sur le parking du personnel, lorsque Lauren Wells se gara sur l'emplacement voisin, manœuvrant d'une main, pressant de l'autre un téléphone contre son oreille.

Je m'étais débrouillé pour ne pas la croiser les jours précédents, et n'avais aucune envie de lui parler. Mais elle baissait déjà sa vitre, levait le menton vers moi, sans cesser de discuter dans son portable, puis me fit signe d'attendre. Elle arrêta sa voiture, dit « une seconde » dans l'appareil, et se tourna vers moi.

— Salut, Terry. Je ne t'ai pas rencontré depuis que tu as revu Paula. Vous allez repasser à l'émission ?

— Non.

La déception assombrit son visage.

— Quel dommage. Ç'aurait pu aider, pas vrai ? C'est Paula qui n'a pas voulu ?

— Rien de tel, non.

— Écoute, reprit Lauren, tu peux me rendre un service ? Juste une seconde. Tu peux dire « salut » à ma copine ?

— Pardon ?

Elle me tendit son téléphone.

— Elle s'appelle Rachel, dis-lui bonjour. Juste : « Salut, Rachel. » Elle va mourir quand je lui dirai que tu es le type de cette émission.

J'ouvris la portière, et lançai avant de pénétrer dans ma voiture :

— T'as vraiment rien de mieux à faire, Lauren !

Elle me dévisagea, bouche bée, puis hurla, assez fort pour que je l'entende malgré ma vitre fermée :

— Tu te crois d'enfer, mais tu te trompes !

Cynthia n'était pas encore arrivée chez Pamela's.

— Elle a téléphoné pour dire qu'elle attendait toujours le serrurier, m'apprit Pam.

Je consultai ma montre. Presque treize heures. J'avais calculé que si le serrurier se présentait à l'heure, il serait reparti vers dix, onze heures au plus tard.

Comme je cherchais mon portable, Pamela me tendit le téléphone de la boutique.

— Salut, Pam, répondit Cynthia, leurrée par l'interlocuteur affiché. Excuse-moi. J'arrive tout de suite.

— C'est moi.

— Oh, Terry !

— Je suis passé à la boutique, pensant t'y trouver.

— Le type était en retard, il vient juste de terminer. Je partais.

— Dis-lui qu'elle s'en fasse pas, intervint Pamela. C'est calme. Qu'elle prenne sa journée.

— Tu entends ça ? demandai-je à Cynthia.

— Oui. C'est peut-être aussi bien, en fait. Je n'arrive pas à me concentrer. M. Abagnall a appelé. Il veut nous voir. Il passe à quatre heures et demie. Tu seras rentré ?

— Bien sûr. Qu'est-ce qu'il a dit ? Il a trouvé quelque chose ?

Pamela leva un sourcil interrogateur.

— Il a dit qu'on en discutera ensemble quand il sera ici, pas avant, répondit Cynthia.

— Ça va ?

— Je me sens plutôt bizarre.

— Oui, moi aussi. Mais il peut très bien nous annoncer qu'il n'a rien trouvé.

— Je sais.

— On voit Tess demain ?

— Je lui ai laissé un message. Ne rentre pas tard, d'accord ?

Lorsque j'eus raccroché, Pam me demanda de quoi nous parlions.

— Cynthia a engagé – *nous* avons engagé – un détective pour enquêter sur la disparition de sa famille.

— Ah, bon ! Ça ne me regarde pas, mais à mon avis, vous jetez votre argent par la fenêtre. C'est si vieux, tout ça. Personne ne saura jamais ce qui s'est passé cette nuit-là.

— À bientôt, Pam. Merci pour le téléphone.

— Vous voulez une tasse de café ? proposa Cynthia lorsque Denton Abagnall s'assit dans notre canapé.

— Oh, volontiers, répondit-il. Très volontiers.

Cynthia apporta un plateau garni de tasses, de café, de sucre, de crème, ainsi que des cookies au chocolat. Elle remplit les trois tasses, présenta l'assiette de cookies à Abagnall, qui se servit, pendant que, dans nos têtes, Cynthia et moi hurlions : « Pitié, dites-nous ce que vous savez, on ne peut pas attendre une minute de plus ! »

Jetant un coup d'œil sur le plateau, Cynthia me dit :

— Terry, je n'ai apporté que deux cuillers. Tu veux bien aller en chercher une autre ?

Dans la cuisine, j'ouvris le tiroir pour prendre une cuiller, lorsque quelque chose attira mon regard dans l'espace entre le casier à couverts Rubbermaid et la paroi du tiroir où traînait tout un ramassis d'objets qui allait des crayons et stylos à ces petites attaches de plastique servant à fermer les sachets de pain.

Une clef.

Je l'extirpai de là. Il s'agissait de la clef de réserve qui pendait d'ordinaire au clou sur le mur de la cuisine.

Après être retourné dans le salon avec la cuiller, je repris ma place tandis qu'Abagnall ouvrait et feuilletait son calepin.

— Voyons ce que j'ai là-dedans.

Cynthia et moi souriions d'un air patient.

— Ah, voilà. Madame Archer, que pouvez-vous me dire au sujet de Vince Fleming ?

— Vince Fleming ? répéta Cynthia.

— C'est cela. Le garçon avec lequel vous êtes sortie ce soir-là. Tous les deux étiez dans sa voiture...

Le détective s'interrompit, nous regarda tour à tour, puis s'adressa de nouveau à Cynthia.

— Excusez-moi, cela vous dérange que je parle de ça devant votre mari ?

— Pas du tout.

— Bien. Vous étiez donc dans sa voiture, à côté du centre commercial, je crois. C'est là que votre père vous a trouvée puis il vous a ramenée à la maison.

— Oui.

— J'ai lu les rapports de police sur l'affaire, et la productrice de cette émission de télé m'a montré une copie du reportage. Je suis désolé, je ne l'ai pas regardée quand il a été diffusé, les émissions criminelles m'intéressent peu. Mais ils ont obtenu la plupart de leurs informations auprès de la police. Ce Vince Fleming, son histoire est un peu en dents de scie, si vous voyez ce que je veux dire ?

— Je ne suis pas vraiment restée en contact avec lui après cette soirée, dit Cynthia.

— C'est un type qui a un rapport constamment limite avec la loi, expliqua Abagnall. Tout comme son père. Anthony Fleming dirigeait à l'époque une organisation criminelle plutôt importante.

— Comme la mafia ? demandai-je.

— Pas si grosse. Mais il contrôlait une part non négligeable du marché de la drogue entre New Haven et Bridgeport. Et aussi la prostitution, le détournement de camions de marchandises, ce genre d'occupations.

— Mon Dieu, s'exclama Cynthia, je n'en savais rien. Enfin, je savais que Vince était un peu voyou, mais je n'imaginais pas dans quoi son père était impliqué. Son père est toujours vivant ?

— Non, il a été tué en 1992. Des apprentis truands l'ont abattu lors d'une transaction qui a mal tourné.

Ma femme hochait une tête incrédule.

— Et la police les a arrêtés ?

— Ça n'a pas été la peine, répondit Abagnall. Les hommes d'Anthony Fleming s'en sont occupés. Ils ont massacré toute une bande – les responsables, et d'autres qui ne l'étaient pas mais se trouvaient au mauvais moment au mauvais endroit – en guise de représailles. On suppose que Vince Fleming s'est chargé de l'opération, mais il n'a jamais été reconnu coupable ni poursuivi.

Le détective reprit un cookie au chocolat et avoua :

— Je ne devrais pas. Je sais que ma femme est en train de me préparer quelque chose de bon pour le dîner.

Je pris la parole :

— Mais quel est le rapport avec Cynthia, et avec la disparition de sa famille ?

— Aucun, à proprement parler, admit Abagnall. Mais je me renseigne sur le genre de personnage qu'est devenu Vince, et je me demande ce qu'il a fait la nuit où la famille de votre femme a disparu.

— Vous pensez qu'il a quelque chose à voir avec leur disparition ? demanda Cynthia.

— Je n'en sais rien. Mais il aurait pu avoir des motifs de colère. Votre père vous a extirpée de force de sa voiture. Ç'a dû être humiliant, non seulement pour vous, mais aussi pour lui. S'il a effectivement quelque chose à voir avec la disparition de vos parents, et celle de votre frère, s'il les a... – la voix du détective s'adoucit – ... s'il les a tués, son père avait les moyens et l'expérience pour l'aider à brouiller les pistes.

— Mais la police a sûrement étudié cette possibilité, à l'époque, remarquai-je. Vous n'êtes certainement pas la première personne que cette idée traverse.

— Vous avez raison. La police l'a examinée. Mais ils n'ont rien trouvé de concret. De plus, Vince et sa famille se sont fourni des alibis mutuels. Il a affirmé être rentré chez lui après que votre père vous a ramenée chez vous.

— En tout cas, ça expliquerait une chose, déclara Cynthia.

— Laquelle ? demandai-je.

Abagnall souriait. Il devait deviner ce qu'elle allait dire.

— Ça expliquerait pourquoi je suis vivante.

Le détective acquiesça.

— Parce qu'il m'aimait bien, compléta Cynthia.

— Mais ton frère, il n'avait rien contre ton frère, objectai-je avant de me retourner vers Abagnall. Ça, comment l'expliquez-vous ?

— Todd était peut-être simplement un témoin gênant. Quelqu'un qui se trouvait là, et devait donc être éliminé.

Tout le monde garda le silence durant quelques instants, puis Cynthia reprit la parole :

— Il avait un couteau.

— Qui ? Vince ?

— Oui, dans la voiture, ce soir-là. Il me l'a montré. Un de ces couteaux qui s'ouvrent d'un coup, comment ça s'appelle, déjà ?

— Un cran d'arrêt, répondit Abagnall.

— Voilà. Je me rappelle… Je me rappelle l'avoir tenu entre mes mains, et…

Sa voix s'éteignit, ses yeux commencèrent à rouler sous ses paupières baissées.

— Je me sens un peu mal, murmura-t-elle.

Je glissai précipitamment un bras autour de sa taille.

— Tu veux que je t'apporte quelque chose ?

— Non, je… je crois que j'ai besoin de me passer un peu d'eau sur le visage.

Elle tenta de se mettre debout. J'attendis que ses jambes se stabilisent, puis la suivis des yeux avec inquiétude tandis qu'elle montait l'escalier.

Abagnall l'observait également. Dès qu'il entendit la porte de la salle de bains se fermer, il se pencha vers moi et demanda à voix basse :

— Qu'est-ce que vous en pensez ?

— Je ne sais pas. Je crois qu'elle est épuisée.

Il hocha la tête, se tut un moment.

— Le père de ce Vince Fleming gagnait très bien sa vie avec ses activités illégales, reprit-il. S'il s'était senti un tant soit peu responsable de ce que son fils avait fait, il aurait eu la possibilité financière de laisser à la tante de votre femme des sommes en liquide pour l'aider à payer les études de sa nièce.

— Vous avez vu la lettre. Tess vous l'a montrée.

— Oui. Elle me l'a même remise, avec les enveloppes. Je suppose que votre épouse n'est toujours pas au courant ?

— Non, toujours pas. Mais je pense que Tess est prête à lui en parler. Il me semble qu'elle voit dans la décision de Cynthia de vous engager le signe qu'elle est mûre pour l'apprendre.

Abagnall approuva pensivement.

— Il vaut mieux tout sortir au grand jour maintenant, dans la mesure où nous essayons de trouver des réponses.

— Nous avons prévu d'aller voir Tess demain soir. En fait, ça vaudrait même le coup d'aller la voir ce soir.

Pour être honnête, je pensais surtout au tarif journalier du détective.

— C'est une bonne…

La sonnerie de son portable interrompit Abagnall, qui le sortit de sa poche.

— Compte rendu de dîner, sans doute, dit-il en souriant, mais il fronça les sourcils en voyant le numéro. Ils n'ont qu'à laisser un message, décréta-t-il en rempochant l'appareil.

Cynthia redescendait.

— Madame Archer, vous vous sentez mieux ?

Elle acquiesça et reprit sa place. Abagnall s'éclaircit la gorge.

— Vous en êtes certaine ? Parce que je voudrais maintenant aborder un autre sujet.

— Oui. Allez-y, je vous en prie.

— Bon, il doit y avoir une explication très simple. Peut-être une confusion administrative, allez savoir. La bureaucratie de cet État est connue pour manquer parfois de rigueur.

— Oui ?

— Eh bien, comme vous n'avez pu me fournir de photo de votre père, j'en ai cherché une au département des véhicules automobiles. Je pensais que les fichiers m'aideraient, mais ils ne m'ont été d'aucune utilité.

— Il n'y avait pas de photos de lui ? C'était peut-être avant qu'on mette des photos sur les permis de conduire ? avança Cynthia.

— Peut-être, répliqua le détective, mais le vrai problème, c'est qu'il n'y a pas de permis de conduire enregistré au nom de votre père.

— Que voulez-vous dire ?

— Qu'il n'y a aucune trace de lui, madame Archer. D'après le département des véhicules automobiles, votre père n'a jamais existé.

19

— Mais c'est peut-être justement ce que vous disiez, argua Cynthia. Plein de gens disparaissent des fichiers informatiques.

Denton Abagnall eut un sourire aimable.

— C'est très juste. Le fait que Clayton Bigge n'apparaisse pas dans les fichiers du département des véhicules ne prouve, en soi, strictement rien. Mais j'ai ensuite consulté les anciens registres de Sécurité sociale.

— Et alors ?

— Et alors son numéro n'y figure pas non plus. Il est difficile de trouver la moindre trace administrative de votre père, madame Archer. Nous n'avons aucune photo de lui. J'ai également épluché vos boîtes à chaussures, sans y trouver de fiche de paie justifiant un emploi. Connaîtriez-vous par hasard le nom de l'entreprise pour laquelle il travaillait, et qui l'envoyait en permanence sur les routes ?

— Non, répondit Cynthia après réflexion.

— Il n'est pas répertorié au fisc. Pour autant que je sache, il n'a jamais payé d'impôts. Pas sous le nom de Clayton Bigge, en tout cas.

— Qu'est-ce que vous voulez dire ? Que mon père était un espion, quelque chose comme ça ? Une sorte d'agent secret ?

Nouveau sourire d'Abagnall.

— Eh bien, non, rien d'aussi romanesque.

— Parce qu'il n'était pour ainsi dire jamais là, continua Cynthia en se tournant vers moi. Qu'en penses-tu ? Il aurait pu être un agent du gouvernement, envoyé en mission ?

— Ça me semble un peu exagéré, répondis-je d'un ton hésitant. Si on va par là, pourquoi ne pas imaginer qu'il venait d'une autre planète ? Un extraterrestre envoyé pour nous étudier, puis reparti dans sa galaxie, en emmenant ta mère et ton frère.

Elle se contenta de me dévisager. Elle semblait encore un peu dans les vapes, après son malaise.

— Je plaisantais, assurai-je avec une grimace d'excuses.

Abagnall nous ramena à la réalité – surtout moi.

— Ce n'est pas une de mes hypothèses de travail.

— Alors quelle est votre théorie ? demandai-je.

Il reprit une gorgée de café.

— En me fondant sur le peu que j'ai appris jusqu'à présent, je pourrais en échafauder une demi-douzaine. Votre père vivait-il sous un faux nom ? Fuyait-il un passé douteux ? Voire criminel ? Vince Fleming a-t-il nui d'une façon ou d'une autre à votre famille ce soir-là ? Les activités criminelles de son père étaient-elles d'une façon ou d'une autre liées à un élément du passé de votre père, qu'il aurait réussi à cacher jusque-là ?

— Au fond, on ne sait rien du tout, c'est ça ? demanda Cynthia.

Le détective s'enfonça avec lassitude dans le canapé.

— Ce que je sais, c'est que, en l'espace de quelques jours, le nombre de questions sans réponse dans cette affaire a augmenté de façon exponentielle. Il me faut donc vous demander si vous souhaitez que je poursuive. Vous avez déjà dépensé plusieurs centaines de dollars pour mes services, et cela risque de vous en coûter des milliers. Si vous préférez que j'arrête tout de suite, pas de problème. Je clos l'enquête, vous remets un rapport sur ce que j'ai appris, et voilà. Ou alors, je continue à creuser. C'est à vous seuls de décider.

Cynthia ouvrit la bouche, mais je la devançai :

— Nous aimerions que vous continuiez.

— D'accord. Je pense que je vais rester sur votre affaire encore deux jours. Je n'ai pas besoin d'un nouveau chèque pour le moment. Je pense que quarante-huit heures me suffiront pour déterminer si j'ai une chance de progresser de manière significative.

— Entendu.

— Je pense fouiller un peu plus du côté de Vince Fleming, enchaîna Abagnall. À votre avis, madame Archer, cet homme – enfin, il devait être un très jeune homme à l'époque – aurait-il pu faire du mal à votre famille ?

Elle prit le temps d'y réfléchir quelques instants.

— Après tout ce temps, je pense pouvoir affirmer que tout est possible.

— Oui, il vaut mieux être ouvert à toutes les hypothèses. Merci pour le café.

Avant de partir, le détective rendit à Cynthia ses cartons de souvenirs. En refermant la porte derrière lui, elle me demanda :

— Qui était mon père ? Bon Dieu, qui était mon père ?

Je repensais alors au devoir d'écriture de Jane Scavullo. Au fait que nous sommes tous étrangers les uns par rapport aux autres, que nous connaissons souvent si peu ceux dont nous sommes le plus proches.

Durant vingt-cinq ans, Cynthia avait souffert de chagrin et d'angoisse à cause de la disparition de sa famille, sans rien savoir de ce qui leur était arrivé. Et, bien que nous n'ayons toujours pas de réponse à cette question, des bribes d'informations flottaient désormais à la surface de l'énigme, tels les morceaux d'épave d'un bateau depuis longtemps coulé. Le fait que le père de Cynthia ait pu vivre sous un nom d'emprunt, que le passé de Vince Fleming puisse être bien plus sombre qu'on ne l'avait soupçonné. L'étrange appel téléphonique, la mystérieuse apparition du prétendu chapeau de Clayton Bigge. L'homme observant notre maison l'autre soir. L'aveu de Tess concernant les enveloppes bourrées d'argent qu'elle avait reçues pendant le temps qu'avait duré l'éducation de Cynthia.

C'est ce dernier point que je sentais Cynthia désormais en droit de connaître. Et je pensais qu'il valait mieux que Tess le lui apprenne elle-même.

Au cours du dîner, nous nous sommes efforcés de ne pas aborder les questions soulevées par la visite d'Abagnall. Nous avions tous les deux le sentiment d'avoir déjà trop largement exposé Grace à tout cela. Son radar était sorti en permanence, elle piquait un bout d'information par-ci, un bout d'information par-là, les recoupant avec ce qu'elle entendait ensuite. Nous craignions qu'évoquer tout ça, l'histoire de sa mère, la voyante opportuniste, l'enquête d'Abagnall, ne contribue à aggraver son angoisse, sa peur qu'une nuit, nous soyons tous anéantis par un objet venu de l'espace.

Mais nous avions beau essayer d'éviter un sujet, c'était souvent Grace qui le mettait sur le tapis.

— Où est le chapeau ? demanda-t-elle après avoir avalé une cuillerée de purée.

— Quoi ? s'exclama Cynthia.

— Le chapeau de ton papa. Celui qu'on a déposé. Il est où ?

— Je l'ai rangé dans un placard.

— Je peux le voir ?

— Non. Ce n'est pas un jouet, rétorqua sa mère.

— Je ne veux pas jouer avec. Je veux juste le regarder.

— Je t'interdis de jouer avec ou de le regarder ou de le toucher ! répliqua Cynthia d'un ton brusque.

Battant en retraite, Grace retourna à sa purée.

Cynthia resta préoccupée, à cran, durant tout le repas. Pas étonnant, puisqu'elle venait d'apprendre que l'homme qu'elle avait toute sa vie connu sous le nom de Clayton Bigge ne s'appelait peut-être pas Clayton Bigge.

— Je pense qu'on devrait rendre visite à Tess ce soir, déclarai-je.

— Oh oui, s'écria Grace. Allons voir tante Tess.

Cynthia, comme sortant d'un rêve, objecta :

— Demain. Tu avais dit qu'on irait demain.

— Je sais. Mais je pense que ce serait bien de la voir ce soir. Il y a beaucoup de choses dont on doit parler avec elle. Je pense que tu devrais lui raconter ce que M. Abagnall nous a dit.

— Qu'est-ce qu'il a dit ? demanda Grace.

Je la fis taire d'un regard.

— Je l'ai appelée tout à l'heure, reprit Cynthia, et lui ai laissé un message. Elle doit être sortie. Elle nous rappellera en rentrant, quand elle l'aura écouté.

— Je vais essayer de la joindre, dis-je en prenant le téléphone.

Le répondeur se déclencha après une demi-douzaine de sonneries. Puisque Cynthia avait déjà laissé un message, je ne voyais pas l'intérêt d'en ajouter un autre.

— Je te l'avais bien dit, commenta-t-elle.

Je vérifiai la pendule. Presque sept heures. Quoi que Tess soit en train de faire, elle ne tarderait probablement pas à rentrer.

— Pourquoi ne pas prendre la voiture et y aller ? Le temps qu'on arrive, elle sera sans doute revenue. Sinon, on attendra son retour. Tu as toujours sa clef, non ?

Cynthia fit signe que oui, mais demanda :

— Tu ne crois pas que ça peut attendre demain ?

— Je pense que, non seulement elle voudra entendre ce que M. Abagnall a découvert, mais elle voudra sans doute te faire part de certaines choses.

— Comment ça, elle voudra me faire part de certaines choses ? répéta Cynthia.

Grace, qui m'observait elle aussi avec une certaine curiosité, eut cette fois la présence d'esprit de se taire.

— Je ne sais pas. Cette nouvelle incroyable pourrait déclencher un truc, lui rappeler des détails auxquels elle ne pensait plus. En apprenant que ton père avait peut-être… une autre identité, elle pourrait tout à coup se dire que ça expliquerait ceci ou cela.

— Tu parles comme si tu savais ce qu'elle va me révéler.

J'avais la bouche sèche. Je me levai pour me remplir un verre d'eau au robinet, que je fis couler jusqu'à ce qu'elle soit bien fraîche. Après avoir bu, je m'adossai au plan de travail.

— Bon. Grace, ta mère et moi avons besoin de rester seuls.

— Je n'ai pas terminé mon dîner.

— Prends ton assiette et va regarder la télévision.

La mine renfrognée, elle obéit et quitta la pièce. Je savais qu'elle pensait rater le meilleur.

Je fis face à Cynthia.

— Avant les derniers résultats de ses analyses, Tess pensait qu'elle allait mourir.

— Tu le savais, constata-t-elle, très calme.

— Oui. Elle pensait qu'il lui restait très peu de temps à vivre.

— Et tu me l'as caché.

— Je t'en prie, laisse-moi t'expliquer. Tu te mettras en colère après – Cynthia me fixait d'un regard glacé. Tu étais terriblement tendue à ce moment-là, et si Tess m'en a parlé, c'est parce qu'elle ne te sentait pas en état d'encaisser ce genre de nouvelle. Et heureusement qu'elle ne t'a rien dit, puisqu'en fin de compte, elle va bien. Il ne faut pas oublier ce détail.

Cynthia gardait le silence.

— Bref, lorsqu'elle se croyait mourante, il y a eu autre chose dont elle a tenu à me parler, une chose que, selon elle, tu devais apprendre au moment opportun. Elle n'était pas certaine d'en avoir encore l'occasion.

Et je mis donc Cynthia au courant. De tout. Le mot anonyme, l'argent, le fait qu'il surgissait n'importe quand, n'importe où. Comment il avait servi à payer ses études. Et que Tess, prenant l'avertissement au pied de la lettre, avait gardé ça pour elle pendant toutes ces années.

Elle m'écouta, ne m'interrompant que pour me poser une ou deux questions, jusqu'à ce que j'en aie terminé.

Ensuite, l'air hébété, elle prononça une phrase surprenante dans sa bouche :

— Je boirais bien quelque chose.

Je pris la bouteille de scotch rangée sur une étagère en hauteur, et lui en remplis un petit verre. Elle le descendit d'un coup, et je lui en resservis un demi. Qu'elle avala aussi sec.

— Très bien, déclara-t-elle enfin. Allons voir Tess.

Nous aurions préféré y aller sans Grace, mais dégoter une baby-sitter à la dernière minute était purement impossible. Sans compter que, sachant notre maison surveillée, nous hésitions à confier notre fille à la garde de qui que ce soit.

Alors nous lui avons ordonné de prendre de quoi s'occuper dans le sous-sol de Tess – elle attrapa son livre *Cosmos* et le DVD d'un film avec Jodie Foster – pour nous laisser discuter en paix.

Pendant le trajet, Grace ne nous délivra pas son flot de paroles habituel. Sans doute était-elle consciente de la tension qui régnait dans la voiture et décida-t-elle de se faire discrète.

Je rompis le silence.

— On pourrait s'offrir une glace en rentrant. Ou en manger chez Tess. Il doit lui en rester de son anniversaire.

Lorsque nous avons quitté la route menant de Milford à Derby pour prendre la rue de Tess, Cynthia pointa le doigt.

— Sa voiture est là.

Tess conduisait un break quatre roues motrices Subaru. Elle disait ne pas vouloir se retrouver coincée par une tempête de neige si elle devait faire des courses.

Grace sortit la première, et courut à la porte d'entrée. Je la retins aussitôt.

— Attends un peu, ma vieille. Tu ne peux pas te précipiter à l'intérieur comme ça, sans prévenir.

Je la rejoignis sous le porche, et frappai à la porte. Quelques secondes plus tard, je recommençai, mais plus fort.

— Elle est peut-être derrière, suggéra Cynthia. En train de jardiner.

Tandis que nous entreprenions de contourner la maison, Grace fonça devant, comme elle le faisait toujours, galopant, bondissant comme un cabri. Elle revint avant que nous ayons fait le tour, et nous annonça que Tess ne se trouvait pas dans le jardin. Bien entendu, il nous fallut nous en assurer, mais Grace avait raison. Tess n'était pas en train de terminer quelque tâche horticole tandis que la pénombre devenait lentement obscurité.

Cynthia cogna à la porte arrière, qui ouvrait directement sur la cuisine.

Toujours pas de réponse.

— C'est bizarre, remarqua-t-elle.

Tout comme il était étrange qu'aucune lampe ne soit allumée à l'intérieur, alors que la nuit tombait.

Je bousculai Cynthia sur le seuil, et scrutai par la petite ouverture vitrée en haut de la porte.

Bien que n'en étant pas certain, il me sembla voir quelque chose sur le sol de la cuisine, qui assombrissait le carrelage en damier noir et blanc.

Un corps humain.

— Cynthia. Emmène Grace dans la voiture.

— Pourquoi ?

— Ne la laisse pas entrer dans la maison.

— Bon Dieu, Terry, chuchota-t-elle. Qu'est-ce qui se passe ?

Je mis la main sur la poignée, la tournai lentement avant de pousser, vérifiant si la porte était verrouillée. Elle ne l'était pas.

Je fis un pas à l'intérieur, pendant que Cynthia observait par-dessus mon épaule, et cherchai l'interrupteur sur le mur. Puis je fis de la lumière.

Tante Tess gisait sur le sol de la cuisine, face contre terre, la tête tournée selon un drôle d'angle, un bras étendu devant elle, l'autre derrière.

— Oh Seigneur, gémit Cynthia. Elle a eu une attaque !

Je n'avais pas fait d'études de médecine, mais il semblait y avoir énormément de sang sur le carrelage pour une simple attaque.

20

Si Grace n'avait pas été là, Cynthia aurait peut-être complètement perdu la tête. Mais en entendant notre fille jaillir derrière nous, prête à franchir d'un bond le seuil de la cuisine, elle pivota sur ses talons, la bloqua dans son élan, et l'entraîna à l'avant de la maison.

— Qu'est-ce qui se passe ? cria Grace. C'est tante Tess ?

Je me mis à genoux près de la tante de Cynthia, posai une main hésitante sur son dos. Il me parut très froid.

— Tess..., murmurai-je.

Il y avait trop de sang sous son corps pour que j'ose la retourner, d'ailleurs une multitude de voix dans ma tête m'ordonnaient de ne toucher à rien. Alors je la contournai, puis m'agenouillai plus près, pour voir son visage. La vision de ses yeux grands ouverts qui me fixaient sans ciller me glaça.

Le sang, pour autant qu'en jugeait mon œil inexpérimenté, était sec et figé, comme si Tess se trouvait dans cette position depuis un sacré moment. Et une horrible puanteur régnait dans la pièce, que je remarquai seulement maintenant, trop choqué par ma découverte.

Je me remis debout pour me diriger vers le téléphone mural, près du panneau d'affichage, puis je suspendis le geste que je m'apprêtais à faire. La voix me recommandait une nouvelle fois de ne toucher à rien. Aussi me servis-je de mon portable pour appeler la police.

— Oui, j'attends, dis-je à l'opératrice. Je ne bouge pas d'ici.

Je sortis cependant de la maison par la porte arrière pour retourner devant. Cynthia était assise dans notre voiture, portière ouverte, Grace sur les genoux. La petite enlaçait le cou de sa mère, son visage portait des traces de larmes. Cynthia, quant à elle, semblait trop bouleversée pour pleurer.

Elle m'interrogea du regard, et je répondis à sa question muette en hochant plusieurs fois la tête de haut en bas, très lentement.

— Une crise cardiaque, tu crois ? demanda-t-elle.

— Une crise cardiaque ? répéta Grace. Comment va tante Tess ? Elle va bien ?

— Non. Ce n'est pas une crise cardiaque.

La police fut d'accord avec moi.

En l'espace d'une heure, pas moins de dix véhicules envahirent les parages : cinq ou six voitures de police, une ambulance, qui resta un bon moment, et deux camionnettes de télévision, maintenues à l'écart sur la route principale.

Deux inspecteurs nous interrogèrent séparément, Cynthia et moi, tandis qu'un autre restait auprès de Grace, que les questions submergeaient littéralement.

Nous nous étions bornés à lui dire que Tess était souffrante, qu'il lui était arrivé un malaise. Un malaise très grave.

Tu parles d'un euphémisme.

Elle avait été poignardée. Avec l'un de ses propres couteaux de cuisine. À un moment donné, alors que je me trouvais dans la cuisine et Cynthia dans un véhicule pour répondre aux questions d'un autre policier, je surpris une femme du bureau du coroner disant à un inspecteur que, sans pouvoir encore l'affirmer avec certitude, elle pensait que le couteau avait été planté droit dans le cœur.

Nom d'un chien.

J'eus droit à une tonne de questions. Que faisions-nous là ? Nous étions venus rendre visite à la tante de ma femme, répondis-je. Et célébrer une bonne nouvelle. Le médecin venait de l'annoncer à Tess.

— En fin de compte, tout irait bien pour elle, dis-je.

L'inspecteur émit un petit son étranglé, mais eut la gentillesse de ne pas éclater de rire.

Avais-je une idée de qui aurait pu faire ça, me demanda-t-il ensuite. Non, aucune. Ce qui était vrai.

— Il s'agit peut-être d'une sorte de cambriolage, suggéra-t-il. Des jeunes qui cherchent de l'argent pour s'acheter de la drogue, ou quelque chose comme ça.

— C'est l'impression que ça vous donne ?

L'inspecteur réfléchit un instant.

— Non, pas vraiment – il passa pensivement la langue sur ses dents. À première vue, il semble que rien n'ait été dérobé. Ils auraient pu prendre ses clefs de voiture et la voler. Mais ils ne l'ont pas fait.

— *Ils* ?

L'inspecteur sourit.

— C'est plus simple de dire « ils » que « il » ou « elle ». Ça peut aussi bien être l'acte d'une personne isolée ou de plusieurs. Pour l'instant, on n'en sait rien.

— Tout cela pourrait avoir un rapport avec ce qui est arrivé à ma femme, indiquai-je d'un ton hésitant.

— Ah oui ?

— Il y a vingt-cinq ans.

Je lui fis alors une version aussi condensée que possible de l'histoire de Cynthia. Puis des étranges rebondissements récents, notamment depuis le reportage télé.

— Oui, il me semble que je l'ai regardé, répliqua le policier. C'est l'émission avec Paula je-ne-sais-quoi, hein ?

— Voilà.

Puis je lui expliquai que nous avions engagé un détective privé quelques jours plus tôt, chargé d'enquêter sur l'affaire.

— Denton Abagnall, dis-je.

— Oh, je le connais. Chic type. Je sais où le joindre.

Il finit par me laisser, à condition que je ne rentre pas tout de suite à Milford, que je reste un moment dans les parages, au cas où il aurait des questions de dernière minute. Alors je partis à la recherche de Cynthia. Plus personne ne l'interrogeait, et elle se trouvait de nouveau à l'avant de notre voiture, Grace sur les genoux. Grace semblait si fragile, si effrayée.

Dès qu'elle m'aperçut, notre fille demanda :

— Est-ce que tante Tess est morte, papa ?

Je décochai un coup d'œil à Cynthia, en quête d'un signe. Dis-lui la vérité. Ne lui dis pas la vérité. Peu importe. Mais elle restait impassible, aussi répondis-je :

— Oui, mon cœur, elle est morte.

Les lèvres de Grace se mirent à trembler. Puis Cynthia lança, d'une voix si monocorde que je compris qu'au contraire, elle retenait son émotion :

— Tu aurais pu me le dire.

— Quoi donc ?

— Tu aurais pu me dire ce que tu savais. Ce que Tess t'avait appris. Tu aurais pu m'en parler.

— Oui. J'aurais pu. J'aurais dû.

Elle marqua une pause, chercha soigneusement ses mots.

— Et alors peut-être que ça ne serait pas arrivé.

— Cyn, je ne vois pas comment... Enfin, on ne peut pas du tout savoir...

— C'est vrai. On ne peut pas savoir. Ce que je sais, en revanche, c'est que si tu m'avais dit plus tôt ce que Tess t'avait raconté, à propos de l'argent, des enveloppes, je serais venue ici en discuter avec elle, on aurait réfléchi à deux pour essayer de comprendre ce que tout cela signifiait, et du coup, j'aurais été là, ou bien on serait arrivées à découvrir quelque chose, avant que quiconque ait la possibilité de faire ça.

— Cyn, je ne...

— Quelles autres choses ne m'as-tu pas dites, Terry ? Qu'est-ce que tu me caches encore, soi-disant pour me protéger ? Pour m'épargner ? De quoi t'a-t-elle parlé, qu'est-ce que tu sais dont je suis incapable d'encaisser la révélation ?

Grace commença à pleurer, enfouissant son visage dans la poitrine de sa mère. Visiblement, nous avions désormais renoncé à la tenir à l'écart de cette histoire.

— Parole d'honneur, Cynthia. Tout ce que je t'ai caché, je l'ai fait en ne pensant qu'à ton bien.

Elle étreignit Grace plus fort.

— Quoi d'autre, Terry ? Quoi d'autre ?

— Rien.

Pourtant, il y avait autre chose. Quelque chose que je venais tout juste de remarquer, que je n'avais encore signalé à personne, parce que je ne savais pas si c'était important ou non.

Les inspecteurs m'avaient fait entrer dans la cuisine, pour que je leur décrive chacun de mes gestes après la découverte de Tess, l'endroit où je me tenais, ce que j'avais fait, ce que j'avais touché.

Au moment de quitter la pièce, mon regard s'était posé par hasard sur le petit panneau près du téléphone où était punaisée une photo de Grace prise lors de notre voyage à Disneyworld.

Que m'avait dit Tess lorsque je l'avais rappelée ? Après la visite de Denton Abagnall chez elle ?

J'avais dit *grosso modo* : « Si quelque chose te revient à l'esprit, n'hésite pas à lui passer un coup de fil. »

Et Tess m'avait répondu : « C'est aussi ce qu'il m'a demandé. Il m'a donné sa carte. Je l'ai sous les yeux, elle est punaisée sur le tableau, à côté de la photo de Grace avec Goofy. »

Il n'y avait pas de carte sur le panneau.

21

— Tu m'en diras tant ! s'exclama-t-elle.

C'était un sacré coup de théâtre.

— Je t'assure que c'est vrai, répliqua-t-il.

— Ça alors. Et dire qu'on parlait justement d'elle.

— Je sais bien.

— Franchement, quelle drôle de coïncidence, reprit-elle d'un ton narquois. Que tu sois allé là-bas, et tout.

— Ouais.

— Elle l'a bien cherché, tu sais, ajouta-t-elle.

— Je me doutais que tu ne serais pas fâchée de l'apprendre. Mais, à mon avis, ça veut dire qu'il faut attendre quelques jours pour la suite.

— Tu crois ?

Bien sûr, elle lui avait prêché les avantages qu'il y avait à prendre son temps, mais elle se sentait tout à coup très impatiente.

— Demain, il y aura un enterrement, ici, ajouta-t-il. Je suppose que ça demande toute une organisation, et personne d'autre ne peut s'en occuper, pas vrai ?

— D'après ce que j'ai compris.

— Donc ma sœur va être plutôt occupée par tous ces préparatifs, d'accord ? Alors on devrait attendre que ça soit terminé.

— Je vois ce que tu veux dire. Mais je voudrais que tu fasses quelque chose pour moi.

— Oui ? demanda-t-il.

— Une toute petite chose.

— Quoi ?

— Ne l'appelle pas ta sœur.

Elle se montrait très ferme.

— Excuse-moi, dit-il.

— Tu sais bien ce que j'éprouve.

— OK. C'est juste que, tu comprends, elle…

— Ça m'est égal, coupa-t-elle.

— D'accord, maman. Je ne le ferai plus.

22

Il n'y avait pas grand monde à prévenir.

Patricia Bigge, la mère de Cynthia, avait été l'unique sœur de Tess. Leurs parents étaient bien entendu décédés depuis longtemps. Malgré son bref mariage, Tess n'avait jamais eu d'enfants, et tenter de retrouver son ex-mari ne présentait aucun intérêt. Il ne serait pas venu, et, de toute façon, Tess n'aurait pas voulu de cet enfoiré à son enterrement.

De plus, Tess n'avait conservé aucune relation avec les employés de la voirie du comté, service où elle avait travaillé jusqu'à sa retraite. Elle disait d'ailleurs s'y être fait peu d'amis. Ils n'appréciaient guère ses idées libérales. Elle faisait bien partie d'un club de bridge, mais Cynthia n'en connaissait aucun membre.

Encore que nous n'eussions besoin de prévenir personne pour les funérailles puisque la mort de Tess Berman fit la une aux infos.

On passa des interviews de personnes habitant la même rue abondamment boisée qu'elle, dont aucune, du reste, n'avait remarqué quoi que ce fût d'inhabituel dans le voisinage au cours des heures qui avaient précédé sa mort.

« Ça fait vraiment réfléchir », disait l'un.

« Des choses pareilles n'arrivent jamais par ici », ajoutait un autre.

« On n'oublie plus jamais de fermer nos portes et nos fenêtres le soir », précisait un troisième.

Si Tess avait été poignardée par un ancien mari ou un amant plaqué, les voisins auraient peut-être été moins inquiets. Mais la police avouait n'avoir pas le moindre suspect, ni la moindre idée du mobile.

Il n'y avait pas de signes d'effraction, pas de traces de lutte, hormis la table de la cuisine légèrement de travers et une chaise renversée. Il semblait que l'assassin de Tess l'avait frappée par surprise, qu'elle n'avait résisté qu'un court instant, juste le temps de faire trébucher son agresseur contre la table – il avait heurté la chaise. Ensuite le couteau avait été enfoncé jusqu'au manche, et elle était morte.

D'après la police, son corps gisait sur le sol depuis déjà vingt-quatre heures.

Je pensais à tout ce que nous avions fait pendant que Tess baignait dans son propre sang. Nous préparer pour aller nous coucher, dormir, nous lever, nous brosser les dents, écouter les infos du matin à la radio, partir travailler, rentrer dîner, vivre une journée entière de notre vie, que Tess n'avait pas vécue.

Penser à cela était vraiment insupportable.

Comme je m'obligeai à ne plus le faire, mon esprit passa à des sujets tout aussi dérangeants. Qui avait fait ça ? Pour quelle raison ? Tess avait-elle été la victime d'un crime de hasard, ou bien cette agression avait-elle un rapport avec Cynthia ?

Où était la carte de visite de Denton Abagnall ? Tess ne l'avait-elle pas punaisée sur le panneau ainsi qu'elle me l'avait dit ? Ou bien, estimant qu'elle ne recueillerait pas de nouvelles informations, avait-elle jeté la carte à la poubelle ?

Le matin suivant, torturé par ces questions, et bien d'autres encore, je pris la carte que le détective nous avait laissée, et composai son numéro de portable.

Sa messagerie se déclencha aussitôt. Le téléphone devait être éteint.

Je fis alors une tentative à son domicile. Une femme décrocha.

— Puis-je parler à M. Abagnall ?

— Qui le demande ?

— Vous êtes Mme Abagnall ?

— Qui êtes-vous, s'il vous plaît ?

— Terry Archer.

— Ah, monsieur Archer ! s'exclama-t-elle, apparemment dans tous ses états. J'allais justement vous appeler.

— Madame Abagnall, il faut absolument que je parle à votre mari. Il est possible que la police l'ait déjà contacté. Je leur ai donné son nom hier soir, et…

— Vous avez eu de ses nouvelles ?

— Pardon ?

— Vous avez eu des nouvelles de Denton ? Vous savez où il se trouve ? demanda Mme Abagnall.

— Non, je n'en sais rien.

— Ça ne lui ressemble pas du tout. Il lui arrive de travailler toute la nuit, pour des filatures, mais il me passe toujours un coup de fil à un moment donné.

Un mauvais pressentiment naquit au creux de mon estomac.

— Il était chez nous hier après-midi. En fin d'après-midi. Il nous a mis au courant de ses recherches.

— Je sais, répliqua-t-elle. Je lui ai téléphoné juste après qu'il a quitté votre maison. Il m'a dit que quelqu'un lui avait laissé un message, et devait le rappeler.

Je me souvenais du portable d'Abagnall sonnant pendant qu'il était dans le salon, d'avoir pensé qu'il s'agissait de sa femme voulant lui annoncer ce qu'elle préparait à dîner, de sa surprise en découvrant que l'écran n'affichait pas son propre numéro, et que, du coup, il avait laissé la messagerie se déclencher.

— Cette personne l'a rappelé ?

— Je n'en sais rien. C'est la dernière fois que je lui ai parlé.

— La police vous a contactée ?

— Oui, répondit Mme Abagnall. J'ai failli avoir une crise cardiaque quand ils sont venus sonner à la porte ce matin. Mais c'était au sujet d'une femme du côté de Derby, qui a été assassinée chez elle.

— La tante de ma femme. Nous sommes allés lui rendre visite hier et avons découvert son corps.

— Oh, mon Dieu. Je suis sincèrement désolée.

Je réfléchis à ce que j'allais dire ensuite, étant donné ma nouvelle habitude de cacher des choses aux gens, par crainte de les inquiéter inutilement. Mais cette politique ne semblait pas très payante. Aussi repris-je :

— Madame Abagnall, je ne veux pas vous affoler, et je suis certain que votre mari a une excellente raison de ne pas vous avoir appelée, mais, à mon avis, vous devriez prévenir la police.

— Ah, murmura-t-elle.

— Je vous conseille de leur expliquer que vous êtes sans nouvelles de lui. Même si cela fait peu de temps.

— D'accord. Je vais le faire.

— Et n'hésitez pas à me téléphoner si vous apprenez quoi que ce soit. Je vais vous laisser mon numéro de portable et celui de la maison.

Elle n'eut pas à me prier de patienter pour trouver un stylo. À mon avis, étant mariée à un détective, il devait toujours y avoir un bloc et un crayon près du téléphone.

Cynthia entra dans la cuisine alors que je raccrochais. Elle s'apprêtait à retourner à l'entreprise de pompes funèbres. Tess, bénie soit-elle, avait tout planifié par avance, afin de faciliter les choses à ceux qu'elle aimait. Elle avait payé ses funérailles par petites mensualités, des années plus tôt. Ses cendres devaient être dispersées dans le détroit de Long Island.

— Cynthia.

Elle ne répondit pas. Elle me snobait littéralement. Sans se soucier que je trouve cela cohérent, elle me tenait, du moins en partie, pour responsable de la mort de Tess. Je finissais moi-même par me demander comment les choses auraient tourné si j'avais mis ma femme au courant de ce que je savais. Si elle avait su comment Tess lui avait payé ses études, se serait-elle trouvée à la maison lorsque son meurtrier avait sonné ? Ou bien les deux femmes se seraient-elles retrouvées sur la route, œuvrant en équipe, pour épauler Abagnall dans ses recherches ?

Impossible de le savoir. Et j'allais devoir vivre avec cette incertitude.

Bien entendu, Cynthia avait pris un congé indéterminé à la boutique, et j'avais prévenu le lycée que je resterais absent plusieurs jours, qu'il valait mieux me trouver un remplaçant pourvu d'un emploi du temps dégagé. Je lui souhaitais bonne chance avec ma bande de loustics.

— Je ne te cacherai plus jamais rien, Cynthia. Or il s'est passé quelque chose que tu dois savoir.

Elle s'arrêta sur le seuil de la cuisine, sans pour autant se retourner vers moi.

— Je viens de parler à la femme de Denton Abagnall. Il a disparu.

Cynthia vacilla légèrement, puis finit par demander :

— Qu'est-ce qu'elle a dit ?

Je lui racontai notre échange téléphonique.

Elle resta immobile quelques instants, une main posée sur le mur pour affermir son équilibre, puis elle déclara :

— Je dois aller aux pompes funèbres, prendre des dispositions de dernière minute.

— Je comprends. Tu veux que je t'accompagne ?

— Non, répondit-elle avant de quitter la pièce.

Pendant un moment, je restai moi-même désemparé, ne sachant quoi faire, hormis m'inquiéter. Je rangeai la cuisine, tournicotai dans la maison, essayai, sans succès, de fixer plus solidement le télescope de Grace sur son trépied.

En passant devant la table du salon, mes yeux tombèrent sur les deux boîtes à chaussures qu'Abagnall nous avait rendues la veille. Je les emportai dans la cuisine.

Installé devant la table, je commençai à vider ce qu'il y avait dedans. Un peu comme l'avait fait le détective, probablement.

Lorsque Cynthia, adolescente, avait quitté sa maison, elle s'était à peu près contentée de renverser le contenu des tiroirs dans ces cartons, y compris ceux des tables de chevet de ses parents. Comme la plupart des tiroirs de petit format, ils avaient recueilli des objets plus ou moins importants, monnaie d'appoint, clefs dont on ne savait plus ce qu'elles ouvraient, tickets de caisse, bons de réduction, coupures de journaux, boutons, vieux stylos.

Si Clayton Bigge n'était pas un grand sentimental, il conservait de drôles de choses, comme des coupures de presse. Par exemple, celles de l'équipe de basket dont Todd faisait partie et tout ce qui avait un rapport avec la pêche. Cynthia m'avait raconté qu'il lisait les pages sportives des journaux pour suivre les tournois de pêche, et les rubriques touristiques pour leurs articles évoquant des lacs reculés si poissonneux que leurs hôtes sautaient presque dans le bateau.

Le carton contenait bien une demi-douzaine de coupures de presse, que Cynthia avait sans doute trouvées dans la table de chevet de son père, des années plus tôt, avant que le mobilier et la maison ne soient liquidés et vendus. Je me demandais quand elle se déciderait enfin à s'en débarrasser. Je dépliai chaque coupure jaunie, prenant garde à ne pas les déchirer, les vérifiant une par une.

Un détail sur l'une d'elles attira mon attention.

Il s'agissait d'un article sur la pêche à la mouche en rivière découpé dans le *Hartford Courant*. La personne qui avait exécuté l'opération – Clayton, *a priori* – s'était appliquée à en suivre méticuleusement les contours, guidant avec soin les ciseaux le long de l'étroit espace séparant sa première colonne de la dernière d'un autre article qui avait été écarté. Il était placé au-dessus de publicités invisibles, ou d'autres pavés de texte, empilés en escalier dans l'angle gauche en bas de la page.

C'est pourquoi il me parut étrange qu'on ait conservé un entrefilet sans rapport avec la pêche à la mouche.

Celui-ci ne faisait que quelques lignes :

> La police n'a toujours aucune piste sur la collision fatale à Connie Gormley, 27 ans, habitante de Sharon, dont le corps a été retrouvé dans un fossé de la nationale 7, samedi matin. Les enquêteurs pensent que la jeune femme, célibataire et employée au *Dunkin' Donuts* de Torrington, marchait le long de la nationale près du Cornwall Bridge, lorsqu'elle a été renversée par une voiture qui se dirigeait vers le sud, tard vendredi soir. Selon les policiers, il semblerait que le corps de Mlle Gormley ait été déplacé dans le fossé après avoir été heurté par la voiture. La police suppose que le conducteur a écarté le corps de la route afin qu'on ne le remarque pas tout de suite.

Pourquoi, me demandais-je, tout ce qui entourait l'article avait-il été soigneusement éliminé, excepté cet entrefilet laissé intact ?

La date sur la page indiquait le 15 octobre 1982.

J'étais en train de méditer là-dessus lorsqu'on frappa à la porte. Mettant la coupure de journal de côté, j'allai ouvrir.

Keisha Ceylon. La voyante. La femme qui avait servi d'appât aux producteurs de l'émission de télévision pour tenter de nous piéger, et qui avait inexplicablement perdu son aptitude à capter les vibrations surnaturelles après avoir compris qu'elle ne serait pas rétribuée pour ses dons.

— Monsieur Archer ?

Elle était toujours habillée à contre-genre, un tailleur strict, sans châle ni immenses boucles d'oreilles.

Je hochai la tête avec méfiance.

— Je suis Keisha Ceylon, reprit-elle. Nous nous sommes rencontrés dans les locaux de la chaîne de télé.

— Je m'en souviens.

— Tout d'abord, je voudrais m'excuser pour ce qui s'est passé là-bas. Ils avaient promis de me dédommager, et on n'aurait jamais dû exposer notre différend devant votre épouse.

Je ne répondis pas. Elle combla le blanc de la conversation, ne s'attendant manifestement pas à un tel mutisme de ma part.

— Bref, il n'en reste pas moins que j'avais des éléments à vous communiquer, qui pourraient vous aider au sujet de la famille disparue de Mme Archer.

Je ne disais toujours rien.

— Je peux entrer ? poursuivit-elle.

J'avais envie de lui claquer la porte au nez, puis je songeai à la remarque de Cynthia avant notre départ pour le siège de la chaîne, quand elle avait dit accepter d'être prise pour une imbécile s'il y avait une chance, serait-ce sur un million, qu'on nous apprenne quelque chose d'intéressant.

Même si Keisha Ceylon avait voulu nous escroquer, le fait qu'elle revienne à la charge m'incitait à lui donner la possibilité de s'expliquer.

Aussi, après un moment d'hésitation, je la fis entrer. Puis la guidai vers le canapé du salon, celui sur lequel s'était trouvé Abagnall quelques heures auparavant. Je m'assis en face d'elle et croisai les jambes.

— Je comprends que vous soyez sceptique, affirma-t-elle. Mais nous sommes en permanence entourés de forces mystérieuses, et très peu d'entre nous savent les exploiter.

— Mmm.

— Lorsque j'entre en possession d'une information susceptible d'être importante pour une personne traversant des moments difficiles, j'éprouve l'obligation de partager cette connaissance. C'est une responsabilité indiscutable quand on a la chance d'être gratifié d'un don pareil.

— Certainement.

— L'aspect financier est secondaire.

— Je m'en doute.

Si j'avais été presque bien intentionné à l'égard de Keisha Ceylon l'instant d'avant, je commençais déjà à me reprocher mon erreur.

— De toute évidence, vous ne me prenez pas au sérieux, mais je vois vraiment des choses, monsieur Archer.

N'était-elle pas censée dire plutôt « je vois des morts » ? C'était ça, son texte, non ?

— Et je suis prête à les communiquer, si votre femme et vous-même le désirez, ajouta-t-elle. Je vous demanderais néanmoins de m'allouer une sorte de compensation. Vu que la chaîne de télé a refusé de le faire en votre faveur.

— Aha. Et une compensation de quel ordre aviez-vous en tête ?

Ceylon haussa les sourcils, comme si elle n'avait envisagé aucun montant avant de frapper à notre porte.

— Eh bien, répondit-elle, vous me mettez dans l'embarras. Je pensais à quelque chose approchant les mille dollars. C'est la somme que j'avais compris que la chaîne me paierait, avant qu'ils retournent leur veste.

— Je vois. Vous pourriez peut-être me donner un aperçu de cette information, ça me permettrait de décider si le reste vaut vraiment mille dollars.

Ceylon hocha la tête.

— Cela me semble raisonnable. Accordez-moi juste quelques secondes.

Elle s'adossa aux coussins et ferma les yeux. Durant presque une minute, elle resta immobile, sans émettre le moindre son. On aurait dit qu'elle entrait en transe, qu'elle se préparait à se connecter avec le monde des esprits.

— Je vois une maison, murmura-t-elle enfin.

— Une maison, répétai-je.

C'était un début.

— Dans une rue. Des enfants qui jouent, et beaucoup d'arbres. Je vois une vieille dame qui passe devant cette maison, avec un vieux monsieur, et un autre homme qui marche près d'eux, mais plus jeune. C'est peut-être leur fils. Je crois que ça pourrait être Todd… J'essaie de me concentrer sur la maison, de bien la voir…

Je me penchai vers elle.

— Cette maison, elle est jaune pâle ?

Keisha Ceylon serra plus fort les paupières.

— Oui… Oui, c'est cela.

— Mon Dieu ! Et les volets, ils sont verts ? Vert foncé ?

Elle inclina un peu la tête sur le côté, comme pour vérifier.

— Oui, vert foncé.

— Et sous les fenêtres, il y a des jardinières ? Avec des fleurs ? Des pétunias ? Vous êtes en mesure de le dire ? C'est très important.

Elle hocha très lentement la tête.

— Oui. Oui, vous avez parfaitement raison. Les jardinières sont garnies de pétunias. Cette maison, vous la connaissez ?

— Non, répondis-je sèchement. Je l'invente au fur et à mesure.

Les yeux de la Ceylon se rouvrirent, étincelants de colère.

— Espèce d'ignoble salaud, fulmina-t-elle.

— Je pense que nous avons terminé.

— Vous me devez mille dollars.

Trompe-moi une fois, honte à toi, trompe-moi deux fois, honte à moi…

— Je ne crois pas, non, rétorquai-je.

— Vous allez me payer mille dollars, parce que… – elle cherchait un argument – … parce que je sais autre chose. J'ai eu une autre vision. À propos de votre petite fille. Elle va être en grand danger.

— En grand danger, vraiment.

— Parfaitement. Elle est dans une voiture. Tout en haut. Payez-moi, et je vous en dirai plus pour que vous puissiez la sauver.

J'entendis une portière de voiture claquer dehors.

— Moi aussi, j'ai une vision, dis-je en posant les doigts sur mes tempes. Je vois ma femme passer cette porte d'ici quelques secondes.

Ce qu'elle fit. Cynthia embrassa le salon du regard, sans un mot.

Je pris un ton désinvolte.

— Ah, ma chérie. Tu te souviens de Keisha Ceylon, la plus grande voyante du monde. Comme elle vient de se prendre une méchante claque avec le coup de l'évocation du passé, son dernier recours pour nous extorquer mille dollars est de concocter une nouvelle vision impliquant l'avenir de Grace. En d'autres termes, elle essaie d'exploiter nos pires craintes, pendant qu'on est au plus mal. C'est bien ça ? ajoutai-je à l'attention de Keisha Ceylon.

Elle ne répondit pas.

— Comment ça s'est passé aux pompes funèbres ? demandai-je à Cynthia avant d'ajouter pour Keisha : Sa tante vient de mourir. Vous ne pouviez pas mieux tomber.

Tout se passa très vite.

Cynthia agrippa la femme par les cheveux, l'arracha du canapé, et la traîna en vociférant vers la porte.

Son visage était rouge de colère. Malgré sa corpulence, elle trimballa Keisha comme si c'était une poupée de son, indifférente aux hurlements et au flot d'insultes qui jaillissaient de sa bouche.

Arrivée devant la porte, elle l'ouvrit de sa main libre, et poussa l'arnaqueuse à l'extérieur de la maison. Mais Keisha ne parvint pas à retrouver son équilibre et dévala les marches, tombant la tête la première sur la pelouse.

Avant de claquer la porte, Cynthia lui cria :

— Foutez-nous la paix, espèce d'immonde vampire opportuniste !

Ses yeux étincelaient encore de rage lorsqu'elle me regarda, cherchant à reprendre son souffle.

Moi aussi, j'avais l'impression d'être hors d'haleine.

23

Après la cérémonie, le directeur de l'entreprise de pompes funèbres nous emmena dans sa Cadillac, Cynthia, Grace et moi, jusqu'au port de Milford, où il gardait un petit cruiser amarré. Rolly Carruthers et sa femme Millicent suivaient dans leur voiture avec Pamela, qu'ils avaient offert d'emmener, et tous trois rejoignirent notre famille sur le bateau.

Le yacht quitta l'abri du port pour prendre la direction du détroit, distant d'à peine un mille, en face de l'alignement des maisons de plages d'East Broadway. J'avais toujours pensé que ce devait être génial d'en posséder une, jusqu'à ce que l'ouragan Gloria qui balaya le coin en 1985 me fasse changer d'avis. S'il est difficile de ne pas confondre tous les ouragans quand on vit en Floride, on se souvient généralement de ceux qui frappent le Connecticut.

Par chance, compte tenu de la nature de notre mission ce jour-là, le vent était calme. Le directeur de l'entreprise de pompes funèbres, un homme dont la sympathie semblait plutôt sincère, avait apporté l'urne contenant les cendres de Tess, qui devaient être dispersées dans le détroit de Long Island, ainsi qu'elle l'avait requis en organisant ses propres funérailles.

Personne ne parla beaucoup sur le bateau, malgré une tentative de Millicent. Elle enlaça Cynthia et dit :

— Tess n'aurait pu rêver d'une plus belle journée pour exaucer sa dernière requête.

Cela nous aurait sans doute un peu réconfortés si Tess avait succombé à une maladie, mais puisqu'elle était morte assassinée, il était difficile de trouver de consolation dans quoi que ce soit.

Cynthia s'efforça néanmoins de prendre le commentaire dans l'esprit avec lequel il avait été offert. Sa relation amicale avec Millicent et Rolly remontait à bien avant notre rencontre. Elle les considérait comme une tante et un oncle de cœur et, durant toutes ces années, ils étaient régulièrement passés la voir. Petite fille, Millicent vivait dans la même rue que la mère de Cynthia et, bien que Patricia fût de quelques années plus âgée, elles étaient devenues amies. Lorsque Millicent épousa Rolly, et que Patricia épousa Clayton, les deux couples se fréquentèrent, aussi Millicent et Rolly virent-ils Cynthia grandir, et s'intéressèrent-ils de plus près à sa vie après la disparition de sa famille. Encore que Rolly fût plus présent pour Cynthia que Millicent.

— C'est une belle journée, répéta-t-il en écho à sa femme.

Il s'approcha de Cynthia, le regard fixé sur le plancher du pont, se figurant peut-être que ça l'aiderait à garder son équilibre alors que le bateau progressait par bonds sur la mer agitée.

— Mais je sais que ça ne rend rien de tout ça plus supportable pour autant, ajouta-t-il.

Pam s'approcha à son tour d'un pas chancelant, se rendant sans doute compte que les talons aiguilles n'étaient guère appropriés à la navigation maritime, et l'étreignit avec tendresse.

— Qui ferait une chose pareille ? lui demanda Cynthia. Tess n'a jamais voulu de mal à personne. C'était la dernière personne de cette partie de ma famille, poursuivit-elle en reniflant. Et elle est morte.

Pam la serra plus fort.

— Je sais, ma chérie. Elle était si bonne pour toi, si bonne pour tout le monde. Ça ne peut être que l'œuvre d'un cinglé.

Rolly hocha la tête d'un air écœuré, comme pour signifier : « Où va le monde », puis se rendit à l'arrière observer le sillage du bateau. Je le rejoignis.

— Merci d'être venu. Ça compte beaucoup pour Cynthia.

— Tu rigoles ? rétorqua-t-il, visiblement surpris. Tu sais bien que nous sommes toujours là pour vous deux. Tu crois aussi que c'est un cinglé qui a fait ça ? reprit-il en hochant de nouveau la tête. Un malade ?

— Non, je ne crois pas. Du moins, pas dans le sens où il s'agirait d'un meurtre dû à des circonstances fortuites. Je crois qu'on a tué Tess pour une raison précise.

— Hein ? Et qu'en pense la police ?

— Que je sache, ils n'ont pas le moindre indice. J'ai commencé à leur parler de tout ce qui s'est passé autrefois, leur regard est devenu flou, comme si ça ne les concernait pas vraiment.

— Ben, qu'est-ce que tu crois ? Ils tentent vaille que vaille de maintenir l'ordre ici et maintenant.

Le bateau ralentit jusqu'à l'arrêt complet, et le directeur de l'entreprise de pompes funèbres s'avança vers moi.

— Monsieur Archer ? Je pense que nous sommes prêts.

Tout le monde se réunit sur le pont, et l'urne fut cérémonieusement placée entre les mains de Cynthia. Je l'aidai à l'ouvrir. Nous agissions tous deux comme si nous manipulions de la dynamite, tant nous craignions de lâcher Tess au mauvais moment. Puis Cynthia agrippa l'urne avec fermeté, s'approcha du bastingage et la renversa doucement.

Les cendres s'envolèrent et retombèrent sur l'eau, se diluèrent, disparurent. En l'espace de quelques secondes, il ne resta plus aucune trace physique de Tess. Cynthia me rendit l'urne et, durant un instant, sembla prise de vertige. Rolly vint la soutenir, mais elle leva la main pour signifier que ça allait.

Grace avait apporté une rose – de sa propre initiative – qu'elle lança sur la mer.

— Au revoir, tante Tess, dit-elle. Merci pour le livre.

Le matin, Cynthia avait annoncé qu'elle voulait prononcer quelques mots, mais, le moment venu, elle n'en eut pas la force. Quant à moi, je fus incapable de trouver une parole plus éloquente ou plus authentique que le simple adieu de Grace.

De retour au port, j'aperçus une petite femme noire, vêtue d'un jean et d'une veste de cuir fauve, debout au bout du quai. Elle était presque aussi large que courte, mais fit preuve d'agilité et de grâce lorsqu'elle saisit la lisse du bateau qui s'approchait, puis prêta main-forte à la manœuvre d'accostage.

— Terrence Archer ? m'interpella-t-elle.

Une pointe d'accent de Boston teintait sa voix. D'un geste rapide, elle me montra un badge l'identifiant comme Rona Wedmore, inspecteur de police. À Milford, et non Boston. Elle tendit une main à Cynthia pour l'aider à poser le pied sur le quai, tandis que je soulevai Grace dans mes bras jusqu'aux planches défraîchies.

— Je voudrais vous parler quelques instants, ajouta-t-elle sans me demander mon avis.

Cynthia, qui se tenait à côté de Pam, dit qu'elle surveillerait Grace. Rolly resta en arrière avec Millicent. L'inspectrice et moi avons lentement suivi le quai en direction d'un cruiser noir.

— C'est au sujet de Tess ? On a arrêté quelqu'un ?

— Non, monsieur Archer, personne. Je suis sûre que tous les efforts nécessaires sont faits dans ce sens, mais cette affaire est suivie par un autre inspecteur, bien que je sois tenue informée des progrès de l'enquête – elle parlait très vite, débitait les mots comme une mitraillette. Je suis ici pour vous poser des questions sur Denton Abagnall.

Une angoisse brutale me cingla.

— Oui ?

— Il a disparu. Cela fait maintenant deux jours.

— J'ai eu sa femme au téléphone le lendemain de sa visite chez nous. Je lui ai suggéré d'appeler la police.

— Vous ne l'avez pas revu depuis ?

— Non, répondis-je.

— Ni eu de ses nouvelles ?

Toujours ce débit de mitraillette.

— Non plus. Et je ne peux pas m'empêcher de penser que ça pourrait avoir un rapport avec le meurtre de la tante de ma femme. Il est allé la voir peu de temps avant sa mort. Il lui avait laissé une carte de visite, qu'elle m'a dit avoir épinglée sur le panneau près de son téléphone. Mais la carte n'y était plus après le meurtre.

Rona Wedmore prit quelques notes sur son bloc.

— Il travaillait pour vous.

— En effet.

— Au moment de sa disparition, ajouta-t-elle.

Ce n'était pas une question, et je me contentai d'acquiescer.

— Quel est votre sentiment ? reprit-elle.

— À quel sujet ?

— Sur ce qui lui est arrivé.

L'impatience pointait dans sa voix, comme pour signifier : « Quoi d'autre, à votre avis ? »

Je pris mon temps pour répondre, le regard levé vers le ciel azur et sans nuages.

— L'idée me fait horreur, mais je pense qu'il est mort. Je pense même que son assassin l'a appelé pendant qu'il se trouvait chez nous, en train de faire le point sur notre dossier.

— C'était à quelle heure ? demanda Wedmore.

— Aux alentours de dix-sept heures.

— Avant dix-sept heures, après dix-sept heures, ou à dix-sept heures ?

— Je dirais dix-sept heures.

— Parce que nous avons contacté l'opérateur de son portable, pour relever toutes ses communications. Or il a reçu un appel à dix-sept heures pile, d'une cabine publique à Derby.

— La tante de ma femme vivait dans le coin.

— Ensuite un autre appel, toujours d'une cabine, mais ici, à Milford, une heure plus tard. Après il y en a eu plusieurs de sa femme, auxquels il n'a jamais répondu.

Cynthia et Grace se réinstallaient dans la Cadillac des pompes funèbres.

Rona Wedmore s'inclina d'un mouvement agressif vers moi, et malgré ses quinze centimètres de moins, elle avait une sacrée présence.

— Qui voudrait tuer votre tante et Abagnall ?

— Quelqu'un qui veut s'assurer que le passé reste le passé, répondis-je.

Millicent souhaitait emmener tout le monde déjeuner, mais Cynthia préféra rentrer directement à la maison. La cérémonie avait visiblement bouleversé Grace, mais malgré cette matinée tout initiatique – il s'agissait de ses premières funérailles –, je fus content de voir qu'elle gardait son appétit. En franchissant le seuil de la maison, elle déclara mourir littéralement de faim.

— Oh, pardon, s'excusa-t-elle aussitôt.

Cynthia sourit à notre fille.

— Que dirais-tu d'un sandwich au thon ? proposa-t-elle.

— Avec du céleri ?

— Si on en a.

Grace se dirigea vers le frigo, ouvrit le bac à légumes.

— Il y en a, mais il est plutôt mou.

— Apporte-le-moi, on verra bien, répliqua Cynthia.

Je suspendis ma veste sur le dossier d'une chaise, défis ma cravate. Je n'avais pas besoin de m'habiller aussi bien pour enseigner au lycée, et cette tenue protocolaire me donnait le sentiment d'être à l'étroit, mal à l'aise. Je m'assis et, mettant un moment de côté les événements de cette journée, observai les deux femmes de ma vie. Cynthia prit du thon en conserve et un ouvre-boîte, tandis que Grace déposait le céleri sur le plan de travail.

Puis Cynthia vida l'huile dans l'évier, renversa le thon dans un bol et réclama la mayonnaise à Grace. Celle-ci retourna chercher le pot dans le frigo, et le posa également sur le plan de travail, une fois dévissé. Ensuite, elle cassa une tige de céleri, l'agita en l'air. On aurait dit du caoutchouc.

Par jeu, elle s'en servit pour frapper le bras de sa mère.

Cynthia se retourna, la toisa du regard, saisit posément le céleri, en cassa à son tour une tige caoutchouteuse, dont elle cingla sa fille. Alors elles se servirent des tiges comme d'épées.

— Tiens, prends ça ! cria Cynthia.

Et toutes deux éclatèrent de rire, puis chacune prit l'autre dans ses bras.

Je m'étais toujours demandé quelle sorte de mère avait été Patricia. Il me semblait que j'avais la réponse devant moi.

Plus tard, lorsque Grace eut mangé et fut montée se changer pour revêtir une tenue plus ordinaire, Cynthia me déclara :

— Tu étais bien aujourd'hui.

— Toi aussi.

— Je suis désolée, ajouta-t-elle.

— À propos de quoi ?

— Oui. Excuse-moi. Je ne t'en veux pas. Pour Tess. J'ai eu tort de te dire ça.

— Laisse tomber. J'aurais dû te parler de tout. Plus tôt.

Cynthia regarda fixement le sol sans répondre.

— Je peux te poser une question ? demandai-je, puis, comme elle acquiesçait : À ton avis, pourquoi ton père aurait gardé une coupure de presse sur un accident avec délit de fuite ?

— Qu'est-ce que tu racontes ?

— Il a conservé un article sur un accident avec délit de fuite.

Les cartons à chaussures se trouvaient encore sur la table de la cuisine, et, posée sur le dessus, la coupure de journal avec l'article à propos de la pêche à la mouche, incluant l'entrefilet sur la femme de Sharon tuée par un automobiliste, dont le corps avait été jeté dans le fossé.

— Laisse-moi voir, dit Cynthia en se lavant les mains.

Je lui tendis le fragment de journal, qu'elle saisit délicatement, comme si c'était un parchemin, avant de le lire.

— J'ai du mal à croire que je ne l'avais pas remarqué avant.

— Tu pensais que ton père l'avait gardé à cause de l'article sur la pêche à la ligne.

— Il l'a peut-être gardé pour l'article sur la pêche à la ligne, d'ailleurs, souligna-t-elle.

— Je pense que oui, en partie. Mais je me demande ce qui est venu en premier. S'il a vu l'entrefilet sur l'accident et décidé de le découper, mais, compte tenu de ses centres d'intérêt, a gardé aussi l'article sur la pêche à la mouche. Ou s'il a vu l'article sur la pêche, puis remarqué l'autre, qu'il a détaché aussi, pour une raison ou pour une autre. Ou encore – je fis une pause avant de poursuivre – s'il voulait découper l'entrefilet sur l'accident, mais craignait que l'isoler ne conduise quelqu'un qui tomberait dessus, ta mère par exemple, à se poser des questions, alors qu'en le découpant avec l'autre, ça le rendait anodin ?

Cynthia me rendit la coupure de presse.

— Mais de quoi tu parles, à la fin ?

— En fait, je n'en sais rien.

— Chaque fois que je me plonge dans ces boîtes, j'espère y trouver quelque chose qui m'aurait échappé jusque-là. C'est drôlement frustrant. On cherche une réponse mais il n'y en a pas. Pourtant, je continue à croire que je vais trouver. Un tout petit indice. Comme la fameuse pièce du puzzle, celle qui t'aide à placer toutes les autres.

— Oui, je comprends.

— Cet accident, cette femme renversée – comment elle s'appelait, déjà ?

— Connie Gormley. Elle avait vingt-sept ans.

— Je n'ai jamais entendu ce nom de ma vie. Il ne me dit rien du tout. Et si c'était ça ? Si c'était justement la fameuse pièce du puzzle ?

— Tu crois ?

Elle hocha lentement la tête.

— Non.

— Moi non plus.

Ce qui ne m'empêcha pas de monter à l'étage avec la coupure de presse, et de rechercher sur l'ordinateur des informations concernant une collision suivie de délit de fuite remontant à vingt-six ans, et ayant provoqué la mort de Connie Gormley.

Rien.

Alors je me mis à rechercher des Gormley dans cette partie du Connecticut, et relevai une demi-douzaine d'adresses et de numéros de téléphone sur l'annuaire en ligne. Je m'apprêtais à les appeler lorsque Cynthia passa la tête dans la pièce.

— Qu'est-ce que tu fais ?

Je lui expliquai.

J'ignore si je m'attendais à ce qu'elle proteste, ou bien qu'elle m'encourage à m'accrocher ainsi à n'importe quel fil, fût-il très mince. Mais elle se contenta d'annoncer :

— Je vais m'allonger un moment.

Puis je pris le téléphone. Quand on décrochait, je me présentais comme Terrence Archer, habitant Milford, et j'expliquais que j'avais sans doute composé un mauvais numéro, mais que j'essayais de retrouver quelqu'un susceptible de me donner des renseignements sur la mort de Connie Gormley.

— Navré, jamais entendu parler d'elle, me répondit-on la première fois.

— Qui ça ? dit une vieille dame au deuxième appel. Je ne connais aucune Connie Gormley, mais j'ai une nièce qui s'appelle Constance Gormley, elle est agent immobilier à Stratford. Elle est super alors si vous cherchez une maison, elle vous en dénichera une parfaite. J'ai son numéro à portée de main, si vous me donnez une minute.

Je ne voulais pas me montrer grossier, mais après cinq minutes d'attente, je finis par raccrocher.

La troisième personne que je joignis s'exclama :

— Mon Dieu, Connie ? Ça fait si longtemps.

J'étais tombé sur Howard Gormley, son frère, désormais âgé de soixante-cinq ans.

— Qui peut bien s'intéresser à cette histoire, après toutes ces années ? demanda-t-il, la voix rauque et lasse.

— À vrai dire, monsieur Gormley, je ne sais pas quoi vous répondre. La famille de ma femme a eu des ennuis quelques mois après l'accident de votre sœur, des faits qu'on essaie encore de comprendre, et un article sur Connie se trouvait au milieu de souvenirs familiaux.

— C'est plutôt bizarre, non ?

— Assez, oui. Si ça ne vous ennuie pas de répondre à deux ou trois questions, ça pourrait éclairer certaines choses, ou au moins me permettre d'éliminer tout lien entre la tragédie de votre famille et la nôtre.

— Pourquoi pas.

— Tout d'abord, a-t-on trouvé qui a renversé votre sœur ? Je n'ai pas plus d'informations. On a fini par arrêter quelqu'un ?

— Non. Jamais. Les flics n'ont rien trouvé du tout, n'ont mis personne en prison. Au bout d'un moment, ils ont laissé tomber, j'imagine.

— Je suis désolé.

— En fait, ça a pour ainsi dire tué nos parents. Le chagrin les a minés. Notre mère est morte deux ans après cette histoire, et papa un an plus tard. Cancer, tous les deux, mais si vous voulez mon avis, c'est la tristesse qui les a emportés.

— La police avait des pistes ? Ils ont fini par découvrir qui conduisait la voiture ?

— Qu'est-ce que dit l'article que vous avez découvert ? demanda Howard Gormley.

Il se trouvait près de l'ordinateur, et je le lui lus.

— Ça, c'était plutôt au début, dit-il. Avant que les flics comprennent que, tout ça, c'était une mise en scène.

— Une mise en scène ?

— Eh bien, d'abord ils ont pensé à un accident avec délit de fuite, purement et simplement. Un type saoul, peut-être, ou juste un chauffard. Mais à l'autopsie, ils ont remarqué un truc étrange.

— Comment ça, étrange ?

— Je suis pas un expert. Je suis qu'un couvreur à la retraite. Je connais pas grand-chose à la médecine légale. Mais d'après eux, le plus gros que Connie a subi, les dommages faits par la voiture, ça lui est arrivé alors qu'elle était déjà morte.

— Attendez une seconde. Votre sœur était déjà morte quand la voiture l'a heurtée ?

— C'est ce que je viens de vous expliquer. Et...

Il s'interrompit.

— Oui, monsieur Gormley ?

— J'ai juste un peu de mal à en parler, même après tout ce temps. Je n'aime pas dire des choses qui donnent une mauvaise image de Connie, après tant d'années, vous comprenez ?

— Bien sûr.

— Bon, alors ils ont dit qu'elle avait sans doute été avec un homme peu de temps avant d'avoir été jetée dans ce fossé.

— Vous sous-entendez que... ?

— Ils n'ont pas exactement dit qu'on l'avait violée, bien que ç'ait été possible, à mon avis. Mais ma sœur, elle couchait un peu à droite et à gauche, vous voyez. Et d'après eux, elle serait allée avec un type ce soir-là. Et je me suis toujours demandé si c'était lui qui avait fait comme si une voiture l'avait renversée, et qui l'avait jetée ensuite dans le fossé.

Je ne savais pas quoi dire.

— Connie et moi, on était proches, reprit Howard. Je n'approuvais pas sa façon de vivre, mais j'étais loin d'être un ange moi-même, et rien ne m'aurait autorisé à la pointer du doigt. Des années plus tard, je suis toujours aussi en colère, et j'aimerais qu'on retrouve ce salaud. Le problème, c'est que ça remonte à si longtemps, cette ordure a toutes les chances d'être mort.

— Oui, c'est très probable, en effet.

Après ma conversation avec Howard Gormley, je restai un moment assis à mon bureau, le regard vague, essayant de mettre de l'ordre dans tout cela.

Puis, mû par la force de l'habitude, je pressai le bouton « courrier » sur le clavier de l'ordinateur, afin de vérifier si nous avions des messages. Comme toujours, il y en avait un paquet, la plupart proposant du Viagra, des Rolex pas chères, ou des sollicitations de veuves de riches propriétaires de mines d'or nigériennes qui cherchaient à transférer leurs millions sur des comptes américains. Notre filtre anti-spam n'arrêtait qu'une portion réduite de ces nuisances.

Mais il y avait aussi un e-mail, avec une adresse Hotmail uniquement composée de chiffres – 12051983 – et les mots « Ça ne sera plus très long » sur la ligne « objet » du message.

Je cliquai dessus.

Le message était court :

« Chère Cynthia,

« Conformément à notre précédente conversation, ta famille te pardonne vraiment. Mais ils ne cessent de se demander : “Pourquoi ?” »

J’ai dû le relire cinq fois avant de revenir à la ligne « objet ». Ça ne sera plus très long avant quoi ?

24

— Comment quelqu'un pourrait-il accéder à notre adresse e-mail ? demandai-je à Cynthia.

Celle-ci regardait fixement l'écran, assise devant l'ordinateur. À un moment donné, elle posa le doigt sur le message, comme si le toucher lui en apprendrait plus sur son auteur.

— Mon père, murmura-t-elle.

— Quoi, ton père ?

— Quand il est venu déposer le chapeau. Il a pu monter, fouiller cette pièce, allumer l'ordinateur, chercher notre adresse e-mail.

— Cynthia, répliquai-je d'un ton prudent, on ne sait pas si c'est ton père qui a déposé ce chapeau. On ne sait pas qui l'a laissé ici.

Je repensais à la théorie de Rolly, et aux soupçons qui m'avaient brièvement traversé l'esprit, selon lesquels Cynthia aurait déposé ce chapeau elle-même. Et durant un court instant, pas plus, je songeai combien il était facile de constituer une adresse Hotmail puis de s'envoyer un message.

Arrête un peu ça, me dis-je.

Puis, sentant Cynthia hérissée par ma remarque, j'ajoutai :

— Mais tu as raison. Quelle que soit la personne qui est entrée dans notre maison, il ou elle a pu monter à l'étage, fouiner, lancer l'ordinateur et trouver notre adresse e-mail.

— Alors il s'agit du même individu. Celui qui m'a téléphoné, que tu disais être un cinglé, est le même que celui qui a envoyé ce message, et le même que celui qui s'est introduit ici pour déposer le chapeau. Le chapeau de mon père.

Cela me paraissait logique. C'est le reste qui m'inquiétait : qui était cet individu ? Avait-il assassiné Tess ? Était-ce l'homme que j'avais repéré avec le télescope de Grace l'autre soir, en train d'observer la maison ?

— Et il parle encore de pardon, reprit Cynthia. Il répète qu'ils m'ont pardonné. Pourquoi insister autant ? Et qu'est-ce que ça veut dire : « Ça ne sera plus très long » ?

Après un geste d'ignorance, je montrai l'écran du doigt.

— Et cette adresse. Une suite de chiffres sans queue ni tête.

— Pas sans queue ni tête, rétorqua Cynthia. C'est une date. Le 12 mai 1983. La nuit où ma famille a disparu.

— On est en danger, constata Cynthia ce soir-là.

Elle était assise dans le lit, les couvertures remontées jusqu'au menton. Je regardais justement par la fenêtre de la chambre, jetant un dernier coup d'œil à la rue avant de la rejoindre sous les draps. Une habitude que j'avais prise depuis une semaine.

— On est en danger, répéta-t-elle. Et je sais que tu penses comme moi, même si tu ne veux pas en parler. Tu as peur de m'affoler, que je pète un câble.

— Je n'ai pas peur que tu pètes un câble, Cynthia.

— Mais tu n'es pas prêt à affirmer qu'on ne risque rien. Tu es en danger, je suis en danger, Grace est en danger.

Comme si je ne le savais pas. Inutile de me le rappeler.

— Ma tante a été assassinée, poursuivit Cynthia. L'homme que j'ai – que nous avons – engagé pour découvrir ce qui est arrivé à ma famille a disparu. Grace et toi avez vu un homme observer notre maison. Une personne est entrée chez nous, Terry – mon père, ou quelqu'un d'autre –, et a laissé ce chapeau, allumé notre ordinateur.

— Ce n'était pas ton père, Cyn.

— Tu dis ça parce que tu sais qui est venu ici ou parce que tu penses que mon père est mort ?

Je ne répondis pas.

— À ton avis, pourquoi le département des véhicules n'a aucune trace du permis de conduire de mon père ? Pourquoi la Sécurité sociale n'a aucune trace de lui non plus ?

— Je n'en sais rien, répliquai-je avec lassitude.

— Tu crois qu'Abagnall a découvert quelque chose sur Vince Fleming ? Il a bien dit qu'il voulait se renseigner à son sujet, non ? C'est peut-être ce qu'il faisait quand il a disparu. Si ça se trouve, M. Abagnall va bien, mais comme il file Vince, il n'a pas la possibilité d'appeler sa femme.

— Écoute, la journée a été longue. Essayons de dormir.

— Jure-moi que tu ne me caches rien d'autre, implora Cynthia. Comme tu l'as fait pour la maladie de Tess. Ou pour l'argent qu'elle avait reçu.

— Non, je ne te cache plus rien. Je t'ai montré l'e-mail, non ? J'aurais pu l'effacer, et ne jamais t'en parler. Mais je suis d'accord, on doit se montrer prudents. Les portes sont équipées de verrous neufs, plus personne ne pourra entrer. Et je te laisserai accompagner Grace à l'école sans t'embêter.

— Mais d'après toi, qu'est-ce qui se passe ?

Sa façon de me poser la question, d'un ton presque accusateur, me donna l'impression qu'elle me soupçonnait de lui dissimuler encore quelque chose.

— Bon Dieu, comment veux-tu que je le sache ? ripostai-je sèchement. C'est pas ma famille qui a disparu de la surface de la Terre, merde !

Cynthia en resta estomaquée. Et moi tout autant qu'elle.

— Excuse-moi. Je suis désolé. Ce n'est pas ce que je voulais dire. Simplement, tout ça finit par nous taper sur le système.

— *Mes* problèmes finissent par *te* taper sur le système, rectifia-t-elle.

— Non, c'est faux. Écoute, on devrait peut-être partir quelque temps. Tous les trois. Grace manquerait l'école. Je pourrais me débrouiller avec Rolly pour prendre quelques jours, il me trouvera un remplaçant, tout le monde comprendrait que…

Repoussant les couvertures, Cynthia sortit du lit.

— Je vais dormir dans la chambre de Grace. Je veux être sûre qu'elle ne risque rien. Il faut bien faire quelque chose.

Je me tus tandis qu'elle emportait son oreiller sous son bras et quittait la pièce. J'avais mal à la tête, et me dirigeai vers la salle de bains pour prendre un cachet dans l'armoire à pharmacie, lorsque j'entendis courir dans le couloir.

Avant même de s'encadrer dans la porte, Cynthia cria :

— Terry, Terry !

— Quoi ?

— Elle n'est pas là. Grace n'est pas dans sa chambre. Elle a disparu !

Je la suivis vers la chambre de notre fille, allumant les lumières au passage, puis la dépassai pour y pénétrer avant elle.

— J'ai déjà regardé ! s'exclama Cynthia. Elle n'est pas là !

— Grace !

J'ouvris son placard, vérifiai sous le lit. Les vêtements qu'elle avait portés durant la journée étaient entassés sur la chaise devant son bureau. Je courus à la salle de bains, écartai le rideau de la baignoire, qui était vide. De son côté Cynthia était allée voir dans la pièce où se trouvait l'ordinateur. Nos chemins se croisèrent sur le palier.

Aucune trace de notre fille.

— Grace ! hurla de nouveau Cynthia.

D'autres lumières furent allumées à mesure que nous descendions l'escalier quatre à quatre. Ce n'est pas vrai, me répétai-je. Ce n'est pas vrai, ça n'est pas arrivé.

Cynthia se rua sur la porte du sous-sol, cria le nom de notre fille dans le noir béant. Pas de réponse.

Alors que j'entrais dans la cuisine, je vis la porte de derrière, munie de son verrou tout neuf, légèrement entrebâillée.

Mon cœur s'arrêta de battre.

— Appelle la police, dis-je à Cynthia.

— Oh, mon Dieu, gémit-elle.

J'éclairai la lampe extérieure tout en ouvrant la porte en grand, puis me précipitai pieds nus dans le jardin.

— Grace !

Alors j'entendis une voix. Une voix irritée.

— Papa, éteins cette lumière !

Sur ma droite, j'aperçus Grace en pyjama au milieu de la pelouse, devant son télescope pointé vers le ciel étoilé.

— Qu'est-ce qu'il y a ? demanda-t-elle.

Cynthia et moi aurions pu, et sans doute aurions dû, prolonger notre congé, surtout après la nuit que nous venions de vivre. Mais nous étions tous deux retournés au travail le lendemain matin.

— Je suis vraiment désolée, répéta Grace pour la centième fois en avalant ses Cheerios.

— Ne nous fais plus jamais un coup pareil, gronda Cynthia.

— J'ai dit que j'étais désolée.

Cynthia avait quand même fini par dormir avec elle. Elle n'était pas prête à laisser sa fille sans surveillance.

— Tu ronfles, tu sais, lui apprit Grace.

Pour la première fois depuis un bout de temps, j'avais envie de rire, mais je réussis à me retenir.

Comme d'habitude, je partis le premier. Cynthia ne me dit pas au revoir et ne m'accompagna pas à la porte. Elle n'avait pas oublié notre dispute avant la fausse alerte de Grace. Juste au moment où nous avions besoin de nous serrer les coudes, un fossé invisible se creusait entre nous. Elle persistait à me soupçonner de lui cacher des choses. Et j'éprouvais à son égard un malaise que je m'expliquais mal moi-même.

Cynthia pensait que je lui reprochais nos ennuis récents. On ne pouvait nier que son histoire, son fameux « vécu », hantait nos jours comme nos nuits. Et peut-être lui en voulais-je, d'une certaine manière, même si elle n'était en rien responsable de la disparition de sa famille.

Notre seule inquiétude commune concernait bien entendu la manière dont tout cela affectait Grace. Et le moyen que notre fille avait choisi pour se sortir de l'angoisse existentielle de la maisonnée – si perturbante soit l'idée qu'un astéroïde destructeur constitue en fait une sorte d'échappatoire – était justement devenu le catalyseur d'une nouvelle crise.

Mes élèves furent remarquablement sages. Des rumeurs avaient dû circuler sur les raisons de mon absence. Un décès dans la famille. Les lycéens, comme la plupart des prédateurs naturels, mesurent en général la faiblesse de leur proie, et l'utilisent à leur avantage. D'après les échos, ils avaient agi ainsi avec la femme recrutée pour me remplacer. Elle bégayait très légèrement, une infime hésitation au premier mot de certaines phrases, mais assez perceptible pour que les gosses se mettent tous à l'imiter. Manifestement, elle était rentrée chez elle en larmes le premier jour, me racontèrent pendant le déjeuner d'autres professeurs, sans aucune trace de sympathie dans la voix. C'était la jungle dans ce lycée, seuls les forts en réchappaient.

Mais ce jour-là, ils me lâchèrent la grappe. Non seulement ceux du cours d'écriture créative, mais également mes deux classes de littérature. À mon avis, leur attitude ne s'expliquait pas uniquement par respect pour mes sentiments – à vrai dire, ça devait même très peu compter. Ils ne firent pas les singes parce qu'ils guettaient chez moi les signes d'un comportement différent, comme verser une larme, m'énerver sur un élève, claquer une porte, que sais-je.

Mais je ne fis rien de tel. Et ne devais donc m'attendre à aucune considération particulière le lendemain.

Jane Scavullo traîna en arrière tandis que les élèves de mon cours du matin quittaient la salle de classe.

— Désolée pour votre tante, dit-elle.

— Merci. En fait, c'est la tante de ma femme, même si je me sentais très proche d'elle.

— Peu importe.

Et elle rattrapa les autres.

Au milieu de l'après-midi, je suivais le couloir de l'administration lorsqu'une des secrétaires sortit en trombe d'un bureau et pila net en me voyant.

— J'allais justement vous chercher. J'ai appelé en salle des profs, mais vous n'y étiez pas.

— Non, puisque je suis ici, répliquai-je.

— Téléphone pour vous. Je crois que c'est votre femme.

— Très bien.

— Vous pouvez la prendre dans mon bureau.

— Merci.

Je la suivis et elle me désigna un poste téléphonique. Un des boutons clignotait.

— Pressez celui-ci.

Je saisis le combiné.

— Cynthia ?

— Terry, je…

— Écoute, j'allais t'appeler. Excuse-moi pour hier soir. Pour ce que je t'ai dit.

La secrétaire se réinstalla derrière son bureau, feignant de ne pas écouter.

— Terry, il…

— On devrait engager un autre type. Je veux dire, je ne sais pas ce qui est arrivé à Abagnall, mais…

— Terry, ferme-la, coupa Cynthia.

Je la fermai.

— Il est arrivé quelque chose, reprit-elle d'une voix basse, presque essoufflée. Je sais où ils sont.

25

— Parfois, quand tu n'appelles pas alors que je m'attends à ce que tu le fasses, j'ai l'impression que c'est moi qu'on est en train de rendre folle.

— Excuse-moi, dit-il. Mais j'ai de bonnes nouvelles. Je pense que ça ne va pas tarder.

— Ah, formidable. Comment disait Sherlock Holmes, déjà ? Les jeux sont faits ? Ou était-ce Shakespeare ?

— Je ne sais pas exactement.

— Alors tu l'as envoyé ? demanda-t-elle.

— Oui.

— Mais il faut que tu restes encore un peu pour voir ce qui se passe, ajouta-t-elle.

— Oh, je le sais. Je suis sûr que ça finira aux infos.

— Je regrette de ne pas pouvoir l'enregistrer ici.

— Je rapporterai les journaux à la maison.

— Oh oui, ça me ferait tellement plaisir, affirma-t-elle.

— Il n'y a pas eu d'autres articles sur Tess. J'imagine que ça signifie qu'ils n'ont rien trouvé.

— On devrait tout simplement être reconnaissants quand la chance croise notre chemin, tu ne crois pas ?

— Et il y avait encore quelque chose aux infos, à propos du détective disparu, reprit-il. Celui que ma... enfin, tu vois qui je veux dire... a engagé.

— Tu penses qu'ils vont le retrouver ?

— Difficile à dire.

— Bon, inutile de se préoccuper de ça. Tu me parais un peu nerveux, non ? remarqua-t-elle.

— Peut-être.

— Ça, c'est la partie difficile, la partie risquée, mais à force, ça finira par être payant. Et, le moment venu, tu pourras venir me chercher.

— Oui, je sais. Il ne va pas se demander où tu es, pourquoi tu ne viens pas le voir ?

— Il m'adresse à peine la parole, répliqua-t-elle. Il arrive à la fin. Il lui reste peut-être un mois. C'est bien assez.

— Tu crois qu'il nous a aimés vraiment ?

— La seule qu'il ait jamais aimée, c'est elle, répliqua-t-elle, sans essayer de masquer son amertume. Et est-ce qu'elle a été là pour lui ? Est-ce qu'elle s'est occupée de lui ? Est-ce qu'elle a nettoyé derrière lui ? Et puis, qui a résolu son plus gros problème ? Il n'a jamais été reconnaissant de ce que j'ai fait pour lui. C'est nous qui avons été lésés dans cette histoire. On nous a volé la possibilité d'avoir une vraie famille. Ce que nous faisons en ce moment n'est que justice.

— Je sais, oui.

— Qu'est-ce que tu veux que je te prépare pour ton retour ?

— Un gâteau à la carotte ? suggéra-t-il.

— Bien sûr. C'est le minimum qu'une maman puisse faire.

26

Je téléphonai à la police et laissai un message à l'inspecteur Rona Wedmore, qui m'avait donné sa carte après m'avoir interrogé, le jour où nous avions dispersé les cendres de Tess dans la mer. Je lui demandais de bien vouloir nous rejoindre à la maison, où Cynthia et moi serions bientôt. Au cas, improbable, où elle ne l'aurait pas, je lui rappelais notre adresse. Je précisais aussi que mon appel n'avait pas de rapport direct avec la disparition de Denton Abagnall, mais pouvait y être relié, d'une certaine façon.

Je dis également que c'était urgent.

J'avais demandé à Cynthia si elle voulait que je passe la prendre au travail, mais elle se sentait capable de conduire. Je quittai le lycée sans prévenir personne, mais, à mon avis, tout le monde devait commencer à s'habituer à mon comportement lunatique. Rolly était juste sorti de son bureau, m'avait vu au téléphone puis regardé quitter le bâtiment en courant.

Cynthia était arrivée à la maison quelques minutes avant moi. Elle m'attendait sur le seuil, l'enveloppe à la main.

Elle me la tendit aussitôt. Un seul mot figurait dessus : « Cynthia ». Pas de timbre. Ça ne venait donc pas de la poste.

— Maintenant, on l'a touchée tous les deux, dis-je, me rendant soudain compte que nous commettions sans doute une tonne d'erreurs que la police nous reprocherait ensuite.

— Je m'en fiche, répliqua Cynthia. Lis.

J'ouvris l'enveloppe et en sortis une feuille de papier standard, soigneusement pliée en trois, comme une lettre normale. Le verso portait un plan sommaire, dessiné au crayon, des lignes qui se coupaient représentant des routes, une petite ville marquée « Otis », un vague ovale désigné comme « puits de carrière », et un « X » tracé dans un de ses coins. Il y avait d'autres annotations, mais je ne comprenais pas bien ce qu'elles signifiaient.

Silencieuse, Cynthia me regardait m'en imprégner.

Puis je retournai la feuille, et en voyant le message tapé à la machine, quelque chose me sauta aux yeux, quelque chose qui me perturba beaucoup. Avant même de lire le contenu de la note, je me demandai quelles seraient les implications de ce qui m'avait frappé.

Mais sur le moment, je tins ma langue et pris connaissance du message :

« Cynthia,

« Il est temps que tu saches où ils étaient. Où ils sont ENCORE, vraisemblablement. Il y a une carrière abandonnée à deux heures de route au nord de là où tu habites, juste après la frontière du Connecticut. Ça forme comme un lac, mais un lac artificiel parce qu'on y extrayait des pierres, des trucs comme ça. Il est vraiment très profond. Sans doute trop profond pour que les gosses venant y nager y aient trouvé quoi que ce soit depuis toutes ces années. Prends la nationale 8 en direction du nord, entre dans le Massachusetts, continue jusqu'à Otis, puis va vers l'est. Regarde le plan au verso. Il y a un petit chemin derrière une rangée d'arbres qui mène au sommet de la carrière. Fais attention en arrivant là-bas, parce que c'est plutôt raide. Dans la carrière. Tout au fond du lac, c'est là que tu trouveras ta réponse. »

Je retournai de nouveau la feuille. Le plan reprenait tous les détails décrits dans la note.

— Ils sont là, murmura Cynthia en désignant le papier. Ils sont dans l'eau – elle inspira à fond. Donc… ils sont morts.

Tout semblait devenu flou devant mes yeux. Je battis des cils plusieurs fois, accommodant ma vision. Puis, après avoir une fois de plus retourné la feuille, je relus le message, et l'étudiai ensuite avec attention, non pour son contenu, mais d'un point de vue technique.

Il avait été tapé à la machine, une machine à écrire classique, pas sur ordinateur, puis imprimé.

— Où as-tu trouvé cette lettre ? demandai-je, m'efforçant à grand-peine de contrôler ma voix.

— Elle était avec le courrier de la boutique, répondit Cynthia. Dans la boîte aux lettres. Quelqu'un l'y a déposée. Ce n'est pas le facteur qui l'a apportée. Il n'y a ni timbre ni adresse.

— Non. Donc quelqu'un l'a glissée dedans.

— Mais qui ?

— Je n'en sais rien.

— Il faut aller là-bas, dit-elle. Aujourd'hui. Maintenant. On doit aller voir ce qu'il y a là-bas, sous l'eau.

— Rona Wedmore, l'inspecteur qui est venue nous trouver au port, elle va venir ici. On va lui en parler. La police a des plongeurs. Mais je voudrais te demander autre chose, Cynthia. À propos de cette note. Regarde. Regarde les caractères.

— Ils doivent aller là-bas tout de suite, reprit Cynthia.

Comme si elle pensait que les gens qui gisaient au fond de ce puits de carrière étaient toujours vivants, comme s'il leur restait encore un peu de souffle.

J'entendis une voiture s'arrêter devant la maison, et vis par la fenêtre la courte et massive silhouette de Rona Wedmore remonter l'allée à toute allure. On aurait dit qu'elle allait traverser la porte sans même s'arrêter.

Un sentiment de panique m'envahit.

— Chérie. Tu n'as rien d'autre à me dire au sujet de cette lettre ? Avant l'arrivée de la police ? Tu dois être tout à fait honnête avec moi.

— Qu'est-ce que tu racontes ?

— Tu ne vois rien d'étrange, là ? insistai-je en lui mettant la feuille sous le nez, et pointant un mot bien spécifique du message. Juste là, tout au début.

Il s'agissait du mot « temps ».

— Eh bien ?

La barre horizontale du « e » était effacée, le faisant ressembler à un « c ». On lisait presque « il cst tcmps ».

— Je ne vois pas de quoi tu parles, rétorqua Cynthia. Qu'est-ce que tu veux dire par « être honnête avec toi » ? Évidemment que je suis honnête avec toi.

L'inspecteur Wedmore gravissait maintenant le perron, le poing levé, prête à frapper à la porte.

— Je dois monter une minute, déclarai-je. Ouvre et dis-lui que je redescends tout de suite.

Et sans lui laisser le temps de répondre, je gravis l'escalier quatre à quatre. J'entendis Wedmore frapper, deux coups bien nets, puis Cynthia ouvrir la porte, et les deux femmes se saluer. J'avais déjà gagné la petite pièce où je corrigeais mes copies et préparais mes cours.

Ma vieille machine à écrire Royal trônait sur le bureau, à côté de l'ordinateur.

Je devais décider quoi en faire.

Pour moi, il ne faisait aucun doute que la note que Cynthia montrait en ce moment à l'inspecteur Wedmore avait été tapée sur cette machine. Le « e » effacé était immédiatement reconnaissable.

Je savais que je n'avais pas tapé cette lettre.

Je savais que Grace ne pouvait pas l'avoir fait non plus.

Il ne restait donc que deux possibilités. Soit l'inconnu qui s'était introduit chez nous avait utilisé ma machine pour rédiger la note, soit Cynthia l'avait tapée elle-même.

Mais nous avions changé les verrous. J'étais quasiment certain qu'aucune personne étrangère à ma famille n'était entrée dans cette maison ces derniers jours.

Il semblait inconcevable que Cynthia ait fait une chose pareille. Mais si… Mais si, en proie à ce qu'on qualifierait de stress insurmontable, Cynthia avait effectivement tapé cette lettre, qui nous dirigeait vers un lieu isolé supposé nous révéler le destin des membres de sa famille ? Et si cette lettre, tapée par Cynthia, disait vrai ?

— Terry ! cria Cynthia depuis le rez-de-chaussée. L'inspecteur Wedmore est là !

— Une seconde !

Qu'est-ce que cela signifierait ? Que signifierait le fait que Cynthia savait, tout compte fait, depuis toutes ces années, où se trouvait sa famille ?

J'en avais des sueurs froides.

Peut-être qu'elle censurait sa mémoire. Peut-être qu'elle en savait plus qu'elle n'en avait conscience. Oui, c'était possible. Elle avait vu ce qui s'était passé, mais l'avait oublié. Ça arrive, non ? Parfois le cerveau décide que ce qu'on a vu est si effroyable, qu'on doit l'oublier, sinon on ne pourra pas vivre avec ce souvenir. Il existait bien un réel syndrome qui englobait ce genre de symptôme, n'est-ce pas ?

Bon, mais s'il ne s'agissait pas de mémoire refoulée ? Si elle avait toujours su…

Non.

Non, il devait y avoir une tout autre explication. Quelqu'un avait utilisé notre machine à écrire. Plusieurs jours auparavant. Cet inconnu qui était venu dans la maison et avait laissé le chapeau.

À condition qu'il s'agisse d'un inconnu.

— Terry !

— J'arrive !

— Monsieur Archer ! me héla à son tour Rona Wedmore. Descendez, s'il vous plaît.

J'agis par impulsion. J'ouvris le placard, saisis la machine – Dieu que ces engins antiques étaient lourds – et la déposai à l'intérieur, par terre. Puis je la recouvris d'autres objets, un pantalon que j'enfilais pour peindre, une pile de vieux journaux.

En descendant, je vis Wedmore et Cynthia dans le salon. La lettre était étalée sur la table basse, et l'inspecteur de police, penchée dessus, la lisait.

— Vous l'avez touchée, gronda-t-elle à mon attention.

— Oui.

— Vous l'avez touchée tous les deux. Votre femme, je peux comprendre, elle ignorait de quoi il s'agissait en la sortant de l'enveloppe. Mais vous, quelle excuse avez-vous ?

— Désolé.

Je passai la main sur ma bouche et mon menton, essayant d'essuyer la sueur qui trahirait à coup sûr ma nervosité.

— Vous pouvez envoyer des plongeurs, n'est-ce pas ? demanda Cynthia. Des plongeurs pour voir ce qu'il y a au fond de cette carrière ?

L'inspecteur Wedmore replaça derrière son oreille une mèche qui lui tombait sur les yeux.

— Ça pourrait être le coup d'un cinglé. Du pipeau.

— C'est vrai, avançai-je.

— Cela dit, on n'en sait rien, reprit Wedmore.

— Si vous n'envoyez pas de plongeurs, j'irai moi-même, déclara Cynthia.

— Chérie, ne sois pas ridicule. Tu ne sais même pas nager.

— Je m'en fiche.

— Calmez-vous, madame Archer, intervint Wedmore.

C'était un ordre. Cette femme avait quelque chose d'un coach de football américain.

— Me calmer ? riposta Cynthia, nullement intimidée. Vous savez ce que cette personne dit, l'auteur de cette lettre ? Qu'ils y sont. Que leurs corps sont là-dedans.

L'inspecteur hocha la tête avec scepticisme.

— Je crains que beaucoup de choses ne se soient empilées là-dedans après tant d'années.

— Ils sont peut-être dans une voiture, suggéra Cynthia. Ni la voiture de ma mère ni celle de mon père n'ont été retrouvées.

Wedmore saisit un coin de la feuille entre deux ongles vernis de rouge vif, et la retourna. Elle étudia le plan.

— Il va falloir mettre la police du Massachusetts sur le coup. Je vais les appeler.

Elle sortait un téléphone portable de son blouson, et s'apprêta à composer un numéro.

— Vous allez envoyer des plongeurs ? demanda Cynthia.

— Je passe un coup de fil. Et il faudra envoyer cette lettre au labo, pour voir si on peut en tirer quelque chose.

— Je suis désolée.

— C'est intéressant qu'elle ait été tapée sur une machine à écrire, reprit Wedmore. Plus grand monde n'utilise de machine à écrire.

Je sentis une nausée m'envahir. Puis, n'en croyant pas mes oreilles, j'entendis Cynthia déclarer :

— Nous, on en a une.

— Vraiment ? répliqua l'inspecteur en cessant de pianoter sur son téléphone.

— Terry s'en sert encore volontiers, pas vrai, chéri ? Pour des notes courtes, ce genre de choses. C'est une Royal, n'est-ce pas, Terry ? Il la traîne depuis la fac, ajouta-t-elle à l'attention de Wedmore.

Celle-ci remit son portable dans sa poche.

— Montrez-la-moi, ordonna-t-elle.

— Je vais aller la chercher, dis-je. Vous la descendre.

— Montrez-moi juste où elle se trouve.

— À l'étage, expliqua Cynthia. Venez avec moi.

Je me mis au pied de l'escalier, essayant de barrer le passage.

— Cyn, c'est un peu le souk là-haut.

— Allons-y, décréta Wedmore, me dépassant pour commencer à gravir les marches.

— Première porte à gauche, indiqua Cynthia, avant de me chuchoter : Pourquoi elle veut voir notre machine à écrire, tu crois ?

L'inspecteur disparut dans la pièce.

— Je ne la vois pas, annonça-t-elle.

Cynthia fut en haut de l'escalier avant moi. Elle pénétra à son tour dans la petite chambre, et remarqua :

— D'habitude, elle est là. Terry, elle est bien là d'habitude ?

À mon arrivée, elle désignait le bureau. Wedmore et elle me dévisageaient toutes les deux.

— Hum, répondis-je. Comme elle me gênait, je l'ai rangée dans le placard.

J'ouvris le placard, m'agenouillai devant. Rona Wedmore observait nos gestes par-dessus mon épaule.

— Où ça ? demanda-t-elle.

J'ôtai les vieux journaux et le pantalon maculé de peinture pour dévoiler l'antique Royal noire. Puis je la soulevai et la déposai sur le bureau.

— Quand l'as-tu mise là ? demanda Cynthia.

— Tout récemment.

— Elle a été recouverte drôlement vite, remarqua Wedmore. Comment vous expliquez ça ?

Je me contentai de hausser les épaules. Je n'avais rien à répondre.

— Ne la touchez pas, ordonna-t-elle avant de ressortir son téléphone de sa poche.

Cynthia me fixait d'un air perplexe.

— Qu'est-ce que tu fabriques ? Qu'est-ce qui se passe, bon sang ?

J'avais envie de lui poser la même question.

27

Rona Wedmore passa plusieurs coups de téléphone sur son portable, la plupart dehors, dans l'allée, où nous ne pouvions pas l'entendre.

Ce qui nous laissait tout loisir, à Cynthia et moi, ainsi qu'à Grace – l'inspecteur avait permis à Cynthia d'aller chercher en vitesse notre fille à l'école – de ressasser les derniers rebondissements. Dans la cuisine, Grace, qui se préparait un goûter de tartines au beurre de cacahouète, demanda qui la grosse dame appelait.

— La police, répondis-je. Et je doute qu'elle apprécie que tu la traites de grosse dame.

— Je lui dirai pas en face, assura Grace. Pourquoi elle est ici ? Qu'est-ce qui se passe ?

— Ce n'est pas le moment, objecta Cynthia. Prends ton goûter et monte dans ta chambre, s'il te plaît.

Lorsque la petite eut quitté la cuisine, non sans râler, Cynthia se tourna vers moi.

— Pourquoi as-tu caché la machine à écrire ? La lettre a été tapée dessus, n'est-ce pas ?

— Oui.

Elle me dévisagea un instant avant de poursuivre.

— C'est toi qui l'as écrite ? C'est pour ça que tu as caché la machine ?

— Bon sang, Cyn ! Je l'ai cachée parce que j'ai pensé un moment que c'était toi qui l'avais tapée !

Ses yeux s'élargirent de stupeur.

— Moi ?

— C'est plus choquant que de le penser de moi ?

— Mais moi, je n'ai pas essayé de cacher cette machine, riposta-t-elle.

— C'était pour te protéger, Cynthia.

— Quoi ?

— Au cas où tu aurais écrit la note. Je ne voulais pas que la police le sache.

Durant quelques instants, Cynthia garda le silence, arpentant la pièce à pas lents.

— Terry, reprit-elle enfin, si je comprends bien, tu penses que c'est moi qui ai écrit cette note, c'est ça ? Et donc, que j'ai toujours su où se trouvait ma famille ? Que je sais depuis toujours qu'ils sont au fond de cette carrière ?

— Non…, pas forcément.

— Pas forcément ? Alors tu penses quoi, exactement ?

— Je te jure devant Dieu que je n'en sais rien, Cyn. Je ne sais plus quoi penser. Mais dès que j'ai vu cette lettre, j'ai compris qu'on l'avait tapée avec ma machine. Et puisque ce n'était pas moi, il ne restait que toi, à moins qu'une autre personne soit venue ici et l'ait tapée pour faire croire que c'était l'un de nous deux qui l'avait fait.

— Mais on sait déjà que quelqu'un est venu ici, répliqua Cynthia. À cause du chapeau, de l'e-mail. Malgré cela, tu as préféré penser que j'en étais l'auteur ?

— J'aurais préféré ne rien penser du tout.

Elle me regarda droit dans les yeux, la mine extrêmement grave.

— Tu crois que j'ai tué ma famille, Terry ?

— Oh, pour l'amour du ciel.

— Ce n'est pas une réponse.

— Non, Cyn, je ne le crois pas.

— Mais l'idée t'a traversé l'esprit, n'est-ce pas ? Tu t'es déjà demandé si c'était possible.

— Non. Mais dernièrement, je me suis demandé si la tension que tu as endurée, le poids que tu portes depuis toutes ces années, à force – j'avais l'impression de marcher sur des œufs à mesure que je parlais –, ne te font pas imaginer, ou percevoir certaines choses, voire agir d'une manière, disons, pas toujours rationnelle.

— Ah, lâcha Cynthia.

— Par exemple, en voyant que la lettre avait été tapée sur ma machine, j'ai pensé que tu pouvais avoir essayé par ce moyen d'attirer l'attention de la police pour qu'elle s'intéresse de nouveau à l'affaire, pour tenter de résoudre enfin cette énigme.

— Alors je les aurais envoyés sur une fausse piste ? Pourquoi avoir choisi cet endroit en particulier ?

— Aucune idée.

On cogna au mur extérieur de la pièce, et l'inspecteur Rona Wedmore entra. Depuis combien de temps se tenait-elle là, depuis combien de temps nous écoutait-elle ?

— On tente le coup, déclara-t-elle. On envoie des plongeurs.

C'était prévu pour le lendemain matin. Une équipe de plongeurs serait sur place à dix heures. Cynthia conduisit Grace à l'école, et s'arrangea avec une voisine pour la récupérer en fin de journée, au cas où nous ne serions pas rentrés à temps.

J'avertis une fois de plus Rolly de mon absence.

— Bon sang, que se passe-t-il encore ? demanda-t-il.

Je lui expliquai où nous nous rendions, que des plongeurs allaient sonder le puits de carrière.

— Seigneur, je suis avec vous de tout cœur. Ça n'en finit pas. Tu ne veux pas que je te fasse remplacer la semaine prochaine ? Je connais deux profs qui viennent de partir à la retraite et qui pourraient assurer tes cours quelques jours.

— Pas celle qui bégaie, en tout cas. Les mômes l'ont mangée toute crue. Écoute, repris-je après un blanc, ça tombe un peu comme un cheveu sur la soupe, mais je peux te poser une question ?

— Je t'écoute.

— Est-ce que le nom de Connie Gormley te dit quelque chose ?

— Qui ?

— Elle a été tuée par une voiture quelques mois avant la disparition de Clayton, Patricia et Todd. Dans le nord de l'État. Ça ressemblait à un délit de fuite, mais en fait, c'était une mise en scène.

— Je ne vois pas de quoi tu parles, répliqua Rolly. Qu'est-ce que tu veux dire, ça ressemblait à un accident avec délit de fuite mais c'était une mise en scène ? Quel rapport ça a avec la famille de Cynthia ?

Il semblait presque irrité. Mes problèmes, et les intrigues qui tournicotaient autour, commençaient à le miner autant que moi.

— Je ne sais pas s'il y en a un. Je pose juste la question. Tu connaissais Clayton. Il n'a jamais évoqué un accident devant toi ?

— Non. Pas que je me souvienne. Et à mon avis, je n'aurais pas oublié un truc pareil.

— D'accord. Bon, merci de trouver un remplaçant pour mes cours. Je te dois une fière chandelle.

Peu après, Cynthia et moi prenions la route. Il faudrait rouler plus de deux heures vers le nord. Avant que la police n'emporte la lettre anonyme scellée dans un de ces sachets en plastique destinés à recueillir les indices, nous avions recopié le plan pour connaître notre itinéraire. En chemin, aucun de nous n'eut envie de faire de pause-café ni quoi que ce soit de ce genre. Nous avions simplement hâte d'arriver à destination.

On aurait pu croire que nous n'aurions cessé de parler durant tout le trajet, de spéculer sur ce que trouveraient les plongeurs, sur ce que cela signifierait, mais en fait, c'est à peine si nous échangeâmes quelques mots. Sans doute étions-nous l'un et l'autre plongés dans nos réflexions. À quoi pensait Cynthia, je ne pouvais que l'imaginer. Quant à moi, mon esprit courait en tout sens. Qu'allait-on découvrir au fond du puits ? S'il y avait effectivement des corps, s'agirait-il de ceux de la famille de Cynthia ? Trouverait-on des indices sur leur assassin ?

Et cet assassin, ou ces assassins, traînaient-ils toujours dans les parages ?

Il fallait prendre à l'est après Otis, qui n'était pas une ville à proprement parler, mais un regroupement de quelques maisons et magasins qui longeaient la sinueuse route à deux voies qui rejoint Lee et l'autoroute du Massachusetts. Nous devions ensuite chercher Fell's Quarry Road, censée remonter vers le nord et nous mener à la carrière. Deux véhicules de la police de l'État étaient garés devant la bifurcation.

Baissant la vitre, je déclinai notre identité à un policier en tenue. Il alla prendre des instructions par radio, puis revint nous annoncer que l'inspecteur Wedmore se trouvait déjà sur place, et nous attendait. Il désigna la route, nous expliqua que, environ un kilomètre et demi plus loin, un étroit chemin herbeux partait sur la gauche et grimpait jusqu'au-dessus de la carrière.

Nous roulions lentement. En fait de route, il s'agissait plutôt d'une voie non goudronnée, et, en atteignant le chemin, cela se rétrécit encore. Je le pris, et entendis l'herbe frotter sous la caisse de la voiture. À présent, nous gravissions la côte entre deux rangées d'arbres aux troncs larges. Après quelques centaines de mètres, le sol devint plus plat, et les arbres s'écartèrent sur un espace ouvert qui nous coupa le souffle.

Devant nous s'étalait ce qui ressemblait à un vaste canyon. Une vingtaine de mètres plus loin, le sol s'effaçait de manière abrupte. S'il y avait un lac là-dessous, nous ne pouvions le voir depuis la voiture.

Deux véhicules se trouvaient déjà sur les lieux. Une voiture de la police du Massachusetts et une berline banalisée que je reconnus comme étant celle de Rona Wedmore. Appuyée sur une aile, elle discutait avec l'un des policiers.

En nous voyant arriver, elle s'approcha.

— N'avancez pas trop, me conseilla-t-elle par la vitre baissée. Ça descend sec.

Nous sortîmes de la voiture avec précaution, comme si le sol risquait de s'effondrer au moindre geste brusque.

— Par ici, dit Wedmore. L'un de vous a le vertige ?

— Un peu, répondis-je.

Je parlais plus pour Cynthia que pour moi, mais elle m'assura que tout irait bien.

Après avoir fait quelques pas vers le précipice, l'eau devint enfin visible. Il s'agissait d'un mini-lac, d'une superficie d'environ trois hectares, au fond d'un gouffre. Des années auparavant, on l'avait creusé pour extraire des roches et des pierres, et depuis que l'entreprise avait abandonné la carrière, le puits s'était rempli de pluies et d'éboulis. Par temps couvert, comme c'était le cas ce jour-là, l'eau devenait grise et opaque.

— Le plan et la note indiquent que si on doit trouver quelque chose, ce sera juste en bas, annonça l'inspecteur en pointant l'à-pic au-dessus duquel nous nous tenions.

Je ressentis une fugace sensation de vertige.

En contrebas, un canot pneumatique jaune, long de presque quatre mètres, et équipé d'un petit moteur à l'arrière, traversait le petit lac. Trois hommes se trouvaient à son bord, dont deux en combinaison de plongée noire, avec des masques et des bouteilles d'oxygène dans le dos.

— Ils sont venus par un autre côté, expliqua Wedmore en désignant la partie opposée de la carrière. Ils ont pris une route qui passe par le nord et qui arrive juste au bord du lac, ce qui leur a permis de mettre le canot à l'eau. Ils nous cherchent, ajouta-t-elle en adressant de grands gestes – rien d'amical, juste un signe – aux plongeurs, qui lui répondirent. Ils vont commencer à sonder à l'aplomb de l'endroit où nous nous trouvons.

Cynthia hocha la tête avant de demander :

— Ils chercheront quoi, au juste ?

Wedmore lui décocha un regard semblant signifier: « À votre avis ? » mais elle fut tout de même assez fine pour se souvenir qu'elle avait affaire à une femme qui en avait pas mal bavé.

— Je dirais une voiture. S'il y en a une, ils la trouveront.

Le lac était trop petit pour que le vent y soulève des vagues, mais les hommes du canot jetèrent néanmoins une petite ancre, afin de ne pas dériver. Les deux plongeurs basculèrent en arrière et disparurent aussitôt de notre vue, quelques bulles à la surface témoignant brièvement de leur présence sous l'eau.

Une brise fraîche soufflait au sommet du cratère. Je fis un pas vers Cynthia et glissai mon bras autour de ses épaules. À ma grande surprise – et à mon grand soulagement –, elle ne me repoussa pas.

— Combien de temps peuvent-ils rester là-dessous ?

— Je l'ignore, me répondit l'inspecteur. Mais ils ont sûrement plus d'oxygène que nécessaire.

— Et s'ils trouvent quelque chose, que se passera-t-il ensuite ? Ils peuvent le remonter ?

— Ça dépend. Il faudra peut-être du matériel plus lourd.

Wedmore était reliée par radio à l'homme resté à bord du canot.

— Du nouveau ? lui demanda-t-elle.

Sur l'embarcation, l'homme parla à son tour dans un boîtier noir.

— Pas grand-chose pour l'instant, crépita sa voix dans la radio de Wedmore. Il y a entre dix et douze mètres de profondeur ici. Parfois plus, à certains endroits.

— OK.

Nous sommes restés là, debout, à observer. Environ dix minutes, un quart d'heure. Cela parut des heures.

Puis les deux têtes émergèrent. Les plongeurs nagèrent vers le canot, s'agrippèrent aux boudins de caoutchouc, relevèrent leurs masques et ôtèrent les détendeurs de leurs bouches. Ils s'adressèrent au troisième homme.

— Qu'est-ce qu'ils disent ? demanda Cynthia.

— Attendez une seconde, répliqua Wedmore.

Comme l'homme reprenait sa radio, elle saisit la sienne.

— On a quelque chose, grésilla la voix.

— Quoi donc ?

— Une voiture. Au fond depuis longtemps. À moitié ensevelie sous la vase et la merde.

— Il y a quelque chose à l'intérieur ?

— Ils ne sont pas sûrs. Il va falloir la sortir.

— Quel genre de voiture ? intervint Cynthia. Comment elle est ?

Rona Wedmore relaya la question, et, sur le canot, on vit l'homme interroger les plongeurs.

— Plutôt jaune, transmit-il. Un petit modèle compact. Impossible de voir les plaques. Les pare-chocs sont enfouis.

Cynthia déclara alors :

— La voiture de ma mère. Elle était jaune. Une Ford Escort. Un petit modèle. Ce sont eux, Terry. Ce sont eux, ajouta-t-elle en s'effondrant contre moi.

— On n'en sait rien pour le moment, corrigea Wedmore. On ne sait même pas s'il y a des corps dans la voiture.

Puis elle parla de nouveau dans la radio.
— Faisons le nécessaire.

Cela signifiait faire venir le matériel adéquat. Les policiers envisageaient de positionner une très grosse dépanneuse au bord du puits, les plongeurs attacheraient un câble à la voiture enlisée, ensuite on pourrait la tirer doucement hors de la vase et la faire remonter à la surface.

Si cela ne marchait pas, il faudrait faire venir une sorte de barge, qui soulèverait directement la voiture.

— Il ne va rien se passer pendant plusieurs heures, nous dit Rona Wedmore. Il faut que des spécialistes étudient la situation pour choisir le meilleur moyen de sortir cette voiture. Pourquoi n'iriez-vous pas quelque part du côté de l'autoroute, peut-être même jusqu'à Lee, pour déjeuner ? Je vous appellerai sur votre portable dès que les choses seront sur le point de bouger.

— Non, objecta Cynthia. Il vaut mieux que nous restions.

— Chérie, rétorquai-je. On ne peut rien faire ici pour le moment. Allons manger un morceau. On doit tous les deux prendre des forces, pour pouvoir supporter la suite.

— À votre avis, qu'est-ce qui s'est passé ? demanda Cynthia à Wedmore.

— J'imagine qu'on a conduit la voiture jusqu'ici, juste là où nous sommes, puis qu'on l'a poussée dans le précipice.

— Allez, viens, répétai-je à l'attention de Cynthia. Je compte sur vous pour nous tenir au courant, inspecteur.

Après avoir regagné la route principale, retraversé Otis, nous avons pris vers Lee, et déniché une cafétéria.

Comme je n'avais guère eu d'appétit au saut du lit, je commandai un déjeuner d'œufs et de saucisses. Cynthia ne parvint à avaler qu'un toast.

— Celui qui a rédigé cette lettre savait de quoi il parlait, remarqua-t-elle.

— En effet, répondis-je en soufflant sur mon café.

— Mais on ne sait pas encore s'il y a des corps dans la voiture. Elle a peut-être été balancée là-dedans pour s'en débarrasser. Rien ne prouve qu'elle renferme des cadavres.

— Attendons de voir.

Finalement, notre attente dura deux bonnes heures. J'en étais à mon quatrième café lorsque le portable sonna.

C'était l'inspecteur Wedmore. Elle m'indiqua comment rejoindre la carrière par le côté nord.

— Alors ? demandai-je.

— Ç'a été plus rapide que prévu, répondit-elle, presque gentiment. Ça y est. La voiture est sortie de l'eau.

Le temps que nous arrivions sur place, la Ford Escort jaune avait déjà été installée sur le plateau d'un camion. Cynthia bondit de la voiture avant même que je coupe le moteur, et courut vers le camion en criant :

— C'est elle ! C'est la voiture de ma mère !

Wedmore la retint par le bras.

— Laissez-moi y aller, protesta Cynthia en se débattant.

— Vous ne pouvez pas vous approcher plus que ça.

La voiture était recouverte de vase, et de l'eau boueuse s'écoulait par l'encadrement des portières closes, assez pour que l'habitacle, du moins au niveau des vitres, se soit vidé. Mais on ne discernait que deux appuie-tête détrempés.

— Elle va au labo, indiqua l'inspecteur.

— Qu'est-ce qu'ils ont trouvé ? Il y avait quelque chose à l'intérieur ? demanda Cynthia.

— À votre avis ?

La façon dont Wedmore avait posé la question me déplut. Comme si Cynthia était censée connaître la réponse.

— Je ne sais pas, répondit Cynthia. Ça m'effraie de le dire.

— Il semble bien que la voiture contienne les restes de deux personnes. Mais vous comprenez qu'après vingt-cinq ans…

Facile à imaginer, oui.

— Deux ? répéta Cynthia. Pas trois ?

— Il est trop tôt pour le dire, répliqua Wedmore. Je le répète, il nous reste encore beaucoup de travail. On voudrait vous faire un prélèvement buccal, ajouta-t-elle.

Cynthia eut l'air de ne pas comprendre.

— Un quoi ?

— Un prélèvement buccal. Prélever votre salive pour avoir un échantillon ADN. C'est parfaitement indolore.

— Pour quoi faire ?

— Si nous avons la chance de récupérer de l'ADN sur… ce qui se trouve dans la voiture, on le comparera avec le vôtre. Si, par exemple, l'un des corps est celui de votre mère, on pourra faire une sorte de test de maternité à l'envers. Ça confirmera qu'il s'agit vraiment de votre mère. Même chose pour les autres membres de votre famille.

Cynthia se tourna vers moi, les yeux envahis de larmes.

— Ça fait vingt-cinq ans que j'attends des réponses, et maintenant que je suis sur le point de les obtenir, je suis terrifiée.

Je la pris dans mes bras et demandai à Wedmore :

— Ça prendra combien de temps ?

— Normalement, des semaines. Mais il s'agit là d'une affaire de premier plan, surtout depuis l'émission de télé. Alors, disons, quelques jours, peut-être même quarante-huit heures. Vous feriez aussi bien de rentrer chez vous. Je vous enverrai quelqu'un dans la soirée pour le prélèvement.

Rentrer paraissait la meilleure solution. Alors que nous retournions à notre voiture, l'inspecteur nous adressa une dernière directive :

— Vous devez rester à notre disposition d'ici là, même avant les résultats du test. Je vais avoir d'autres questions à vous poser.

Son ton n'augurait rien de bon.

28

Comme elle l'avait annoncé, Rona Wedmore vint nous poser des questions. Certains éléments de cette affaire lui déplaisaient. C'était quelque chose que nous avions en commun tous les trois même si ni Cynthia ni moi ne considérions l'inspecteur comme une alliée.

Néanmoins, elle confirma un point que je connaissais déjà. La lettre qui parlait de la carrière avait bien été tapée sur ma machine à écrire. On nous avait priés – comme si nous avions le choix – d'aller faire relever nos empreintes digitales au commissariat. Apparemment, celles de Cynthia étaient déjà fichées. Elle les avait fournies vingt-cinq ans auparavant, lorsque la police avait passé sa maison au peigne fin, en quête d'indices sur la disparition de sa famille. Mais les policiers en voulaient de nouvelles. Et on ne m'avait encore jamais réclamé les miennes.

La police compara nos empreintes avec celles relevées sur la machine à écrire. Quelques-unes, appartenant à Cynthia, furent retrouvées sur le bloc de l'engin.

Cependant, les touches proprement dites portaient les miennes.

Bien entendu, cela ne prouvait rien. Mais n'étayait pas non plus notre version, selon laquelle une personne s'était introduite chez nous et avait tapé la note sur ma machine, en portant éventuellement des gants pour ne pas laisser d'empreintes.

— Et pourquoi quelqu'un ferait cela ? demanda l'inspecteur, les poings posés sur ses larges hanches. Pourquoi venir dans votre maison et utiliser votre machine pour écrire cette lettre ?

Bonne question.

— Celui qui a fait ça savait peut-être, suggéra lentement Cynthia, comme si elle réfléchissait à voix haute, que cette lettre avait toutes les chances d'être reliée à la machine de Terry. Il voulait donc que l'on remonte jusqu'à lui, pour inciter la police à penser qu'il l'avait tapée lui-même.

Je pensais que Cynthia tenait là quelque chose, à une nuance près.

— Ou toi, ajoutai-je.

Elle me dévisagea un instant, non pas avec reproche, mais d'un air pensif.

— Ou moi, admit-elle.

— Encore une fois, qui ferait ça et pourquoi ? demanda Wedmore, toujours pas convaincue.

— Aucune idée, répondit Cynthia. Cela n'a absolument aucun sens. Mais vous savez que quelqu'un est entré ici. On a appelé la police, qui a forcément fait un rapport ensuite.

— Le chapeau, confirma l'inspecteur, incapable de masquer son scepticisme.

— Exact. Je peux aller vous le chercher, si vous voulez, proposa Cynthia. Ça vous intéresse ?

— Non. J'ai déjà vu des chapeaux.

— Les policiers nous ont pris pour des débiles.

Wedmore se garda de tout commentaire. Sans doute au prix d'un certain effort.

— Madame Archer, reprit-elle, vous étiez déjà montée à la carrière de Fell's auparavant ?

— Jamais, non.

— Quand vous étiez petite fille ? Ou même adolescente ?

— Non.

— Vous y êtes peut-être allée, mais sans faire attention à l'endroit, insista l'inspecteur. En venant dans le coin en voiture avec quelqu'un. Vous avez pu grimper là-haut pour, euh, pour vous isoler, par exemple.

— Non. Je ne suis jamais allée là-bas. Mais enfin, c'est à deux heures de route ! Même si un garçon et moi voulions nous isoler, on n'aurait pas fait deux heures de voiture pour ça.

— Et vous, monsieur Archer ?

— Moi ? Non. Et il y a vingt-cinq ans, je ne connaissais personne de la famille Bigge. Je ne suis pas de Milford. Je n'ai rencontré Cynthia qu'à l'université, et c'est seulement à cette époque que j'ai appris ce qui lui était arrivé, ainsi qu'à sa famille.

Wedmore secoua la tête.

— Bon, écoutez, tout ça me chiffonne. Une note, tapée dans cette maison, sur votre machine à écrire – elle me regarda – nous envoie à l'endroit précis où est retrouvée la voiture de votre mère – elle regarda Cynthia – vingt-cinq ans après sa disparition.

— Je vous dis que quelqu'un est venu ici, répéta Cynthia.

— En tout cas, cette personne, quelle qu'elle soit, n'a pas essayé de cacher la machine. Tandis que votre mari, oui.

— Devons-nous répondre à vos questions en présence d'un avocat ? demandai-je.

Rona Wedmore poussa l'intérieur de sa joue du bout de la langue.

— À vous de voir si vous avez besoin d'un avocat.

— Attendez, c'est nous les victimes, dans cette histoire, rétorqua Cynthia. Ma tante a été assassinée, vous venez de trouver la voiture de ma mère au fond d'un lac. Et vous nous parlez – vous me parlez – comme si nous étions des criminels. Eh bien, nous ne sommes pas des criminels, ajouta-t-elle en hochant la tête avec exaspération. On dirait... On dirait que quelqu'un a organisé tout ça de façon à me faire passer pour folle ou je ne sais quoi. Cet appel téléphonique, le chapeau de mon père déposé dans la cuisine, cette lettre tapée sur notre machine. Vous ne voyez pas ? Comme si on cherchait à vous faire penser que je perds la boule, que tout ce qui m'est arrivé autrefois me pousse aujourd'hui à faire ces choses, à les imaginer.

La langue de Wedmore roula de la joue gauche à la joue droite. Enfin, elle dit :

— Madame Archer, vous n'avez jamais envisagé d'en parler à quelqu'un ? De cette conspiration qui semble tourbillonner autour de vous ?

— Je vois une psy..., commença Cynthia avant de s'interrompre aussitôt.

L'inspecteur sourit.

— Eh bien, ça c'est un scoop !

— Je pense que ça suffit pour aujourd'hui, déclarai-je.

— Je suis certaine qu'on se reparlera bientôt, répliqua Wedmore.

Plus tôt que prévu, même. Juste après qu'on découvre le corps de Denton Abagnall.

J'avais sans doute pensé que s'il y avait eu quelque chose de nouveau concernant le détective, nous l'aurions appris par la police. Mais j'écoutais la radio dans notre bureau-pièce de couture, sans y prêter franchement attention, lorsque les mots « enquêteur privé » sortirent du haut-parleur, je montai le son.

« La police a retrouvé son véhicule dans un parking près du Stamford Town Center, exposait le journaliste. Ayant remarqué que la voiture se trouvait là depuis plusieurs jours, la direction du parking a prévenu la police. Celle-ci a alors fait le rapprochement entre l'immatriculation et celle d'un homme recherché depuis un laps de temps équivalent à la présence de la voiture dans le parking. Après avoir forcé le coffre, on a découvert le corps de Denton Abagnall, cinquante et un ans, à l'intérieur. Il est décédé d'un coup à la tête, assené avec une arme contondante. Dans le cadre de l'enquête, les policiers procèdent au visionnage de la vidéo de sécurité. Ils refusent pour le moment toute spéculation sur les motifs du crime, ou l'hypothèse qu'il puisse être imputé à un gang quelconque. »

« Imputé à un gang quelconque. » Si seulement.

Cynthia était tout au fond du jardin, debout, les mains dans les poches de son imperméable, et observait la maison.

— J'avais juste besoin de prendre l'air, expliqua-t-elle tandis que je m'approchais. Ça va ?

Je lui appris ce que j'avais entendu à la radio.

J'ignorais quelle réaction elle aurait, et fus tout compte fait peu surpris qu'elle n'en ait guère. Durant quelques instants, elle ne prononça aucun mot.

— Je commence à me sentir tout hébétée, Terry, lâcha-t-elle enfin. Je ne sais plus quoi éprouver. Pourquoi est-ce que tout ça nous arrive ? Quand est-ce que cela s'arrêtera ? Quand nos vies retrouveront-elles leur cours normal ?

Je la pris dans mes bras.

— Je comprends, chérie. Je comprends.

Sauf que, depuis l'âge de quatorze ans, Cynthia n'avait jamais eu de vie réellement normale.

Lorsque nous revîmes Rona Wedmore, elle alla droit au but.

— Où étiez-vous le soir où Denton Abagnall a disparu ? Le soir où il a quitté votre maison, la dernière fois que quiconque a eu de ses nouvelles. Disons vers vingt heures.

— Nous avons dîné, répondis-je. Ensuite nous sommes allés rendre visite à la tante de Cynthia. Elle était morte. Nous avons appelé la police. Et nous avons passé avec eux la plus grande partie de la soirée. Alors j'imagine que la police nous fournira un alibi, inspecteur Wedmore.

Pour la première fois, elle parut gênée, déstabilisée.

— Bien sûr. J'aurais dû m'en souvenir. D'après le ticket placé sur son tableau de bord, M. Abagnall est entré dans ce parking à 20 h 03.

— Bon, je suppose que pour ça au moins nous sommes hors de cause, conclut froidement Cynthia.

Tandis que Wedmore regagnait la porte, je lui demandai :

— On a trouvé des indices près de M. Abagnall ? Une note, des enveloppes vides ?

— Rien, pour autant que je sache. Pourquoi ?

— Comme ça, pour savoir. Vous savez, l'une des dernières choses que M. Abagnall nous a dites, c'est qu'il comptait se renseigner sur Vince Fleming, qui sortait avec ma femme le soir où sa famille a disparu. Vous connaissez Vince Fleming ?

— Je le connais de nom, répondit-elle.

Wedmore vint chez nous une fois de plus, le lendemain.

En la voyant remonter notre allée, je dis à Cynthia :

— Elle nous soupçonne peut-être d'avoir participé au kidnapping du petit Lindbergh[1].

J'ouvris la porte avant qu'elle sonne.

— Oui ? Quoi encore ?

— J'ai du nouveau, annonça-t-elle. Je peux entrer ?

Son ton était moins acerbe que d'habitude. J'ignorais si c'était bon signe, ou si elle nous préparait quelque chose.

Je la conduisis dans le salon, l'invitai à s'asseoir. Cynthia et moi en fîmes autant.

1. Le fils du célèbre aviateur a été kidnappé et assassiné en 1932 et la culpabilité de l'homme condamné pour son meurtre est encore aujourd'hui l'objet de controverses.

— Tout d'abord, attaqua Wedmore, sachez que je ne suis pas une scientifique. Mais je comprends les principes de base, et je vais faire de mon mieux pour vous les expliquer.

Je décochai un regard vers Cynthia, qui encouragea l'inspecteur d'un signe de tête.

— Les chances de pouvoir relever des traces d'ADN sur les restes que contenait la voiture de votre mère – il n'y avait bien que deux corps, pas trois – étaient minces, mais pas inexistantes. Au fil des ans, le processus naturel de décomposition a altéré l'ensemble des – elle s'interrompit. Madame Archer, je peux parler de façon directe ? Ce n'est pas très agréable à entendre.

— Allez-y, je vous en prie, assura Cynthia.

— Donc, comme vous l'imaginez bien, la décomposition au cours des années – c'est-à-dire les enzymes que libèrent les cellules humaines en mourant, les bactéries humaines, l'environnement, et, dans ce cas précis, les micro-organismes aquatiques – a pas mal rongé la chair sur les corps. La désagrégation des os aurait été plus importante en cas d'eau salée, mais, coup de bol pour nous, ce n'en était pas – Wedmore s'éclaircit la gorge. Bref, nous avons récupéré des os, nous avons récupéré des dents, alors nous avons essayé d'obtenir des dossiers dentaires de votre famille, mais là, chou blanc. Votre père, sauf erreur de notre part, n'avait pas de dentiste, encore que le coroner ait déterminé assez rapidement, d'après la structure osseuse des deux corps retrouvés, qu'aucun n'a appartenu à un adulte mâle.

Cynthia cilla. Ainsi, le corps de Clayton Bigge ne se trouvait pas dans cette voiture.

— Quant au dentiste que consultaient votre mère et votre frère, il est décédé il y a plusieurs années, son cabinet a été fermé, et ses dossiers, détruits.

Je jetai un coup d'œil à Cynthia. Elle semblait se cuirasser contre la déception. Peut-être n'allions-nous rien apprendre de précis.

— Cela dit, poursuivit l'inspecteur, si les dossiers dentaires nous faisaient défaut, nous avions quand même les dents. Les dents de chacun des deux corps. L'émail extérieur ne porte aucun ADN, rien à tester, mais au cœur même de la dent, dans la racine, où tout est si protégé, on trouve des cellules nucléiques.

Cynthia et moi devions avoir l'air aussi perdu l'un que l'autre, alors Wedmore résuma :

— Bref, quand les spécialistes du département médico-légal parviennent à accéder à ces cellules et à en extraire assez d'ADN, les résultats donnent un profil unique de chaque individu, y compris son sexe.

— Et ? demanda Cynthia, retenant son souffle.

— Il s'agit d'un individu de sexe masculin et d'un autre de sexe féminin, répondit l'inspecteur. L'analyse du coroner, avant les tests ADN, laissait déjà supposer qu'on avait affaire à un mâle, vraisemblablement adolescent, et à une femme, *a priori* entre trente et quarante ans.

Le regard de Cynthia m'effleura, puis revint à Wedmore.

— Donc, reprit celle-ci, un très jeune homme et une femme se trouvaient dans cette voiture. La question est maintenant de savoir s'il existe un lien entre eux.

Cynthia attendait la suite.

— Les profils des deux ADN laissent supposer une proche parenté, peut-être une ascendance directe. Les résultats médico-légaux, recoupés avec les découvertes du coroner, suggèrent *de facto* un lien mère-fils.

— Maman, murmura Cynthia. Et Todd.

— Eh bien, voilà le problème, annonça Wedmore. Alors que la parenté entre les deux défunts est plus ou moins déterminée, rien ne permet d'affirmer avec certitude qu'il s'agit vraiment de Todd Bigge et Patricia Bigge. Si vous aviez des objets ayant appartenu à votre mère, et susceptibles de fournir un échantillon, par exemple une brosse à cheveux, avec des cheveux pris dans les picots…

— Non, dit Cynthia. Je n'ai rien de ce genre.

— Bon, nous avons votre échantillon ADN, et des examens supplémentaires sont en cours concernant votre lien éventuel avec les restes relevés dans la voiture. Une fois que votre caractère génétique aura été défini, et c'est là-dessus qu'on travaille actuellement, on pourra déterminer la probabilité de la filiation maternelle entre vous et cette femme, ainsi que la probabilité de lien de fraternité avec le garçon.

L'inspecteur marqua une pause.

— Cela dit, en se fondant sur ce que nous savons déjà, à savoir que ces deux corps sont liés génétiquement, qu'ils sont ceux d'une mère et de son fils, que la voiture est effectivement celle de votre mère, l'hypothèse de travail est que nous avons retrouvé votre mère et votre frère.

Cynthia semblait prise de vertiges.

— Mais pas votre père, souligna Wedmore. Je voudrais vous questionner davantage sur lui. Pour savoir à quoi il ressemblait, quel genre d'homme il était.

— Pourquoi ? Qu'est-ce que vous insinuez ?

— Je crois qu'il faut envisager la possibilité qu'il les ait tués tous les deux.

29

— Allô ?

— C'est moi.

— Je pensais justement à toi, dit-elle. Ça fait longtemps que je n'ai pas eu de tes nouvelles. J'espère que tout va bien.

— Je voulais attendre de voir ce qui allait se passer. Ce qu'ils trouveraient. On en a parlé aux infos. Ils ont montré la voiture. À la télé.

— Oh, mon Dieu…

— On la voyait en train de sortir de la carrière. Et aujourd'hui, il y avait un article dans le journal, à propos des tests ADN.

— Oh, comme c'est excitant ! s'exclama-t-elle. J'aimerais tellement être là-bas avec toi. Qu'est-ce que l'article disait ?

— Eh bien, certains trucs, et d'autres, non, bien sûr. Attends, j'ai le journal avec moi. Voilà : « Les tests ADN indiquent un lien génétique entre les deux corps découverts dans la voiture. Il s'agit d'une mère et de son fils. »

— Intéressant.

— « Des examens médico-légaux doivent encore déterminer si les corps sont génétiquement reliés à Cynthia Archer. Cependant, la police part du postulat que les corps retrouvés sont ceux de Patricia et Todd Bigge, disparus depuis vingt-cinq ans. »

— Donc l'article n'affirme pas vraiment que ce sont eux qui se trouvaient dans la voiture, souligna-t-elle.

— Pas précisément.

— Tu sais bien ce qu'on dit du postulat. « Pose-toi là et... »

— Je sais, mais...

— N'empêche, c'est dingue ce qu'on arrive à faire aujourd'hui, non ?

Elle semblait presque enjouée.

— Oui, c'est vrai, admit-il.

— Je veux dire, à l'époque, quand ton père et moi nous sommes débarrassés de cette voiture, personne n'avait jamais entendu parler de tests ADN. C'est quand même bluffant ! Tu te sens toujours aussi nerveux ?

— Un peu, peut-être.

Elle trouvait qu'il manquait d'entrain.

— Tu sais qu'enfant, tu étais déjà un anxieux ? Tandis que moi, je prends la situation en main et je la règle.

— Eh bien, tu dois être la plus forte des deux.

— Je trouve que tu as fait un boulot fantastique, il y a vraiment de quoi être fier. Bientôt, tu pourras venir me chercher. Je ne voudrais manquer ça pour rien au monde. Le moment venu, j'ai hâte de voir la tête qu'elle fera.

30

— Bon, comment vous prenez tout ça, la découverte probable de votre mère et de votre frère ? demanda le Dr Kinzler.

— C'est flou, répondit Cynthia. Pas avec soulagement.

— Non, je comprends bien pourquoi.

— En plus, comme mon père ne se trouvait pas avec eux, l'inspecteur Wedmore le soupçonne de les avoir tués.

— Si c'est avéré, reprit le Dr Kinzler, serez-vous capable de l'assumer ?

Cynthia se mordit la lèvre et son regard dériva vers les stores, comme si, dotée d'une vision infrarouge, elle pouvait voir l'autoroute au travers. Il s'agissait de notre séance habituelle, et j'avais poussé Cynthia à nous y rendre, bien qu'elle ait envisagé de l'annuler. Mais maintenant que le Dr Kinzler lui infligeait des questions aussi insidieuses, qui, selon moi, ravivaient les blessures au lieu de les cicatriser, je le regrettais.

— Il me faut déjà accepter l'idée que mon père puisse avoir été un autre homme que celui que je connaissais, répliqua Cynthia. Le fait qu'il n'existe aucune trace de lui, ni numéro de Sécurité sociale, ni permis de conduire. Mais qu'il les ait tués, qu'il ait tué maman et Todd, non, je n'arrive pas à y croire.

— Vous pensez que c'est lui qui a déposé le chapeau.

— C'est une possibilité.

— Pourquoi votre père entrerait-il dans votre maison pour vous laisser un message pareil ? Pourquoi taperait-il une lettre sur votre propre machine à écrire, avec un plan vous guidant vers les autres membres de la famille ?

— Parce que... Parce qu'il essaie de régler les choses ?

— C'est votre avis que je vous demande, Cynthia.

Processus typiquement psy, songeai-je.

— Je ne sais pas quoi penser, avoua Cynthia. Si c'est lui qui l'a fait, alors les mots et tout le reste, ça pourrait être une tentative pour mettre les choses au clair, pour se confesser. Je veux dire, celui qui a déposé cette lettre est forcément impliqué dans la mort de ma mère et de mon frère. Pour connaître ce genre de détails, non ?

— Très juste, admit le Dr Kinzler.

— Mais l'inspecteur Wedmore a beau prétendre que mon père les aurait tués autrefois, je suis sûre qu'elle pense que c'est moi qui ai écrit la note.

— Elle croit peut-être que votre père et vous-même êtes impliqués tous les deux. Parce que son corps n'a pas été retrouvé. Et parce que vous n'étiez pas dans la voiture avec votre mère et votre frère.

Cynthia garda un instant le silence, puis hocha la tête.

— Je sais qu'à l'époque, la police s'est interrogée à mon sujet. Comme ils ne trouvaient aucun indice, aucune trace d'eux, ils ont dû tout envisager, pas vrai ? Ils se sont sans doute demandé si je n'avais pas fait le coup avec Vince. Si on n'avait pas agi ensemble. À cause de la dispute que j'avais eue avec mes parents.

— Vous m'avez dit vous souvenir très peu de cette nuit-là, enchaîna le Dr Kinzler. Croyez-vous possible que vous sachiez certaines choses, et que vous les ayez refoulées dans votre mémoire ? Il m'est arrivé d'adresser des personnes à un thérapeute hypnotiseur en qui j'ai une grande confiance.

— Je ne refoule rien du tout. Ma mémoire est vide. J'étais saoule en rentrant à la maison. J'étais môme. J'étais stupide. Une fois rentrée, je me suis endormie comme une masse. Et je me suis réveillée le lendemain. J'aurais été incapable de commettre un crime, même si je l'avais voulu, conclut Cynthia avec un geste désabusé. Physiquement incapable de faire une chose pareille, soupira-t-elle. Vous me croyez ?

— Bien sûr, assura le Dr Kinzler, avant de demander avec délicatesse : Parlez-moi un peu plus de votre relation avec votre père.

— C'était une relation normale, je suppose. Bien sûr, on se disputait, mais, globalement, on s'entendait bien. Je crois – Cynthia s'interrompit de nouveau. Je crois qu'il m'aimait. Je crois qu'il m'aimait beaucoup.

— Davantage que les autres membres de la famille ?

— Que voulez-vous dire ?

— Eh bien, s'il s'est retrouvé dans un état d'esprit qui l'a poussé à tuer votre mère et votre frère, pourquoi ne pas vous avoir tuée également ?

— Je n'en sais rien. Et encore une fois, je ne pense pas qu'il l'ait fait. Je... Je n'ai aucune explication, d'accord ? Mais mon père n'aurait pas fait une chose pareille. Il n'aurait pas tué ma mère. Il n'aurait jamais tué son propre fils, mon frère. Vous savez pourquoi ? Non seulement il nous aimait, mais il aurait été incapable de faire ça, parce qu'il était trop faible.

Cette remarque retint mon attention.

— C'était un homme gentil, mais – c'est dur à dire d'un parent – mais, il n'avait pas l'aptitude à faire ce genre de choses.

Je pris la parole :

— Je vois mal où tout cela nous mène.

— Votre femme est profondément bouleversée par les questions que cette découverte soulève, riposta calmement la psychiatre. J'essaie de l'aider.

Cette femme n'élevait-elle donc jamais la voix ? Lui arrivait-il de manifester un tant soit peu de colère ?

— Et si on m'arrête ? demanda Cynthia.

— Pardon ? demanda le Dr Kinzler.

— Quoi ? renchéris-je.

— Si l'inspecteur Wedmore m'arrête ? Si elle acquiert la conviction que j'y suis pour quelque chose ? Si elle pense que je suis la seule personne susceptible de savoir ce qu'il y avait au fond de la carrière ? Si elle m'arrête, comment je vais l'expliquer à Grace ? Qui s'occupera d'elle ? Elle a besoin de sa mère.

— Chérie...

Je faillis lâcher que je m'occuperais de Grace, mais cela aurait laissé entendre que je croyais la réalisation de son scénario non seulement plausible, mais même imminente.

— Si Wedmore m'arrête, elle cessera de chercher la vérité, ajouta Cynthia.

— Cela n'arrivera pas, affirmai-je. Si elle t'arrête, ça voudra dire qu'elle te croit impliquée dans tout le reste, la mort de Tess, et même celle d'Abagnall. Parce que tout ça est forcément lié, d'une façon ou d'une autre. Ça fait partie du même puzzle. Ces éléments sont tous reliés les uns aux autres. Sauf qu'on ne sait pas comment.

— Je me demande si Vince le sait, enchaîna Cynthia. Je me demande si quelqu'un lui a parlé récemment.

— Abagnall disait qu'il enquêtait sur lui. La dernière fois qu'on l'a vu, il parlait bien d'étudier son environnement de plus près, non ?

Le Dr Kinzler tenta de nous remettre sur la bonne voie.

— Je pense que nous ne devrions pas attendre quinze jours avant notre prochaine séance, déclara-t-elle, en ne regardant que Cynthia.

— D'accord, acquiesça celle-ci d'une voix basse et distante. D'accord.

Puis elle s'excusa et se rendit aux toilettes.

Je me tournai vers la psychiatre.

— Sa tante, Tess Berman, est venue vous voir une fois ou deux, n'est-ce pas ?

Elle haussa un sourcil étonné.

— En effet.

— De quoi vous a-t-elle parlé ?

— Normalement, je ne discuterais pas d'un autre patient avec vous, mais concernant Tess Berman, il n'y a rien à dire. Elle est venue deux fois, mais ne s'est jamais confiée. Je pense qu'elle méprisait le procédé thérapeutique.

J'adorais Tess.

À notre retour, notre répondeur signalait dix appels, provenant tous de différents médias. Et notamment un long message enflammé de Paula, la réalisatrice de *Deadline*. Elle expliquait que Cynthia devait aux téléspectateurs une occasion de réexaminer cette affaire à la lumière des récents rebondissements. Paula ajoutait qu'il nous suffisait de dire où et quand, et elle viendrait avec une équipe de tournage.

Je ne quittai pas Cynthia des yeux tandis qu'elle appuyait sur la touche pour effacer le message. Ni nervosité ni confusion. Une simple pression rapide d'un index ferme.

— Cette fois, tu n'as eu aucune difficulté.

Que Dieu me pardonne, cela m'échappa, tout simplement.

Elle releva la tête vers moi.

— Pardon ?

— Rien.

— Qu'est-ce que tu veux dire ? Comment ça, cette fois je n'ai eu aucune difficulté ?

— Rien du tout. Laisse tomber.

— Tu parles du jour où j'ai effacé le message ?

— Je te répète que c'est rien.

— Tu pensais à ce matin-là, quand j'ai reçu le coup de téléphone. Quand j'ai effacé par accident l'historique des appels. Je t'ai expliqué ce qui s'était passé. J'étais complètement secouée.

— Naturellement que tu étais secouée, Cynthia.

— Tu crois que cet appel n'a jamais eu lieu, n'est-ce pas ?

— Bien sûr que non.

— Et si je n'ai pas reçu cet appel, alors j'ai aussi inventé l'e-mail ? Je me le suis envoyé moi-même ?

Peut-être lorsque je tapais cette note sur ta machine à écrire ?

— Je n'ai pas dit ça.

Cynthia fit un pas en avant, pointa un doigt sur moi.

— Comment veux-tu que je reste sous ce toit, si je ne peux pas être à cent pour cent certaine de ton soutien ? De ta confiance ? Je n'ai pas besoin que tu me regardes de biais, que tu cherches à anticiper tout ce que je fais.

— Je ne fais rien de tel, Cynthia.

— Alors, vas-y. Dis-le tout de suite. Regarde-moi droit dans les yeux, et dis-moi que tu me crois, que tu sais que je ne suis pour rien dans tout ça.

Je jure que j'allais le faire. Mais mon dixième de seconde d'hésitation suffit pour que Cynthia tourne les talons.

Lorsque j'entrai dans la chambre de Grace ce soir-là et trouvai les lumières éteintes, je m'attendais à la voir en train de regarder dans son télescope. Mais elle était déjà sous les couvertures. Et tout à fait éveillée.

Je m'assis au bord de son matelas.

— Je suis étonné que tu sois couchée, dis-je en lui caressant le visage.

Grace ne pipa mot.

— Je pensais que tu serais en train d'observer les astéroïdes. Ou tu as déjà vérifié ?

— Je m'en suis pas occupée, répondit-elle d'une voix basse, à peine perceptible.

— Les astéroïdes ne t'inquiètent plus ?

— Non.

— Alors il n'y a plus aucun risque que l'un d'eux s'écrase sur la Terre un de ces jours ? répliquai-je gaiement. Eh bien, ça c'est une bonne nouvelle !

— Ils peuvent toujours s'écraser, je m'en fiche, répliqua Grace en enfonçant son visage dans l'oreiller.

— Qu'est-ce que tu veux dire, mon cœur ?

— Tout le monde est toujours si triste dans cette maison.

— Oh, ma chérie, je sais. Ces dernières semaines ont été plutôt pénibles.

— Ça change rien qu'un astéroïde vienne s'écraser ou pas, poursuivit Grace. Tante Tess est morte quand même. Les gens meurent tout le temps de plein de choses. Ils se font écraser par une voiture. Ils se noient. Et parfois ils sont assassinés.

— C'est vrai.

— Et maman fait tout le temps comme si on était en danger, alors qu'elle n'a jamais regardé une seule fois dans mon télescope. Elle pense que quelque chose va nous enlever, mais pas quelque chose venu de l'espace.

— Ta maman et moi ne laisserons jamais rien t'arriver. On t'aime très fort tous les deux.

Grace ne répondit rien.

— Je crois qu'il vaut quand même mieux vérifier une dernière fois, repris-je en allant m'agenouiller devant le télescope. Tu permets que je jette un œil ?

— Vas-y, si ça t'amuse, rétorqua-t-elle.

Si la lumière avait été allumée, Grace m'aurait vu réagir à cette remarque. Je pris position devant l'appareil, vérifiai d'abord par la fenêtre que personne n'observait la maison, puis mis mon œil derrière la lentille en m'emparant du télescope.

En le pointant sur le ciel nocturne, je vis des étoiles filantes en traverser le fond comme un plan panoramique dans *Star Trek*.

— Voyons un peu, dis-je.

Et le télescope se dégagea de son pied, tomba par terre et roula sous le bureau de Grace.

— Je t'avais bien dit que c'était de la camelote, papa.

Cynthia aussi était couchée lorsque je regagnai notre chambre. Elle avait tiré ses couvertures sous son menton, comme pour s'emmitoufler. Ses yeux étaient clos, mais j'avais le sentiment qu'elle ne dormait pas. Elle voulait juste éviter toute conversation.

Je me déshabillai, me lavai les dents, puis la rejoignis dans le lit. Un vieux *Harper's* traînait par terre, que je feuilletai rapidement, mais sans même parvenir à me concentrer sur le sommaire.

Alors j'éteignis la lampe de chevet et m'allongeai sur le côté, tournant le dos à Cynthia.

— Je vais aller me coucher avec Grace, annonça-t-elle.

— D'accord. Cynthia, je t'aime, dis-je sans me retourner, le nez dans l'oreiller. On s'aime tous les deux. Ce qui se passe en ce moment est en train de nous déchirer, de nous séparer. Il faut qu'on trouve un moyen d'affronter ça ensemble.

Mais elle se glissa hors du lit sans répondre. Un rai de lumière provenant du couloir découpa le plafond comme un coup de couteau lorsqu'elle ouvrit la porte, puis disparut, la porte refermée. Bon, songeai-je. J'étais trop fatigué pour me battre, trop fatigué pour tenter une réconciliation. Et je m'endormis rapidement.

À mon réveil, le lendemain matin, Cynthia et Grace étaient parties.

31

L'absence de Cynthia dans notre lit ne me parut pas bizarre à mon réveil, à six heures et demie. Même sans que nous nous soyons disputés, il lui arrivait de s'endormir dans le lit de Grace et d'y passer toute la nuit. Aussi ne pris-je pas la peine de me traîner dans le couloir pour vérifier qu'elles étaient bien là.

Je me levai, enfilai un jean, puis gagnai sans me presser la salle de bains adjacente pour m'éclabousser le visage. J'avais déjà eu meilleure mine. La tension des dernières semaines commençait à se faire sentir. Des cernes sombres creusaient mes yeux, et j'avais sans doute perdu du poids. Ce que je pouvais largement me permettre, mais j'aurais préféré que ce soit en suivant un régime non exclusivement constitué de stress. Le coin de mes yeux rougeoyait, et une séance chez le coiffeur n'aurait pas été du luxe.

Le porte-serviettes était fixé juste sous la fenêtre donnant sur l'allée de la maison. Comme je saisissais une serviette, l'univers derrière les stores me sembla quelque peu différent. D'habitude, les espaces entre les lattes sont emplis de blanc et de gris métallisé, les couleurs de nos deux voitures. Mais là, c'était gris métallisé et gris bitume.

J'écartai aussitôt les stores. La voiture de Cynthia ne se trouvait plus dans l'allée.

Je dus marmonner quelque chose comme « Qu'est-ce que c'est que ce bordel ? » avant de me précipiter pieds et torse nus dans le couloir. J'ouvris la porte de la chambre de Grace. Elle ne se levait jamais si tôt, donc j'avais toutes les raisons de m'attendre à la trouver dans son lit.

Les couvertures étaient rabattues, et le lit, vide.

J'aurais pu appeler ma femme, ou ma fille, du haut de l'escalier, mais il était encore très tôt, et si par hasard quelqu'un dormait encore, je ne voulais pas le réveiller.

Après avoir passé la tête dans le bureau, également vide, je descendis dans la cuisine.

La pièce était dans le même état que la veille au soir. Propre et rangée. Nul n'y avait pris de petit déjeuner avant de partir.

Je tirai alors la porte du sous-sol, cette fois en criant tout à mon aise : « Cynthia ! » Je sais que c'était idiot, vu que sa voiture n'était pas dans l'allée, mais comme cela n'avait aucun sens, je devais plus ou moins partir du principe qu'on l'avait volée.

— Tu es en bas ?

J'attendis un instant, puis appelai Grace.

Lorsque j'ouvris la porte d'entrée, le journal du matin m'attendait sur le seuil.

Difficile, à ce moment-là, de ne pas avoir le sentiment de revivre un épisode de la vie de Cynthia.

Sauf que, contrairement à ce matin, vingt-cinq ans auparavant, il y avait un mot.

Il était plié et posé sur la table de la cuisine, coincé entre la salière et le poivrier. Je m'en saisis. Il était rédigé à la main, et l'écriture sans erreur possible était bien celle de Cynthia.

Terry,

Je m'en vais.

Je ne sais où, ni combien de temps. Mais je ne supporte pas de rester ici une minute de plus.

Je ne te déteste pas. Mais voir le doute dans tes yeux me déchire. J'ai l'impression de perdre la tête, que personne ne me croit. Je sais que Wedmore ne sait pas encore quoi penser.

Que va-t-il se passer ensuite ? Qui s'introduira chez nous ? Qui observera notre maison depuis la rue ? Qui sera le prochain à mourir ?

Je ne veux pas que ce soit Grace. Alors je l'emmène avec moi. Je suppose que tu sauras te débrouiller tout seul. Qui sait ? Peut-être que, sans moi à la maison, tu te sentiras plus en sécurité, après tout.

Je veux rechercher mon père, mais je ne sais pas du tout par où commencer. Je crois qu'il est vivant. C'est peut-être ce que M. Abagnall a découvert après son entrevue avec Vince. Je n'en sais rien.

Ce que je sais en revanche, c'est que j'ai besoin d'un peu de tranquillité. Grace et moi avons besoin de nous retrouver en tant que mère et fille, sans avoir à nous soucier d'autre chose que d'être une mère et une fille.

Je n'allumerai pas souvent mon portable. Je sais qu'on peut retrouver les gens avec le système des bornes de réseau. Mais je vérifierai de temps en temps les messages. Et peut-être finirai-je par avoir envie de te parler. Mais pas tout de suite.

Préviens l'école que Grace sera absente quelque temps. Je n'appellerai pas la boutique. Pamela pensera ce qu'elle voudra.

Ne me cherche pas.

Je t'aime toujours, mais je ne veux pas que tu me retrouves tout de suite.

B.
Cyn.

Je le relus trois ou quatre fois. Puis appelai Cynthia sur son portable, malgré ce qu'elle avait écrit. On tombait directement sur la boîte vocale, où je laissai le message suivant : « Cyn, pour l'amour du ciel, rappelle-moi. » avant de raccrocher brutalement.

— Merde ! Merde ! Merde !

J'arpentai un moment la cuisine, indécis. Puis je sortis jusqu'au bout de l'allée, toujours revêtu uniquement de mon jean, pour étudier les deux côtés de la rue, comme si je pouvais deviner par magie dans quelle direction étaient parties Cynthia et Grace. De retour dans la maison, je repris le téléphone et, comme en transe, composai le numéro que je faisais toujours quand j'avais besoin de parler à quelqu'un qui aimait Cynthia autant que moi.

Celui de Tess.

Et lorsque la sonnerie retentit pour la troisième fois sans que personne ne décroche, je pris conscience de ce que je venais de faire, l'incroyable erreur que j'avais commise. Alors je reposai le téléphone, m'assis à la table de la cuisine, et me mis à pleurer. Les coudes sur la table et la tête entre les mains, je laissai tout sortir.

Dieu sait combien de temps je restai ainsi, seul à cette table de cuisine, laissant couler mes larmes. Assez pour qu'il ne m'en reste plus, je pense. Une fois la réserve épuisée, je n'avais d'autre choix que d'adopter une nouvelle ligne de conduite.

Je remontai finir de m'habiller. Je ne cessais de me répéter certaines choses.

D'abord, que Cynthia et Grace allaient bien. Ce n'était pas comme si elles avaient été kidnappées, par exemple. Ensuite, que, bouleversée ou pas, jamais Cynthia ne laisserait quoi que ce soit de mal arriver à Grace.

Elle adorait Grace.

Mais que devait penser ma fille ? De sa mère se réveillant en pleine nuit, emballant quelques affaires, et l'emmenant hors de la maison en douce pour que son père ne les entende pas ?

Cynthia avait dû croire, en toute sincérité, que c'était la meilleure chose à faire, mais elle se trompait. Ce n'était pas bien, tout comme il n'était pas bien d'embarquer Grace dans une histoire pareille.

Voilà pourquoi je n'avais aucun scrupule à désobéir à l'interdiction de Cynthia de les rechercher.

Grace était ma fille. Elle avait disparu. Alors j'allais partir à sa recherche, évidemment ! Et essayer d'arranger les choses avec ma femme.

En fouillant dans la bibliothèque, je dénichai une carte de la Nouvelle-Angleterre et de l'État de New York. Le site d'itinéraires Mapquest n'était parfois pas à la hauteur quand on voulait avoir une vision d'ensemble.

Je laissai errer mon regard de Portland à Providence, de Boston à Buffalo, me demandant où Cynthia pouvait se rendre. Puis j'étudiai la frontière entre le Connecticut et le Massachusetts, la ville d'Otis, les environs de la carrière. Je la voyais mal aller là-bas. Pas avec Grace dans son sillage. Quel intérêt ? Quel bien retirerait-elle d'un tel pèlerinage ?

Il y avait bien Sharon, le village d'où venait Connie Gormley, la femme tuée dans cet accident mis en scène avec délit de fuite, mais cela n'était pas logique non plus. Cynthia n'avait jamais accordé la même importance que moi à cette coupure de journal. Je ne la voyais donc pas non plus aller par là.

Peut-être que la réponse ne se trouvait pas sur une carte routière. Peut-être fallait-il plutôt réfléchir à des noms. À des gens du passé. Des gens vers lesquels Cynthia pourrait se tourner, durant ces moments de pur désespoir, en quête de réponses.

Retournant dans le salon, je pris sur la table basse les deux boîtes à chaussures contenant les souvenirs d'enfance de Cynthia. Avec les événements des dernières semaines, les cartons n'avaient jamais eu l'occasion de retrouver leur place habituelle, au fond du placard.

Je commençai à parcourir leur contenu au hasard, alignant vieux reçus et coupures de presse sur la table, mais ils ne m'évoquaient rien. On aurait dit qu'ils se fondaient en un immense puzzle sans forme précise.

Je retournai dans la cuisine téléphoner à Rolly. Il était trop tôt pour qu'il soit déjà parti pour le lycée. Ce fut Millicent qui répondit.

— Salut, Terry. Que se passe-t-il ? Tu ne viens pas aujourd'hui ?

— Rolly m'a déjà donné un congé. Millie, tu n'aurais pas des nouvelles de Cynthia, par hasard ?

— Cynthia ? Non. Terry, qu'est-ce qui se passe ? Cynthia n'est pas là ?

— Elle est partie. En emmenant Grace.

— Je vais appeler Rolly.

Je l'entendis poser l'appareil, et quelques secondes plus tard, Rolly me demandait :

— Cynthia est partie ?

— Oui. Je ne sais pas quoi faire.

— Merde. Je voulais justement l'appeler aujourd'hui, pour voir comment elle allait, si elle avait envie de discuter. Elle n'a pas dit où elle se rendait ?

— Rolly, si je le savais, je ne te téléphonerais pas à une heure pareille !

— D'accord, d'accord. Bon sang, je ne sais pas quoi dire. Pourquoi elle est partie ? Vous vous êtes disputés, ou quoi ?

— Oui, plus ou moins. J'ai déconné. Et je crois qu'à force, tout lui prend la tête. Elle ne se sentait pas en sécurité ici, elle voulait protéger Grace. Mais ce n'est pas la bonne façon de s'y prendre. Bon, si tu as de ses nouvelles, si tu la vois, tiens-moi au courant, OK ?

— Compte sur moi, promit Rolly. Et si tu la trouves, appelle pour nous le dire.

Ensuite, je passai un coup de fil au cabinet du Dr Kinzler. Comme il était encore fermé, je laissai un message, annonçant que Cynthia était partie, lui demandai de bien vouloir me rappeler, indiquant les numéros de la maison et de mon portable.

La dernière personne que j'envisageai de prévenir était Rona Wedmore. Tout bien réfléchi, je décidai de m'abstenir. Pour autant que je sache, elle n'était pas vraiment dans notre camp.

Si je pensais comprendre pourquoi Cynthia avait voulu disparaître, je doutais fort que Wedmore en soit capable.

Et soudain, un nom surgit dans mon esprit. Quelqu'un que je n'avais jamais rencontré, à qui je n'avais jamais parlé, que je n'avais même jamais vu. Mais son nom s'imposa quand même.

Il était peut-être temps d'avoir une petite conversation avec Vince Fleming.

32

Si j'avais pu me résoudre à appeler l'inspecteur Wedmore, j'aurais directement pu lui demander où trouver Vince Fleming, et gagner ainsi un peu de temps. Elle avait affirmé le connaître de nom. D'après Abagnall, il avait un casier judiciaire lourd de diverses infractions. On le soupçonnait même d'avoir participé à un meurtre de représailles, après l'assassinat de son père au début des années quatre-vingt-dix. Il était fort probable qu'un inspecteur de police sache où créchait cet individu.

Mais je n'avais aucune envie de parler à Rona Wedmore.

Je montais m'installer devant l'ordinateur et lançai une recherche sur Vince Fleming Milford. Il y avait deux articles du journal de New Haven, datant des dernières années. L'un d'eux relatait une inculpation pour coups et blessures. Vince se serait servi du visage d'un type pour ouvrir une bouteille de bière. Inculpation qui tomba lorsque la victime décida de retirer sa plainte. J'étais prêt à parier que l'article en disait plus long, mais l'édition en ligne en restait là.

L'autre article mentionnait brièvement Vince Fleming comme étant, selon la rumeur, derrière une série de vols de voitures dans le sud du Connecticut. Il possédait un atelier de carrosserie dans une zone industrielle de la ville, et l'article se complétait d'une photo de lui, un de ces clichés un peu granuleux pris à la sauvette par un photographe préférant que son sujet ignore sa présence, et sur laquelle on le voyait entrer dans un bar dénommé *Mike's*.

Si je n'y étais jamais entré, j'étais déjà passé devant ce bar.

Alors je consultai les Pages jaunes, et trouvai des listes entières de garages susceptibles de réparer votre véhicule cabossé. Aucun nom sur ces listes ne sautait immédiatement aux yeux comme étant celui de Vince Fleming – pas de Vince Carrosserie ou Fleming Tôle Repar'.

Soit j'appelais tous les ateliers de carrosserie des environs de Milford, soit je tentais de demander après Vince Fleming au *Mike's*. Peut-être là-bas quelqu'un m'indiquerait-il la bonne adresse, ou au moins me donnerait le nom du garage qui lui appartenait et où, à en croire le journal, il maquillait à l'occasion une voiture volée par des acolytes.

Bien que n'ayant pas vraiment faim, il me parut nécessaire de remplir mon estomac. Je tartinai donc quelques toasts grillés de beurre de cacahouète, et les avalai debout devant l'évier, afin d'éviter les miettes. Puis j'enfilai ma veste, vérifiai que j'avais mon portable, et ouvris la porte de l'entrée.

Rona Wedmore se tenait sur le seuil.

— Holà, lâcha-t-elle, le poing suspendu à mi-hauteur, prête à cogner sur la porte.

Je fis un bond en arrière.

— Bon Dieu, vous m'avez fichu une de ces trouilles !

— Bonjour, monsieur Archer, dit-elle, imperturbable. De toute évidence, l'ouverture soudaine de ma porte m'avait plus effrayé qu'elle.

— Bonjour. J'étais sur le point de partir.

— Mme Archer est là ? Je ne vois pas sa voiture.

— Elle est sortie. Que puis-je faire pour vous ? Vous avez du nouveau ?

— Non, répliqua Wedmore. Elle rentrera quand ?

— Je ne peux pas vous dire exactement. Qu'est-ce que vous lui voulez ?

L'inspecteur ignora ma question.

— Elle est au travail ?

— Peut-être.

— Vous savez quoi ? Je vais l'appeler, déclara-t-elle en sortant son calepin. J'ai dû noter le numéro de son portable.

— Elle ne décroche…, dis-je avant de m'interrompre.

— Votre femme ne décroche pas son téléphone ? compléta Wedmore. Voyons si vous dites vrai.

Elle composa le numéro, laissa passer quelques sonneries, puis referma son appareil.

— Vous avez raison. Elle n'aime pas répondre ?

— Ça lui arrive.

— Mme Archer est partie quand ?

— Ce matin.

— Parce que je suis passée par ici vers une heure du matin, après avoir quitté mon service très tard, et sa voiture n'était pas là non plus, ajouta Wedmore.

Merde. Cynthia avait pris la route avec Grace bien plus tôt que je ne le pensais.

— Vraiment ? Vous auriez dû entrer dire coucou.

— Où est votre femme, monsieur Archer ?

— Je n'en sais rien. Repassez dans l'après-midi. Elle sera peut-être rentrée.

Une partie de moi voulait solliciter l'aide de l'inspecteur, mais je craignais de rendre Cynthia encore plus coupable à ses yeux qu'elle ne la voyait déjà, j'en avais bien peur.

Sa langue recommençait à pousser l'intérieur de sa joue. Elle profita de ce blanc pour demander :

— Elle a aussi emmené Grace ?

Durant un moment je fus incapable de dire quoi que ce soit. Puis je déclarai :

— J'ai vraiment des choses à faire.

— Vous semblez préoccupé, monsieur Archer, et en fait, vous avez raison. Les nerfs de votre femme ont sacrément été mis à l'épreuve. Je veux que vous me contactiez dès son retour.

— J'ignore de quoi vous la soupçonnez, inspecteur. C'est ma femme la victime dans cette affaire. C'est elle qu'on a dépouillée de sa famille. D'abord de ses parents et de son frère, et maintenant, de sa tante.

Rona Wedmore me tapota le torse de son index.

— Appelez-moi.

Avant de retourner à sa voiture, elle me tendit une nouvelle carte de visite.

Quelques instants plus tard, j'étais dans la mienne, roulant sur Bridgeport Avenue dans le quartier de Devon. J'étais passé cent fois devant le *Mike's*, un petit bâtiment de brique accolé à une épicerie *7-Eleven*, et dont l'enseigne de cinq lettres en néon descendait verticalement de l'étage jusqu'au-dessus de l'entrée. Des logos publicitaires de marques de bière, Schlitz, Coors, Budweiser, décoraient les fenêtres de la façade.

Je laissai ma voiture à l'angle et revins vers le *Mike's* à pied, pas sûr qu'il soit ouvert à cette heure matinale, mais, une fois à l'intérieur, je me rendis compte que, pour certains, il n'était jamais trop tôt pour boire.

Une douzaine de clients environ étaient présents dans l'établissement mal éclairé, dont deux juchés sur des tabourets devant le zinc, en pleine conversation, les autres étaient éparpillés autour des tables. Je m'avançai vers le bar, près des deux types, et m'y appuyai jusqu'à ce que j'aie attiré l'attention de l'homme courtaud en chemise à carreaux qui officiait derrière.

— Vous désirez ? demanda-t-il en essuyant laborieusement une chope avec un torchon.

— Salut. Je cherche un gars, je crois qu'il vient souvent ici.

— On voit beaucoup de monde. C'est quoi son nom ?

— Vince Fleming.

Le visage du barman resta impassible. L'homme ne broncha pas, ne leva pas un sourcil. Il ne dit rien non plus, sur le moment.

— Fleming, Fleming, répéta-t-il. Je vois pas bien.

— Il a un atelier de carrosserie dans le coin. À mon avis, ce genre de gars, si c'est un client, vous le connaissez forcément.

Je pris conscience que les deux types assis au bar ne parlaient plus.

— Qu'est-ce que vous lui voulez ? demanda le barman.

Je souris, m'efforçant à la plus grande courtoisie.

— Il s'agit d'une affaire plutôt personnelle. Et je vous serais vraiment reconnaissant si vous m'indiquiez où le trouver. Oh, attendez une minute…

Et je sortis péniblement mon portefeuille de la poche arrière de mon jean. Une manœuvre lourdingue, maladroite. À côté de moi, Columbo pouvait paraître subtil. Je déposai un billet de dix dollars sur le zinc en disant :

— Je n'ai pas l'habitude de boire à cette heure-ci, mais je serais ravi de vous dédommager.

Un des types au bar glissa de son tabouret. Pour se rendre aux toilettes, probablement.

— Pouvez garder votre argent, répliqua le barman. Laissez-moi votre nom, et la prochaine fois qu'il vient, je lui donne.

— Dites-moi juste où il travaille. Écoutez, je ne lui veux aucun mal. J'aimerais seulement savoir si une personne que je cherche est venue le voir.

Le barman balança le pour et le contre, puis décida sans doute que l'entreprise de Fleming était notoirement connue.

— Le garage Dirksen, lâcha-t-il. Vous savez où c'est ?

Je fis signe que non.

Il me dessina un plan sur une serviette de papier.

Une fois dehors, il me fallut un moment pour accommoder mes yeux à la lumière du jour, puis je rejoignis ma voiture. Le garage Dirksen ne se trouvait qu'à trois kilomètres, et je l'atteignis en moins de cinq minutes. Je ne cessais de regarder dans mon rétroviseur, me demandant si Rona Wedmore me suivait, mais je ne remarquai aucune voiture banalisée.

Le garage Dirksen était un bâtiment de parpaings de plain-pied, flanqué d'une cour dans laquelle trônait une dépanneuse noire. Après m'être garé, je passai devant une Beetle au capot écrasé et une Ford Explorer dont les deux portières de gauche étaient enfoncées, puis franchis la porte réservée à la clientèle.

Un petit bureau vitré donnait sur un vaste espace contenant une demi-douzaine de voitures à divers stades de réparation. Certaines étaient enduites d'un apprêt marron, d'autres, en attente de peinture, portaient des caches de papier, deux autres encore étaient dépourvues de leurs ailes. Une forte odeur chimique me chatouillait les narines et me montait au cerveau.

Une jeune femme assise derrière le bureau me demanda ce que je désirais.

— Je viens voir Vince.

— Il est pas là, répliqua-t-elle.

— C'est important. Je m'appelle Terry Archer.

— C'est à quel sujet ?

J'aurais pu expliquer qu'il s'agissait de ma femme, mais ça risquait de déclencher une alerte rouge. Quand un type cherche un autre type et dit que c'est au sujet de sa femme, cela n'annonce généralement rien de bon.

Aussi répondis-je :

— J'ai besoin de lui parler.

D'ailleurs, lui parler de quoi, précisément ? Y avais-je seulement réfléchi ? Je pourrais commencer par : « Vous avez vu ma femme ? Vous vous souvenez d'elle ? Vous la connaissiez sous son nom de jeune fille, Cynthia Bigge. Vous êtes sorti avec elle la nuit où sa famille a disparu. »

Et une fois la glace rompue, je pourrais tenter quelque chose comme : « À propos, vous avez peut-être quelque chose à voir dans cette histoire ? Vous n'auriez pas, par hasard, collé sa mère et son frère dans une voiture avant de les précipiter au fond d'une carrière abandonnée ? »

J'aurais mieux fait d'avoir un plan. Mais la seule chose qui me poussait sur le moment, c'était que ma femme m'avait quitté, et il s'agissait là de la première étape de ma recherche.

— Comme je viens de vous dire, M. Fleming est absent pour l'instant, répéta la fille. Mais je vais prendre un message.

— Mon nom est Terry Archer. Voici mes numéros de domicile et de portable. J'aimerais vraiment lui parler.

— Oui, ben vous n'êtes pas le seul, riposta-t-elle.

Je ressortis donc du garage Dirksen. Une fois sous le soleil, je me dis : « Et maintenant, pauvre abruti ? »

Aucune idée.

La seule chose que je savais réellement, c'était qu'il me fallait un café. Peut-être qu'en buvant un café, une solution intelligente me viendrait à l'esprit. Il y avait une baraque à beignets à un demi-bloc de là, où je me rendis à pied. Après avoir acheté un mi-corsé avec crème et sucre, je m'assis à une table recouverte d'emballages de beignets, que j'écartai en évitant de me recouvrir de miettes et de sucre glace, puis je sortis mon portable.

Une fois de plus, je tentais de joindre Cynthia, et une fois de plus je tombais sur sa messagerie :

— Chérie, rappelle-moi, s'il te plaît.

Comme je le remettais dans ma poche, le téléphone sonna.

— Allô ? Cynthia ?

— Monsieur Archer ? Ici le Dr Kinzler.

— Ah, c'est vous. J'ai cru que c'était Cynthia. Mais merci de me rappeler.

— Votre message disait que votre femme a disparu ?

— Elle est partie en pleine nuit. Avec Grace – le Dr Kinzler se taisait, et je crus que nous avions été coupés. Allô ?

— Je suis là. Écoutez, elle ne m'a pas contactée. Je pense qu'il faut que vous la retrouviez, monsieur Archer.

— Eh bien, je vous remercie. Vous m'aidez beaucoup. C'est justement ce que je suis en train d'essayer de faire, figurez-vous.

— Ce que je veux dire, monsieur Archer, c'est que votre femme a subi un stress énorme. Épouvantable. Je ne suis pas certaine qu'elle soit tout à fait… stable. Et je ne pense pas que cette situation soit très bonne pour votre fille.

— Qu'est-ce que vous insinuez ?

— Je n'insinue rien du tout. Je pense simplement qu'il vaut mieux la retrouver le plus vite possible. Et si jamais elle me contacte, je lui conseillerai de rentrer à la maison.

— Je n'ai pas l'impression qu'elle s'y sente en sécurité.

— Alors à vous de faire en sorte que ce soit le cas, répliqua le Dr Kinzler. J'ai un autre appel. Au revoir.

Et elle raccrocha. Toujours aussi aimable, songeai-je.

Je bus la moitié de mon café avant de me rendre compte qu'il était amer au point d'être imbuvable. Je le jetai à la poubelle et commençai à m'éloigner de la baraque.

Un gros tout-terrain rouge déboula en trombe, mordit le bord du trottoir et stoppa brutalement devant moi. Les portières avant et arrière du côté passager s'ouvrirent, et deux hommes en jaillirent, fripés, un peu bedonnants, vêtus de jeans maculés de graisse, de blousons et de T-shirts crasseux, l'un chauve, l'autre doté d'une tignasse blonde et sale.

— Monte, ordonna Crâne d'œuf.

— Pardon ?

— T'as entendu, dit Blondie. Monte dans cette bagnole.

— Je n'en ai pas l'intention, ripostai-je en reculant d'un pas.

Tous deux se jetèrent en avant et chacun me saisit un bras. Puis ils me traînèrent vers la portière arrière du tout-terrain.

— Hé ! Vous ne pouvez pas faire ça. Lâchez-moi ! On n'embarque pas les gens comme ça en pleine rue !

Ignorant mes protestations, ils me jetèrent à l'intérieur, et je m'étalai sur le plancher, au pied de la banquette. Blondie monta à l'avant, tandis que Crâne d'œuf s'installait derrière, et posait ses godillots de chantier sur mon dos pour m'immobiliser. En me baissant, j'aperçus un troisième homme derrière le volant.

— Tu sais ce que j'ai cru qu'il allait dire, à un moment ? demanda Crâne d'œuf à son copain.

— Quoi ?

— J'ai cru qu'il allait dire : « Ôtez vos sales pattes de moi. »

Et tous deux éclatèrent de rire.

En fait, c'était bien ce que j'avais été sur le point d'ajouter.

33

En tant que professeur de littérature, je n'avais guère d'expérience sur l'attitude à adopter quand deux voyous vous embarquent de force devant une baraque à beignets et vous jettent à l'arrière d'un gros tout-terrain.

Mais je savais que, en général, personne ne s'intéressait particulièrement à ce que j'avais à dire.

— Écoutez, lançai-je depuis le plancher, vous avez dû vous tromper, les gars.

Je fis une tentative pour me tourner un peu sur le côté, afin d'entrevoir le chauve qui m'écrasait sous sa botte.

— Ferme ta gueule, me rétorqua-t-il.

— Je disais juste que je suis un type tout à fait inintéressant. Je ne vous veux aucun mal. Vous me prenez pour qui ? Pour un membre de gang ? Un flic ? Je ne suis qu'un enseignant.

Depuis le siège avant, Blondie remarqua :

— Je pouvais pas blairer mes putains de profs. Rien que ça, ça justifie qu'on te colle une balle entre les deux yeux.

— Je suis désolé. Je sais que beaucoup d'enseignants sont nazes, mais ce que j'essaie de vous expliquer, c'est que je n'ai rien à voir avec…

Crâne d'œuf poussa un gros soupir, ouvrit sa veste et extirpa un pistolet, qui n'était sans doute pas le plus gros modèle du marché, mais, vu par-dessous, il me parut aussi imposant qu'un bazooka. Il le pointa sur ma tête.

— Si je dois te descendre dans cette voiture, mon patron va se foutre en rogne à cause du sang et des os et de la cervelle éparpillés sur les beaux sièges de cuir, mais quand je lui expliquerai que tu voulais pas fermer ta gueule comme on te le demandait, je crois qu'il comprendra.

Je la fermai.

Pas la peine d'être Sherlock Holmes pour deviner que tout cela avait un rapport avec mes questions sur Vince Fleming. Peut-être que l'un des deux types chez *Mike's* avait passé un coup de fil. Ou que le barman avait téléphoné à l'atelier de carrosserie avant même que je n'y arrive. Ensuite quelqu'un avait envoyé ces deux gorilles pour me demander pourquoi je tenais tant à rencontrer Vince Fleming.

Sauf que personne ne me posait la question.

Peut-être s'en moquaient-ils, après tout. Peut-être que le fait de chercher des renseignements sur quelqu'un suffisait. On veut rencontrer Vince Fleming, et on finit à l'arrière d'un tout-terrain et plus personne ne vous revoit jamais.

Je me mis à réfléchir à un moyen de m'en sortir. Je me trouvais seul contre trois gros balèzes. À en juger par l'excès de gras autour de leur taille, il ne s'agissait pas forcément des brutes les plus sportives de Milford, mais a-t-on besoin d'être musclé quand on est armé ? L'un d'eux avait un pistolet, et on pouvait raisonnablement supposer que les deux autres également. Avais-je une chance de délester Crâne d'œuf de son arme, de lui tirer dessus, d'ouvrir la portière et de sauter d'une voiture en marche ?

Pas une sur un million.

Crâne d'œuf tenait toujours le pistolet, la main posée sur son genou. Son autre jambe restait appuyée sur moi, et sa botte laissait des traînées de boue sur mon jean. Blondie et le chauffeur discutaient, pas de moi, mais d'un match de base-ball qui avait eu lieu la veille. Soudain Blondie s'exclama :

— Merde, c'est quoi, ça ?

— Un CD, répondit le chauffeur.

— Je vois bien que c'est un CD. C'est le titre du CD qui m'inquiète. Tu mets pas ça dans le lecteur.

— Ben si, je le mets.

Et j'entendis le son caractéristique de l'introduction d'un CD dans le lecteur d'un tableau de bord d'automobile.

— J'y crois pas, riposta Blondie.

— Quoi ? demanda Crâne d'œuf depuis la banquette arrière.

Avant que quiconque puisse répondre, la musique commença. Une intro instrumentale, puis : « *Why do birds suddenly appear... every time... you are near ?* », les premières paroles de « Close To You ».

— Putain, glapit Crâne d'œuf, les Carpenters !

— Hé, stop, répliqua le chauffeur. J'ai grandi avec ça.

— Bon Dieu, enchaîna Blondie, la nana qui chante, c'est pas celle qui bouffait rien ?

— Ouais, acquiesça le chauffeur. Elle faisait de l'anorexie.

— Ces gens-là, remarqua Crâne d'œuf, ils feraient mieux de se faire des super-hamburgers, par exemple.

Trois types débattant des mérites d'un groupe de rock des années soixante-dix pouvaient-ils réellement envisager de m'emmener quelque part pour me tuer ? L'ambiance dans la voiture n'aurait-elle pas été un peu plus sinistre ? L'espace d'un instant, je me sentis réconforté. Puis me revint en mémoire la scène de *Pulp Fiction*, lorsque Samuel L. Jackson et John Travolta discutent de la façon dont on appelle le Big Mac à Paris, juste avant de faire irruption dans un appartement et de commettre un triple meurtre. Ceux-là n'avaient même pas leur style. À vrai dire, ils dégageaient plutôt une indiscutable odeur corporelle.

Alors, c'était ainsi que ça se terminerait ? À l'arrière d'un tout-terrain ? On boit un café dans une baraque à beignets, à la recherche de sa femme et sa fille disparues, et une minute plus tard, on scrute le canon d'un flingue brandi par un inconnu, en se demandant si les dernières paroles qu'on entendra seront : « *They long to be... close to you.* »

La voiture prit deux virages, franchit une voie ferrée, puis il me sembla que le véhicule descendait très légèrement, comme si nous nous dirigions vers la côte. Vers le détroit.

Puis il ralentit, vira brusquement à droite, rebondit sur le bord d'un trottoir, et s'arrêta. En levant les yeux vers les vitres, je vis essentiellement du ciel, mais aussi le côté d'une maison. Et je perçus des cris de mouette lorsque le chauffeur coupa le moteur.

— Bon, me dit Crâne d'œuf, tu vas être sage. On va sortir, monter un escalier et entrer dans une maison, mais si tu essaies de t'enfuir, ou de crier à l'aide, ou n'importe quelle autre connerie de débile, je te cogne. C'est clair ?

— Oui.

Blondie et le chauffeur étaient déjà descendus de la voiture. Crâne d'œuf ouvrit sa portière, sortit à son tour, et après m'être hissé sur la banquette, je me dépêchai d'en faire autant.

Nous étions garés entre deux maisons de plage. Je devinais que nous étions sur East Broadway. Les maisons y sont très serrées, et, en jetant un coup d'œil au bout de l'allée, je pus apercevoir une plage, et derrière, le détroit de Long Island. En voyant ensuite Charles Island au large, je fus tout à fait certain de l'endroit où je me trouvais.

Crâne d'œuf m'indiqua un escalier extérieur qui montait vers le premier étage d'une maison jaune pâle. Le rez-de-chaussée servait surtout de garage. Blondie et le chauffeur grimpèrent les premiers, puis ce fut mon tour, et enfin celui de Crâne d'œuf. Les marches recouvertes de sable crissaient doucement sous nos chaussures.

En haut de l'escalier, le chauffeur ouvrit une porte à moustiquaire, et tout le monde le précéda à l'intérieur. Nous pénétrions dans une vaste pièce, avec une baie vitrée coulissante sur la mer, et flanquée d'un balcon surplombant la plage. Juste en entrant, il y avait quelques fauteuils et un canapé, une étagère croulant sous des romans de poche, et si on se retournait vers le fond de la pièce, on voyait une table de salle à manger ainsi qu'une cuisine le long du mur.

Un homme massif nous tournait le dos, debout devant la cuisinière, qui maintenait une poêle à frire d'une main, et une spatule dans l'autre.

— Le voilà, annonça Blondie.

L'homme hocha la tête en silence.

— On sera en bas, dans la voiture, ajouta Crâne d'œuf qui fit signe à Blondie et au chauffeur de le suivre dehors.

J'entendis s'estomper le son de leurs bottes sur les marches.

Je restais planté au milieu de la pièce. En temps normal, je me serais tourné pour admirer la vue par la baie vitrée, sans doute même serais-je sorti sur la véranda respirer une bouffée d'air marin. Mais là, je me contentais d'observer le dos de l'homme.

— Vous voulez des œufs ? me demanda-t-il.

— Non merci.

— C'est pas un problème. Sur le plat, brouillés, retournés, n'importe.

— Non, mais merci quand même.

— Je me lève assez tard, alors parfois, il est près de midi quand je fais le petit déjeuner.

Il sortit une assiette d'un placard, y versa des œufs brouillés, ajouta des saucisses qu'il avait dû faire griller auparavant et qui s'égouttaient sur un morceau d'essuie-tout en papier, puis ouvrit un tiroir à couverts pour prendre une fourchette et ce qui se révéla être un couteau à steak.

Puis il se retourna, s'approcha de la table, tira une chaise.

Il devait avoir à peu près mon âge, même si je crois pouvoir dire, en toute objectivité, qu'il ne semblait pas très frais. Il avait le visage grêlé, une longue cicatrice au-dessus de l'œil droit, et ses cheveux autrefois bruns étaient désormais franchement poivre et sel. Il portait un T-shirt noir, un jean également noir, et j'apercevais l'extrémité d'un tatouage sur son bras droit, mais ça ne suffisait pas pour savoir ce que ça représentait. Son ventre tendait le coton de son polo, et il soupira sous l'effort en se laissant lourdement tomber sur sa chaise.

Il me désigna celle en face de lui. Je m'avançai d'un pas prudent puis m'assis à mon tour. Il déboucha un flacon de ketchup, attendit qu'une énorme giclée atterrisse sur ses œufs et ses saucisses. Un mug de café se trouvait devant lui, et en s'en emparant, il me proposa :

— Du café ?

— Non. Je viens d'en boire un à la baraque à beignets.

— Celle près de ma boîte ?

— Oui.

— Il est pas très bon là-bas.

— Non, pas vraiment. J'en ai jeté la moitié.

— Je vous connais ? demanda-t-il en enfournant des œufs.

— Non.

— Mais vous me courez après. D'abord chez *Mike's*, ensuite à mon entreprise.

— Oui. Mais je n'avais nullement l'intention de vous alarmer.

— Nullement l'intention, me singea-t-il.

L'homme que je savais dès lors être Vince Fleming planta sa fourchette dans une saucisse, la maintint en place puis en coupa un bout avec son couteau à steak.

— Eh bien, reprit-il, la bouche pleine, quand des gens que je connais pas commencent à poser des questions sur moi, ça peut être un sujet d'inquiétude.

— C'est une chose que j'ai sans doute mal mesurée.

— Vu le genre d'affaires dont je m'occupe, il m'arrive de tomber sur des gens aux pratiques pas très orthodoxes.

— Je comprends, assurai-je.

— Alors quand quelqu'un que je connais pas se met à poser des questions à mon sujet, j'aime bien arranger les choses d'une manière qui me donne l'impression d'avoir l'avantage.

— Je n'en doute pas.

— Alors vous êtes qui, bordel ?

— Terry Archer. Vous connaissez ma femme.

— Je connais votre femme, répéta-t-il, comme pour signifier « Et alors ? ».

— Enfin, plus maintenant. Autrefois.

Fleming me lança un regard mauvais en piquant un morceau de saucisse avec sa fourchette.

— Bon, c'est quoi le problème ? J'ai batifolé avec votre bourgeoise, ou quoi ? Écoutez, c'est pas ma faute si vous êtes pas capable de satisfaire votre femme et qu'elle a besoin de moi pour obtenir ce qu'elle veut.

— Ce n'est pas ça du tout, répliquai-je. Ma femme s'appelle Cynthia. Vous l'avez connue quand elle était Cynthia Bigge.

Il cessa de mâcher.

— Oh, merde. Mec, ça fait vachement longtemps.

— Vingt-cinq ans.

— Vous avez mis un sacré temps à venir vous plaindre, dit Vince Fleming.

— Il y a eu quelques rebondissements, récemment. J'imagine que vous vous souvenez de ce qui s'est passé ce soir-là.

— Ouais. Toute sa famille a disparu.
— Exact. On vient juste de retrouver les corps de la mère de Cynthia et de son frère.
— Todd ?
— Oui.
— Je connaissais Todd.
— Ah bon ?
Vince Fleming haussa les épaules.
— Un peu. En fait, on allait au même bahut. C'était un gars sympa, ajouta-t-il en engloutissant une nouvelle bouchée d'œuf recouvert de ketchup.
— Vous ne voulez pas savoir où on les a découverts ?
— Je suppose que vous allez me le dire, rétorqua-t-il.
— Leurs corps étaient dans la voiture de la mère de Cynthia, une Ford Escort jaune, au fond d'un puits de carrière du Massachusetts.
— Sans blague ?
— Sans blague.
— Après avoir passé vingt-cinq ans là-dedans, remarqua Vince, on a quand même pu les identifier ?
— Grâce à l'ADN.
Il hocha la tête d'un air admiratif.
— Putain d'ADN. Comment on faisait sans ce truc ?
Il termina une saucisse.
— La tante de Cynthia a aussi été assassinée, ajoutai-je.
Fleming fronça les sourcils.
— Il me semble que Cynthia m'en avait parlé. Bess ?
— Tess.
— C'est ça. Elle s'est fait buter ?
— Poignarder dans sa cuisine.
— Hum, grommela Vince. Et vous me racontez tout ça pour une raison particulière ?

— Cynthia a disparu. Elle… Elle est partie. Avec notre fille. Nous avons une fille de huit ans. Grace.

— Quel dommage.

— Je me suis dit qu'il y avait une chance que Cynthia soit venue vous voir. Elle essaie d'apprendre ce qui s'est passé cette nuit-là, et vous pouvez peut-être lui apporter des réponses.

— Qu'est-ce que je suis censé savoir ?

— Aucune idée. Mais vous êtes sans doute la dernière personne à avoir vu Cynthia ce fameux soir, en dehors de sa famille. Et vous avez eu une embrouille avec son père avant qu'il la ramène à la maison.

Je ne vis rien venir.

Vince Fleming lança un bras en avant à travers la table, m'agrippa le poignet droit, le tira brutalement vers lui, tandis que son autre main saisissait le couteau à steak avec lequel il avait coupé ses saucisses. Il le projeta sur la table en lui faisant décrire un grand arc de cercle, et la lame se planta dans le bois entre mon majeur et mon annulaire.

— Nom de Dieu ! m'écriai-je.

La main de Vince serrait mon poignet comme un étau, le clouant à la table.

— Je n'aime pas ce que vous sous-entendez, dit-il.

Je haletais trop pour pouvoir répondre, incapable de détacher les yeux du couteau, cherchant à tout prix à m'assurer qu'en fait, il n'avait pas transpercé ma main.

— J'ai une question à vous poser, déclara Vince d'une voix très calme, sans lâcher mon poignet ni retirer le couteau fiché dans le bois. Il y a un autre type qui a aussi demandé après moi. Ça vous dit quelque chose ?

— Quel genre de type ?

— La cinquantaine, pas très grand, peut-être un privé. Il a posé ses questions avec plus de doigté que vous.

— Ça pourrait être un dénommé Abagnall, répondis-je. Denton Abagnall.

— Et comment vous le sauriez ?

— Cynthia l'a engagé. On l'a engagé tous les deux.

— Pour enquêter sur moi ?

— Non, enfin, pas précisément. On l'a engagé pour essayer de retrouver la famille de Cynthia. Ou au moins, essayer d'apprendre ce qui leur est arrivé.

— Et ça signifiait se renseigner sur moi ?

Je déglutis avant de répondre.

— Selon lui, il était nécessaire d'enquêter sur vous.

— Vraiment ? Et qu'est-ce qu'il a découvert sur mon compte ?

— Rien. Du moins, s'il a trouvé quelque chose, on ne sait pas ce que c'est. Et on ne le saura vraisemblablement jamais.

— Pourquoi ça ? demanda Vince Fleming.

Soit il l'ignorait, soit il cachait drôlement bien son jeu.

— Parce qu'il est mort. Assassiné, lui aussi. Dans un parking de Stamford. On pense qu'il y a un rapport avec le meurtre de Tess.

— Mes gars ont dit aussi qu'une femme flic est venue fouiner à mon sujet. Une Noire, petite et grosse.

— Wedmore. Elle enquête sur tout ça.

— Bon, conclut Vince, qui lâcha mon poignet et arracha le couteau de la table. Tout ça est palpitant, mais j'en ai rien à foutre.

— Alors vous n'avez pas vu ma femme. Elle n'est pas venue ici, ni à votre atelier, pour vous parler ?

D'une voix parfaitement égale, il affirma que non, puis me fixa droit dans les yeux, comme pour me mettre au défi de le contredire.

Je soutins son regard.

— J'espère que vous dites la vérité, monsieur Fleming. Parce que je ferai tout ce qu'il faut pour m'assurer qu'elle et ma fille rentreront saines et sauves à la maison.

Il se leva, contourna la table pour se planter de mon côté.

— Je dois le prendre comme une sorte de menace ?

— Je dis simplement que, s'agissant de la famille, même les gens comme moi, des gens qui sont loin d'avoir l'influence de gens comme vous, sont prêts à aller jusqu'au bout.

Il m'agrippa par les cheveux et abaissa son visage vers le mien. Son haleine sentait la saucisse et le ketchup.

— Écoute-moi, ducon, tu sais seulement à qui tu parles ? Ces types qui t'ont amené ici, tu as une idée de ce qu'ils sont capables de faire ? Tu pourrais finir dans un broyeur à bois. Tu pourrais être balancé d'un bateau au milieu du détroit. Tu pourrais…

Dehors, en bas de l'escalier, j'entendis un des trois hommes qui m'avaient amené crier :

— Hé, on monte pas !

Et une voix féminine crier en retour :

— Va te faire voir.

Puis des pas gravir les marches.

Comme je dévisageais Vince, je ne voyais pas la porte à moustiquaire, mais je l'entendis s'ouvrir à la volée, puis une voix qu'il me sembla reconnaître lança :

— Dis donc, Vince, t'aurais pas vu maman, parce que…

En voyant une chevelure d'homme dans le poing de Vince Fleming, elle s'interrompit.

— Je suis un peu occupé, là, lui dit-il. Et je sais pas où est ta mère. T'as qu'à aller voir au centre commercial.

— Mais putain, Vince, qu'est-ce que tu fais à mon prof ? demanda la fille.

Malgré les doigts épais de Vince accrochés à mon crâne, je réussis à tourner suffisamment la tête pour apercevoir Jane Scavullo.

34

— Ton prof ? répéta Vince sans lâcher mes cheveux. Quel prof ?

— Mon prof d'écriture créative, merde ! répondit Jane. Si tu veux dérouiller mes profs, il y en a d'autres qui le méritaient plus. Lui, c'est M. Archer. C'est le moins enfoiré de tous. Salut, monsieur Archer, ajouta-t-elle en s'approchant.

— Salut, Jane.

— Vous revenez quand ? poursuivit-elle. Le type qu'on nous a collé pour vous remplacer est un naze complet. Tout le monde sèche le cours. Il est pire que la femme qui bégayait.

Je remarquais qu'en dehors du lycée, Jane se montrait nettement moins timide pour me parler. Puis, d'un ton désinvolte, elle demanda à Vince :

— C'est quoi le problème ?

— Et si tu filais, Jane, hein ? rétorqua-t-il.

— Tu as vu maman ?

— Elle doit être au garage. Pourquoi ?

— J'ai besoin d'argent.
— Pour ?
— Des trucs.
— Quels trucs ?
— Des trucs, c'est tout, répondit Jane.
— Combien tu veux ?
Elle haussa les épaules.
— Quarante ?
Vince Fleming lâcha mes cheveux, sortit son portefeuille de sa poche, et en tira deux billets de vingt qu'il tendit à Jane.
— C'est lui ? Le mec dont tu parlais ? Celui qui aime ce que tu écris ?
Jane acquiesça. Son attitude si décontractée me poussait à croire qu'elle avait déjà vu d'autres personnes subir ce genre de traitement infligé par Vince. À la seule différence que cette fois, il s'agissait d'un de ses professeurs.
— Ouais. Pourquoi tu l'emmerdes ?
— Écoute, mon chou, je peux vraiment pas te mêler à ça.
— J'essaie de retrouver ma femme, expliquai-je. Elle est partie avec ma fille et je suis très inquiet pour elles. Je pensais que ton pè… que Vince pouvait peut-être m'aider.
— C'est pas mon père. Mais ça fait un moment que maman et lui sont ensemble, rétorqua Jane, qui ajouta à l'attention de Vince : Quand je dis que tu n'es pas mon père, c'est pas une insulte. Parce que tu es OK avec moi. Vous vous rappelez cette nouvelle que j'ai écrite pour vous, reprit-elle. Sur le type qui me faisait des œufs ?
— Oui, répondis-je après une seconde de réflexion.

— C'était plus ou moins fondé sur Vince. Il est réglo – l'ironie du terme la fit sourire –, enfin, avec moi. Alors, si vous cherchez juste votre femme et votre fille, pourquoi Vince est furax contre vous ?

— Écoute, mon ange, intervint Vince.

Elle marcha droit sur lui, et lui déclara :

— Sois sympa avec lui, ou je suis foutue. Son cours est le seul où j'ai des notes correctes. S'il veut qu'on l'aide à chercher sa femme, pourquoi tu lui donnes pas un coup de main, parce qu'il reviendra pas au lycée avant de l'avoir retrouvée, et alors moi, je serai obligée de regarder ce type se curer les dents tous les jours, et c'est mauvais pour mon éducation. En plus ça me donne envie de gerber.

Vince la prit par les épaules et la raccompagna à la porte. Je n'entendais pas ce qu'il lui disait, mais juste avant de descendre l'escalier, Jane me lança :

— À bientôt, monsieur Archer.

— Au revoir, Jane.

Son pas léger devint imperceptible la porte une fois refermée, et je ne l'entendis pas descendre. Vince revint s'asseoir à la table, avec une attitude beaucoup moins menaçante. Il semblait un peu honteux, et dans un premier temps, ne fit aucun commentaire.

— C'est une bonne gamine, dis-je.

Il hocha la tête.

— Ouais, c'est vrai. Sa mère et moi, on est maqués. Elle est un peu barjo, mais Jane est bien. Elle avait besoin de, comment dire, de stabilité dans sa vie. J'ai jamais eu de gosses, et je la prends parfois pour ma fille.

— Elle semble plutôt bien s'entendre avec vous.

— Elle me mène par le bout du nez, ajouta-t-il en souriant. Elle a parlé de vous. Je n'ai pas fait le rapprochement quand vous avez dit votre nom. Mais avec elle, c'est M. Archer par-ci, M. Archer par-là tout le temps.

— Vraiment ?

— Elle dit que vous l'encouragez à écrire.

— Elle est assez douée.

Vince désigna les étagères encombrées de livres.

— Je lis beaucoup. On ne peut pas dire que je sois un gars très cultivé, mais j'aime lire. J'aime surtout l'histoire, les biographies. Parfois des livres d'aventures. Ça m'épate que des gens sachent faire ce genre de chose, s'asseoir et écrire tout un bouquin. Alors, quand Jane a raconté que vous pensiez qu'elle pourrait être écrivain, ça m'a plu.

— Elle a sa propre voix.

— Hein ?

— Vous savez, en lisant certains écrivains, on sait qu'il s'agit d'eux, même si leur nom n'est pas sur la couverture ?

— Oui.

— C'est ça, la voix. Je crois que Jane en a une.

Vince hocha de nouveau la tête, puis :

— Écoutez, à propos de ce qui s'est passé…

— Laissez tomber, coupai-je en déglutissant avec peine.

— Que des gens commencent à poser des questions sur vous, vous cherchent, ça peut signifier de gros ennuis pour un type comme moi.

— Ça veut dire quoi, un type comme vous ? demandai-je en me recoiffant avec les doigts, dans l'espoir de retrouver une allure normale.

— Ben, disons que je ne suis pas un prof d'écriture créative. Je ne crois pas que, dans votre domaine d'activité, vous soyez amené à faire ce que je dois faire dans le mien.

— Comme envoyer des gars en tout-terrain embarquer quelqu'un en pleine rue, par exemple ?

— Voilà, ce genre de chose, concéda Vince, qui marqua une pause avant de me proposer : Je peux vous servir du café ?

— Volontiers, merci.

Il se leva pour me verser une tasse de la cafetière posée sur le plan de travail.

— Ça me cause quand même du tracas que vous, ce détective et ce flic ayez posé des questions à mon sujet, reprit-il.

— Je peux être franc sans que vous me tiriez les cheveux ou que vous me plantiez un couteau entre les doigts ?

Sans me lâcher du regard, Vince acquiesça lentement.

— Vous étiez avec Cynthia ce soir-là. Son père vous a trouvés ensemble, et il l'a ramenée de force à la maison. Moins de douze heures plus tard, Cynthia se réveille et sa famille a disparu. Vous êtes vraisemblablement la dernière personne à avoir vu son père vivant, en dehors de Cynthia elle-même. J'ignore si vous vous êtes bagarrés, vous et son père, Clayton Bigge, mais au minimum ç'a dû être une situation délicate, quand il vous a trouvés, et ensuite l'a emmenée avec lui. Mais je suis sûr que la police vous a interrogé là-dessus à l'époque, ajoutai-je après une pause.

— Ouais.

— Qu'est-ce que vous leur avez dit ?

— Rien.

— Comment ça ?

— Exactement ça. Je leur ai rien dit. C'est une chose que m'a apprise mon paternel, que Dieu ait son âme. Ne jamais répondre aux questions des flics. Même si on est à cent pour cent innocent. Personne n'a jamais vu sa situation s'arranger après avoir parlé aux flics.

— Mais vous auriez peut-être pu les aider à comprendre ce qui s'était passé.

— Pas mes oignons, répliqua Vince.

— Et que vous refusiez de parler n'a pas incité la police à vous soupçonner d'être impliqué dans l'affaire ?

— Possible. Mais des soupçons ne suffisent pas pour inculper. Il faut des preuves. Et les flics n'en avaient aucune. Sinon, je serais sans doute pas ici en train d'avoir une sympathique petite conversation avec vous.

Je bus une gorgée de café.

— Mmm, il est excellent !

C'était la vérité.

— Merci. À mon tour, je peux être franc avec vous sans que vous me tiriez les cheveux ? demanda Vince en souriant.

— Vous n'avez pas grand-chose à craindre de ma part.

— Ça m'embêtait vraiment de pas pouvoir aider Cynthia. Parce que c'était une… je cherche surtout pas à vous offenser, vu que vous êtes son mari.

— Allez-y.

— C'était une très, très chouette fille. Un peu dérangée, comme tous les gosses à cet âge, mais rien à côté de moi. J'avais déjà eu des embrouilles avec les flics. Je suppose qu'elle traversait une période où les mauvais garçons l'attiraient. Avant de vous rencontrer.

Il semblait sous-entendre là que je représentais une sorte de déchéance pour elle.

— Ne le prenez pas mal, hein ? insista-t-il.
— Non, non.
— C'était une gentille fille, et ce qui lui est arrivé me rendait dingue. Merde, imaginez, vous vous réveillez un matin, et toute votre famille a disparu. J'aurais vraiment voulu l'aider, vous savez. Mais mon vieux m'a dit : « Éloigne-toi de cette nana, tu n'as pas besoin de ce genre de problème. Les flics seront déjà bien assez après toi, vu ton environnement familial, un père comme moi, impliqué dans tous ces trucs, comme si on avait besoin de ça, toi embringué avec une fille dont toute la famille a probablement été assassinée. »
— Je peux le comprendre, dis-je avant de choisir soigneusement mes mots : Votre père a plutôt réussi, pas vrai ?
— Question argent ?
— Oui.
— Ouais, il s'est bien débrouillé, répondit Vince. Tant qu'il le pouvait. Avant d'être buté.
— J'en ai vaguement entendu parler.
— Qu'est-ce que vous avez entendu d'autre ?
— Que ceux qui avaient vraisemblablement fait ça ont reçu la monnaie de leur pièce.
— Tiens donc, railla Vince avec un sourire sombre, avant de revenir au présent : Et où vous voulez en venir, avec l'argent ?
— Vous croyez que votre père aurait pu avoir de la compassion pour Cynthia, pour la situation dans laquelle elle se retrouvait ? Au point d'aider à payer ses études à la fac ?
— Hein ?
— Je pose juste la question. Est-ce que vous pensez qu'il aurait pu vous croire en quelque sorte responsable,

croire que vous aviez quelque chose à voir dans la disparition de sa famille, et donner de l'argent à la tante de Cynthia, Tess Berman, de façon anonyme, pour aider aux frais de sa scolarité ?

Vince me regarda comme si j'avais perdu la tête.

— Et vous vous dites prof ? On laisse des types à l'esprit aussi tordu enseigner dans les lycées ?

— Pourquoi ne pas simplement répondre non.

— Non.

Je pesais le pour et le contre pour décider si je devais révéler cette information, mais parfois on suit son instinct.

— Parce que quelqu'un a fait ça.

— Sans blague ? s'exclama Vince. Quelqu'un a donné de l'argent à sa tante pour payer les études ?

— Exactement.

— Et personne n'a jamais su qui c'était ?

— Jamais.

— Alors ça, c'est bizarre. Et vous avez dit que cette tante a été tuée ?

— Oui.

Vince Fleming se renversa sur son siège, étudia un moment le plafond, puis se pencha de nouveau en avant, les coudes sur la table. Il poussa un long soupir.

— Bon, je vais vous dire un truc, mais à condition que vous n'alliez pas le répéter aux flics. Sinon, ils seraient fichus de s'en servir contre moi, ces salauds.

— D'accord.

— J'aurais peut-être pu leur en parler à l'époque sans que ça se retourne contre moi, mais je ne pouvais pas prendre le risque. Je ne pouvais pas me permettre d'avouer où j'étais à l'époque, même si ç'aurait pu aider

Cynthia. Je supposais qu'à un moment donné, les flics penseraient qu'elle était mêlée au meurtre de sa famille, même si, moi, je savais qu'elle était incapable de faire un truc comme ça. Je ne voulais pas être embarqué là-dedans.

J'avais brusquement la bouche sèche.

— Je vous suis d'avance reconnaissant de tout ce que vous pourrez m'apprendre sur ce qui s'est passé cette nuit-là.

Vince ferma les yeux, comme pour visualiser la scène.

— Ce soir-là, quand son paternel nous a trouvés dans la voiture et a ramené Cynthia, je les ai suivis. Pas pour leur filer le train, je crois que je voulais juste voir dans quel pétrin elle se trouvait, si son père lui criait dessus, ce genre de truc. Mais je roulais loin derrière, et je voyais pas grand-chose en fait.

J'attendais la suite.

— Je les ai vus prendre l'allée, entrer ensemble dans la maison. Cynthia ne marchait pas très droit, elle avait un peu bu, on avait bu tous les deux, mais moi, je résistais déjà assez bien, à l'époque – il esquissa une grimace. J'étais précoce.

Je devinais que Vince se dirigeait vers quelque chose d'important, et ne voulais pas le ralentir avec des commentaires stupides.

— Bref, poursuivit-il. Je me suis garé plus bas dans la rue, pensant qu'elle ressortirait peut-être, après que ses parents l'auraient enguirlandée, vous comprenez, qu'elle aurait les boules, ou péterait un câble, et que je pourrais la faire monter dans ma voiture. Mais ça ne s'est pas déroulé comme ça. Après un moment, une voiture est passée devant la mienne, lentement, comme si on essayait de lire les numéros des maisons, vous voyez ?

— Oui.

— Je n'ai pas vraiment fait attention, mais, arrivée au bout de la rue, la voiture a fait demi-tour, et est revenue se garer de l'autre côté de la rue, à deux maisons de celle de Cynthia.

— Vous avez vu qui conduisait ? C'était quel modèle de voiture ?

— Une de ces merdes d'AMC, je crois. Une Ambassador, ou une Rebel. Bleue, il me semble. *A priori* une seule personne dedans. Je pourrais pas l'affirmer mais pour moi, c'était une femme. Me demandez pas pourquoi, c'est le sentiment que j'ai eu.

— Une femme était garée devant la maison. Et l'observait ?

— On aurait dit, oui. Et je me souviens que c'étaient pas des plaques du Connecticut qu'elle avait. Mais de l'État de New York, elles étaient vaguement orange à l'époque, je crois. Mais bon, on en voit plein par ici, ajouta Vince.

— La voiture est restée combien de temps ?

— Au bout d'un moment, pas très longtemps après, en fait, Mme Bigge et Todd sont sortis. Ils sont montés dans la voiture de la mère, la Ford jaune, et ils sont partis.

— Rien qu'eux deux ? Le père, Clayton, n'était pas avec eux ?

— Non. Juste la mère et Todd. Il s'est assis sur le siège passager, je crois pas qu'il avait déjà son permis, mais bon, j'en sais rien, à vrai dire. En tout cas, ils sont allés quelque part, où, je ne sais pas. Dès qu'ils ont tourné à l'angle, l'autre voiture a allumé ses phares et les a suivis.

— Qu'est-ce que vous avez fait ?

— Je suis resté là. Qu'est-ce que je pouvais faire d'autre ?

— Mais cette voiture, cette Ambassador ou autre, elle a suivi la mère et le frère de Cynthia, c'est ça ?

Vince me jeta un regard ironique.

— Je vais trop vite pour vous ?

— Non, non. Mais vous m'apprenez quelque chose que Cynthia serait bouleversée d'entendre.

— Bon, voilà ce que j'ai vu.

— Et ensuite ?

— J'ai dû rester là encore trois quarts d'heure environ, et juste quand je pensais foutre le camp et rentrer, la porte de devant s'est ouverte brutalement, et le père, Clayton, est sorti en courant, comme s'il avait le feu aux fesses. Il est monté dans sa voiture, a reculé à fond de train dans l'allée et il est parti comme une flèche.

Je laissais l'information pénétrer mon esprit.

— Du coup, le calcul était simple, pas vrai ? poursuivit Vince. Tout le monde était parti, sauf Cynthia. Donc je suis allé frapper à la porte, dans l'idée de lui parler. J'ai tapé plusieurs fois, vraiment fort, sans obtenir de réponse. Je me suis dit qu'elle devait cuver. Alors je me suis barré, conclut-il avec un haussement d'épaules.

— Donc il y avait quelqu'un qui observait la maison.

— Ouais. À part moi.

— Et vous n'en avez jamais parlé à personne ? Vous ne l'avez dit ni aux flics ni à Cynthia ?

— Non, je lui en ai pas parlé, déclara Vince. Et je répète, je n'ai rien dit aux flics. Vous croyez que c'était une bonne idée de leur raconter que j'étais resté devant la maison une partie de la nuit ?

Mon regard dériva par la fenêtre, vers le détroit, et Charles Island au loin, comme si les réponses que je cherchais, les réponses que Cynthia cherchait, se trouvaient derrière l'horizon, inaccessibles. Puis je revins à Vince.

— Et pourquoi vous m'en parlez maintenant ?

Il se frotta le menton, fronça le nez.

— J'en sais foutrement rien. J'imagine que ç'a été dur pour Cyn, pendant toutes ces années, non ?

Apprendre que Fleming donnait à Cynthia le même diminutif affectueux que moi me fit l'effet d'une claque.

— Oui, répondis-je. Très dur. Surtout ces derniers temps.

— Et pourquoi elle est partie ?

— On s'est disputés. Et elle est terrifiée. Par tout ce qui s'est passé depuis quelques semaines, par le fait que la police n'a pas l'air de lui faire entièrement confiance. Elle a peur pour notre fille. L'autre soir, il y avait un type dans la rue, qui regardait notre maison. Sa tante a été tuée. Le détective qu'on a engagé a été assassiné.

— Mouais, admit Vince. C'est un sacré merdier. J'aurais bien voulu pouvoir lui donner un coup de main.

Soudain la porte s'ouvrit, nous faisant sursauter. Aucun de nous deux n'avait entendu de pas dans l'escalier.

C'était Jane.

— Bon Dieu, Vince, tu vas aider ce pauvre type ou pas ?

— Tu étais où, bordel ? Tu as tout entendu ?

— C'est rien qu'une porte moustiquaire à la con, répliqua Jane. Si tu veux pas qu'on entende, tu ferais mieux de te construire une petite chambre capitonnée.

— Bordel de merde, gronda Vince.

— Bon, alors, tu vas l'aider ? On peut pas dire que tu sois franchement débordé. Et puis en cas de besoin, tu as tes trois gorilles pour te prêter main-forte.

Vince me lança un regard las.

— Bon, en quoi puis-je vous être utile ?

Les bras croisés, Jane ne le quittait pas des yeux.

Je ne savais pas quoi répondre. Ne sachant pas ce qui m'attendait, je ne pouvais pas prévoir si j'aurais besoin du genre de services qu'un type comme Vince Fleming offrait. Même s'il avait cessé de m'arracher les cheveux du crâne, il m'intimidait encore.

— Je n'en sais rien.

— Pourquoi je suivrais pas le mouvement un moment, pour voir ce qui se passe ? proposa-t-il.

Comme je semblais hésiter, il ajouta :

— Vous n'êtes pas sûr de me faire confiance, hein ?

— Non, avouai-je, l'estimant capable de déceler un mensonge.

— Bien vu.

— Alors tu vas l'aider ? répéta Jane.

Comme Vince acquiesçait, elle me lança :

— Vous feriez bien de revenir très vite au lycée.

Puis elle quitta la pièce, et, cette fois, ses pas dans l'escalier furent audibles.

— Elle me fout les jetons parfois, me dit Vince.

35

Dans l'immédiat, je ne voyais rien de plus intelligent à faire que de rentrer à la maison, voir si Cynthia ou quiconque avait appelé. Si elle voulait me contacter, et ne parvenait pas à me joindre sur le fixe, sans doute essaierait-elle mon portable, mais j'éprouvais un besoin un peu désespéré de vérifier.

Vince Fleming renvoya ses hommes de main avec le tout-terrain, et offrit de me reconduire à ma voiture dans la sienne, laquelle se révéla être un pick-up Dodge Ram d'aspect agressif. Notre maison ne se trouvait pas très loin de la route qui menait à son garage, et où j'avais laissé ma voiture avant de marcher jusqu'à la baraque à beignets, et d'être ensuite kidnappé. Je demandais à Vince si cela ne le dérangeait pas d'y faire un détour rapide, afin que je puisse m'assurer si, par hasard, Cynthia était rentrée ou avait laissé un message.

— Pas de problème, répondit-il alors que nous grimpions dans son engin, garé le long du trottoir d'East Broadway.

— Depuis que je vis à Milford, j'ai toujours rêvé d'avoir une maison par ici.

— J'ai toujours vécu dans le coin, dit Vince. Et vous ?

— Non, je n'ai pas grandi ici.

— Quand on était gosses, à marée basse, on allait parfois à Charles Island à pied. Mais après, il fallait se grouiller pour rentrer avant que la marée remonte. C'était marrant comme tout.

Mon nouvel ami m'angoissait un peu. Vince était, pour parler franchement, un gangster. Il dirigeait une organisation criminelle. Je n'avais aucune idée de la taille de celle-ci. Mais elle était sans nul doute assez importante pour que l'effectif comporte trois gars prêts en permanence à embarquer dans la rue quiconque rendait Vince nerveux.

Et si Jane Scavullo n'était pas entrée ? Et si elle n'avait pas persuadé Vince que j'étais un type inoffensif ? Et si Vince avait continué à penser que je représentais une menace pour lui ? Comment les choses auraient-elles tourné ?

Comme un imbécile, je décidai de poser la question.

— Imaginons que Jane ne soit pas passée, tout à l'heure, qu'est-ce qui me serait arrivé ?

La main droite sur le volant, le bras gauche sur la vitre baissée, Vince me décocha un regard en coin.

— Vous tenez vraiment à le savoir ?

Je laissai tomber. Mon esprit prenait déjà une autre direction, et je m'interrogeai sur la motivation de Vince. M'aidait-il parce que Jane le voulait, ou se préoccupait-il vraiment de Cynthia ? Un peu des deux ? Ou bien avait-il décidé que faire ce que Jane lui demandait était un bon moyen pour garder l'œil sur moi ?

Son récit de ce qu'il avait vu devant la maison de Cynthia, ce fameux soir, était-il véridique ? Sinon, quel intérêt aurait-il eu à me raconter ça ?

J'inclinais à le croire.

Après avoir dirigé Vince vers notre rue, je lui désignai la maison, un peu plus loin. Mais il continua de rouler, sans même ralentir. Et dépassa notre maison.

Oh, non. Je m'étais fait avoir. J'avais bientôt rendez-vous avec un broyeur à bois.

— Qu'est-ce qui se passe ? Qu'est-ce que vous faites ?

— Il y a des flics devant chez vous, expliqua Vince. Une voiture banalisée.

Dans le rétroviseur surdimensionné accroché côté conducteur, j'aperçus le véhicule garé en face de notre maison qui disparaissait à l'arrière-plan.

— C'est sans doute Wedmore.

— On va faire le tour du pâté de maisons et entrer par-derrière, annonça Vince, comme s'il faisait ça tout le temps.

Aussitôt dit, aussitôt fait. Le pick-up fut garé une rue plus loin, et nous avons traversé le jardin après nous être glissés entre deux maisons.

Une fois chez moi, je me mis en quête d'une trace du retour de Cynthia, un mot, n'importe quoi.

Rien.

Vince visitait le rez-de-chaussée, examinait les photos sur les murs, nos livres sur les étagères. Repérait les lieux, songeai-je. Ses yeux se posèrent sur les cartons à souvenirs.

— C'est quoi, ce bazar ? demanda-t-il.

— Des objets appartenant à Cynthia. Ça vient de sa maison, quand elle était gosse. Elle les regarde tout le temps, dans l'espoir qu'il en sorte un secret quelconque. J'ai fait à peu près la même chose aujourd'hui, après son départ.

Vince s'installa sur le canapé, et entreprit de farfouiller dans les boîtes.

— Moi je vois surtout un tas de trucs inutiles.

— À vrai dire, c'est exactement ce que ç'a été jusqu'ici.

Je fis une tentative pour joindre Cynthia sur son portable, au cas où il serait allumé. J'allais raccrocher après la quatrième sonnerie, lorsque je l'entendis :

— Allô ?

— Cyn ?

— Salut, Terry.

— Seigneur, vous allez bien ? Où êtes-vous ?

— On va bien, Terry.

— Chérie, rentre à la maison. Je t'en prie.

— Je ne sais pas, répliqua-t-elle.

On discernait un fond sonore considérable, une sorte de vrombissement.

— Où êtes-vous ?

— Dans la voiture.

— Coucou, papa ! cria Grace afin d'être entendue depuis le siège passager.

— Salut, Grace.

— Papa te dit bonjour, répéta Cynthia.

— Vous rentrez quand ? repris-je.

— Je te dis que je n'en sais rien, Terry. Il me faut un peu de temps. Je l'ai écrit dans ma lettre.

Elle ne voulait pas revenir là-dessus, en tout cas pas devant Grace.

— Je me fais du souci, et puis vous me manquez.

— Dites-lui bonjour, me cria Vince depuis le salon.

— Qui est-ce ? demanda Cynthia.

— Vince Fleming.

— Hein ?

— Attention, ne sors pas de la route.

— Qu'est-ce qu'il fait là ?

— Je suis allé le voir. J'ai eu l'idée saugrenue que tu aurais pu lui rendre visite.

— Oh, mon Dieu, s'exclama Cynthia. Dis-lui... Dis-lui bonjour de ma part.

Je transmis son salut à Vince, qui se contenta de répondre d'un grognement, tout occupé qu'il était à fourrager dans les boîtes à chaussures.

— Mais il est chez nous ? reprit-elle. En ce moment ?

— Oui. Il me ramenait à ma voiture. C'est un peu long à expliquer. Je te raconterai quand tu rentreras. Et puis..., ajoutai-je après une courte hésitation, il m'a dit certaines choses, à propos de ce soir-là, dont il n'a jamais parlé à personne.

— Quel genre de choses ?

— Qu'il vous avait suivis, quand ton père et toi êtes rentrés, qu'il était resté devant chez vous dans sa voiture un bon moment, attendant une occasion de frapper à la porte pour voir comment tu allais, et qu'il a vu Todd et ta mère partir, et, plus tard, ton père. Superpressé. Et qu'une autre voiture a stationné aussi un moment devant la maison, avant de suivre la Ford de ta mère.

Seul le bruit de la route me parvenait dans le combiné.

— Cynthia ?

— Je suis là. Je ne comprends pas ce que ça signifie.

— Moi non plus.

— Terry, il y a de la circulation et je dois prendre une sortie. J'éteins le portable. J'ai oublié d'apporter un chargeur et il ne reste plus beaucoup de batterie.

— Reviens vite, Cyn. Je t'aime.

— Au revoir, dit-elle avant de raccrocher.

Je fis de même et revins dans le salon.

Vince Fleming me tendit une coupure de journal, celle où figurait Todd au milieu de ses coéquipiers de basket.

— On dirait Todd là-dessus, remarqua-t-il. Je me souviens de lui.

Je hochai la tête sans prendre la coupure. Je l'avais déjà vue cent fois.

— Oui. Vous aviez des cours en commun, ou quoi ?

— Un seul, il me semble. N'empêche que cette photo, c'est n'importe quoi.

— Comment ça ?

— Je reconnais personne d'autre. Il n'y a aucun gars de notre bahut.

Je saisis le morceau de journal, bien que cela ne serve à rien. N'étant pas allé au lycée avec Todd et Cynthia, je ne connaissais aucun de leurs condisciples. Pour autant que je sache, Cynthia n'avait jamais prêté grande attention à ce cliché. J'y jetai un coup d'œil rapide.

— En plus, le nom est faux, ajouta Vince en désignant sous la photo la légende qui énumérait le nom des joueurs de gauche à droite, rangée après rangée.

Je haussai les épaules.

— Et après ? Les journaux se trompent parfois.

Néanmoins, je jetai un coup d'œil sur la légende. Chaque nom de famille était précédé d'une initiale. Todd était le deuxième en partant de la gauche, dans la rangée du milieu. Je parcourus la liste, lus le nom figurant à la place du sien.

Il s'agissait de J. Sloan.

Durant quelques secondes, je fixai l'initiale et le nom qui suivait.

— Vince, le nom de J. Sloan vous dit quelque chose ?

— Non, répondit-il en hochant la tête.

Je m'assurai de nouveau que ce nom correspondait au deuxième garçon debout à gauche dans la rangée du milieu.

— Bordel de merde !

Vince me dévisagea.

— Si vous me mettiez au parfum ?

— J. Sloan, répétai-je. Jeremy Sloan.

— Je ne vous suis toujours pas, riposta Vince.

— L'homme du centre commercial. C'est le nom de l'homme que Cynthia avait pris pour son frère.

36

— De quoi vous parlez ? demanda Vince.

— Il y a quinze jours, Cynthia, Grace et moi étions au Post Mall, et tout à coup Cynthia voit ce type, convaincue qu'il s'agit de Todd. Selon elle, il avait la tête qu'aurait probablement Todd adulte, avec vingt-cinq années de plus.

— Et comment vous avez su son nom ?

— Cynthia l'a suivi jusqu'au parking. Elle l'a hélé, en l'appelant Todd, et comme il ne répondait pas, elle est carrément allée vers lui, disant qu'elle était sa sœur, qu'elle savait qu'il était son frère.

— Nom de Dieu, souffla Vince.

— C'était un véritable cauchemar. Le gars a nié haut et fort être son frère, il la prenait visiblement pour une folle, et de fait, elle se comportait comme une folle. Alors j'ai pris le type à part, me suis excusé, et puis je lui ai expliqué que s'il montrait son permis de conduire à Cynthia, s'il lui prouvait qu'il n'était pas celui qu'elle croyait, elle lui ficherait peut-être la paix.

— Et il l'a fait ?

— Oui. J'ai vu le permis. État de New York. Son nom était Jeremy Sloan.

Vince me reprit la coupure de journal, regarda le nom qui accompagnait la photo de Todd Bigge.

— Vachement bizarre, non ?

— Je n'y comprends rien, admis-je. Ça n'a aucun sens. Pourquoi cette photo de Todd figure-t-elle sur une vieille coupure de presse avec un nom différent ?

Vince garda un instant le silence.

— Ce mec, demanda-t-il enfin, celui du centre commercial, il a dit quelque chose ?

Je réfléchis intensément.

— Il a dit que ma femme avait besoin d'aide. C'est à peu près tout.

— Et le permis ? Vous vous en rappelez ?

— Juste qu'il était de l'État de New York.

— Sacrément vaste, comme État, remarqua Vince. Il peut aussi bien habiter du côté de la frontière, à Port Chester ou White Plains ou je ne sais où, tout comme venir de Buffalo.

— Il me semble que c'était Young quelque chose.

— Young quelque chose ?

— Je n'en suis pas sûr. Je n'ai vu ce permis que deux secondes.

— Il y a un Youngstown dans l'Ohio, avança Vince. Vous êtes certain que c'était pas un permis de l'Ohio ?

— Quasiment.

Vince retourna le morceau de journal. Il y avait du texte au dos, mais la coupure avait bien été conservée pour la photo. Au verso, les ciseaux étaient passés au milieu d'une colonne et avait coupé la moitié d'un titre.

— Non, il ne l'a pas gardé pour ça, objectai-je.

Vince lisait de petits bouts d'articles. Puis il releva les yeux vers moi.

— Vous avez un ordinateur ?

Je fis signe que oui.

— Alors, allumez-le.

Il me suivit à l'étage, se tint derrière moi tandis que je m'asseyais et lançais l'ordinateur.

— Il y a là-dessus des bribes d'un article qui mentionne Falkner Park et Niagara County. Balancez ça sur Google.

Je lui demandai de m'épeler Falkner et tapai les mots avant de cliquer sur « recherche ». Le résultat ne se fit pas attendre.

— Il y a un parc Falkner à Youngstown, État de New York, dans le comté de Niagara, lus-je à haute voix.

— Bingo. Alors ç'a sûrement été découpé dans un journal de ce coin, parce que c'est un article sur l'entretien du parc.

Je fis tourner mon siège pour le regarder en face.

— Pourquoi Todd est-il en photo dans un journal de Youngstown, New York, avec une équipe de basket d'une autre école, et sous le nom de J. Sloan ?

Vince s'adossa au chambranle de la porte.

— C'est peut-être pas une erreur.

— Qu'est-ce que vous voulez dire ?

— C'est peut-être pas une photo de Todd Bigge. C'est peut-être une photo de J. Sloan.

Je pris le temps de digérer sa suggestion.

— Vous pensez quoi ? Qu'il y a deux personnes, une qui s'appelle Todd Bigge et l'autre J. Sloan – Jeremy Sloan –, ou bien qu'il s'agit d'une personne avec une double identité ?

— Doucement, rétorqua Vince. Je suis là parce que Jane me l'a demandé, c'est tout.

Me retournant vers l'ordinateur, j'ouvris le site de l'annuaire téléphonique des Pages blanches, et y entrai Jeremy Sloan à Youngstown, État de New York.

La recherche ne donna aucun abonné de ce nom, mais suggéra d'essayer des options, comme J. Sloan, ou le nom seul. Je tentai le coup, et une poignée de Sloan dans la région de Youngstown s'affichèrent sur l'écran.

— Bon sang, m'écriai-je en le désignant à Vince. Un Clayton Sloan est répertorié sur Niagara View Drive.

— Clayton ?

— Parfaitement, Clayton.

— C'était le prénom du père de Cynthia, remarqua Vince.

— Ouais.

Je pris un stylo et notai le numéro de téléphone.

— Je vais lui passer un coup de fil.

— Ça va pas la tête, non ? protesta Vince.

— Qu'est-ce qui vous prend ?

— Écoutez, on ne sait pas ce que vous avez découvert, ni même si vous avez découvert quelque chose. Et qu'est-ce que vous comptez leur dire ? Et sur ce téléphone, en plus ? Si leur poste est équipé, ces gens sauront rapidement qui appelle et vous ne voulez pas dévoiler votre jeu, n'est-ce pas ?

Où Vince voulait-il en venir, bon sang ? Se montrait-il de bon conseil, ou avait-il une raison de ne pas vouloir que j'appelle ? Cherchait-il à m'empêcher de relier les indices parce que…

Il me tendit son propre portable.

— Tenez, utilisez celui-ci. Comme ça ils ne sauront pas d'où provient l'appel.

Je pris le téléphone de Vince et, après une grande inspiration, composai le numéro affiché sur l'écran. Puis j'attendis, l'appareil collé à l'oreille.

Une sonnerie. Deux sonneries. Trois sonneries. Quatre sonneries.

— Il n'y a personne.

— Attendez encore un peu, suggéra Vince.

Passé la huitième sonnerie, je m'apprêtais à laisser tomber, lorsque j'entendis une voix.

— Allô ?

C'était une voix de femme. Assez âgée, me semblait-il. Au moins soixante ans.

— Ah, bonjour, répondis-je. J'allais raccrocher.

— Je peux vous aider ?

— Est-ce que Jeremy est là ?

Tout en posant la question, je songeai : « Et si c'est le cas, que vais-je lui dire ? Que diable vais-je lui demander ? Ne vaudrait-il pas mieux raccrocher ? Apprendre s'il est là, confirmer son existence, puis couper la communication. »

— Non, il est absent, répondit la femme. Qui le demande ?

— Oh, ça ne fait rien. Je peux rappeler plus tard.

— Il ne sera pas là non plus.

— Ah. Vous savez quand je pourrai le joindre ?

— Il n'est pas en ville, expliqua la femme. Je ne peux pas dire à coup sûr quand il rentrera.

— Ah oui, c'est vrai. Il m'a parlé d'un déplacement dans le Connecticut.

— Ah bon ?

— Il me semble, oui.

— Vous êtes sûr ? insista la femme d'un ton assez inquiet.

— Je peux me tromper. Écoutez, j'essaierai de le joindre plus tard, ce n'est pas très important. C'est juste pour le golf.

— Le golf ? Mais Jeremy ne joue pas au golf. Qui est à l'appareil ? Dites-moi qui vous êtes.

La conversation dérapait déjà. Vince, qui s'était penché sur moi pour suivre l'échange, passa le doigt sur sa gorge et articula silencieusement le mot « coupez ». J'obéis sans ajouter un mot en refermant l'appareil, que je rendis à Vince.

— On dirait que vous êtes tombé juste, commenta-t-il. Mais vous auriez pu la jouer un peu plus fine, quand même.

Ignorant sa critique, je conclus :

— Donc le Jeremy Sloan que Cynthia a repéré au centre commercial est très probablement le Jeremy Sloan qui vit à Youngstown, État de New York, dans une maison dont le téléphone est au nom de Clayton Sloan. Et le père de Cynthia gardait dans son tiroir une coupure de journal avec la photo de Jeremy parmi les autres joueurs de son équipe de basket.

Aucun de nous deux ne dit quoi que ce soit pendant un moment. Nous nous efforcions de comprendre. Je repris la parole le premier.

— Je vais appeler Cynthia. La mettre au courant.

Et je redescendis à toute allure composer le numéro de Cynthia sur le poste de la cuisine. Mais comme elle me l'avait annoncé, son portable était éteint.

— Merde, grognai-je tandis que Vince me rejoignait. Vous avez une idée ?

— Eh bien, d'après cette femme, qui doit être sa mère, ce Sloan n'est pas à Youngstown. Donc il est peut-être encore dans les environs de Milford. Et à moins d'avoir des amis ou de la famille par ici, il doit loger dans un hôtel ou un motel du coin.

Après avoir ressorti son téléphone de sa poche, Vince fit défiler sa liste de contacts, puis pressa le bouton d'appel.

— C'est moi. Ouais, il est toujours avec moi. J'ai un truc à te demander.

Et il ordonna à son interlocuteur, quel qu'il fût, de rameuter deux autres gars – je supposais que l'équipe se composait des deux types qui m'avaient enlevé et du chauffeur, ceux que Jane appelait les trois gorilles – et d'aller faire le tour des hôtels de la ville.

— Non, je sais pas combien il y en a, répliqua-t-il dans le combiné. Mais tu vas les compter pour moi, hein ? Je veux que vous trouviez si un type appelé Jeremy Sloan, de Youngstown, New York, a pris une chambre dans l'un d'eux. Et si vous le trouvez, prévenez-moi. Ne faites rien, d'accord ? Commencez peut-être par le *Howard Johnson's*, le Red Roof, le Super 8, n'importe. Et putain, c'est quoi ce bruit atroce que j'entends derrière ? Hein ? Qui écoute les Carpenters, bordel de merde ?

Une fois les instructions transmises et Vince certain qu'elles avaient été bien comprises, il remit son téléphone dans sa veste.

— Si ce Sloan est en ville, ils le trouveront.

J'ouvris le frigo, proposai une canette de Coors à Vince, qui l'accepta. J'en pris une moi-même, et nous nous assîmes de part et d'autre de la table.

— Vous avez une petite idée de ce qui se passe ? demanda-t-il.

Je bus une gorgée de bière avant de répondre.

— Je crois que je commence à en avoir une. La femme qui a décroché est sans doute la mère de Jeremy Sloan. Et si ce Jeremy est vraiment le frère de ma femme...

— Eh bien ?

— Je viens de parler à la mère de Cynthia.

Mais si la mère et le frère de Cynthia étaient vivants, comment expliquer les résultats des tests ADN effectués sur les corps retrouvés dans la voiture repêchée au fond de la carrière ? Sauf que pour le moment, bien sûr, Wedmore avait seulement pu nous confirmer le lien de parenté des deux occupants de la voiture, pas qu'il s'agissait effectivement de Todd et Patricia Bigge. Nous attendions des résultats complémentaires pour savoir s'il existait un lien génétique entre eux et Cynthia.

J'essayais de faire le ménage dans cet amas hétéroclite d'éléments sans queue ni tête lorsque je me rendis compte que Vince parlait.

— J'espère que mes gars ne le tueront pas après l'avoir trouvé, disait-il en buvant une nouvelle gorgée. C'est bien leur genre.

37

— *Quelqu'un a téléphoné pour toi, dit-elle.*

— *Qui ?*

— *Il n'a pas dit son nom.*

— *On aurait dit qui ? demanda-t-il. Un de mes amis ?*

— *Je n'en sais rien. Comment veux-tu que je le sache ? Mais il a demandé à te parler, et quand j'ai répondu que tu étais absent, il a dit se rappeler que tu l'avais informé d'un déplacement dans le Connecticut.*

— *Quoi ?*

— *Il ne fallait dire à personne où tu allais !*

— *Mais je ne l'ai dit à personne !*

— *Alors comment il le sait ? Tu en as forcément parlé à quelqu'un. Je ne peux pas croire que tu aies été aussi stupide.*

Elle semblait très en colère contre lui.

— *Mais puisque je te dis que je ne l'ai dit à personne !*

Il avait l'impression d'avoir six ans lorsqu'elle lui parlait ainsi.

— *Bon, dans ce cas, comment il le saurait ?*

— Je ne sais pas. Est-ce que le téléphone signalait d'où venait l'appel ? Ça affichait un numéro ?

— Non. Il a dit qu'il te connaissait par le golf.

— Le golf ? Mais je ne joue pas au golf.

— C'est ce que je lui ai répondu, dit-elle. Que tu ne jouais pas au golf.

— Tu sais quoi, maman ? C'était peut-être qu'une simple erreur de numéro, quelque chose comme ça.

— Il a demandé après toi. Il a dit Jeremy. C'était clair et net. Tu as peut-être simplement mentionné à quelqu'un en passant, comme ça, que tu partais.

— Écoute, maman, même si je l'avais fait, ce qui n'est pas le cas, ce n'est pas la peine d'en faire toute une histoire.

— Ça me contrarie, c'est tout.

— Ne sois pas contrariée. En plus, je vais rentrer.

— C'est vrai ?

Elle avait totalement changé de ton.

— Oui. Aujourd'hui, je pense. J'ai fait tout ce que je devais faire ici, il ne reste plus que… tu vois ce que je veux dire.

— Je ne veux pas rater ça. Tu ne peux pas savoir avec quelle impatience j'attends ça, depuis le temps.

— Si je pars bientôt, reprit-il, je pense pouvoir être à la maison ce soir, mais assez tard. On est déjà en début d'après-midi, et j'ai parfois un coup de pompe, alors il se pourrait que je fasse un arrêt vers Utica, par là, mais je ferai le trajet dans la journée.

— Ça me laisse le temps de te préparer un gâteau à la carotte, répliqua-t-elle gaiement. Je le cuirai cet après-midi.

— D'accord.

— Conduis prudemment. Je ne veux pas que tu t'endormes au volant. Tu n'as jamais eu la même endurance que ton père.

— Comment il va ?

— Je pense que si on finit cette semaine, il aura le temps de voir le résultat de tout ça. Je serai contente quand tout sera enfin terminé. Tu sais ce que ça coûte, un taxi pour aller le voir ?

— Ça n'aura bientôt plus d'importance, maman.

— Je ne te parle pas que de l'argent, tu le sais bien. J'ai réfléchi à la façon dont il faudra le faire. On aura besoin de corde, tu sais. Ou de cet adhésif épais. Et, à mon avis, ce serait plus logique de commencer par la mère. La petite ne nous posera aucun problème après. Je pourrai t'aider. Je ne suis pas tout à fait inutile, tu sais.

38

Notre bière terminée, Vince et moi nous sommes esquivés par le jardin de derrière pour rejoindre son pick-up. Il me ramènerait ensuite à ma voiture, toujours garée près de son atelier de carrosserie.

— Donc vous savez que Jane a eu des petits ennuis au lycée, lança-t-il.

— Oui.

— Je me disais, vu que je vous donne un coup de main, tout ça, vous pourriez peut-être toucher un mot à son sujet au proviseur, non ?

— Je l'ai déjà fait, mais je veux bien recommencer.

— C'est une bonne petite, mais elle a un sale caractère, parfois, poursuivit Vince. Personne peut lui raconter de craques. Surtout pas moi. Alors, quand elle s'attire des ennuis, en gros, c'est pour se défendre.

— Il va falloir qu'elle apprenne à se maîtriser. On ne peut pas résoudre tous ses problèmes en cognant sur les gens.

Ma remarque fit doucement glousser Vince.

— Vous voulez qu'elle ait le même genre de vie que vous ? ajoutai-je. Sans vouloir vous offenser.

Il ralentit au feu rouge.

— Non. Mais Jane a quand même pas beaucoup de chances de son côté. Je ne suis pas le meilleur exemple. Et sa mère l'a tellement trimballée de mec en mec que la môme n'a jamais eu de vie stable. C'est ce que j'essaie de lui donner, vous comprenez ? Quelque chose à quoi se raccrocher un moment. Les gosses ont besoin de ça. Mais il faut du temps pour que la confiance s'établisse. Elle s'est tellement fait rouler avant.

— Bien sûr. Vous pourriez la mettre dans une bonne fac. Quand elle aura terminé le lycée, envoyez-la dans une école de journalisme, par exemple, ou en fac de littérature, un endroit où elle puisse développer son talent.

— Elle a pas de bonnes notes, répliqua Vince. Elle aura du mal à être admise quelque part.

— Mais vous auriez les moyens de lui payer des études, pas vrai ?

Il acquiesça.

— Alors aidez-la peut-être à se fixer des objectifs. Aidez-la à regarder plus loin que ce qu'elle fait actuellement, dites-lui que si elle obtient quelques notes à peu près correctes, vous êtes prêt à assumer les frais de cours particuliers, pour lui permettre de transformer son potentiel en réalité.

Vince me décocha un regard en coin.

— Vous m'aiderez sur ce coup ?

— Oui, répondis-je. Mais va-t-elle nous écouter ?

Il hocha la tête avec lassitude.

— Toute la question est là.

— À propos, j'en ai une.

— Allez-y.
— Pourquoi ça compte autant pour vous ?
— Hein ?
— Pourquoi vous vous souciez autant d'elle ? Jane n'est qu'une môme parmi d'autres, la fille d'une femme que vous avez rencontrée. La plupart des types ne s'y intéresseraient pas.
— Oh, je vois. Vous me prenez pour une sorte de pervers ? Vous croyez que je veux me la faire, c'est ça ?
— Ce n'est pas ce que je dis.
— Mais vous le pensez.
— Non, répliquai-je. Si vous aviez ce genre de chose en tête, il y aurait des indices dans les écrits de Jane, dans sa façon de se comporter avec vous. Or je crois qu'elle a envie de vous faire confiance. Donc je répète ma question : pourquoi est-ce si important pour vous ?
Le feu passa au vert. Vince écrasa l'accélérateur.
— J'ai eu une fille, lâcha-t-il. Moi-même.
— Oh.
— À l'époque, j'étais plutôt jeune. Vingt piges. J'ai mis une nana de Torrington en cloque. Agnes. Bon Dieu, Agnes. Mon père a failli me massacrer, tellement ma connerie l'a énervé. « T'as jamais entendu parler des capotes », il me demandait. Vous savez comment ça se passe, parfois, hein ? J'ai essayé de discuter avec Agnes, de la convaincre de s'en débarrasser, mais elle ne voulait pas en entendre parler, alors elle a gardé le bébé, une petite fille, qu'elle a appelée Collette.
— Joli prénom.
— Et quand j'ai vu la gosse, croyez-moi, j'en suis tombé raide dingue tout de suite. Mon paternel, il voulait pas me voir coincé avec cette nana juste parce

que j'avais couché avec. Mais en fait, Agnes n'était pas si mal, et le bébé, Collette, j'avais jamais rien vu de plus merveilleux. On pourrait croire qu'à vingt ans, c'est facile de s'en foutre, de pas se sentir responsable, mais elle avait quelque chose. Alors je me suis dit que je pourrais épouser Agnes, vous voyez ? Et élever la petite avec sa mère. J'ai pris mon courage à deux mains, pour annoncer mon projet à mon vieux. Au même moment, Agnes, avec Collette dans sa poussette, était en train de traverser Naugatuck Avenue et ce salaud de mec bourré en Cadillac a grillé le feu et les a écrasées toutes les deux.

La main de Vince serra plus fort le volant, comme s'il voulait l'étrangler.

— Je suis désolé, dis-je doucement.

— Ouais, eh bien ce poivrot de merde l'a été aussi. J'ai attendu six mois, je voulais rien faire trop tôt, vous comprenez ? C'était après le rejet de l'accusation, l'avocat avait réussi à convaincre le jury qu'Agnes avait traversé sans tenir compte du feu, et que, même si le mec avait été sobre, il les aurait renversées. Alors il est arrivé un drôle de truc, quelques mois plus tard, un soir, très tard, le type est sorti d'un bar de Bridgeport, il était de nouveau bourré, ça lui avait pas servi de leçon à cette ordure. Il descendait la rue quand quelqu'un lui a tiré un coup de feu en plein dans sa sale gueule.

— Bon Dieu. Et je suppose que vous n'avez pas versé une larme en l'apprenant.

Vince me jeta un regard rapide.

— La dernière chose qu'il a entendue avant de mourir, ç'a été : « Ça, c'est pour Collette. » Et le fils de pute, vous savez ce qu'il a dit avant que la balle atteigne son cerveau ?

— Non, répondis-je en déglutissant.

— Il a dit : « Quelle Collette ? » Comme son portefeuille avait disparu, les flics ont cru à une agression, poursuivit Vince qui me lança un nouveau regard en coin. Vous devriez refermer la bouche, vous allez avaler un insecte.

Je la refermai.

— Voilà, conclut Vince. Donc pour répondre à votre question, c'est peut-être pour ça que je me soucie de Jane. Il y a autre chose que vous voulez savoir ?

Je fis non de la tête, et il regarda en avant.

— C'est votre bagnole ?

J'acquiesçai, et alors qu'il s'arrêtait derrière ma voiture, son portable sonna. Vince décrocha aussitôt.

— Ouais ?

Il écouta un moment.

— Attendez-moi, j'arrive.

En rangeant l'appareil, il m'annonça :

— Ils l'ont trouvé. Il a pris une chambre au *HoJo*.

— Je vous suis, dis-je, sur le point d'ouvrir la portière.

— Laissez tomber votre caisse.

Vince remit le moteur en route, contourna rapidement ma voiture et prit la direction de l'I-95. Ce n'était pas la route la plus directe, mais sans doute la plus rapide, vu que le *Howard Johnson Hotel* se trouvait de l'autre côté de la ville, au bout d'une bretelle de l'I-95. Il emprunta la rampe d'accès à pleine vitesse et atteignait déjà les cent trente kilomètres à l'heure au moment de se fondre dans la circulation.

Ça roulait bien, et il ne nous fallut que quelques minutes pour atteindre l'autre bout de la ville. Vince se mit presque debout sur les freins en prenant la bretelle de sortie, et nous étions encore à cent dix quand j'aperçus les feux devant nous.

Il tourna à droite, puis s'engagea sur le parking du *HoJo*. Le tout-terrain qui m'avait transporté plus tôt était garé juste après la réception, et dès que Blondie nous vit, il se précipita vers la portière de Vince, qui baissa la vitre.

Blondie lui communiqua un numéro de chambre, nous expliqua qu'il fallait passer la petite colline pour s'y rendre. On pouvait se garer juste devant. Vince recula et suivit une longue allée sinueuse qui contournait le complexe hôtelier. La route virait ensuite brutalement à gauche, et montait en pente derrière une rangée de chambres dont les portes donnaient sur le trottoir.

— C'est là, dit Vince en arrêtant son pick-up.

— Je veux lui parler. Ne lui faites rien de tordu.

Vince, déjà hors de son véhicule, balaya ma remarque d'un geste, sans se retourner vers moi. Il alla à la porte, vit qu'elle était déjà ouverte, et frappa sur le panneau.

— Monsieur Sloan ?

Quelques portes plus loin, une femme de ménage qui poussait son chariot devant une chambre, nous regarda.

— Monsieur Sloan ? répéta Vince en ouvrant plus largement la porte. C'est le gérant. Nous avons un petit souci. Nous devons vous parler.

Je me tenais à l'écart de la porte et de la fenêtre, pour éviter que Sloan me voie. S'il s'agissait de l'homme qui avait observé notre maison, il pouvait savoir à quoi je ressemblais.

— Il est parti, lança la femme de ménage, assez fort pour être entendue.

— Quoi ? gronda Vince.

— Il a payé sa note y a pas cinq minutes. Je nettoie sa chambre juste après celle-là.

— Il est parti, pour de bon ? demandai-je.

La femme acquiesça.

Ouvrant la porte en grand, Vince entra dans la chambre.

— Hé, vous pouvez pas faire ça, cria-t-elle.

Mais même moi j'étais enclin à l'ignorer, et je suivis Vince à l'intérieur.

Le lit était défait, la salle de bains, encombrée de serviettes humides, mais rien ne signalait la présence d'un occupant. Ni affaires de toilette ni valise.

Crâne d'œuf, un des hommes de main de Vince, s'encadra dans la porte.

— Il est là ? demanda-t-il.

Vince pivota sur ses talons, fit trois pas vers lui et le projeta contre le mur.

— Ça fait combien de temps que vous l'avez trouvé, vous autres ?

— On t'a appelé dès qu'on l'a su.

— Ah ouais ? Et après ? Vous êtes restés assis dans cette putain de bagnole à m'attendre, au lieu de garder les yeux ouverts ? Le mec est parti.

— Mais on savait pas à quoi il ressemblait ! Qu'est-ce qu'on était censés faire ?

Vince repoussa Crâne d'œuf, sortit de la pièce en trombe et faillit renverser la femme de ménage.

— Vous n'avez pas le droit..., commença-t-elle.

— Il est parti depuis combien de temps ? coupa Vince en lui tendant un billet de vingt dollars.

Elle le glissa dans la poche de son uniforme.

— Dix minutes, je dirais.

— Quel genre de voiture il avait ? demandai-je.

Elle haussa les épaules.

— Je ne sais pas. Une voiture normale. Marron. Avec des vitres teintées.

— Il vous a dit quelque chose ? Qu'il rentrait chez lui, par exemple ?

— Il m'a rien dit du tout.

— Merci, grommela Vince en me faisant signe de monter dans le pick-up avec lui. Merde, merde et merde.

— Et maintenant ?

Je n'avais aucune idée de ce qu'on pouvait faire.

Vince garda un instant le silence, puis me demanda :

— Vous avez besoin de bagages ?

— Des bagages ?

— Je crois que vous allez à Youngstown. L'aller et retour est faisable en vingt-quatre heures.

Je réfléchis à ce qu'il venait de dire.

— S'il a payé sa note, il est logique qu'il rentre chez lui.

— Et même s'il ne rentre pas, à mon avis, c'est le seul endroit pour le moment où vous avez une chance de trouver des réponses à vos questions.

Puis Vince lança le bras dans ma direction, et j'eus un bref mouvement de recul, croyant qu'il allait m'empoigner. Mais il ouvrait seulement la boîte à gants.

— Putain, du calme, hein.

Il sortit une carte routière, la déplia.

— Bon, voyons un peu.

Il parcourut la carte des yeux, fixa un point dans l'angle supérieur gauche, et déclara :

— Voilà. Au nord de Buffalo, juste au-dessus de Lewiston. Youngstown. Un petit bled. Ça devrait nous prendre huit heures.

— Nous ?

Vince tenta brièvement de replier la carte correctement, puis la froissa en une boule grossière, qu'il me lança.

— Ce sera votre boulot. Si vous me remettez ça comme il faut, je vous laisserai peut-être même conduire un peu. Mais n'imaginez pas une seconde pouvoir toucher à la radio. Ça, c'est hors de question, compris ?

39

En étudiant la carte, il apparut que le plus rapide serait de remonter tout droit vers le nord, de traverser le Massachusetts jusqu'à Lee, de là, prendre à l'ouest dans l'État de New York, ensuite d'attraper la New York Thruway à Albany, puis de la suivre vers l'ouest en direction de Buffalo.

Notre itinéraire nous faisait passer par Otis, c'est-à-dire à trois kilomètres de la carrière où avait été découverte la voiture de Patricia Bigge. J'en fis part à Vince avant de lui proposer d'aller voir. Nous roulions à cent trente kilomètres à l'heure. La voiture de Vince était équipée d'un détecteur de radars.

— On roule plutôt bien, dit-il. Alors oui, pourquoi pas ?

Bien que cette fois, aucun véhicule de police n'en signalât le commencement, je sus retrouver l'étroite route. Le Dodge Ram offrait une vision nettement plus dégagée que ma berline basique, et après avoir franchi la dernière crête, lorsque les arbres s'ouvrirent sur l'à-pic, je crus, depuis la hauteur du siège passager, que nous allions plonger dans le vide.

Mais Vince freina en douceur, mit au point mort, et tira le frein à main, ce que je ne l'avais encore jamais vu faire auparavant. Il sortit du pick-up, s'avança au bord du précipice puis regarda en bas.

— On a trouvé la voiture en contrebas, expliquai-je en le rejoignant.

Vince hocha la tête, visiblement impressionné.

— Si je devais balancer une bagnole avec des gens à l'intérieur, je ne trouverais pas de meilleur coin.

Je voyageais en compagnie d'un cobra.

Non, pas un cobra. Un scorpion, plutôt. Je repensais à ce conte populaire indien, celui de la grenouille et du scorpion, dans lequel la grenouille accepte d'aider le scorpion à traverser la rivière s'il promet de ne pas la piquer avec son dard mortel. Le scorpion y consent, mais, à mi-traversée, et bien que cela signifie qu'il périra lui aussi, il le lui plante dans le dos. La grenouille, mourante, lui demande : « Pourquoi as-tu fait cela ? » et le scorpion répond : « Parce que je suis un scorpion, et que c'est ma nature. »

À quel moment Vince me piquerait-il ?

S'il le faisait, je doutais que cela se passe comme pour le scorpion et la grenouille. Vince Fleming me donnait plutôt l'impression d'être un survivant.

En approchant du péage du Massachusetts, les petites barres sur mon téléphone portable réapparurent, et je fis une nouvelle tentative pour appeler Cynthia. Comme elle ne répondait toujours pas, j'essayai le numéro de la maison, mais sans véritable espoir qu'elle soit rentrée.

Elle ne l'était pas.

Après tout, il valait peut-être mieux que je ne parvienne pas à la joindre. Je préférais l'appeler lorsque j'aurais de vraies nouvelles, ce qui serait peut-être le cas quand nous aurions atteint Youngstown.

Je m'apprêtais à ranger l'appareil quand il sonna au creux de ma main. Je bondis sur mon siège.

— Allô ?

— Terry, c'est Rolly.

— Ah, salut !

— Tu as eu des nouvelles de Cynthia ?

— Je lui ai parlé avant de partir, et elle ne m'a pas dit où elle se trouvait. Mais Grace et elle semblaient aller bien.

— Avant de partir ? Où es-tu ?

— On arrive au péage du Massachusetts, à Lee. On fait route vers Buffalo. En fait, un peu au nord de Buffalo.

— On ? répéta Rolly.

— C'est une longue histoire. Qui semble s'allonger d'heure en heure, d'ailleurs.

— Mais tu vas où, Terry ?

Son inquiétude semblait sincère.

— Peut-être sur une fausse piste, répondis-je. Mais il se peut que j'aie retrouvé la famille de Cynthia.

— Tu te fiches de moi ?

— Non.

— Enfin voyons, Terry, ils doivent être morts, après toutes ces années.

— Peut-être. Je ne sais pas. Il se pourrait que l'un d'eux ait survécu. Clayton, par exemple.

— Clayton ?

— Je ne sais pas, je te dis. Tout ce que je sais, c'est qu'on se rend à une adresse dont le téléphone est au nom de Clayton Sloan.

— Terry, tu ne devrais pas te lancer là-dedans. Tu ignores totalement où tu mets les pieds.

— Sans doute. Mais je suis avec quelqu'un qui paraît savoir se débrouiller dans les situations épineuses, ajoutai-je en décochant un regard vers Vince.

À moins, bien entendu, qu'être avec Vince Fleming ne constituât précisément *la* situation épineuse.

Après le péage d'entrée dans l'État de New York, il nous fallut peu de temps pour atteindre Albany. Nous avions tous deux besoin de manger et d'aller aux toilettes, aussi nous sommes-nous arrêtés à une station-service. Je fis l'achat de hamburgers et de canettes de Coca-Cola, que je rapportai dans le pick-up pour que nous nous restaurions tout en roulant.

— Faites attention à ne rien renverser, ordonna Vince, dont le véhicule était d'une propreté impeccable.

Visiblement, il n'avait jamais tué personne dedans, ni même envisagé de le faire, ce que je pris pour un bon signe.

À l'ouest d'Albany, la New York Thruway nous mena à la lisière sud des Adirondacks, et si mon esprit n'avait pas été obnubilé par la situation en cours, j'aurais sans doute apprécié le paysage. Après Utica, l'autoroute s'aplanissait, tout comme la campagne. Lorsqu'il m'arrivait de faire cette route, notamment, des années plus tôt, pour me rendre à une conférence pédagogique à Toronto, cette partie du trajet me paraissait toujours interminable.

Un autre arrêt après Syracuse ne nous fit pas perdre plus de dix minutes.

La conversation était limitée. Nous écoutions la radio – c'était Vince qui choisissait les stations, bien sûr. Surtout de la musique country. Je parcourus ses CD rangés dans un compartiment entre les sièges avant, et demandai ironiquement :

— Vous n'en avez pas des Carpenters ?

La circulation devint mauvaise en approchant de Buffalo. Il commençait aussi à faire sombre. Je dus consulter la carte plus souvent, indiquer à Vince comment contourner la ville. Tout compte fait, je ne pris pas le volant. Vince conduisait avec beaucoup plus d'agressivité que moi, et j'étais prêt à oublier ma peur si cela nous permettait d'arriver plus vite à Youngstown.

Après Buffalo, notre trajet se poursuivit vers Niagara Falls, sans que nous quittions l'autoroute pour prendre le temps de visiter l'une des merveilles du monde, puis nous rejoignîmes la Robert Moses Parkway à Lewiston, où je remarquai un hôpital, dont le grand H bleu éclairait le ciel nocturne, non loin de la route. Juste après Lewiston nous prîmes la sortie de Youngstown.

Je n'avais pas pensé, en quittant la maison, à relever l'adresse exacte de Clayton Sloan sur l'ordinateur, ni à imprimer une carte. Mais Youngstown était une bourgade, et non une grande ville comme Buffalo, et nous imaginions qu'il serait facile de nous y orienter. Quittant la Robert Moses par Lockport Street, nous nous engageâmes enfin dans Main Road, en direction du sud.

Je repérai un bar à grillades.

— Ils ont probablement un annuaire.

— Je mangerais bien un morceau, répliqua Vince.

J'avais faim, mais j'étais également mort d'angoisse. Nous étions si près du but.

— Un truc rapide, alors.

Vince trouva à se garer au coin de la rue. En entrant dans le bar, des odeurs de bière et d'ailes de poulet grillées nous assaillirent.

Tandis que Vince s'installait au zinc et commandait de la bière et du poulet, je trouvai un téléphone public, mais pas d'annuaire. À ma requête, le patron du bar me tendit celui qu'il gardait sous le comptoir.

L'adresse de Clayton Sloan était le 25, Niagara View Drive. Cela me revint en la lisant. Je rendis l'annuaire et demandai au patron comment nous y rendre.

— Main Road vers le sud. À huit cents mètres.

— À gauche ou à droite ?

— À gauche. À droite, c'est la rivière, mon vieux.

Youngstown se trouvait sur la rivière Niagara, juste en face de la ville canadienne de Niagara-on-the-Lake, célèbre pour le dynamisme de son théâtre. Je me souvenais qu'on y organisait un festival Shaw, en hommage à George Bernard Shaw.

Une autre fois, peut-être.

Je grignotai quelques ailes de poulet et bus la moitié de ma bière, mais j'avais l'estomac noué.

— Je n'en peux plus, dis-je à Vince. Allons-y.

Il jeta quelques billets sur le comptoir et me suivit dehors.

Les phares du pick-up éclairaient les plaques des rues, et il nous fallut très peu de temps pour repérer Niagara View.

Vince mit son clignotant à gauche puis descendit lentement la rue tandis que je comptais les numéros.

— Vingt et un, vingt-deux... Voilà, vingt-cinq.

Au lieu de s'arrêter, Vince roula encore sur une centaine de mètres avant de couper le moteur et d'éteindre les phares.

Il y avait une voiture dans l'allée du 25. Une Honda Accord gris métallisé, vieille d'environ cinq ans. Pas de voiture marron.

Si Jeremy Sloan était sur le chemin du retour, il semblait que nous étions arrivés avant lui. À moins que sa voiture ne soit rangée dans le garage mitoyen.

De plain-pied, la maison recouverte de crépi blanc datait vraisemblablement des années soixante. Bien entretenue. Une véranda devant, avec deux chiliennes. L'endroit ne témoignait pas d'une opulence flagrante, mais d'un confort certain.

Il y avait également une rampe. Une rampe pour fauteuil roulant, à la pente très douce, qui menait du trottoir au porche. Après l'avoir gravie, nous nous sommes retrouvés tous les deux devant la porte.

— Comment vous comptez la jouer ? demanda Vince.

— Vous avez une idée ?

— Faites gaffe à pas abattre toutes vos cartes.

Des lumières brillaient encore dans la maison, et il me semblait percevoir le son assourdi d'une télévision. Je ne réveillerai donc personne. Je retins un instant mon doigt levé vers la sonnette.

— En piste, m'encouragea Vince.

J'appuyai sur la sonnette.

40

Comme, après environ une demi-minute, personne ne venait ouvrir, j'interrogeai Vince du regard. Il désigna la rampe.

— Réessayez un coup. Ça pourrait prendre un peu de temps.

Je sonnai donc une nouvelle fois. Alors nous parvint le bruit étouffé d'un mouvement dans la maison, et quelques instants plus tard, la porte s'ouvrit, non pas directement, ni en grand, mais par à-coups. Lorsque l'écartement atteignit trente centimètres, je compris pourquoi. Il s'agissait d'une femme en fauteuil roulant, qui reculait, puis se penchait en avant pour entrebâiller la porte un peu plus, puis reculait de nouveau, et se penchait encore pour l'ouvrir plus largement.

— Oui ? dit-elle.

— Madame Sloan ?

Je lui donnais dans les soixante, soixante-dix ans. Elle était mince, mais sa façon de bouger le haut du corps n'évoquait aucune fragilité. Agrippant fermement les roues de son fauteuil, elle contourna avec adresse la porte pour s'avancer, et nous bloqua de fait l'accès à la maison. Une couverture recouvrait ses genoux, et elle portait un gilet marron sur une blouse à fleurs. Pas une mèche ne dépassait de sa chevelure grise sévèrement tirée en arrière. Une touche de rouge rehaussait ses pommettes saillantes, et ses yeux bruns dardaient un regard perçant tour à tour sur ses deux visiteurs inattendus. D'après ses traits, elle avait dû être une femme superbe, mais elle dégageait aujourd'hui, peut-être à cause de sa mâchoire serrée, de la moue de ses lèvres, une impression de colère, voire de méchanceté.

J'eus beau chercher, rien en elle ne m'évoquait Cynthia.

— Oui, je suis Mme Sloan, répondit-elle.

— Désolé de vous déranger si tard. Mme Clayton Sloan ?

— C'est cela, Enid Sloan. Il est très tard. Que voulez-vous ?

Son ton suggérait que, quoi que ce fût, nous ne devions pas compter qu'elle se montre aimable.

Elle tenait sa tête relevée, le menton pointé en avant, non seulement parce que nous la dominions de notre hauteur, mais pour marquer sa force. Elle cherchait à nous prouver qu'elle était une solide vieille toupie, avec qui il ne fallait pas jouer au plus fin. J'étais surpris qu'elle ne parût pas plus effrayée que ça que deux hommes sonnent à sa porte tard le soir. Après tout, elle n'était qu'une dame âgée en fauteuil roulant et nous, deux hommes vigoureux.

Je parcourus le salon d'un coup d'œil rapide. Mobilier colonial bon marché, style Ethan Allen édulcoré, beaucoup d'espace entre les éléments pour permettre le passage du fauteuil roulant. Rideaux et voilages décolorés quelques vases emplis de fleurs artificielles. La moquette, épaisse, en grande largeur qui avait dû coûter bonbon à l'installation, semblait usée et tachée par endroits, la texture râpée par les roues du fauteuil.

Une télévision ronronnait dans une autre pièce, et une odeur appétissante nous parvenait du fond de la maison. Je reniflai.

— Vous avez quelque chose au four ?

— Un gâteau à la carotte, répondit-elle sèchement. Pour mon fils. Il va rentrer à la maison.

— Ah C'est lui que nous venons voir. Jeremy, c'est ça ?

— Qu'est-ce que vous voulez à Jeremy ?

Oui, quoi, au fait ? Du moins, qu'avions-nous l'intention de prétendre vouloir à Jeremy ?

Comme j'hésitais, cherchant une réponse appropriée, Vince reprit l'initiative.

— Où est Jeremy en ce moment, madame Sloan ?

— Qui êtes-vous ?

— C'est nous qui posons les questions, je le crains, ma petite dame, répliqua Vince.

Il avait adopté un ton autoritaire, mais semblait s'efforcer de ne pas paraître menaçant. Je me demandais s'il voulait donner à Enid Sloan l'impression que nous étions flics.

— Vous allez me dire qui vous êtes ? répéta-t-elle.

— Peut-être qu'on pourrait parler à votre mari, alors, dis-je. On peut parler à Clayton ?

— Il n'est pas là, riposta Enid Sloan. Il est à l'hôpital.

Cela me prit de court.

— Ah ? Désolé. C'est l'hôpital qu'on a vu en venant ?

— Si vous êtes arrivés par Lewiston, oui. Ça fait plusieurs semaines qu'il y est. Je dois prendre un taxi pour aller le voir. Tous les jours, aller et retour.

Il semblait important, je le devinais, que nous sachions quels sacrifices elle faisait au nom de son mari.

— Votre fils ne peut pas vous emmener ? demanda Vince. Il est parti depuis si longtemps que ça ?

— Il avait des choses à faire, rétorqua-t-elle en avançant son fauteuil, comme pour nous repousser vers le seuil de sa maison.

— J'espère que ce n'est pas trop grave, pour votre mari, repris-je.

— Mon mari est en train de mourir. Il a un cancer généralisé. Ce n'est plus qu'une question de temps – elle hésita, me regarda un instant. C'est vous qui avez appelé ? En demandant Jeremy ?

— Euh, oui. J'avais besoin de le contacter.

— Vous avez dit qu'il vous avait parlé d'aller dans le Connecticut, poursuivit-elle d'un ton accusateur.

— Il me semble que c'est ce qu'il m'a raconté.

— Il ne vous a jamais dit ça. Je lui ai demandé. Il m'a juré qu'il n'avait parlé à personne de l'endroit où il allait. Alors comment vous le savez ?

— Je pense qu'on devrait continuer cette discussion à l'intérieur, intervint Vince en faisant un pas en avant.

Enid Sloan s'accrocha à ses roues.

— Moi, je ne le pense pas.

— Eh bien moi, si, riposta Vince.

Il posa les mains sur les accoudoirs du fauteuil et l'obligea à reculer. Enid ne faisait pas le poids contre Vince.

— Hé, doucement ! dis-je en lui touchant le bras pour le retenir – brutaliser une vieille dame en fauteuil roulant n'entrait pas dans mes plans.

— Vous en faites pas, répliqua Vince d'une voix qu'il voulait rassurante. Simplement, il fait froid dehors, et je ne voudrais pas que Mme Sloan attrape la mort.

Le choix de ses mots ne me disait rien qui vaille.

— Arrêtez, glapit Enid Sloan en frappant les bras et les mains de Vince.

Il la poussa à l'intérieur, et je ne pouvais faire autrement que les suivre. Puis je refermai la porte derrière moi.

— Je vois pas l'intérêt de tourner autour du pot, déclara Vince. Vous feriez aussi bien de lui poser vos questions.

— Mais putain, vous êtes qui, à la fin ? cracha Enid.

— Madame Sloan, répondis-je, soudain décontenancé, je m'appelle Terry Archer. Et ma femme, Cynthia. Cynthia Bigge.

Elle me dévisagea, bouche bée. Muette de saisissement.

— Je vois que ce nom vous dit quelque chose, poursuivis-je. Celui de ma femme, du moins. Le mien aussi, peut-être, mais en tout cas, le nom de ma femme semble vous faire de l'effet.

Elle ne dit toujours rien.

— J'ai une question à vous poser. Ça risque de vous paraître un peu aberrant, mais je vous demanderai d'être patiente même si mes questions semblent ridicules.

Elle se taisait toujours.

— Bon, allons-y. Êtes-vous la mère de Cynthia ? Êtes-vous Patricia Bigge ?

Cette fois, elle ricana avec mépris.

— Je ne vois pas de quoi vous parlez, répliqua-t-elle.

— Alors, pourquoi ce rire ? On dirait que vous connaissez les noms que je viens de citer.

— Quittez ma maison. Rien de ce que vous dites n'a de sens pour moi.

Je lançai un coup d'œil à Vince, dont le visage restait de marbre. Et lui demandai :

— Vous avez déjà vu la mère de Cyn ? À part ce soir-là, quand elle est sortie et qu'elle est partie en voiture ?

— Non.

— Ça pourrait être elle ?

Vince plissa les yeux, dévisagea la vieille femme avec attention.

— J'en sais rien. Peu probable, à mon avis.

— Je vais appeler la police, annonça Enid en faisant pivoter son fauteuil.

Vince le contourna aussitôt, fit mine de saisir les poignées, avant que je l'arrête d'un geste.

— Non, c'est peut-être une bonne idée. On pourrait attendre le retour de Jeremy, et lui poser quelques questions en présence de la police.

Enid interrompit sa manœuvre, mais elle lança :

— Pourquoi j'aurais peur que la police vienne ?

— Bonne question. Pourquoi ? Il pourrait y avoir un rapport avec ce qui s'est passé il y a vingt-cinq ans ? Ou avec des événements plus récents, dans le Connecticut ? Pendant que Jeremy était absent ? Comme la mort de Tess Berman, la tante de ma femme ? Ou celle d'un détective privé appelé Denton Abagnall ?

— Sortez d'ici !

— Et à propos de Jeremy, poursuivis-je. C'est le frère de Cynthia, pas vrai ?

Elle me regarda fixement, les yeux pleins de haine.

— Je vous défends de dire une chose pareille, rugit-elle, les mains posées à plat sur la couverture.

— Pourquoi ? Parce que c'est la vérité ? Parce que, en fait, Jeremy est Todd ?

— Quoi ? Qui vous a raconté ça ? C'est un mensonge dégueulasse !

Mon regard la survola pour se poser sur Vince, qui tenait les poignées du fauteuil roulant.

— Je veux téléphoner, reprit-elle. J'exige que vous me laissiez me servir du téléphone.

— Qui voulez-vous appeler ? demanda Vince.

— Ça ne vous regarde pas.

Il releva les yeux vers moi.

— Elle va appeler Jeremy, dit-il calmement. Elle veut le prévenir. C'est pas une très bonne idée.

— Et Clayton ? continuai-je. Est-ce que Clayton Sloan est Clayton Bigge ? Est-ce que ce sont une seule et même personne ?

— Laissez-moi téléphoner, répéta-t-elle, d'une voix aussi sifflante qu'un serpent.

Vince agrippait le fauteuil. Je lui dis :

— Vous ne pouvez pas faire ça. C'est une forme de rapt, de séquestration, je ne sais pas.

— C'est vrai ! renchérit Enid Sloan. Vous ne pouvez pas faire irruption dans la maison d'une vieille femme et vous comporter de cette façon !

Vince lâcha le fauteuil roulant.

— Alors, prenez le téléphone, appelez la police, riposta-t-il, reprenant mon bluff à son compte. Pas question d'appeler votre fils. Téléphonez aux flics.

Le fauteuil ne bougea pas.

— Il faut que j'aille à l'hôpital, annonçai-je à Vince. Je veux parler à Clayton Sloan.

— Il est très malade, objecta Enid. On ne peut pas le déranger.

— Je pourrais le déranger juste le temps de lui poser une ou deux questions.

— Vous ne pouvez pas aller là-bas ! L'heure des visites est passée ! En plus, il est dans le coma ! Il ne se rendra même pas compte de votre présence !

S'il était vraiment dans le coma, songeai-je, elle se moquerait que j'aille le voir.

— Allons à l'hôpital, dis-je.

— Si on s'en va, elle appellera Jeremy, objecta Vince. Elle le préviendra qu'on l'attend pour lui parler. Je pourrais l'attacher.

— Bon sang, Vince !

Je ne pouvais pas le laisser ligoter une vieille infirme, aussi antipathique fût-elle. Même si cela signifiait ne jamais obtenir de réponses à mes questions.

— Et si vous restiez ici avec elle ?

Il acquiesça.

— Ça marche. Enid et moi, on va papoter, cancaner sur les voisins, ce genre de trucs – il se pencha pour qu'elle vît son visage. Ça va être sympa comme tout, non ? On pourrait même goûter ce gâteau à la carotte. Il sent délicieusement bon.

Puis il sortit les clefs du pick-up de sa poche et me les lança. Je les saisis au vol puis demandai à Enid :

— Il se trouve dans quelle chambre ?

Elle me foudroya du regard, sans répondre.

— Donnez-moi le numéro de sa chambre ou j'appelle les flics moi-même.

Elle réfléchit un instant, comprit qu'une fois à l'hôpital, je serais sans aucun doute en mesure de le trouver, et lâcha :

— Troisième étage. Chambre 309.

Avant de quitter la maison, j'échangeai avec Vince nos numéros de portable. Je montai ensuite dans son pick-up, tripatouillant pour placer la clef dans le démarreur. Un véhicule inconnu demande toujours quelques minutes d'adaptation. Mais je finis par mettre le contact, trouver les phares, puis reculai dans une allée et fis demi-tour. Il me fallut un moment pour m'orienter. Je savais que Lewiston se trouvait au sud, et que nous avions pris vers le sud après le bar. Mais j'ignorais si, en continuant encore dans la même direction, je parviendrais à mon but. Aussi retournai-je sur Main Road, et, après avoir retrouvé l'autoroute, je repris la même direction.

J'empruntai la première sortie dès que j'aperçus le H bleu dans le lointain, trouvai le chemin du parking de l'hôpital, dans lequel je pénétrai par le service des urgences. Une demi-douzaine de personnes occupait la salle d'attente : deux jeunes parents avec un bébé qui hurlait, un adolescent dont le genou était en sang, un couple de personnes âgées. Je traversai directement la salle, dépassai le bureau des admissions, où un écriteau signalait que les visites étaient autorisées jusqu'à vingt heures, et que j'avais deux heures de retard par rapport à cette limite, puis m'engouffrai dans un ascenseur pour le troisième étage.

On pouvait me demander ce que je faisais là à tout moment, mais je pensais que si je réussissais à atteindre la chambre de Clayton Sloan, tout irait bien.

Les portes de l'ascenseur s'ouvrirent sur le local des infirmières de l'étage. Il n'y avait personne. Je sortis, hésitai un instant, puis tournai à gauche, cherchant des numéros de porte. Je vis le 322, découvris que les nombres croissaient à mesure que je remontais le couloir. Demi-tour dans l'autre sens, ce qui m'obligea à repasser devant le local des infirmières. Cette fois, une femme s'y trouvait, me tournant le dos, en train de lire une feuille de température. Je passai devant aussi silencieusement que possible.

Le couloir faisait un angle, après lequel la première chambre que je vis se trouva être la 309. La porte était un peu entrebâillée, et la chambre plongée dans l'obscurité, hormis un néon accroché au mur le plus proche du lit.

Il s'agissait d'une chambre particulière, à un seul lit. Un rideau le masquait entièrement, sauf le montant inférieur, où un panneau à pince pendait sur un cadre métallique. Je fis quelques pas à l'intérieur, au-delà du rideau, et vis un homme allongé sur le dos, le buste légèrement relevé, dormant à poings fermés. Âgé d'environ soixante-dix ans, me semblait-il. Le visage émacié, les cheveux clairsemés. À cause de la chimio, sans doute. La respiration haletante. Les bras de part et d'autre du corps, les doigts, longs, pâles et osseux.

Je fis le tour du lit pour gagner le côté opposé, là où le rideau me dissimulait du couloir. Une chaise se trouvait à la tête du lit, et une fois assis, je parvins à me rendre encore plus invisible à quiconque passerait devant la chambre.

Je scrutai le visage de Clayton Sloan, y cherchai ce que je n'avais pas réussi à trouver sur celui d'Enid. Quelque chose dans la forme du nez, peut-être, une vague fossette au menton. J'effleurai le bras nu de l'homme, qui émit un léger ronflement.

— Clayton, chuchotai-je.

Il renifla, remua inconsciemment le nez.

— Clayton, répétai-je tout aussi bas, frottant doucement sa peau parcheminée.

Un tuyau pénétrait la veine au creux de son coude. Une perfusion quelconque.

Il ouvrit les yeux, renifla encore. Et me vit. Il cligna les paupières plusieurs fois, afin d'ajuster son regard.

— Que…

— Clayton Bigge ? dis-je.

Cela rendit non seulement son regard tout à fait net, mais lui fit tourner brutalement la tête vers moi. La chair flétrie de son cou se ratatina.

— Qui êtes-vous ? murmura-t-il.

— Votre gendre.

41

Il déglutit, et je suivis le trajet de sa pomme d'Adam le long de sa gorge.

— Mon quoi ? chevrota-t-il.

— Votre gendre. Je suis le mari de Cynthia.

Comme il ouvrait la bouche pour parler, je me rendis compte combien elle était sèche.

— Vous voulez un peu d'eau ? dis-je à voix basse.

Il hocha la tête. La table de chevet supportait un pichet d'eau et un verre, que je remplis. Il y avait également une paille, et je la glissai entre ses lèvres, maintenant le verre pour lui.

— Je peux y arriver seul, affirma-t-il avant de saisir le verre puis d'aspirer par la paille.

Il tenait le verre d'une main plus ferme que je ne m'y étais attendu. Puis il se lécha les lèvres et me le tendit.

— Quelle heure est-il ? demanda-t-il.

— Plus de vingt-deux heures. Je suis désolé de vous avoir réveillé. Vous dormiez plutôt bien.

— Pas grave. De toute façon, on vous réveille à n'importe quel moment ici, de jour comme de nuit.

Il inspira à fond par le nez, expira lentement.

— Bon. Je suis censé savoir de quoi vous me parlez ?

— Je crois, oui. Vous êtes Clayton Bigge.

Une autre profonde inspiration. Puis il répliqua :

— Je suis Clayton Sloan.

— D'accord. Mais je pense que vous êtes aussi Clayton Bigge, que vous étiez marié à Patricia Bigge, avez un fils nommé Todd et une fille nommée Cynthia. Vous viviez à Milford, dans le Connecticut, jusqu'à un soir de 1983, où il s'est passé quelque chose d'épouvantable.

Il détourna le regard, le fixant sur le rideau. Son poing posé sur le drap se ferma, se déplia, se serra de nouveau.

— Je suis en train de mourir, déclara-t-il.

— Alors il est peut-être temps de soulager votre conscience.

Clayton ramena la tête vers moi.

— Comment vous appelez-vous ?

— Terry. Terry Archer. Et vous ? dis-je après une seconde d'hésitation.

Il déglutit une fois de plus.

— Clayton. J'ai toujours été Clayton – il baissa les yeux sur les plis du drap de l'hôpital. Clayton Sloan, Clayton Bigge. Ça dépendait de l'endroit où je me trouvais, ajouta-t-il.

— Vous aviez deux familles ?

Je parvins à discerner un imperceptible hochement de tête. Certaines choses que Cynthia m'avait racontées au sujet de son père me revinrent en mémoire. Qu'il était sans cesse sur les routes. Faisait de perpétuelles allées et venues dans le pays. Présent quelques jours à la maison, reparti quelque temps, puis de retour un moment. Passant la moitié de sa vie ailleurs…

Soudain son visage s'éclaira, alors qu'une pensée lui venait à l'esprit.

— Cynthia, demanda-t-il. Elle est ici ? Elle est avec vous ?

— Non. Je… Je ne sais pas précisément où elle se trouve en ce moment. Pour autant que je sache, elle est peut-être rentrée chez nous, à Milford. Avec notre fille, Grace.

— Grace, répéta Clayton. Ma petite-fille.

Une ombre passa dans le couloir, et je baissai la voix.

— Oui, votre petite-fille.

Clayton ferma les yeux, comme sous un assaut de douleur. Mais il me semblait qu'elle n'avait rien de physique.

— Et mon fils ? reprit-il. Où est mon fils ?

— Todd ?

— Non, non. Pas Todd. Jeremy.

— Je pense qu'il est en train de rentrer de Milford.

— Quoi ?

— Il est sur le chemin du retour. Du moins, je le crois.

Le regard agrandi, Clayton s'anima tout à coup.

— Qu'est-ce qu'il faisait à Milford ? Quand y est-il parti ? C'est pour ça qu'il ne venait pas ici avec sa mère ?

Puis ses yeux se fermèrent, et il commença à murmurer :

— Non. Oh non, non, non…

— Qu'est-ce qui ne va pas ?

D'un geste las, il fit mine de me chasser.

— Laissez-moi, gémit-il, sans ouvrir les yeux.

— Je ne comprends pas. Jeremy et Todd ne sont pas la même personne ?

Ses paupières se soulevèrent lentement, comme un rideau sur une scène.

— Je n'arrive pas à croire qu'ils aient fait ça… Oh, je suis si fatigué.

Je me penchai plus près. Forcer un vieil homme malade me faisait autant horreur que laisser Vince en compagnie d'une vieille infirme séquestrée, mais il y avait des choses que je devais savoir.

— Dites-moi. Est-ce que Jeremy et Todd sont une seule et même personne ?

Clayton bougea doucement la tête sur l'oreiller, et me regarda dans les yeux.

— Non – il marqua une pause. Todd est mort.

— Quand ? Quand Todd est-il mort ?

— Cette nuit-là, répondit-il d'un ton résigné. Avec sa mère.

Donc il s'agissait bien d'eux dans la voiture repêchée au fond de la carrière. Lorsque parviendraient les résultats de la comparaison entre l'ADN de Cynthia et les échantillons prélevés sur les corps, leur lien serait confirmé.

D'une main chancelante, Clayton désigna la petite table.

— Encore un peu d'eau ? proposai-je.

Il opina. Je lui tendis le verre, et il but une longue gorgée.

— Je ne suis pas aussi faible que j'en ai l'air, dit-il, tenant le verre d'eau comme si c'était une prouesse formidable. Parfois, quand Enid vient, je fais semblant d'être dans le coma, ça m'évite d'avoir à lui parler, et elle passe moins de temps à se plaindre. Je marche encore un peu. Je peux aller jusqu'aux toilettes. J'y arrive même à temps, certains jours.

— Alors Patricia et Todd sont morts tous les deux.

Clayton referma les yeux.

— Vous devez me dire ce que Jeremy fait à Milford, répliqua-t-il.

— Je ne sais pas au juste. Mais je crois qu'il nous a observés. Qu'il a observé notre famille. Je crois qu'il est entré dans notre maison. Je n'en suis pas certain, mais je pense qu'il a tué Tess, la tante de Cynthia.

— Oh, mon Dieu, souffla Clayton. La sœur de Patricia ? Elle est morte ?

— Elle a été assassinée. Poignardée. Et un homme que nous avions engagé pour essayer de trouver des renseignements a été tué également.

— Ce n'est pas possible. Ça ne peut pas être lui. Elle a dit qu'il avait décroché un job. Dans l'Ouest.

— Pardon ?

— Enid. Elle a dit que Jeremy a obtenu un travail à… à Seattle, par là. Une opportunité. Qu'il devait absolument y aller. Mais qu'il rentrerait bientôt pour me voir. C'est pour ça qu'il ne venait plus me rendre visite. J'ai cru… qu'il s'en fichait, tout simplement, que c'était une raison suffisante – Clayton parut perdre un peu le cap. Jeremy… Il est comme il est, il n'y peut rien. C'est elle qui l'a rendu comme ça. Il fait tout ce qu'elle lui dit. Elle l'a monté contre moi depuis le jour de sa naissance… J'ai même du mal à comprendre pourquoi elle vient me voir. Elle me dit : « Accroche-toi, accroche-toi encore un peu. » Comme si elle s'en fichait que je meure, mais qu'elle ne voulait pas que je meure tout de suite. Elle a quelque chose en tête, je l'ai bien compris. Elle m'a menti. Menti sur tout, sur Jeremy. Elle ne voulait pas que je sache où il est allé.

— Pourquoi ne veut-elle pas que vous le sachiez ? Et pourquoi Jeremy irait à Milford ?

— Elle a dû le voir, murmura-t-il. Elle l'a découvert, d'une façon ou d'une autre.

— Quoi donc ? Vu quoi ?

— Mon Dieu, gémit Clayton d'une voix défaillante, et il reposa la tête sur l'oreiller, les yeux clos. Enid est au courant. Mon Dieu, si Enid est au courant…

— Au courant de quoi ? De quoi parlez-vous ?

— Si elle est au courant, impossible de dire ce qu'elle est capable de faire…

Je me rapprochai encore de Clayton Sloan, ou Bigge, et chuchotai avec insistance tout près de son oreille :

— Si Enid est au courant de quoi ?

— Je suis en train de mourir. Elle… Elle a certainement appelé le notaire. J'ai toujours refusé qu'elle voie le testament avant ma mort. Mes instructions étaient très claires. Il a dû merder… J'avais tout mis au point.

— Quel testament ?

— Mon testament. Je l'ai modifié. Elle ne devait pas l'apprendre… Sinon… Tout était arrangé. À ma mort, tout mon héritage ira à Cynthia… Enid et Jeremy en seront écartés, ils n'auront rien, c'est tout ce qu'ils méritent, c'est tout ce qu'elle mérite… Vous n'avez pas idée de ce qu'elle est capable de faire, conclut-il en me regardant droit dans les yeux.

— Elle est ici. Enid est ici, à Youngstown. C'est Jeremy qui est allé à Milford.

— Il fera tout ce qu'elle lui demandera. Il est obligé. Elle est en fauteuil roulant. Elle ne pourra pas le faire elle-même, cette fois…

— Faire quoi elle-même ?

Il ignora ma question. Lui-même en avait tellement :

— Donc il revient ? Jeremy est sur le chemin du retour ?

— C'est ce que nous a dit Enid. Il a quitté un hôtel de Milford ce matin. On a dû arriver ici avant lui.

— Nous ? Je croyais que Cynthia n'était pas avec vous.

— Non. Je suis venu avec un homme appelé Vince Fleming.

Le nom fit réfléchir Clayton.

— Vince Fleming, répéta-t-il à voix basse. Le garçon. Celui avec qui elle était ce soir-là. Dans la voiture. Le garçon avec lequel je l'ai retrouvée.

— Exact. Il me donne un coup de main. Il est avec Enid en ce moment.

— Avec Enid ?

— Il l'empêche de prévenir Jeremy de notre présence.

— Mais Jeremy, si Jeremy est en train de rentrer, c'est qu'il l'a déjà fait !

— Fait quoi ?

Le regard plein d'angoisse, il demanda :

— Est-ce que Cynthia va bien ? Elle est vivante ?

— Bien sûr qu'elle est vivante.

— Et votre fille ? Grace ? Elle est encore vivante ?

— Mais qu'est-ce qui vous prend ? Oui, évidemment qu'elles sont vivantes.

— Parce que si quelque chose arrive à Cynthia, tout ira à ses enfants… c'est clairement spécifié.

Mon corps tout entier fut parcouru de frissons. À combien d'heures remontait ma dernière conversation avec Cynthia ? Je lui avais brièvement parlé ce matin, notre seul échange depuis qu'elle s'était enfuie en pleine nuit avec Grace.

Quelle certitude avais-je que Grace et elle étaient vivantes ?

Je sortis mon téléphone portable. Il me vint à l'esprit que je n'avais sans doute pas le droit de le garder allumé dans l'enceinte de l'hôpital, mais puisque personne ne savait que j'étais là, je pensais pouvoir m'en tirer en douce.

Je composai le numéro de notre maison.

— Faites qu'elle soit rentrée, s'il vous plaît, marmonnai-je.

Le téléphone sonna une fois, deux, trois fois. À la quatrième sonnerie, le répondeur se déclencha.

— Cynthia, dis-je. Si tu rentres, si tu as ce message, il faut que tu me rappelles immédiatement. De toute urgence.

Puis j'essayai son portable. Boîte vocale. Je laissai à peu près le même message, mais en ajoutant : « Il faut que tu me rappelles à tout prix. »

— Où est-elle ? demanda Clayton.

— Je n'en sais rien, répondis-je avec inquiétude.

Un instant, j'envisageai d'appeler Rona Wedmore, décidai que non, composai un autre numéro. Je dus laisser passer cinq sonneries avant que ça réponde.

Le déclic de l'appareil, puis une gorge qui s'éclaircissait, et enfin un « Allô ? » ensommeillé.

— Rolly ? C'est Terry.

En entendant le prénom de Rolly, Clayton battit des cils.

— Ouais, d'accord, répliqua Rolly. C'est bon, je viens juste d'éteindre. Tu as retrouvé Cynthia ?

— Non. Mais j'ai retrouvé quelqu'un d'autre.

— Quoi ?

— Écoute, je n'ai pas le temps de t'expliquer, mais j'ai besoin que tu cherches Cynthia. Je ne sais quoi te conseiller, ni te dire par où commencer. Passe peut-être à la maison, regarde si sa voiture y est. Dans ce cas, cogne à la porte, enfonce-la s'il le faut, vérifie que Cynthia et Grace sont là. Ou commence par appeler les hôtels, je n'en sais rien, fais comme tu penses être le mieux.

— Terry, qu'est-ce qui se passe ? Qui as-tu retrouvé ?

— Rolly, j'ai retrouvé son père.

Il y eut un silence de mort à l'autre bout de la ligne.

— Rolly ?

— Oui, je suis là. Je… Je n'arrive pas à y croire.

— Moi non plus.

— Qu'est-ce qu'il t'a dit ? Il t'a dit ce qui s'était passé ?

— On vient juste de commencer. Je suis au nord de Buffalo, dans un hôpital. Il n'est pas très en forme.

— Il parle ?

— Oui. Je te raconterai tout ça quand je pourrai. Mais il faut que tu cherches Cynthia, Rolly. Dès que tu l'auras trouvée, dis-lui de m'appeler immédiatement.

— D'accord. Je m'y mets. Le temps de m'habiller.

— Au fait, Rolly, ne lui dis rien à propos de son père, je le ferai moi-même. Elle aura un million de questions à poser.

— Bien sûr. Je t'appelle dès que j'ai du nouveau.

Je pensais ensuite à une autre personne qui aurait pu voir Cynthia à un moment donné. Pamela téléphonait assez souvent à la maison pour que j'aie mémorisé son numéro affiché sur l'appareil. Je le composai, attendis plusieurs sonneries avant qu'on décroche.

— Allô ?

Pamela, tout aussi ensommeillée que Rolly. En arrière-plan, une voix masculine grommela : « Qu'est-ce que c'est ? »

Je m'excusai rapidement auprès de Pamela d'appeler à une heure si tardive, et lui expliquai que Cynthia avait disparu.

— Avec Grace, ajoutai-je.

— Oh, Seigneur, s'exclama Pamela d'un ton nettement plus éveillé. Elles ont été kidnappées, ou quoi ?

— Non, non, pas du tout. Elle est partie. Elle avait envie de s'éloigner un peu.

— Elle m'a prévenue, hier, ou la veille – zut, on est quel jour – qu'elle risquait de ne pas venir, alors, en ne la voyant pas, je ne me suis pas inquiétée, tu comprends ?

— Je voulais juste te demander de guetter son appel, et, le cas échéant, de lui dire qu'elle doit me contacter. Pam, j'ai retrouvé son père.

Durant une seconde ou deux, je n'entendis plus rien à l'autre bout du fil. Puis :

— Putain de merde.

— Ouais.

— Il est vivant ? demanda Pamela.

Je décochai un regard vers l'homme allongé dans le lit.

— Oui.

— Et Todd ? Et sa mère ?

— Ça, c'est une autre histoire. Écoute, Pamela, je dois y aller. Si tu vois Cyn, convaincs-la de m'appeler. Mais laisse-moi lui annoncer la nouvelle.

— Merde, soupira Pamela. Comme si j'étais capable de tenir ma langue pour un truc pareil.

En raccrochant, je vis que ma batterie faiblissait. J'étais parti si vite de la maison que je n'avais rien pour la recharger, et il n'y avait rien dans le pick-up non plus.

Après cette parenthèse téléphonique, je revins au présent.

— Clayton, pourquoi pensez-vous que Cynthia et Grace sont en danger ? Qu'est-ce qui vous fait croire que quelque chose pourrait leur arriver ?

— Le testament. Je laisse tout à Cynthia. C'est le seul moyen que j'ai trouvé pour rattraper ce que j'ai fait. C'est inutile, je le sais bien, rien ne peut le rattraper, mais que puis-je faire d'autre ?

Je commençais à deviner pourquoi Clayton semblait terrifié. Les éléments se mettaient peu à peu en place.

— Si elles meurent, si Cynthia meurt, si votre fille meurt, chuchota Clayton, l'argent ne peut pas leur revenir. Il reviendra alors à Enid, l'épouse survivante, la seule héritière logique. Or Enid ne laissera jamais Cynthia hériter. Elle les tuera toutes les deux pour avoir l'argent.

— Mais c'est complètement dingue. Un meurtre – un double meurtre – ça attire beaucoup trop l'attention. La police rouvrira le dossier, elle commencera par examiner ce qui s'est passé il y a vingt-cinq ans, ça ne peut qu'exploser à la figure d'Enid, et…

Je m'interrompis.

Un meurtre attirerait l'attention. Nul doute là-dessus.

Tandis qu'un suicide. On n'accorderait guère d'intérêt à ce genre d'incident. Surtout si la femme qui se supprime a été soumise à autant de tensions au cours des dernières semaines. Une femme qui est venue à une émission de télévision tout raconter de cet événement épouvantable survenu vingt-cinq ans plus tôt. Une femme qui a demandé à la police d'enquêter sur l'apparition d'un étrange chapeau dans sa cuisine. Ça n'aurait pas l'air plus bizarre que ça. Une femme qui a appelé la police parce qu'elle avait reçu une lettre lui indiquant où trouver les corps de sa mère et de son frère disparus. Une lettre tapée sur sa propre machine à écrire qui se trouve dans sa propre maison.

Qu'une femme qui a vécu tout cela se suicide, on le comprenait aisément, n'est-ce pas ? La culpabilité. La culpabilité dans laquelle elle avait vécu si longtemps. Après tout, comment expliquer autrement qu'elle ait pu diriger la police jusqu'à cette voiture au fond du puits, si elle ignorait que le véhicule s'y trouvait ? Quel motif aurait quelqu'un d'autre pour envoyer une lettre pareille ?

S'étonnerait-on qu'une femme aussi rongée de culpabilité supprime la vie de sa fille en même temps que la sienne ?

Était-ce cela qui se tramait ?

— À quoi vous pensez ? demanda Clayton.

Et si Jeremy était venu à Milford pour nous observer ? S'il nous avait espionnés durant des semaines, s'il avait suivi Grace sur le chemin de l'école ? S'il nous avait surveillés au centre commercial ? Depuis la rue devant la maison ? S'il avait pénétré chez nous un jour de négligence de notre part, repartant avec le double de la clef afin de pouvoir y entrer de nouveau quand il le voudrait. Et si, lors d'une de ces visites – je me souvins de ma découverte la dernière fois qu'Abagnall était venu –, il avait remis la clef dans le tiroir à couverts, pour que nous pensions l'avoir rangée là par inadvertance. S'il avait déposé ce chapeau. Noté notre adresse e-mail. Tapé la lettre sur ma machine à écrire, afin de conduire Cynthia aux corps de sa mère et de son frère...

Tout cela avait pu se faire avant que nous changions les serrures et fassions poser de nouveaux verrous.

Je secouai mentalement la tête. J'avais le sentiment de m'emballer. Ça semblait si invraisemblable, si diabolique.

Jeremy avait-il préparé le terrain ? Et revenait-il maintenant chercher sa mère à Youngstown, pour l'amener à Milford afin qu'elle assiste au dernier acte ?

— Vous devez tout me raconter, murmurai-je à Clayton. Tout ce qui s'est passé cette nuit-là.

— Ce n'était pas censé se passer comme ça, dit-il, plus pour lui-même que pour moi. Je ne pouvais pas aller la voir. Je l'avais promis, pour la protéger... Même après ma mort, quand Enid aurait découvert qu'elle n'obtenait rien... il y avait une enveloppe scellée, à n'ouvrir qu'après mon enterrement. Tout y était expliqué. Enid serait arrêtée, et Cynthia en sécurité.

— Clayton, je crois qu'elles sont en danger. Votre fille et votre petite-fille. Il faut m'aider pendant que vous le pouvez encore.

Il étudia mon visage.

— Vous me semblez un homme bien. Je suis heureux qu'elle ait trouvé un type comme vous.

— Vous devez me raconter ce qui s'est passé, répétai-je.

Il prit une profonde inspiration, comme pour s'armer de courage avant une tâche difficile.

— À présent, je peux l'affronter. Rester éloigné ne la protégera plus, désormais – il avala sa salive. Emmenez-moi vers elle. Conduisez-moi à ma fille. Permettez-moi de lui dire adieu. Emmenez-moi vers elle et je vous dirai tout. Il est temps.

— Je ne peux pas vous sortir d'ici. Vous êtes branché de partout. Si je vous emmène, vous mourrez.

— Je vais mourir de toute façon, décréta Clayton. Mes vêtements sont dans le placard. Passez-les-moi.

Je fis un pas vers l'armoire, puis m'interrompis.

— Même si je le voulais, on ne vous laissera pas quitter l'hôpital.

Clayton me fit signe d'approcher, puis agrippa mon bras d'une main ferme et résolue.

— C'est un monstre, murmura-t-il. Elle fera n'importe quoi pour obtenir ce qu'elle veut. Pendant des années, j'ai vécu dans la peur, j'ai fait tout ce qu'elle voulait, terrorisé par l'idée de ce qu'elle pourrait entreprendre. Mais qu'est-ce que je peux craindre de plus ? Quel mal peut-elle encore me faire ? Il me reste si peu de temps, peut-être que cela suffira à sauver ma Cynthia, et Grace. Il n'existe aucune limite à ce qu'Enid pourrait faire.

— Pour le moment, elle ne peut rien. Pas tant que Vince Fleming la surveille.

Clayton me regarda en biais.

— Vous êtes allés à la maison ? Vous avez sonné ?

J'acquiesçai.

— Et elle a ouvert la porte ?

Je hochai encore la tête.

— Elle a paru effrayée ?

Je haussai les épaules.

— Pas particulièrement, non.

— Deux hommes costauds frappent à sa porte, et elle n'est pas effrayée. Ça ne vous semble pas bizarre ?

De nouveau, je haussai les épaules.

— Peut-être. J'imagine, oui.

— Vous n'avez pas regardé sous sa couverture, n'est-ce pas ? demanda alors Clayton.

42

Je ressortis mon téléphone portable pour appeler Vince.

— Allez, répondez, mon vieux, murmurais-je tandis que l'angoisse m'envahissait.

Je n'arrivais pas à joindre Cynthia, et maintenant je paniquais à l'idée que quelque chose soit arrivé à un type que je considérais la veille encore comme un vulgaire gangster.

— Il ne répond pas ? demanda Clayton en déplaçant ses jambes vers le bord du lit.

— Non.

Après six sonneries, la boîte vocale se déclencha. Je ne pris pas la peine de laisser un message.

— Je dois retourner là-bas.

— Donnez-moi une minute, plaida Clayton, qui avançait petit à petit les fesses sur le matelas.

J'ouvris le placard, y trouvai un pantalon, une chemise et une veste légère, que je déposai ensuite sur le lit.

— Vous voulez que je vous aide ?

— Ça va aller, répondit-il, reprenant son souffle. Vous avez vu des chaussettes et des sous-vêtements, là-dedans ?

Un nouveau coup d'œil dans le placard ne donna rien, mais je dénichai ce qu'il m'avait demandé dans le bas de la table de chevet.

Clayton était prêt à se mettre debout près du lit, mais pour quitter la chambre, il devait se libérer de la perfusion. Il arracha le sparadrap et retira le tuyau de son bras.

— Vous en êtes sûr ? demandai-je.

Il acquiesça avec un faible sourire.

— S'il me reste une chance de voir Cynthia, je trouverai bien la force.

— Que se passe-t-il ici ?

Nos deux têtes pivotèrent en même temps vers la porte. Une infirmière s'y encadrait, une Noire gracile d'une cinquantaine d'années, le visage interrogateur.

— Monsieur Sloan, que diable êtes-vous en train de faire ?

Il venait d'enlever le bas de son pyjama, et se tenait devant elle, le derrière à l'air. Ses jambes étaient blanches et grêles, ses parties génitales réduites à presque rien.

— Je m'habille, répondit-il. Ça se voit pas ?

— Qui êtes-vous ? me demanda-t-elle.

— Son gendre.

— Je ne vous ai jamais vu avant. Vous ne savez pas que les heures de visite sont passées depuis longtemps ?

— Je viens d'arriver en ville. Il fallait que je voie mon beau-père de toute urgence.

— Vous allez sortir d'ici tout de suite, répliqua-t-elle. Et vous, monsieur Sloan, vous retournez au lit.

Comme elle s'était avancée jusqu'au pied du lit, elle vit la perfusion débranchée.

— Pour l'amour du ciel, qu'avez-vous fait ?

— Je vous tire ma révérence, répondit Clayton.

En le regardant, dans son état, je ne pus m'empêcher de songer que cette expression s'entendait à double sens. Il prit appui sur moi pour se baisser et remonter son caleçon blanc le long de ses jambes.

— C'est exactement ce qui va vous arriver si on ne vous repose pas la perfusion, riposta l'infirmière. C'est absolument hors de question. Vous allez m'obliger à appeler le docteur en plein milieu de la nuit ?

— Faites ce que vous voulez, lui rétorqua-t-il.

— Je vais d'abord appeler la sécurité.

Et, pivotant sur ses semelles de crêpe, elle se rua hors de la chambre.

— Je sais que c'est beaucoup vous demander, mais il va falloir que vous vous dépêchiez, dis-je à Clayton. Je vais essayer de trouver un fauteuil roulant.

Une fois dans le couloir, j'aperçus un fauteuil abandonné près du local des infirmières. Je courus le chercher, vis la nôtre au téléphone. Elle termina sa communication, et me surprit alors que je repartais vers la chambre de Clayton en poussant le fauteuil vide.

Elle sortit en trombe du local, attrapa le fauteuil d'une main, et mon bras de l'autre.

— Monsieur, dit-elle à voix basse pour ne pas réveiller les autres patients, mais sans rien perdre de son autorité. Vous ne pouvez pas emmener cet homme hors de l'hôpital.

— Il veut s'en aller.

— Alors c'est que son jugement n'est plus très fiable. Et dans ce cas, c'est à vous de réfléchir à sa place.

J'ôtai sa main de mon bras.

— C'est quelque chose qu'il doit faire absolument.

— Que vous dites !

— C'est lui qui le dit – baissant la voix à mon tour, je confiai avec beaucoup de gravité : C'est peut-être sa dernière chance de voir sa fille. Et sa petite-fille.

— S'il veut les voir, elles peuvent venir ici, riposta l'infirmière. Nous pouvons même faire une entorse aux horaires de visite si cela pose un problème.

— En fait, c'est un peu plus compliqué que ça.

— Je suis prêt, annonça Clayton.

Il était parvenu jusqu'à la porte de sa chambre. Il avait enfilé ses chaussures sans mettre de chaussettes, et n'avait pas terminé de boutonner sa chemise, mais il portait sa veste, et semblait s'être recoiffé avec les doigts. On aurait dit un sans-abri très âgé.

L'infirmière ne renonçait pas. Lâchant le fauteuil, elle alla se planter devant Clayton.

— Vous ne pouvez pas partir comme ça, monsieur Sloan. Il faut une décharge signée de votre médecin, le Dr Vestry, et je vous garantis qu'il ne vous laissera pas faire une chose pareille. Je vais l'appeler tout de suite.

J'approchai le fauteuil de Clayton pour qu'il s'y laisse tomber. Puis le fis pivoter en direction de l'ascenseur.

L'infirmière galopa vers le local, attrapa le téléphone.

— La sécurité ! jeta-t-elle dans le combiné. Je vous avais demandé de monter immédiatement !

Les portes de l'ascenseur s'écartèrent. Je m'y engouffrai avec Clayton, pressai le bouton du rez-de-chaussée, puis regardai l'infirmière nous dévisager tandis que les portes de l'ascenseur se refermaient.

— Quand on arrivera en bas, dis-je calmement à Clayton, je vais devoir vous pousser dehors à fond la caisse.

Il ne répondit rien, mais noua ses doigts autour des accoudoirs du fauteuil, serra. Je regrettai de ne pas avoir de ceinture de sécurité.

L'ascenseur s'ouvrit sur le hall. Une centaine de mètres me séparaient de l'entrée des urgences et du parking juste derrière.

— Accrochez-vous, chuchotai-je avant de foncer.

Le fauteuil n'était pas conçu pour la vitesse, mais je le poussais si fort que les roues avant se mirent à vibrer. J'avais peur qu'il ne verse soudain sur la gauche ou sur la droite, que Clayton en soit éjecté et se retrouve avec le crâne fracturé avant que je lui fasse atteindre le Dodge Ram de Vince. Alors, pesant sur les poignées, je le basculai sur les roues arrière.

Clayton tint bon.

Le couple âgé qui patientait un peu plus tôt dans la salle d'attente traversait le hall d'un pas traînant. Je leur criai :

— Dégagez le passage !

La femme tourna la tête et écarta son mari de mon chemin juste à temps, tandis que nous les dépassions à toute allure.

Comme les détecteurs des portes coulissantes des urgences ne réagiraient pas assez rapidement, il me faudrait freiner un peu pour éviter d'expédier Clayton dans les vitres. Je ralentis autant que je pus sans le projeter hors du fauteuil, et c'est à ce moment-là qu'une voix que je devinais être celle d'un agent de sécurité nous héla dans mon dos.

— Hé, vous, arrêtez-vous tout de suite !

L'adrénaline me dopait tant que je ne pris pas la peine de réfléchir. J'agissais désormais à l'instinct. Je fis volte-face et, profitant de l'énergie que j'avais manifestement emmagasinée en traversant le hall à une telle vitesse, je lançai mon poing dans la mâchoire de mon poursuivant.

Ce n'était pas un très grand gaillard, un mètre quatre-vingts, environ soixante-quinze kilos, brun, moustachu, il devait penser que l'uniforme gris et le flingue attaché à sa grosse ceinture noire seraient suffisamment dissuasifs. Par chance, il n'avait pas encore sorti son arme, supposant, j'imagine, qu'un type qui poussait un mourant dans un fauteuil roulant n'était pas vraiment une menace.

Il avait tort.

Il s'effondra sur le sol des urgences comme un pantin dont on aurait coupé les ficelles. Une femme hurla quelque part, mais je ne pris pas le temps de voir si un autre agent de sécurité rappliquait derrière moi. Pivotant de nouveau sur mes talons, j'empoignai le fauteuil et me remis à pousser Clayton sur le parking, jusqu'à la portière côté passager du Dodge.

Je sortis clef et télécommande, déverrouillai, ouvris la portière. Le pick-up était très haut, et je dus hisser Clayton sur le siège. Puis je claquai la portière, courus de l'autre côté, mis le contact et heurtai le fauteuil roulant en reculant. Je l'entendis racler contre le pare-chocs.

— Merde, grognai-je en songeant à quel point Vince prenait soin de son véhicule.

Les pneus crissèrent tandis que je quittais le parking et retournais sur l'autoroute. Du coin de l'œil, j'aperçus le personnel des urgences surgir du bâtiment et me regarder accélérer. Clayton, qui semblait déjà épuisé, déclara :

— Il faut retourner chez moi.

— Je sais, c'est ce que je suis en train de faire. Je veux savoir pourquoi Vince ne répond pas au téléphone, m'assurer que tout va bien, peut-être arrêter Jeremy s'il arrive, à moins qu'il ne soit déjà là.

— Et il y a quelque chose que je dois prendre, ajouta Clayton. Avant d'aller voir Cynthia.

— Quoi donc ?

Il agita faiblement la main.

— Plus tard.

— Les gens de l'hôpital vont appeler la police. J'ai pour ainsi dire kidnappé un malade, et envoyé un agent de sécurité au tapis. Ils vont rechercher ce pick-up.

Clayton garda le silence.

Je poussais le Dodge au-delà de cent quarante kilomètres à l'heure en direction du nord et de Youngstown, vérifiant sans cesse que je ne voyais pas des gyrophares rouges dans le rétroviseur. Je fis une nouvelle tentative pour joindre Vince, en vain, encore une fois. Il ne me restait presque plus de batterie.

Sortir à Youngstown me soulagea considérablement, car je me sentais plus vulnérable, plus repérable sur la voie express. Bon, mais si la police nous attendait chez les Sloan ? L'hôpital était en mesure de communiquer l'adresse du patient fuyard, et ils surveillaient probablement déjà la maison. Quel malade en phase terminale ne préfère pas rentrer mourir dans son propre lit ?

Je descendis Main Road, pris à gauche, poursuivis plein sud sur quelques kilomètres, puis tournai dans la rue où habitaient les Sloan. La maison semblait plutôt calme, des lumières brillaient à l'intérieur, la Honda Accord était toujours garée devant.

Aucun véhicule de police en vue. Pour le moment.

— Je vais aller garer le pick-up à l'arrière pour qu'on ne le voie pas de la rue, dis-je à Clayton, qui opina.

Je fis rouler le Dodge sur la pelouse, puis j'éteignis les phares et coupai le moteur.

— Allez-y tout de suite, me conseilla-t-il. Allez voir, pour votre ami. Je vous rattraperai comme je pourrai.

Je bondis hors de la voiture, me précipitai vers la porte de derrière. Fermée. Je frappai fort en appelant Vince. Puis regardai par les fenêtres, sans percevoir de mouvements. Je courus alors à l'avant de la maison, m'assurai qu'il n'y avait toujours pas de véhicule de police, et essayai la porte principale.

Elle n'était pas verrouillée.

— Vince ! criai-je en franchissant le seuil.

Je ne vis pas d'emblée Enid Sloan, ni son fauteuil roulant, ni Vince Fleming.

Pas avant d'entrer dans la cuisine.

Enid ne s'y trouvait pas, son fauteuil non plus, mais Vince gisait par terre, le dos de sa chemise rouge de sang.

— Vince, m'exclamai-je en m'agenouillant près de lui. Nom d'un chien, Vince !

Je le croyais mort, mais il poussa un léger gémissement.

— Bon sang, mon vieux, vous êtes toujours vivant !

— Terry, murmura-t-il, la joue droite écrasée contre le sol. Elle… Elle cachait un putain de flingue sous sa couverture… Foutrement gênant, hein…

Ses yeux roulaient sous ses paupières, du sang sortait de sa bouche.

— Ne parlez pas. Je vais appeler le 911.

Le téléphone une fois trouvé, je composai les trois chiffres de police secours.

— On a tiré sur un homme, lançai-je à l'opératrice.

J'aboyai l'adresse, lui dis de faire vite et raccrochai en ignorant ses autres questions. Puis je retournai auprès de Vince.

— Il est arrivé, murmura-t-il. Jeremy... Elle l'a rejoint à la porte, sans même le laisser entrer... Elle a dit qu'ils devaient partir tout de suite. Elle l'a appelé... juste après m'avoir tiré dessus, pour lui dire de se grouiller.

— Donc Jeremy était ici ?

La bouche de Vince crachota un peu plus de sang.

— Je les ai entendus parler... d'y retourner. Elle l'a même pas laissé entrer pour pisser un coup. Elle voulait pas qu'il me voie... Elle lui a rien dit...

À quoi pensait Enid ? Qu'avait-elle en tête ?

J'entendis Clayton franchir le seuil et se traîner dans la maison.

— Putain, ça fait mal, gémit Vince. Sale vieille garce.

— Ça va aller, ne vous en faites pas.

— Terry.

Il parlait si bas que je l'entendais à peine. Je mis mon oreille tout contre sa bouche.

— Terry... passez voir... Jane, de temps en temps, d'accord ?

— Tenez bon, mon vieux. Tenez bon.

43

— Enid ne répond jamais à un coup de sonnette sans glisser son pistolet sous sa couverture, expliqua Clayton. Et encore moins quand elle est seule à la maison.

Il avait réussi à atteindre la cuisine, et s'appuyait au plan de travail pour observer Vince Fleming. Il prenait le temps de retrouver son souffle. Marcher du pick-up jusqu'ici l'avait épuisé.

Lorsqu'il eut récupéré un peu de force, il poursuivit :

— On la sous-estime facilement. Une vieille femme en fauteuil roulant. Elle a dû attendre le bon moment. Qu'il lui tourne le dos, qu'il soit assez près d'elle pour être certaine de ne pas le rater. Personne n'a jamais aucune chance contre Enid, ajouta-t-il avec une moue fataliste.

J'étais toujours agenouillé, la bouche collée contre l'oreille de Vince.

— J'ai appelé une ambulance. Les secours arrivent.

— Ouais, murmura-t-il, les paupières palpitantes.

— Mais on va devoir partir. Il faut qu'on suive Enid et Jeremy. Ils vont s'attaquer à ma femme et à ma fille.

— Allez-y, faites ce que vous devez faire, souffla Vince.

Je relevai les yeux vers Clayton.

— Il dit que Jeremy est arrivé, qu'Enid ne l'a pas laissé entrer, qu'elle lui a fait faire demi-tour et qu'ils sont repartis immédiatement.

Il hocha lentement la tête.

— Elle ne cherchait pas à l'épargner, dit-il.

— Comment ?

— Si elle ne l'a pas laissé voir ce qu'elle avait fait, ce n'était pas pour lui épargner une scène horrible. C'était pour qu'il ne la perce pas à jour.

— Pourquoi ?

Clayton prit plusieurs inspirations.

— J'ai besoin de m'asseoir, murmura-t-il.

Je me relevai et l'aidai à s'installer sur une chaise devant la table de la cuisine. Il me désigna un placard.

— Regardez là-dedans. Il devrait y avoir du Tylenol, ou un autre antalgique.

Je dus enjamber Vince et la mare croissante de sang sur le sol pour atteindre le placard. J'y dénichai en effet un flacon de Tylenol, dosage extrafort, ainsi qu'un verre dans le placard voisin. Je le remplis à l'évier, et retraversai la cuisine en tâchant de ne pas glisser.

Le flacon était fermé par un couvercle de sécurité que Clayton n'aurait pas la force d'ouvrir. Je le fis à sa place, et posai deux comprimés au creux de sa main.

— Quatre, réclama-t-il.

Je guettais une sirène d'ambulance, impatient de l'entendre tout en souhaitant être parti avant son arrivée. Je sortis deux comprimés supplémentaires, les tendis à

Clayton avec le verre d'eau. Il dut les prendre un par un. L'opération parut durer des siècles.

— Pourquoi ne voulait-elle pas que Jeremy découvre ce qu'elle avait fait ? repris-je lorsqu'il eut ingurgité le quatrième comprimé.

— Parce que si Jeremy l'avait découvert, il aurait pu lui demander d'annuler leur plan. Avec celui-ci ici, une balle dans le corps, vous en route vers l'hôpital pour me voir, et au courant de sa véritable identité, il aurait pu se rendre compte que les choses commençaient à tourner en eau de boudin. S'ils sont partis faire ce que je pense, il y a maintenant peu de chances qu'ils s'en tirent.

— Mais Enid doit savoir tout ça aussi, non ?

Clayton m'adressa un demi-sourire.

— Vous ne la connaissez pas. La seule chose que voit Enid, c'est cet héritage. Elle sera aveugle à tout le reste, au moindre avertissement qui devrait la dissuader de poursuivre son but. Elle fait preuve d'une sacrée ténacité dans ce genre de situation.

Je jetai un œil sur la pendule murale, au cadran en forme de pomme. Il était 1 h 06 du matin.

— À votre avis, combien ont-ils d'avance ? me demanda Clayton.

— Trop, quelle qu'elle soit.

Sur le plan de travail, je vis un rouleau de papier d'aluminium, quelques miettes marron clair éparpillées. Elle avait emballé le gâteau à la carotte. Pour la route.

— Bon, déclara Clayton en rassemblant ses forces pour se lever. Fichu cancer. Ça me ronge entièrement. La vie n'est déjà que souffrance et tristesse, et en plus elle finit de cette façon ignoble.

Une fois debout, il ajouta :

— Il y a une chose que je dois emporter.

— Le flacon de Tylenol ? D'autres médicaments ?

— Oui, bien sûr, prenez le Tylenol. Mais quelque chose d'autre. Je ne pense pas avoir la force de descendre le chercher.

— Dites-moi où ça se trouve.

— Au sous-sol, vous verrez un établi. Il y a une boîte à outils rouge dessus.

— D'accord.

— Ouvrez-la, vous tomberez sur un plateau qu'on peut soulever. Je veux que vous m'apportiez ce qui est collé dessous.

La porte du sous-sol se trouvait juste après la cuisine. En haut des marches, la main tendue vers l'interrupteur, j'interpellai Vince.

— Vous tenez le coup ?

— Fait chier, répondit-il à voix basse.

Je descendis l'escalier de bois. Il faisait froid et humide là-dedans. La pièce était encombrée d'un fouillis de cartons de rangement, de décorations de Noël, de vieux mobilier disparate, sans compter quelques pièges à souris jetés dans un coin. L'établi occupait le mur du fond, et était jonché de pots d'enduit à moitié vides, de morceaux de papier de verre, d'outils non rangés, ainsi que d'une boîte à outils cabossée et éraflée.

Une ampoule nue pendait au-dessus de l'établi, que j'allumai pour mieux y voir. Je défis les deux fermoirs métalliques de la boîte et ouvris le couvercle. Le plateau supérieur était rempli de boulons rouillés, de lames de scie cassées, de vieilles vis. Renverser le plateau sèmerait une pagaille terrible, encore que personne ne s'en rendrait compte. Aussi le soulevai-je pour voir ce qu'il y avait dessous.

Il s'agissait d'une enveloppe. Une enveloppe format standard, salie et tachée de graisse, fixée par des bouts de Scotch jauni. Je me servis de mon autre main pour la détacher.

— Vous la voyez ? me cria Clayton d'une voix enrouée.

— Oui.

Posant l'enveloppe sur l'établi, je replaçai le plateau correctement et refermai la boîte à outils. Puis je repris l'enveloppe, la retournai entre mes mains. Elle était cachetée. Il n'y avait rien d'inscrit dessus, et je sentais sous mes doigts qu'elle contenait une simple feuille de papier pliée.

— C'est bon, poursuivit Clayton. Si vous voulez, vous pouvez regarder ce qu'elle contient.

J'ouvris l'enveloppe par une extrémité, soufflai pour en écarter les bords, puis, avec le pouce et l'index, tirai doucement sur un morceau de papier avant de le déployer.

— C'est vieux, ajouta Clayton du haut des marches. Faites-y très attention.

Je posai le regard sur la feuille, lus le texte. Il me sembla que mes poumons ne pourraient plus jamais aspirer d'air.

Lorsque je fus remonté, Clayton me raconta les circonstances entourant le contenu de l'enveloppe, puis il me dit ce qu'il voulait que j'en fasse.

— Vous me le promettez ?

— Juré, l'assurai-je en glissant l'enveloppe dans mon blouson.

J'eus une dernière discussion avec Vince.

— L'ambulance sera là d'un instant à l'autre. Ça va aller ?

Vince était un homme costaud, vigoureux, et, à mon avis, il avait plus de chances de s'en sortir que la plupart des gens.

— Allez sauver votre femme et votre fille, dit-il. Et si vous tombez sur cette salope en fauteuil roulant, poussez-la au milieu de la circulation. Dire que j'ai un flingue dans le Dodge, soupira-t-il après une pause. J'aurais dû le prendre. Quel con.

Je lui effleurai le front.

— Vous allez y arriver. Accrochez-vous.

— Fichez le camp. Vite, souffla-t-il.

Je me tournai alors vers Clayton :

— La Honda dans l'allée, elle roule ?

— Oui. C'est ma voiture. Je n'ai pas beaucoup conduit depuis ma maladie.

— Je ne suis pas certain qu'il faille prendre le pick-up de Vince. Les flics vont le rechercher. On m'a vu quitter l'hôpital avec. Les flics auront sa description, sa plaque minéralogique.

Clayton opina, et me désigna une coupelle décorée posée sur une commode près de la porte d'entrée.

— Il doit y avoir un jeu de clefs là-dedans.

— Donnez-moi une seconde, dis-je en m'en emparant.

Je courus à l'arrière de la maison, ouvris le Dodge. Outre la boîte à gants, il comportait plusieurs compartiments de rangement, entre les sièges, dans les portières. Je les passai tous en revue. Au fond du logement central, sous une pile de cartes routières, je finis par trouver le revolver.

Je ne connaissais rien aux armes, et en glisser une dans la ceinture de mon pantalon ne me mit pas du tout à l'aise. J'avais suffisamment de problèmes à régler pour ne pas ajouter à la liste une blessure que je m'infligerais moi-même. Ensuite, je déverrouillai la Honda, m'assis derrière le volant, glissai le revolver dans la boîte à gants. Puis je démarrai et traversai carrément la pelouse, afin d'approcher le plus possible la voiture de la porte d'entrée.

Clayton sortit de la maison, fit quelques pas hésitants. Je bondis de la Honda, la contournai pour ouvrir la portière côté passager, aidai Clayton à s'installer et bouclai sa ceinture de sécurité.

— Bon, dis-je en reprenant le volant. Allons-y.

Après avoir gagné la rue, je pris à droite vers Main Road, et le nord.

— Juste à temps, remarqua Clayton.

Une ambulance, suivie de près par deux véhicules de police, gyrophares allumés mais sirènes silencieuses, fonçait plein sud. Juste après le bar où Vince et moi nous étions arrêtés plus tôt, je repris la direction de la Robert Moses.

Une fois sur l'autoroute, je fus tenté d'écraser le champignon, mais je craignais d'être arrêté. Aussi adoptai-je une vitesse confortable, au-dessus de la limite autorisée, mais pas assez élevée pour attirer l'attention.

J'attendis que nous ayons passé Buffalo, et mis le cap plein est vers Albany. Je ne dirais pas qu'à ce moment-là, j'étais détendu, mais après avoir établi une certaine distance entre nous et Youngstown, je commençai à moins m'angoisser.

C'est alors que je me suis tourné vers Clayton, qui était resté très silencieux, la tête posée sur l'appuie-tête, pour lui demander de tout me raconter.

— D'accord, répondit-il avant de s'éclaircir la gorge.

44

Son mariage était fondé sur un mensonge.

« Mon premier mariage », précisa Clayton. Bon, le second aussi. Celui-là, il l'aborderait bien assez tôt. La route était longue jusqu'au Connecticut. Ça me laissait le temps nécessaire pour entendre toute l'histoire.

Il raconta d'abord son mariage avec Enid. Une fille qu'il avait connue au lycée de Tonawanda, une banlieue de Buffalo. Ensuite il était allé à Canisius, la fac créée par les jésuites, suivre des études de commerce saupoudrées de philosophie et de théologie. Bien sûr, puisque ce n'était pas si loin, il aurait pu continuer à vivre à la maison et faire la navette ; mais il avait dégoté une chambre bon marché tout près du campus, estimant que, même si la fac en était proche, il était temps pour lui de quitter le toit familial.

Son cursus terminé, devinez qui l'attendait dans son ancien quartier ? Enid. Ils commencèrent à sortir ensemble, et il constata que c'était une fille volontaire, habituée à obtenir ce qu'elle voulait des autres. Elle tirait profit de ses avantages. Elle était séduisante, avait une plastique d'enfer doublée d'un formidable appétit sexuel, du moins les premiers temps.

Un soir, les larmes aux yeux, elle lui annonce qu'elle a du retard. Oh non, proteste Clayton Sloan, qui songe d'abord à ses parents, combien ils auront honte de lui. Des gens si soucieux des apparences, avec une catastrophe pareille, leur garçon engrossant une fille, sa mère voudra déménager afin d'éviter les ragots des voisins.

Il n'y avait donc pas grand-chose d'autre à faire que se marier. Et tout de suite.

Deux mois après, Enid dit qu'elle se sent mal, qu'elle a rendez-vous chez son médecin, le Dr Gibbs. Elle s'y rend seule, revient en disant qu'elle l'a perdu. Plus de bébé. Grosses larmes. Un jour, au restaurant, Clayton voit le Dr Gibbs, va à sa rencontre et lui dit : « Je sais que l'endroit est mal choisi, que je devrais prendre rendez-vous et vous poser la question à votre cabinet, mais le fait qu'Enid ait perdu le bébé ne l'empêchera pas d'en avoir un autre, n'est-ce pas ? – Comment ? » répond le Dr Gibbs.

Désormais, Clayton sait à qui il a affaire : à une femme qui dira n'importe quoi, qui inventera n'importe quel mensonge, pour obtenir ce qu'elle veut.

Il aurait dû partir à ce moment-là. Mais Enid lui a juré qu'elle était désolée, qu'elle pensait de bonne foi être enceinte, mais avait eu peur d'aller chez le médecin se le faire confirmer, et que, en fin de compte, elle s'était trompée. Clayton ne sait pas s'il doit la croire et, de nouveau, s'inquiète de la honte qui rejaillira sur lui et sa famille s'il quitte Enid, s'il entame une procédure de divorce. Et là, Enid tombe malade, reste un moment alitée. Réalité ou simulation ? Il l'ignore, mais sait qu'il ne peut pas la quitter dans cet état.

Plus il reste, plus il lui semble difficile de partir. Il apprend très vite que, ce qu'Enid veut, elle l'obtient. Sinon, ça barde. Hurlements, accès de rage, objets lancés à travers la pièce. Une fois, alors qu'il se trouve dans son bain, Enid suggère en plaisantant d'y faire tomber son séchoir à cheveux électrique. Mais quelque chose dans ses yeux lui laisse penser qu'elle en serait capable, comme ça, sans avoir à y réfléchir à deux fois.

Il met à profit ses études de commerce, trouve un travail de représentant, des fournitures pour ateliers d'usinage. Il sera obligé de sillonner le pays, un secteur entre Chicago et New York en passant par Buffalo. Il sera souvent absent, le prévient son futur employeur. C'est l'argument qui décide Clayton. Passer du temps loin des hurlements, des remarques ressassées, des regards bizarres qu'elle lui lance parfois, qui suggèrent que les rouages dans sa tête ne tournent pas toujours comme ils le devraient. Il redoute chaque retour à la maison, se demande quelle liste de doléances Enid lui aura préparée pour l'instant où il franchira le seuil. Qu'elle n'a pas assez de jolis vêtements, qu'il ne travaille pas suffisamment, que la porte de derrière grince et la rend folle. La seule raison pour laquelle ça vaut la peine de rentrer c'est Flynn, son setter irlandais. Le chien court systématiquement à la rencontre de la voiture de Clayton, comme s'il était resté assis sur la véranda depuis son départ, attendant son retour.

Puis elle est tombée enceinte. Pour de vrai, cette fois. Un petit garçon. Jeremy. Comme elle aime cet enfant ! Clayton l'aime aussi, mais il comprend vite qu'il s'agit d'une compétition. Enid veut l'amour exclusif du garçon, et dès que Jeremy commence à marcher, elle entame sa campagne pour intoxiquer la relation entre le père et le fils. Si tu veux devenir quelqu'un de fort et de brillant, lui dit-elle, il faudra suivre mon exemple, parce qu'il n'y a aucun modèle masculin valable sous ce toit. Elle lui explique que son père n'en fait pas assez pour elle, que c'est vraiment triste que Jeremy lui ressemble autant, mais qu'il apprendra, avec le temps et des efforts, à surmonter ce handicap.

Clayton veut échapper à cette situation.

Mais quelque chose chez Enid le retient, une part sombre en elle, qui rend totalement imprévisible la manière dont elle prendrait la moindre allusion au divorce, ou même n'importe quelle forme de séparation.

Un jour, au moment de partir pour l'une de ses tournées commerciales prolongées, il lui annonce qu'il doit lui parler. De quelque chose de grave.

— Je ne suis pas heureux. Ça ne marche pas entre nous.

Elle ne s'effondre pas en larmes. Ne demande pas ce qui va mal. Ni ce qu'elle pourrait faire pour sauver leur mariage, pour qu'il soit heureux.

En revanche, elle le regarde intensément. Il voudrait détourner les yeux, mais ne le peut pas, comme envoûté par son pouvoir maléfique. Regarder dans les yeux d'Enid, c'est comme regarder ceux du diable. Elle dit juste : « Tu ne me quitteras *jamais.* » Et sort de la pièce.

Il ressasse cette phrase durant sa tournée. C'est ce qu'on verra, se dit-il. C'est ce qu'on verra.

À son retour, le chien n'accourt pas lui faire la fête. Lorsqu'il ouvre la porte du garage pour rentrer la

Plymouth, il trouve Flynn, une corde bien serrée autour du cou, pendu aux poutres.

Commentaire d'Enid :

— Encore heureux que ce n'ait été que le chien.

Malgré tout l'amour qu'elle porte à Jeremy, elle est prête à laisser Clayton croire que le garçon serait en danger s'il décidait de la quitter.

Alors Clayton Sloan se résigne à cette vie de malheur, d'humiliation et de castration. Il a signé, et il va devoir en prendre son parti. Il traversera sa vie en somnambule, s'il est impossible de la traverser autrement.

Elle bourre le crâne de Jeremy d'idées fausses, le persuade que son père ne mérite pas son affection. Jeremy considère son géniteur comme un nul, juste un homme qui vit dans la même maison que sa mère et lui. Mais Clayton sait que Jeremy est une victime d'Enid au même titre que lui.

— Comment ai-je pu en arriver là ? se demande-t-il.

À de nombreuses reprises, Clayton envisage de se suicider.

Il roule au cœur de la nuit. Il revient de Chicago, contourne le lac Michigan par le bas, traverse ce petit bout de l'Indiana. Il voit la butée d'un pont, et enfonce l'accélérateur. Cent dix kilomètres à l'heure, cent trente, cent cinquante. La Plymouth commence à vibrer. À cette époque, peu de voitures sont équipées de ceintures de sécurité, et lui, il a débouclé la sienne, de façon à être sûr de passer à travers le pare-brise et de mourir sur le coup. La voiture glisse sur le bas-côté, crache un flot de gravillons et de poussière, mais, au dernier moment, Clayton se dégonfle et braque pour revenir sur l'autoroute.

Une autre fois, à quelques kilomètres de Battle Creek, le courage lui manque, il redresse sa trajectoire, mais, à cette vitesse, le pneu avant droit heurte l'arête de l'accotement, et il perd le contrôle du véhicule. Qui franchit deux voies, coupe la trajectoire d'un semi-remorque, laboure le terre-plein central, finit par s'arrêter dans l'herbe haute.

En général, il change d'avis à cause de Jeremy. Son fils. Il craint de le laisser seul avec elle.

Un jour, il doit s'arrêter à Milford. Il rôde en quête de nouveaux clients, de nouvelles entreprises à fournir.

Il entre s'acheter une confiserie dans un drugstore. Derrière le comptoir, il y a une femme. Elle porte un petit badge marqué « Patricia ».

Elle est magnifique. Rousse.

Elle paraît si gentille. Si honnête.

Il y a une douceur dans son regard. Une gentillesse. Après avoir tellement évité les yeux noirs d'Enid ces dernières années, en voir tout à coup d'aussi beaux lui donne le vertige.

Il prend un temps fou pour acheter cette barre chocolatée. Papote sur la météo, raconte que deux jours plus tôt il se trouvait à Chicago, qu'il passe le plus clair de sa vie sur les routes. Puis il dit, presque sans s'en rendre compte :

— Vous voulez déjeuner avec moi ?

Patricia sourit, lui répond de bien vouloir repasser une demi-heure plus tard, qu'elle aura une heure de libre.

Pendant ces trente minutes, tout en arpentant les magasins de Milford, il se demande ce qui lui prend. Il est marié. Il a une femme, un fils, une maison, un boulot.

Mais tout cela ne fait pas une vie. Et c'est ça qu'il veut : une vie.

Devant un sandwich au thon, dans un café voisin, Patricia lui explique qu'elle ne déjeune jamais avec des hommes qu'elle vient de rencontrer, mais que quelque chose l'intrigue en lui.

— Comment ça ? demande-t-il.

— Je crois connaître votre secret. J'ai du flair avec les gens, et avec vous, j'ai une vraie intuition.

Seigneur, ça se voit à ce point ? Elle devine qu'il est marié ? Elle lit dans les pensées ? Alors qu'au moment de leur rencontre, il portait des gants, et qu'à présent, il planque son alliance dans sa poche ?

— Quelle sorte d'intuition ?

— Vous me donnez l'impression d'être tourmenté. C'est pour ça que vous sillonnez le pays ? Vous êtes à la recherche de quelque chose ?

— C'est juste pour mon boulot, répond-il.

Alors Patricia sourit.

— Pas sûr. Si ça vous a conduit ici, à Milford, il doit y avoir une raison. Peut-être que vous parcourez le pays parce que vous êtes censé trouver quelque chose. Je ne dis pas que c'est moi. Quelque chose, en tout cas.

En fait, c'est elle. Il en est certain.

Il lui dit s'appeler Clayton Bigge. C'est comme si l'idée lui était venue avant qu'il en ait eu vraiment conscience. Peut-être au début n'envisageait-il qu'une aventure, et s'il a pris un faux nom, ce n'était pas dans une mauvaise intention.

Pendant les mois suivants, si ses tournées ne le conduisent pas au-delà de Torrington, il pousse jusqu'à Milford pour voir Patricia.

Elle l'adore. Elle lui donne le sentiment d'être important. Le sentiment de compter, de valoir la peine.

En rentrant chez lui par la New York Thruway, il étudie la logistique.

Son entreprise est en train de réorganiser certains itinéraires commerciaux. Il pourrait obtenir celui qui couvre le secteur entre Hartford et Buffalo. Laisser tomber Chicago. De cette façon, à chaque extrémité du circuit…

Il y a aussi la question financière.

Mais Clayton gagne bien sa vie. Il a déjà pris des mesures exceptionnelles pour dissimuler à Enid combien d'argent il épargne. Peu importe ce qu'il rapporte, ce n'est jamais assez pour elle. Elle le rabaisse sans cesse. Et elle dépense toujours tout. Alors autant qu'il en mette de côté.

Ça pourrait suffire, songe-t-il. Tout juste suffire pour un second foyer.

Comme ce serait merveilleux, au moins à mi-temps, d'être heureux.

Lorsqu'il lui demande de l'épouser, Patricia accepte. Elle a déjà perdu son père, mais sa mère semble plutôt contente. Sa sœur Tess, en revanche, n'est jamais chaleureuse avec lui. Comme si elle savait que quelque chose cloche, mais sans pouvoir mettre le doigt dessus. Il sait qu'elle ne lui fait pas confiance, qu'elle ne le fera jamais, et il se montre particulièrement prudent en sa présence. Il sait aussi que Tess a parlé de son impression à Patricia, mais Patricia l'aime, elle l'aime sincèrement et le défend toujours.

En allant acheter les alliances avec Patricia, il fait en sorte qu'elle lui choisisse le même modèle que celui qu'il a dans la poche. Plus tard, il retourne au magasin se faire rembourser, et peut alors porter en permanence la bague qu'il possède déjà. Il fait diverses démarches administratives, aussi bien municipales que fédérales, pour obtenir frauduleusement un permis de conduire ou une carte de bibliothèque – c'était bien moins compliqué à l'époque que ça ne l'est devenu après le 11 septembre – afin de pouvoir embobiner le bureau des mariages le moment venu.

Il est obligé de tromper Patricia, mais il essaie de se montrer bon avec elle. Quand il est à la maison, en tout cas.

Elle lui donne deux enfants. D'abord un garçon, qu'ils nomment Todd. Ensuite, deux ans plus tard, une petite fille baptisée Cynthia.

Il lui faut jongler de manière insensée entre ses deux familles.

Une dans le Connecticut. Une autre au nord de l'État de New York. Les allers-retours entre les deux.

Quand il est Clayton Bigge, il ne cesse de penser au moment où il devra repartir pour redevenir Clayton Sloan. Et quand il est Clayton Sloan, il ne pense qu'à reprendre la route pour retrouver la peau de Clayton Bigge.

Être Sloan est plus facile. Au moins est-ce son véritable nom. Il a moins à s'inquiéter. Son permis, tous les papiers à ce nom sont légaux.

Tandis qu'à Milford, lorsqu'il est Clayton Bigge, le mari de Patricia, le père de Todd et Cynthia, il doit constamment être sur ses gardes. Ne pas dépasser la vitesse autorisée. S'assurer de mettre de l'argent dans le parcmètre. Il veut éviter à tout prix que l'on vérifie sa plaque d'immatriculation. Chaque fois qu'il se rend dans le Connecticut, il prend un chemin de traverse, dévisse les plaques orange clair de l'État de New York, les remplace par des plaques bleues du Connecticut, volées. Et remet celles de l'État de New York en rentrant à Youngstown. Il doit sans cesse penser à tout, tenir compte du lieu où il téléphone pour ses appels longue distance, veiller à ne pas acheter quelque chose sous le nom de Clayton Bigge ni donner son adresse de Milford.

Toujours se servir d'argent liquide. Ne jamais laisser de traces de papier.

Tout est faux dans sa vie. Son premier mariage est bâti sur le mensonge d'Enid concernant sa pseudo-grossesse. Son second est fondé sur les mensonges qu'il a dits à Patricia. Mais malgré toutes ces impostures, cette duplicité, il est parvenu à trouver un véritable bonheur, il a connu des moments où…

— Je dois uriner, déclara Clayton, interrompant son récit.

— Comment ?

— J'ai besoin d'uriner. Sauf si vous voulez que je me soulage dans la voiture.

Nous venions de passer devant un panneau annonçant une station-service.

— On va bientôt pouvoir s'arrêter. Comment vous sentez-vous ?

— Pas terrible, répondit-il, avant de tousser plusieurs fois. Il faut que je boive. Et je reprendrais bien quelques Tylenol.

Nous avons quitté sa maison si précipitamment que je n'ai pas pensé à emporter une bouteille d'eau. Nous avions plutôt bien roulé. Il était presque quatre heures du matin, et nous approchions d'Albany. En fait, il fallait prendre de l'essence, ça tombait à pic pour un arrêt pipi.

J'aidai Clayton à se traîner dans les toilettes pour hommes, attendis qu'il ait terminé sa petite affaire, et je le soutins pour se réinstaller dans la voiture. Ce court trajet l'avait épuisé.

— Restez là, je vais chercher de l'eau.

Je courus acheter un pack de six bouteilles, revins à la Honda, en tendis une, décapsulée, à Clayton. Il but une longue gorgée, prit les quatre comprimés de Tylenol que j'avais déposés dans sa main et les avala un par un. Ensuite, je fis le plein à la pompe, avec le reste de liquide que j'avais dans mon portefeuille. Je ne voulais pas utiliser ma carte de crédit, de peur de me faire repérer par la police qui aurait très bien pu avoir déjà deviné qui avait enlevé Clayton.

En regagnant la voiture, je me dis qu'il était peut-être temps de mettre Rona Wedmore au courant des derniers événements. À mesure que Clayton parlait, je sentais que j'approchais de la vérité qui mettrait fin, une fois pour toutes, aux suspicions de l'inspecteur au sujet de Cynthia.

Je fouillai dans la poche de mon jean, et sortis la carte de visite qu'elle m'avait donnée lors de sa visite-surprise, le matin précédent, avant que je parte en quête de Vince Fleming.

La carte me donnait ses numéros de bureau et de portable, mais pas celui du domicile. Il y avait de grandes chances que Wedmore dorme à cette heure de la nuit, mais j'étais prêt à parier qu'elle gardait son portable près de son lit, et qu'il restait allumé vingt-quatre heures sur vingt-quatre.

Je démarrai et m'écartai des pompes pour me ranger un moment sur le côté.

— Qu'est-ce que vous faites ? demanda Clayton.

— Je passe quelques coups de fil.

Cependant, avant d'essayer de contacter l'inspecteur, je fis une nouvelle tentative pour joindre Cynthia. Elle ne décrocha ni son portable ni le téléphone de la maison.

Assez bizarrement, cela me rassura. Si je ne savais pas où elle se trouvait, il n'y avait aucune raison que Jeremy ou sa mère le sachent non plus. Disparaître avec Grace avait été, en l'occurrence, une décision fort judicieuse.

Mais j'avais quand même besoin de savoir où elle était. Si elle allait bien. Si Grace allait bien également.

J'envisageai d'appeler Rolly, mais songeai que s'il avait appris quoi que ce soit, il m'en aurait informé. Or je ne voulais pas utiliser mon téléphone plus que nécessaire. La batterie ne baissait pas si rapidement que ça lorsqu'il était allumé, mais il en allait tout autrement dès qu'on commençait à parler.

Je fis donc le numéro de Rona Wedmore. Elle décrocha à la quatrième sonnerie.

— Wedmore, annonça-t-elle, faisant de son mieux pour paraître réveillée et alerte, bien qu'on entendît plutôt « Wed-more » en deux syllabes distinctes.

— C'est Terry Archer.

— Monsieur Archer, répéta-t-elle, déjà plus concentrée. Que se passe-t-il ?

— Je vais très vite vous informer de certaines choses. La batterie de mon portable est presque à plat. Il faut que vous guettiez ma femme. Un homme nommé Jeremy Sloan, ainsi que sa mère, Enid Sloan, se dirigent vers le Connecticut, depuis la région de Buffalo. Je crois qu'ils ont l'intention de retrouver Cynthia et de la tuer. Le père de Cynthia est vivant. Je le ramène avec moi. Si vous trouvez Cynthia et Grace, surveillez-les, ne les quittez pas des yeux jusqu'à mon retour.

Je m'attendais à « Quoi ? » ou au moins à « Hein ? ». À la place, j'eus droit à « Où êtes-vous ? ».

— Sur la New York Thruway, je reviens de Youngstown. Vous connaissez Vince Fleming, n'est-ce pas ? Vous avez dit que oui.

— En effet.

— Je l'ai laissé dans une maison de Youngstown, au nord de Buffalo. Il essayait de m'aider. Enid Sloan lui a tiré dessus.

— Tout cela ne tient pas debout, déclara Wedmore.

— Sans blague. Cherchez ma femme, c'est tout, d'accord ?

— Dites-m'en un peu plus sur ce Jeremy Sloan et sa mère. Ils roulent dans quoi ?

— Une voiture marron. Une…

— Impala, compléta Clayton à voix basse. Une Chevy Impala.

— Chevrolet Impala, répétai-je. Immatriculée… ? ajoutai-je en regardant Clayton, qui secoua la tête. Non, je n'ai pas l'immatriculation.

— Vous êtes sur le chemin du retour ? demanda Wedmore.

— Oui, je serai là dans quelques heures. Cherchez-la, s'il vous plaît. J'ai déjà demandé à mon proviseur, Rolly Carruthers, d'en faire autant.

— Dites-moi ce que…

— Je dois y aller, la coupai-je.

Mon téléphone refermé et rangé dans ma veste, je remis le levier automatique sur drive, puis regagnai l'autoroute. Ensuite, je demandai à Clayton de reprendre son récit là où il l'avait interrompu.

— Alors, vous avez connu des moments de bonheur ?

Clayton s'exécuta.

S'il lui arrive de connaître des moments de bonheur, c'est uniquement lorsqu'il est Clayton Bigge. Il adore être un père pour Todd et Cynthia. Pour autant qu'il sache, ses enfants l'aiment en retour, l'admirent même peut-être. Ils semblent le respecter. On ne leur a pas inculqué, jour après jour, l'idée qu'il était nul. Ce qui ne veut pas dire qu'ils font tout ce qu'on leur demande, mais quel gosse le fait ?

Parfois, le soir dans le lit, Patricia remarque :

— On dirait que tu es ailleurs. Tu as ce regard, comme si tu n'étais pas là. Et tu parais triste.

Alors il la prend dans ses bras, lui assure que c'est là le seul endroit où il désire être, et c'est la vérité. Il n'a jamais rien dit de plus sincère. Par moments, il voudrait tout lui avouer, parce qu'il déteste que sa vie avec elle soit fondée sur un mensonge. Il déteste son autre vie.

Parce que voilà ce qu'est devenue la vie avec Enid et Jeremy. L'*autre* vie. Même si c'est celle par laquelle il a commencé, même si c'est celle où il peut utiliser son vrai nom, montrer ses vrais papiers si un policier l'arrête, c'est la vie vers laquelle il ne supporte plus de retourner, semaine après semaine, mois après mois, année après année.

Mais, bizarrement, il finit par s'y habituer. Il s'habitue aux bobards, à jongler avec tout ça, à expliquer avec des histoires fallacieuses pourquoi il doit s'absenter au moment des fêtes. S'il est à Youngstown le 25 décembre, il va en catimini dans une cabine téléphonique, lesté de monnaie, appeler Patricia pour lui souhaiter ainsi qu'aux enfants un joyeux Noël.

Un jour, dans la maison de Youngstown, il s'isole dans un coin et laisse couler les larmes. Juste quelques pleurs, de quoi atténuer la tristesse, soulager la tension. Mais Enid l'entend, entre dans la pièce et s'assoit près de lui.

Il essuie ses joues, se ressaisit.

Enid pose la main sur son épaule, lui dit : « Ne fais pas le bébé. »

Bien entendu, avec le recul, la vie à Milford ne fut pas toujours idyllique. À dix ans, Todd attrapa une pneumonie dont il guérit sans aucune séquelle. Et Cynthia, une fois adolescente, commença à leur donner du fil à retordre. À se révolter. À avoir de mauvaises fréquentations. À expérimenter des choses qui n'étaient pas de son âge. Comme picoler, et Dieu sait quoi d'autre.

C'était à lui qu'incombait la discipline. Patricia se montrait toujours plus patiente, plus compréhensive.

— Ça lui passera, disait-elle. Ce n'est pas une mauvaise gosse. On doit juste être là pour elle.

Simplement, Clayton voulait que la vie à Milford soit parfaite. Et elle l'était presque.

Mais il devait reprendre la voiture, prétendre retourner travailler, et rentrer à Youngstown.

Depuis le début, il se demandait combien de temps il tiendrait le coup.

Il arrivait que les piliers des ponts lui semblent de nouveau une solution.

Parfois, en se réveillant le matin, il ne savait plus où il se trouvait. Qui il était ce jour-là.

Il commettait des erreurs.

Un jour, il était allé faire quelques achats à Lewiston, avec une liste de courses rédigée par Enid. Une semaine plus tard, alors que Patricia s'occupait du linge, elle entra dans la cuisine avec un papier à la main, et demanda :

— Qu'est-ce que c'est ? Je l'ai trouvé dans la poche de ton pantalon. Ce n'est pas mon écriture.

La liste de courses d'Enid.

Le cœur au bord des lèvres, Clayton réfléchit à toute vitesse.

— J'ai ramassé ça dans le chariot l'autre jour, sûrement la liste de la personne précédente. Je me suis dit que ce serait rigolo de comparer ce qu'on prend avec ce qu'achètent d'autres gens, alors je l'ai gardée.

Patricia jeta un coup d'œil à la liste.

— En tout cas, ceux-là aiment les flocons de blé comme toi.

— Oui, admit-il en souriant. De toute façon, je me doutais bien qu'ils ne fabriquaient pas ces millions de paquets juste pour moi.

Il y eut évidemment la fois où il rangea une coupure de presse provenant d'un journal de la région de Youngstown, une photo de son fils avec son équipe de basket, dans le mauvais tiroir. Il l'avait découpée car, même si Enid faisait de son mieux pour monter Jeremy contre lui, il aimait quand même ce garçon. Il se reconnaissait en Jeremy, tout comme il se reconnaissait en Todd. C'était frappant de voir combien Todd, en grandissant, ressemblait à Jeremy au même âge. Haïr Jeremy c'eût été haïr Todd, et cela lui était impossible.

Alors, à la fin d'une très longue journée, après un très long voyage, Clayton Bigge de Milford vida ses poches et déposa la photo de l'équipe de basket de son fils de Youngstown dans le tiroir de sa table de chevet. Il gardait la coupure parce qu'il était fier du garçon, même si sa mère lui avait monté la tête contre lui.

Il ne remarqua pas son erreur. La mauvaise photo dans la mauvaise maison, dans la mauvaise ville, dans le mauvais État.

Il fit une erreur similaire à Youngstown. Pendant longtemps, il l'ignora. Une autre coupure de presse ? Une liste de courses rédigée par Patricia ?

Il s'agit en fait d'une facture de téléphone à l'adresse de Milford. Au nom de Patricia.

Facture qui retint l'attention d'Enid.

Et éveilla ses soupçons.

Mais Enid n'était pas du genre à demander des comptes. Enid menait d'abord sa propre enquête. Guettait d'autres signes. Accumulait peu à peu les preuves. Montait un dossier.

Lorsqu'elle pensa qu'il était suffisamment complet, elle décida de faire un petit voyage la prochaine fois que son mari Clayton quitterait la ville. Un jour, elle se rendit à Milford, dans le Connecticut. Bien sûr, c'était avant qu'elle se retrouve en fauteuil roulant. Quand elle disposait encore de toutes ses facultés motrices.

Elle se débrouilla pour faire garder Jeremy un jour ou deux.

— Je pars avec mon mari, cette fois, expliqua-t-elle.

Dans deux voitures séparées.

— Ce qui nous amène à la nuit en question, annonça Clayton, assis à côté de moi, la bouche desséchée, avant de boire une nouvelle gorgée d'eau.

45

Je connaissais la première partie de l'histoire par Cynthia. Je savais qu'elle avait ignoré le couvre-feu imposé par ses parents. Qu'elle avait prétendu aller chez Pamela. Que Clayton était parti à sa recherche, et l'avait retrouvée dans une voiture en compagnie de Vince Fleming, puis ramenée à la maison.

— Elle était furieuse, raconta Clayton. Elle a hurlé qu'elle aurait voulu nous voir morts. Ensuite elle s'est ruée dans sa chambre, et on ne l'a plus entendue. Elle était saoule. Dieu sait ce qu'elle avait pu boire. Elle a dû s'endormir dès que sa tête a touché l'oreiller. Jamais elle n'aurait dû fréquenter un type comme Vince Fleming. Son père n'était qu'un vulgaire gangster.

— Je sais, répliquai-je, les mains sur le volant, tandis que nous roulions à travers la nuit.

— Bon, comme je disais, c'était une sacrée dispute. Todd, ça l'amusait parfois que sa sœur ait des ennuis, vous savez comment sont les mômes. Mais pas cette fois. Tout était trop moche. Juste avant que je rentre avec

Cynthia, il avait demandé que Patricia ou moi l'emmenions acheter une feuille de bristol ou je ne sais quoi. Comme tous les gamins du monde, il s'y prenait au dernier moment, il avait besoin de ça pour un exposé. Il était déjà tard, on ne savait absolument pas où trouver un truc pareil, mais Patricia s'est souvenue que le drugstore en vendait, celui qui restait ouvert vingt-quatre heures sur vingt-quatre, alors elle a dit qu'elle se chargerait d'y conduire Todd.

Clayton toussa, but un peu d'eau. Sa voix s'enrouait.

— Mais d'abord, Patricia avait quelque chose à faire.

Il me regarda, et je tapotai l'enveloppe sous ma veste.

— Ensuite, reprit-il, Todd et elle sont partis dans la voiture de Patricia. Moi, je me suis assis dans le salon, épuisé. Je devais m'en aller deux jours plus tard, reprendre la route, passer quelque temps à Youngstown. Je me sentais toujours un peu déprimé dans ces périodes, au moment de devoir les quitter et retourner auprès d'Enid et Jeremy.

Il suivit un instant des yeux un semi-remorque que nous étions en train de doubler.

— Je trouvais que Todd et sa mère étaient partis depuis longtemps, poursuivit-il. Cela faisait bien une heure. Le drugstore n'était pas si loin que ça. Et puis le téléphone a sonné.

Clayton inspira plusieurs fois à fond.

— C'était Enid. Qui appelait d'une cabine publique. Elle a dit : « Devine qui c'est ? » Je suppose que d'une certaine manière, j'avais toujours attendu cet appel. Mais je n'aurais jamais pu imaginer qu'elle pouvait faire ce qu'elle venait de faire. Elle m'a dit de la retrouver sur le parking du *Denny's*. De me grouiller. Qu'un gros travail nous attendait. Elle m'a demandé de prendre un rouleau d'essuie-tout. J'ai foncé hors de la maison, roulé à toute vitesse jusqu'au *Denny's*. Je pensais qu'elle attendait peut-être dans le restaurant, mais elle était assise dans sa voiture. Elle ne pouvait pas en sortir.

— Pourquoi ?

— Elle ne pouvait pas se promener avec tout ce sang sur elle sans attirer l'attention.

Je me sentis soudain glacé.

— Quand j'ai couru vers sa portière, j'ai d'abord cru qu'elle avait les manches couvertes d'essence. Elle était si calme. Elle a baissé la vitre, m'a dit de monter. J'ai obéi, et alors j'ai vu que c'était du sang qui la recouvrait partout. Sur les manches de son manteau, le devant de sa robe. J'ai crié : « Qu'est-ce que tu as fait ? Putain, mais qu'est-ce que tu as fait ? » Mais je le savais déjà. Enid s'était garée devant notre maison. Elle avait dû arriver quelques minutes après que j'étais rentré avec Cynthia. Son adresse figurait sur la facture de téléphone. Sans doute avait-elle vu ma voiture dans l'allée, mais avec une plaque du Connecticut. Ensuite Patricia et Todd sont partis en voiture, et elle les a suivis. À ce moment-là, la colère devait l'aveugler. Elle a compris que j'avais une seconde vie, une autre famille. Elle les a suivis jusqu'au drugstore. Puis dans le magasin, faisant semblant d'acheter quelque chose en les surveillant du coin de l'œil. Voir Todd de plus près a dû lui faire un sacré choc. Il ressemblait tellement à Jeremy. Ça a dû tout déclencher.

Enid était sortie du drugstore avant Patricia et Todd, et avait couru à sa voiture. Le parking était presque désert, personne dans les parages. Tout comme, des années plus tard, elle garderait une arme à portée de main en cas d'urgence, Enid conservait à l'époque un couteau dans la boîte à gants. Elle s'en était emparée, était retournée à toute allure vers le magasin, s'était cachée dans un renfoncement, plongé dans l'ombre à cette heure tardive. C'était une large allée, qu'empruntaient les camions de livraison.

Todd et Patricia avaient quitté le drugstore à leur tour. Todd avait sa feuille de bristol roulée dans un énorme tube, et la portait sur l'épaule comme un soldat porte son fusil.

Enid avait émergé de l'obscurité.

« Au secours ! » avait-elle crié.

Todd et Patricia s'étaient arrêtés, l'avaient dévisagée.

« Ma fille ! gémit Enid. Elle est blessée ! »

Patricia s'était précipitée à sa rencontre, suivie de Todd.

Enid les avait entraînés de quelques pas dans l'allée, puis s'était retournée vers Patricia.

« Vous ne seriez pas la femme de Clayton, par hasard ? »

— Patricia a dû être complètement sidérée, fit observer Clayton. D'abord cette femme réclame de l'aide, et ensuite, sans crier gare, elle lui pose cette question.

— Qu'est-ce qu'elle a répondu ?

— Elle a répondu oui. Alors le couteau lui a traversé la gorge. Enid n'a pas hésité une seconde. Alors que Todd essayait encore de comprendre ce qui se passait – il faisait noir, souvenez-vous –, elle était déjà sur lui, et tailladait sa gorge aussi vite qu'elle venait de taillader celle de sa mère.

— Elle vous a raconté tout ça ? demandai-je. Enid vous a raconté cette scène ?

— Des centaines et des centaines de fois, ajouta Clayton d'une voix sourde. Elle adore en parler. Encore maintenant. Elle appelle ça évoquer les souvenirs.

— Et ensuite ?

— Ensuite elle s'est dirigée vers une cabine téléphonique voisine et m'a appelé. Quand je l'ai rejointe dans sa voiture, elle m'a dit ce qu'elle avait fait : « Je les ai tués. Ta femme et ton fils. Ils sont morts. »

— Elle ne savait pas, murmurai-je.

Clayton acquiesça en silence dans la pénombre.

— Elle ne savait pas que vous aviez aussi une fille.

— Je pense, suggéra Clayton, à cause du côté symétrique de l'affaire, peut-être. J'avais une femme et un fils à Youngstown, et une femme et un fils à Milford. Un second fils qui ressemblait au premier. Les deux histoires paraissaient si parfaitement semblables. Comme une image en miroir. Ça l'a incitée à en tirer certaines conclusions. Je voyais bien, à sa façon de parler, qu'elle ignorait que Cynthia se trouvait à la maison, et même son existence. En fait, elle ne m'avait pas vu rentrer avec elle.

— Et vous n'alliez certainement pas lui dire.

— J'étais sans doute en état de choc, mais j'ai quand même eu cette présence d'esprit. Enid a mis le contact, roulé vers l'allée, et m'a montré leurs corps. « Tu vas devoir m'aider. Il va falloir s'en débarrasser », m'a-t-elle annoncé.

Clayton s'interrompit, et ne prononça plus un mot pendant au moins un kilomètre. Je crus un instant qu'il était mort.

— Clayton, ça va ?
— Oui.
— Qu'est-ce qu'il y a ?
— C'était le moment crucial. J'avais le choix, mais j'étais peut-être trop choqué pour m'en rendre compte, pour comprendre quelle était la bonne décision à prendre. J'aurais pu tout de suite mettre un terme à tout ça. J'aurais pu refuser de l'aider. J'aurais pu prévenir la police. J'aurais pu la livrer aux flics. C'était le moment ou jamais. J'aurais pu mettre un terme à toute cette folie.
— Mais vous ne l'avez pas fait.
— Je me sentais déjà coupable. Je menais une double vie. J'aurais été perdu. Déshonoré. Je suis sûr qu'on m'aurait inculpé. Pas des meurtres de Patricia et Todd. Mais épouser plusieurs femmes, à moins d'être mormon, il me semble que c'est illégal. J'avais de faux papiers d'identité, ce qui constituait sûrement une fraude, même si je n'ai jamais eu l'intention de violer la loi. J'ai toujours essayé de vivre dans la moralité, d'être un homme droit.
Je lui jetai un coup d'œil.
— Et de plus, bien sûr, Enid avait probablement deviné mon état d'esprit, poursuivit-il. Car elle m'a prévenu que si j'appelais la police, elle prétendrait qu'elle m'avait seulement prêté main-forte. Que c'était mon idée, que je l'avais forcée à accepter. Alors je l'ai aidée. Que Dieu me pardonne, je l'ai aidée. On a replacé Patricia et Todd dans la voiture, en laissant le siège du conducteur vide. J'avais une idée de l'endroit où abandonner la voiture, avec eux à l'intérieur. Une carrière. Un peu à l'écart de la route que je prenais souvent pour mes allers-retours. Un jour, en retournant à Youngstown,

j'y avais traîné sans but, pour retarder le moment de rentrer, et j'avais découvert un petit chemin qui montait en haut d'une colline avec un à-pic sur une carrière abandonnée. Il y avait un petit lac au fond. J'y étais resté un bon moment, avec l'idée de sauter dans le précipice. Mais, à la fin, j'y avais renoncé. Je m'étais dit qu'en tombant dans l'eau, il n'était pas sûr que je meure.

Clayton toussa encore, but une nouvelle gorgée d'eau.

— Il fallait laisser une des voitures sur le parking. J'ai pris le volant de l'Escort de Patricia, roulé pendant deux heures et demie en pleine nuit, en direction du nord. Enid me suivait dans sa voiture. Ça m'a pris un moment, mais j'ai retrouvé le chemin de la carrière. Une fois en haut, j'ai bloqué l'accélérateur avec une pierre après avoir mis au point mort, puis j'ai enclenché la marche avant, sauté hors de la voiture, qui est tombée dans le précipice. Elle a touché l'eau quelques secondes plus tard. On ne voyait pas grand-chose. Il faisait si sombre en bas que je n'ai même pas vu la voiture disparaître sous la surface.

Tout essoufflé, il s'accorda un instant pour récupérer.

— Ensuite, il nous a fallu retourner chercher ma voiture. Et après on est tous les deux de nouveau repartis dans l'autre sens, dans les deux véhicules, à Youngstown. Je n'ai même pas eu la possibilité de dire au revoir à Cynthia, de lui laisser un mot, rien. J'ai simplement disparu.

— Quand est-ce qu'elle l'a découvert ? demandai-je.

— Comment ?

— Quand Enid a-t-elle découvert qu'elle n'avait pas éliminé toute votre seconde famille ?

— Quelques jours après. Elle regardait les infos, dans l'espoir de saisir un communiqué quelconque, mais les chaînes ou les journaux de Buffalo couvraient peu l'affaire. Je veux dire, il ne s'agissait pas d'un meurtre. Il n'y avait aucun corps. Il n'y avait même pas de sang dans l'allée près du drugstore. Un orage avait éclaté dans la matinée, et lavé toutes les traces. Mais elle est allée à la bibliothèque – Internet n'existait pas à l'époque, évidemment – pour vérifier dans des journaux d'autres villes et d'autres États, et elle a repéré quelque chose. L'article d'un journal intitulé : « La famille d'une adolescente disparaît », je crois. Elle est rentrée à la maison, je ne l'avais jamais vue dans une fureur pareille. Elle s'est mise à casser la vaisselle, à jeter des objets. Elle était hystérique. Elle a mis des heures à se calmer, ajouta Clayton.

— Mais il fallait bien qu'elle s'y fasse.

— Au début, elle a refusé. Elle a fait ses bagages pour retourner dans le Connecticut et finir le travail. Mais je l'en ai empêchée.

— Comment y êtes-vous parvenu ?

— J'ai passé un pacte avec elle. Je lui ai fait une promesse. Je lui ai juré de ne jamais la quitter, de ne jamais rien refaire de ce genre, de ne jamais, jamais, tenter de contacter ma fille, à condition qu'elle épargne sa vie. « C'est tout ce que je te demande, lui ai-je dit. Laisse-la vivre, et je passerai la fin de mes jours à me racheter de t'avoir trahie. »

— Et elle l'a accepté ?

— À contrecœur. Mais je crois que ça l'a toujours titillée, comme une démangeaison dont on ne peut pas se soulager. Un boulot pas fini. Tandis qu'aujourd'hui, il y a urgence. Puisqu'elle sait pour le testament. Elle sait que si je meurs avant qu'elle tue Cynthia, elle perdra tout.

— Qu'est-ce que vous avez fait, alors ? Vous avez continué comme ça, c'est tout ?

— J'ai arrêté les tournées. J'ai changé de job, monté ma propre boîte, travaillé à la maison, et, par la suite, à Lewiston. Enid m'a clairement fait comprendre qu'il n'était plus question que je sois sur les routes en permanence. Elle ne se ferait plus avoir. Il m'arrivait de songer à m'enfuir, à retourner chercher Cynthia. Je lui aurais tout avoué, je l'aurais emmenée en Europe, pour nous cacher. Nous aurions vécu sous un nom différent. Mais je savais que je me planterais, que je finirais par laisser une trace derrière moi, et que ma fille mourrait par ma faute. Et puis c'est difficile d'obtenir d'une gamine de quatorze ans une telle compréhension de la réalité. Alors je suis resté avec Enid. On était désormais liés par un lien bien plus puissant que le meilleur mariage du monde. On avait commis un crime atroce ensemble – Clayton marqua une pause et ajouta : Liés jusqu'à ce que la mort nous sépare.

— Et la police ne vous a jamais interrogés, n'a jamais rien soupçonné ?

— Jamais. J'ai attendu. La première année a été la pire. Chaque fois que j'entendais une voiture s'arrêter dans l'allée, je pensais que ça y était. Ensuite une deuxième année est passée, une troisième, et dix ans se sont écoulés sans qu'on s'en rende compte. On se demande, alors qu'on meurt à petit feu chaque jour, comment la vie peut durer si longtemps.

— Vous avez forcément fait quelques déplacements, avançai-je.

— Non, plus aucun.

— Vous n'êtes jamais retourné dans le Connecticut ?

— Je n'ai plus remis les pieds dans cet État depuis cette nuit-là.

— Alors comment vous y êtes-vous pris pour déposer les enveloppes d'argent ? Cet argent qui a aidé Tess à élever Cynthia, à payer les études de votre fille ?

Clayton me dévisagea plusieurs secondes. Il m'avait raconté tant de choses qui m'avaient choqué, mais là, pour la première fois, c'était moi qui le surprenais.

— Qui vous a parlé de ça ? demanda-t-il enfin.

— Tess. Mais très récemment.

— Elle n'a pas pu vous dire que ça venait de moi.

— Non. Elle m'a juste dit avoir reçu de l'argent, et même si elle avait sa petite idée, elle n'a jamais su qui le lui envoyait.

Clayton garda le silence.

— C'était vous, n'est-ce pas ? Vous économisiez de l'argent pour Cynthia, en cachette d'Enid, exactement comme lorsque vous établissiez votre second foyer.

— Enid a eu des soupçons. Des années plus tard, alors qu'on se préparait à subir un contrôle fiscal, Enid a fait appel à un comptable. Ils ont épluché des années d'anciens relevés et trouvé des irrégularités. J'ai dû inventer une histoire, leur dire que j'avais détourné des sommes pour des dettes de jeu. Mais elle ne m'a pas cru. Elle m'a menacé d'aller dans le Connecticut et de tuer Cynthia, comme elle aurait dû le faire des années plus tôt, si je ne disais pas la vérité. Alors j'ai avoué avoir envoyé de l'argent à Tess, pour l'aider à payer les études de Cynthia. Mais j'avais tenu ma promesse : je ne l'avais jamais contactée, et, pour autant que je sache, Cynthia me croyait mort.

— Donc durant toutes ces années, Enid a également nourri de la rancune envers Tess.

— Elle lui en voulait d'avoir touché de l'argent qu'elle estimait lui appartenir. Cynthia et Tess étaient les deux femmes qu'elle haïssait le plus au monde, tout en n'ayant jamais rencontré aucune d'elles.

— Alors cette histoire comme quoi vous n'êtes jamais retourné dans le Connecticut, même si vous n'avez effectivement pas revu Cynthia, c'est des bobards.

— Non, répliqua Clayton. C'est la vérité.

Et je réfléchis à cela durant un moment tandis que nous poursuivions notre route au cœur de la nuit.

46

Je finis par dire :

— Je sais que vous n'envoyiez pas cet argent à Tess par la poste. Il n'arrivait pas sous pli timbré dans sa boîte aux lettres. Et vous ne l'expédiez pas non plus par FedEx. Une enveloppe bourrée de liquide a été déposée dans sa voiture, Tess en a trouvé une autre glissée dans le journal, un matin sur le seuil de sa porte.

Clayton faisait comme s'il ne m'entendait pas.

— Alors, si vous ne les postiez pas, ni les livriez vous-même, c'est que quelqu'un le faisait pour vous.

Clayton resta de marbre. Il ferma les yeux, appuya la nuque sur l'appuie-tête, comme pour s'endormir. Mais je ne marchais pas.

— Je sais que vous m'entendez.

— Je suis très fatigué, répliqua-t-il. Vous savez, d'habitude je dors toute la nuit. Laissez-moi tranquille un moment, laissez-moi faire un petit somme.

— J'ai encore une question.

Il garda les paupières closes, mais je vis sa bouche se crisper en un pli nerveux.

— Parlez-moi de Connie Gormley.

Ses yeux s'ouvrirent brusquement, comme si je venais de le piquer avec un aiguillon à bétail.

— Je ne connais pas ce nom, répliqua-t-il.

— Voyons si je peux vous aider. Elle habitait Sharon, elle avait vingt-sept ans, elle travaillait dans un *Dunkin' Donuts*, et, un vendredi soir, il y a vingt-six ans de cela, elle marchait au bord de la route 7, près du pont de Cornwall, quand une voiture l'a renversée. Sauf qu'il ne s'agissait pas tout à fait d'un accident avec délit de fuite. Selon toute vraisemblance, elle était morte avant, et l'accident était une mise en scène. Comme si on avait voulu faire croire qu'elle avait péri après une simple collision, et non quelque chose de plus macabre, vous voyez ?

Clayton se tourna vers la vitre pour me dissimuler son visage.

— C'était une autre de vos étourderies, comme la liste de courses et la facture de téléphone, poursuivis-je. Vous avez découpé un article évoquant la pêche à la mouche, mais sous la dernière colonne, il y avait cet entrefilet sur le délit de fuite. Un coup de ciseaux aurait suffi à le supprimer, mais vous ne l'avez pas fait, et je ne comprends pas pourquoi.

Nous approchions de la frontière entre l'État de New York et le Massachusetts. Le soleil allait bientôt se lever.

— Vous la connaissiez ? C'était une autre fille que vous avez rencontrée en sillonnant la région pour votre travail ?

— Ne soyez pas ridicule, riposta Clayton.

— Une parente ? Du côté d'Enid ? Lorsque j'ai cité son nom à Cynthia, il ne lui évoquait rien.

— Il n'y a aucune raison que ce soit le cas, murmura-t-il.

— C'était vous ? Vous l'avez tuée, puis heurtée avec votre voiture, avant de la jeter dans le fossé et de la laisser là ?

— Non.

— Parce que si ça s'est passé comme ça, il est peut-être temps de clarifier l'histoire. Cette nuit, vous avez avoué énormément de choses : une double vie, avoir aidé à couvrir le meurtre de votre femme et de votre fils, protégé une femme qui, d'après ce que vous dites, mérite l'asile, mais vous refusez de m'expliquer en quoi la mort d'une dénommée Connie Gormley vous intéresse, ni comment vous faisiez parvenir à Tess Berman l'argent destiné aux études de Cynthia.

Clayton était toujours silencieux.

— Y a-t-il un rapport entre tout cela ? Ces choses sont-elles liées, d'une façon ou d'une autre ? Ce n'était pas cette femme qui apportait l'argent. Elle est morte bien avant le début des versements.

Clayton but une gorgée d'eau, replaça la bouteille dans le compartiment entre les sièges, se frotta les cuisses..

— Si je vous disais que c'est sans importance, rétorqua-t-il. Si je reconnaissais que vos questions sont justifiées, qu'il y a des choses que vous ignorez encore, mais que ça n'a aucun rapport avec l'histoire qui vous intéresse, que ça ne compte pas tant que ça.

— Une femme innocente est tuée, son cadavre est écrasé par une voiture, puis abandonné dans un fossé, et vous trouvez que ça importe peu ? Vous croyez que sa famille ressent la même chose ? J'ai eu son frère au téléphone, l'autre jour.

Les sourcils broussailleux de Clayton se haussèrent d'un cran.

— Ses deux parents sont décédés quelques années après Connie, poursuivis-je. Comme s'ils avaient baissé les bras devant la vie. Comme si c'était la seule façon d'en finir avec ce deuil.

Clayton secoua la tête.

— Et vous prétendez que ça importe peu ? Clayton, avez-vous tué cette femme ?

— Non.

— Mais vous savez qui l'a fait ?

Clayton se contenta de hocher la tête.

— C'est Enid ? Elle est allée dans le Connecticut un an plus tard pour assassiner Patricia et Todd. Elle y serait allée plus tôt, pour tuer Connie Gormley ?

Il continua de hocher la tête, puis parla enfin.

— Il y a eu assez de vies détruites comme ça. À quoi bon en démolir d'autres. Je n'ai plus rien à dire à ce sujet.

Ensuite, il croisa les bras sur sa poitrine, et attendit le lever du soleil.

Même si je préférais ne pas perdre de temps en nous arrêtant pour petit-déjeuner, j'étais conscient de l'état de faiblesse de Clayton. Lorsqu'il fit jour, et que la lumière emplit la voiture, je vis qu'il semblait bien plus mal en point qu'il ne l'était en sortant de l'hôpital. Cela faisait des heures qu'il n'était plus sous perfusion, et qu'il était privé de sommeil.

— On dirait que ça vous ferait du bien de manger quelque chose, lui fis-je remarquer.

Nous traversions Winsted, où le tracé sinueux à deux voies de l'autoroute 8 devient une large quatre voies. Nous roulerions encore mieux à partir de là, l'ultime étape de notre trajet jusqu'à Milford. Il y avait des fast-foods à Winsted, et je proposai à Clayton de nous arrêter à un drive-in pour acheter un McMuffin, par exemple.

Il hocha faiblement la tête.

— Je pourrais manger l'œuf. Mais je ne pense pas être capable de mâcher le muffin.

Tandis que nous suivions la file d'attente, Clayton me dit :

— Parlez-moi d'elle.

— Pardon ?

— Parlez-moi de Cynthia. Je ne l'ai pas vue depuis ce soir-là. Depuis vingt-cinq ans.

Je ne savais pas très bien comment réagir vis-à-vis de Clayton. Par moments, j'éprouvais de la compassion pour lui, pour la vie affreuse qu'il avait menée, le supplice enduré en vivant avec Enid, la tragédie d'avoir perdu des êtres chers.

Mais à qui la faute, franchement ? Clayton l'avait souligné lui-même : il avait fait ses propres choix. Je ne parle pas seulement de sa décision d'aider Enid à dissimuler un crime monstrueux, et de laisser derrière lui Cynthia qui se demanderait toute sa vie d'adulte ce qu'il était advenu de sa famille, mais de choix qu'il aurait pu faire plus tôt. Il aurait pu tenir tête à Enid, d'une façon ou d'une autre. Insister pour divorcer. Prévenir la police lorsqu'elle était devenue violente. La faire arrêter, que sais-je.

Il aurait pu la quitter. Lui laisser un mot : « Chère Enid, je m'en vais. Clayton. »

Au moins, cela aurait été plus honnête.

En m'interrogeant sur sa fille, ma femme, il ne cherchait pas particulièrement ma compassion. On percevait néanmoins dans son intonation une touche de « pauvre de moi ». « Moi qui n'ai pas vu ma fille depuis vingt-cinq ans. Comme c'est triste. »

Regarde ce rétroviseur, mon vieux, dis-je en mon for intérieur. Retourne-le vers toi, et jettes-y un coup d'œil. Voilà le mec qui doit supporter une bonne part du poids de ce foutu gâchis qui dure depuis 1983.

Au lieu de quoi, je répondis :

— Elle est merveilleuse.

Clayton attendait la suite.

— Cyn est la plus merveilleuse chose qui me soit arrivée. Je l'aime à un point inimaginable. Et depuis tout le temps que je la connais, elle se dépêtre avec ce qu'Enid et vous lui avez fait. Réfléchissez-y un instant. Vous vous réveillez un matin, et votre famille a disparu. Les voitures ne sont plus là. Tout le monde a foutu le camp – je sentis mon sang commencer à bouillonner, et la colère me fit serrer le volant plus fort. Est-ce que vous en avez la moindre idée ? Hein ? Qu'est-ce qu'elle était censée penser ? Que vous étiez tous morts ? Qu'un taré de tueur en série avait débarqué en ville et vous avait tous tués ? Ou que vous aviez décidé ce soir-là, tous les trois, de partir pour une nouvelle vie ailleurs, une nouvelle vie dont elle était exclue ?

Clayton parut stupéfait.

— Elle a pensé ça ?

— Elle a pensé un million de trucs ! Elle était abandonnée, merde ! Vous ne comprenez pas ? Vous ne pouviez pas trouver un moyen de lui glisser un message quelconque ? Une lettre ? Lui expliquer que sa famille avait rencontré un destin horrible, mais qu'elle l'aimait ? Qu'elle n'avait pas été abandonnée cette nuit-là ?

Clayton baissa les yeux sur ses mains tremblantes.

— D'accord, vous avez négocié avec Enid pour que Cynthia reste en vie en consentant à ne jamais la revoir, à ne jamais la contacter. Et si elle est vivante aujourd'hui, c'est sans doute parce que vous avez accepté de vivre jusqu'à la fin de vos jours avec un monstre. Mais vous pensez que ça fait de vous un genre de héros ? Vous voulez que je vous dise ? Vous n'êtes pas un héros. Si vous aviez été un homme dès le départ, peut-être que tout ce merdier ne serait jamais arrivé !

Le visage enfoui entre ses mains, Clayton se blottit contre la portière.

— Laissez-moi vous poser une dernière question, repris-je, un peu plus calme. Quel genre d'homme est capable de rester avec la femme qui a assassiné son propre fils ? Peut-on seulement appeler une personne pareille, un homme ? Moi, je crois que je me serais suicidé.

Nous étions parvenus devant le guichet. Je tendis un peu d'argent à l'employé en échange d'un sachet empli d'Egg McMuffins, de pommes de terre sautées, et de deux cafés. Après m'être arrêté sur un emplacement de parking, je sortis un sandwich à l'œuf frit du sac, et le déposai sur les genoux de Clayton.

— Tenez, mâchouillez ça.

J'avais besoin de respirer de l'air frais, et de me dégourdir les jambes un moment. En outre, je voulais rappeler la maison, au cas où. J'ouvris mon téléphone portable, regardai l'écran.

— Merde !

J'avais un message. Un message vocal, nom d'un chien ! Comment était-ce possible ? Pourquoi n'avais-je pas entendu le téléphone sonner ?

Ça devait être après avoir quitté le Mass Pike, alors que nous roulions au sud de Lee, sur cette longue et tortueuse portion de route. On captait terriblement mal là-bas. Quelqu'un avait dû m'appeler à ce moment-là, et comme ça ne passait pas, avait laissé un message.

« Terry, salut, c'est moi. » Cynthia ! « J'ai essayé de t'appeler à la maison, puis sur ton portable, mais où es-tu, bon Dieu ? Écoute, je pensais rentrer, je crois qu'on devrait discuter tous les deux. Mais il est arrivé quelque chose. Quelque chose d'absolument incroyable. Grace et moi étions dans un motel, et j'ai demandé la permission d'utiliser l'ordinateur de la réception, tu vois ? Pour essayer de trouver de vieux articles de journaux, par exemple. Ensuite j'ai vérifié mes mails, et il y avait un nouveau message, avec cette adresse composée de la date, tu te souviens ? Et cette fois, il donnait un numéro de téléphone à rappeler, et je me suis dit, après tout, zut, pourquoi pas. Alors j'ai appelé, et, Terry, tu ne croiras pas ce qui m'est arrivé. Un truc vraiment fantastique. C'est mon frère. Mon frère Todd. Terry, j'arrive pas à y croire. Je lui ai parlé ! Je l'ai appelé et je lui ai parlé ! Je sais, je sais, tu penses qu'il doit s'agir d'un dingue. Mais il m'a dit qu'il était l'homme du centre commercial, celui que j'avais pris pour mon frère. J'avais raison ! C'était Todd ! Terry, je le savais ! »

J'étais pris de vertiges. Le message continuait :

« Quelque chose dans sa voix me disait que c'était bien lui. J'entendais la voix de mon père. Donc Wedmore se trompait. Ça doit être une autre femme et son fils, dans la voiture repêchée au fond de la carrière. Bon, je sais qu'on n'a pas encore les résultats de mon test ADN, mais ça me prouve qu'il s'est passé autre chose cette nuit-là, une sorte d'embrouille, je pense. Todd a dit qu'il était vraiment désolé, qu'au centre commercial, il ne pouvait pas reconnaître qu'il était mon frère, qu'il s'excusait pour le coup de fil, et le message par e-mail, que je n'avais rien à me faire pardonner, mais qu'il pouvait tout m'expliquer maintenant. Il se préparait à avoir le courage de me rencontrer, de me raconter où il avait vécu toutes ces années. On dirait un rêve, Terry. J'ai l'impression de vivre un rêve, que ce n'est pas vrai, que je ne vais pas revoir enfin Todd. Je lui ai demandé pour maman, pour papa, mais il a dit qu'il m'expliquerait tout quand on se verra. Je regrette que tu ne sois pas là, j'ai toujours voulu que tu sois là si une chose pareille arrivait un jour. Mais j'espère que tu me comprendras, je ne peux pas attendre, je dois y aller. Appelle-moi quand tu auras ce message. Grace et moi partons tout de suite à Winsted pour le rencontrer. Mon Dieu, Terry, c'est un miracle ! »

47

Winsted ?

Nous nous trouvions justement à Winsted. Et voilà que Cynthia et Grace y venaient elles aussi ? À quand remontait son message ? Presque trois heures plus tôt. Elle avait donc appelé avant que nous quittions l'autoroute du Massachusetts, sans doute pendant que nous traversions l'une des vallées entre Albany et la frontière de l'État.

Je fis un calcul rapide. Il y avait de fortes chances que Cynthia et Grace soient déjà arrivées à Winsted. Depuis au moins une heure, à mon avis. Cynthia avait certainement grillé les limitations de vitesse en chemin, mais qui n'en ferait pas autant, dans l'impatience d'une telle rencontre ?

Ça tenait debout. Jeremy expédiait l'e-mail, peut-être avant même de quitter Milford, ou alors il avait un ordinateur portable, par exemple, puis attendait l'appel de Cynthia. Elle le joignait pendant qu'il était en route, et il lui proposait un rendez-vous dans le Nord. Cela éloignait Cynthia de Milford, et évitait à Jeremy de refaire le chemin en sens inverse.

Mais pourquoi précisément ici ? Pourquoi l'attirer dans cette partie de l'État, sinon pour s'épargner un peu de conduite ?

Je fis le numéro du portable de Cynthia. Je devais à tout prix l'arrêter. Elle allait rencontrer son frère, certes. Mais pas Todd. Il s'agissait du demi-frère qu'elle ignorait avoir : Jeremy. Elle ne se rendait pas à des retrouvailles. Elle tombait dans un piège.

En y entraînant Grace.

Le téléphone contre l'oreille, j'attendis la communication. Rien. Sur le point de recomposer le numéro, je compris soudain quel était le problème.

Ma batterie était à plat.

— Merde !

Je cherchai une cabine téléphonique des yeux, en vis une plus loin dans la rue, et me mis à courir. Depuis la voiture, Clayton me héla d'une voix faible pour savoir ce qui se passait.

Je l'ignorai, pris tout en courant dans mon portefeuille une carte téléphonique dont je me servais rarement. Dans la cabine, j'introduisis la carte et rappelai Cynthia sur son portable. Pas en service. On tombait directement sur la boîte vocale, où je laissai un message : « Cynthia, ne va pas à la rencontre de ton frère. Ce n'est pas Todd. C'est un piège. Appelle-moi. Non, attends, mon portable est mort. Appelle Wedmore. Je te donne son numéro. » Je sortis fébrilement sa carte de visite de ma poche, dictai les coordonnées de l'inspecteur avant d'ajouter : « Je prendrai contact avec elle. Mais tu dois absolument me croire, Cynthia. Ne va pas à ce rendez-vous ! N'y va pas ! »

Le combiné raccroché, je posai un instant la tête sur l'appareil, gagné par l'épuisement et un sentiment de frustration.

Si elle était venue à Winsted, elle se trouvait peut-être encore dans les parages.

Qu'est-ce qui ferait un lieu de rendez-vous facile à trouver ? Le parking du *McDonald's* où nous étions garés, sans aucun doute. Il y avait deux ou trois autres fast-foods aux alentours. Des enseignes emblématiques. Impossibles à rater.

Je rejoignis la voiture à toute vitesse. Clayton n'avait même pas essayé de manger.

— Qu'est-ce qui se passe ? demanda-t-il.

Je fis avec la Honda le tour du parking du *McDonald's*, en cherchant des yeux la voiture de Cynthia. Ne la trouvant pas, je retournai sur la route principale, et fonçai en direction des autres fast-foods.

— Terry, dites-moi ce qui se passe, répéta Clayton.

— J'ai eu un message de Cynthia. Jeremy l'a appelée en se faisant passer pour Todd, et lui a demandé de venir le retrouver ici même, à Winsted. Elle est sans doute arrivée il y a une heure, ou un peu moins.

— Pourquoi ici ?

Je franchis en trombe l'entrée d'un autre parking, cherchai des yeux la voiture de Cynthia. En vain.

— Le *McDo*, répondis-je. C'est la première chose qui saute aux yeux quand on sort de l'autoroute en venant du nord. Si Jeremy devait organiser une rencontre quelque part, ce serait forcément là. C'est le choix le plus évident.

Je fis de nouveau demi-tour, repartis à toute allure vers le *McDonald's*, bondis hors du véhicule sans couper le moteur, courus au guichet du drive-in, passant devant une personne en train de payer.

— Dites donc, vous n'avez rien à faire là, protesta l'employé derrière son guichet.

— Au cours de l'heure passée, *grosso modo*, vous avez vu une femme dans une Toyota, accompagnée d'une petite fille ?

— Vous vous foutez de moi ? répliqua l'homme en tendant un sac de nourriture à un automobiliste. Vous savez combien de voitures passent par ici ?

— Vous permettez ? dit le conducteur en prenant le paquet.

Puis il démarra, le rétroviseur frôlant mon dos.

— Ou bien un homme avec une femme âgée ? poursuivis-je. Dans une voiture marron ?

— Éloignez-vous de ce guichet.

— Elle devait être dans un fauteuil roulant. Non, le fauteuil roulant était sans doute sur la banquette arrière. Replié.

Le visage de l'employé s'éclaira.

— Ah oui, ça me dit quelque chose. Mais c'était il y a un moment déjà, une bonne heure au moins. Une voiture avec des vitres teintées, mais je me souviens d'avoir vu le fauteuil. Ils ont pris des cafés, je crois. Et ils sont allés par là, ajouta-t-il en pointant dans la direction générale du parking.

— C'était bien une Impala ?

— J'en sais rien, mon vieux. Vous gênez le passage.

Je regagnai la Honda à toutes jambes, me rassis près de Clayton.

— Je crois qu'Enid et Jeremy sont venus les attendre ici.

— Eh bien, ils n'y sont plus, constata Clayton.

Je pressai le volant, le relâchai, le serrai de nouveau, le frappai du poing. Ma tête semblait sur le point d'exploser.

— Vous savez où on est, pas vrai ? reprit Clayton.

— Quoi ? Évidemment que je sais où on est.

— Vous savez ce qu'on a dépassé en venant. À quelques kilomètres plus au nord. J'ai reconnu la route en passant devant.

La route de Fell's Quarry. La carrière. À mon expression, Clayton sut que j'avais compris de quoi il parlait.

— Vous ne comprenez donc pas ? dit-il. Il faudrait raisonner comme le fait Enid, mais c'est parfaitement logique : Cynthia, ainsi que votre fille, terminera là où elle devrait se trouver depuis toutes ces années. Et cette fois, Enid veut qu'on retrouve tout de suite la voiture et les corps à l'intérieur. Que la police les découvre au plus vite. On pensera sans doute que Cynthia a perdu la tête, qu'elle se sentait plus ou moins responsable, désespérée de ce qui est arrivé, la mort de sa tante. Alors elle sera montée là-haut pour se précipiter dans le vide.

— Mais c'est aberrant. Ç'aurait pu marcher à un moment donné, mais plus maintenant. Pas avec tous ces gens au courant de ce qui se passe. Nous deux. Vince. C'est dément.

— Exact. Ça, c'est Enid.

Je faillis emboutir une Beetle en sortant du parking, puis repris la direction d'où nous étions venus.

Je roulais à plus de cent quarante kilomètres à l'heure, et en approchant des virages en épingle à cheveux avant Otis, je dus écraser les freins afin de garder le contrôle du véhicule. Après la série de virages, je remis le pied au plancher. Il s'en fallut de peu que nous fauchions un daim qui traversait la route, puis que nous accrochions le tracteur d'un fermier qui débouchait de son chemin.

Clayton broncha à peine.

Il agrippait la poignée de sa portière de la main droite, mais à aucun moment ne me demanda de ralentir. Il comprenait qu'il était peut-être déjà trop tard.

J'ignore combien de temps nous avons mis pour atteindre la route qui bifurquait vers l'est après Otis. Une demi-heure, une heure ? Cela me parut une éternité. Je n'avais que Cynthia et Grace en tête. Et je ne cessais de les imaginer à l'intérieur d'une voiture, plongeant par-dessus le précipice et dans le lac en dessous.

— La boîte à gants, dis-je à Clayton. Ouvrez-la.

Il se pencha avec effort, ouvrit le compartiment, découvrit le pistolet que j'avais pris dans le pick-up de Vince. Il le sortit, l'examina rapidement.

— Gardez-le jusqu'à ce qu'on soit sur place.

Clayton acquiesça en silence, mais fut ensuite pris d'une quinte de toux. Une toux rauque, profonde, caverneuse, qui semblait remonter depuis l'extrémité de ses orteils.

— J'espère que je vais y arriver, murmura-t-il enfin. J'espère qu'on y arrivera tous les deux.

— Si elle est là-haut, reprit Clayton, et si on y parvient à temps, qu'est-ce que Cynthia me dira, à votre avis ?

Il marqua une pause.

— Moi je lui dirai que je suis désolé.

Je lui jetai un coup d'œil, et compris à son regard qu'il était désolé de ne rien pouvoir offrir de plus que des excuses. Mais je savais, d'après son expression, qu'aussi tardives et insuffisantes qu'elles fussent, ses excuses seraient sincères.

Cet homme avait sa vie tout entière à se faire pardonner.

— Peut-être en aurez-vous l'occasion, répliquai-je.

Malgré son état, Clayton vit le chemin menant à la carrière avant moi. Il n'était pas signalé, et était tellement étroit qu'on pouvait facilement passer devant sans le remarquer. Je dus freiner à mort, et nos ceintures se bloquèrent tandis que nos bustes se projetaient en avant.

— Passez-moi le pistolet, maintenant, dis-je.

Je tenais le volant de la main gauche. La petite route commença à s'élever en pente raide, les arbres à s'écarter, et le pare-brise s'emplit de ciel bleu sans un seul nuage. Puis le chemin s'aplanit pour déboucher sur une petite clairière, au bout de laquelle, garées face au précipice, se trouvaient l'Impala marron à droite, et la vieille Corolla gris métallisé de Cynthia à gauche.

Et debout entre les deux, tourné vers nous, Jeremy Sloan. Il tenait quelque chose à la main.

Lorsqu'il la leva, je vis qu'il s'agissait d'un pistolet, et, lorsque le pare-brise de notre Honda explosa en mille morceaux, je sus qu'il était chargé.

48

D'un seul mouvement, j'écrasai les freins et mis le levier au point mort, puis défis ma ceinture, ouvris la portière, et jaillis de la voiture. J'étais conscient de laisser Clayton se débrouiller tout seul, mais, à ce stade, je ne pensais qu'à Cynthia et à Grace. Je n'avais pu les repérer lors des deux secondes dont j'avais disposé pour visualiser la situation, mais le fait que la voiture de Cynthia soit encore au sommet du précipice, et non dans le lac, me sembla un signe d'espoir.

Je heurtai le sol en roulant dans l'herbe haute, puis tirai au jugé quelques coups de feu vers le ciel. Je voulais que Jeremy sache que j'avais également une arme, même si je la maniais sans aucune compétence. Ensuite, je pivotai sur l'herbe de façon à regarder l'endroit où se trouvait Jeremy, mais il n'était plus là. Éperdu, je le cherchai des yeux, et vis sa tête se dresser craintivement au-dessus du capot de l'Impala marron.

— Jeremy ! criai-je.

— Terry !

C'était la voix de Cynthia. Qui hurlait de sa voiture.

— Papa !

Grace, maintenant.

— Je suis là, chérie !

Une autre voix jaillit de l'Impala.

— Tue-le, Jeremy ! Tire-lui dessus !

Enid, assise sur le siège passager.

— Jeremy, le hélai-je de nouveau. Écoutez-moi. Votre mère vous a raconté ce qui s'est passé hier soir chez vous ? Elle vous a dit pourquoi vous deviez partir aussi vite ?

— Ne l'écoute pas, vociféra Enid. Tue-le, c'est tout.

— De quoi vous parlez ? me cria Jeremy à son tour.

— Elle a tiré sur un homme, dans votre maison. Un homme nommé Vince Fleming. Il doit être à l'hôpital, à présent, en train de tout raconter à la police. Lui et moi sommes allés à Youngstown la nuit dernière. J'ai fini par tout comprendre. Et j'ai déjà prévenu la police. J'ignore comment vous aviez prévu ça, à l'origine. À mon avis, vous vouliez faire croire que Cynthia était folle, qu'elle avait même quelque chose à voir dans la mort de son frère et de sa mère, pourquoi pas, et qu'elle serait venue ici pour se suicider. C'est à peu près ça ?

J'attendis une réponse. Comme il n'en venait aucune, je poursuivis :

— Mais on a découvert le pot aux roses, Jeremy. Ça ne marchera pas.

— Il dit n'importe quoi, rugit Enid. Je t'ai ordonné de le tuer. Obéis à ta mère.

— Maman, je ne sais pas… J'ai encore jamais tué personne.

— Je m'en fous, prends sur toi ! Tu vas bientôt tuer ces deux-là, rétorqua Enid, dont je distinguais la nuque qui se tourna vers la voiture de Cynthia.

— Oui, mais j'aurais juste à pousser la voiture. Là, c'est quand même différent !

Clayton avait ouvert la portière de la Honda, et posait au ralenti les pieds par terre. Sous la voiture, j'apercevais ses chaussures, ses chevilles nues, tandis qu'il se mettait péniblement debout. Des éclats de pare-brise tombèrent de son pantalon sur le sol.

— Retourne dans la voiture, papa, lança Jeremy.

— Quoi ? glapit Enid. Il est là ?

Elle le vit dans le rétroviseur de sa portière.

— Bordel de merde ! Espèce de stupide vieux chnoque ! Qui t'a fait sortir de l'hôpital ?

D'une démarche traînante, il s'avança vers l'Impala. En l'atteignant, il posa les mains sur le coffre, se remit d'aplomb, reprit son souffle. Il semblait sur le point de s'évanouir.

— Ne fais pas ça, Enid, articula-t-il d'une voix sifflante.

Alors on entendit la voix de Cynthia.

— Papa ?

— Bonjour, ma chérie, répondit-il en essayant de sourire. Comment te dire à quel point je suis désolé de tout ça ?

— Papa ? répéta Cynthia, incrédule.

De ma position, je ne voyais pas son visage, mais j'imaginais quelle expression abasourdie elle devait avoir.

— Fiston, dit Clayton à l'attention de Jeremy, tu dois arrêter tout ça. Ta mère a eu tort de t'entraîner là-dedans, de te pousser à faire toutes ces choses affreuses. Regarde-la, poursuivit-il en désignant Cynthia. C'est ta sœur. Ta *sœur*, Jeremy. Et cette petite fille est ta nièce.

Si tu aides ta mère à faire ce qu'elle te demande, tu ne seras pas un meilleur homme que moi.

— Papa, répliqua Jeremy, toujours accroupi à l'avant de l'Impala. Pourquoi tu lui laisses tout, à elle ? Tu ne la connais même pas. Comment tu as pu être aussi mesquin vis-à-vis de moi et maman ?

— Le monde ne tourne pas toujours uniquement autour de vous deux, soupira Clayton.

— La ferme ! siffla Enid.

— Jeremy ! criai-je. Lâchez ce flingue. Laissez tomber.

Couché dans l'herbe, je tenais le pistolet de Vince à deux mains. Je ne connaissais strictement rien aux armes, mais je savais qu'il valait mieux que je le tienne le plus fort possible.

Il se redressa de son abri derrière l'Impala et fit feu. De la terre jaillit sur ma droite, tout près de moi, et je roulai instinctivement de l'autre côté.

Cynthia se remit à hurler.

J'entendis des pas précipités. Jeremy courait vers moi. Je cessai de rouler, visai la silhouette qui s'approchait, tirai. Mais ma balle rata sa cible, et, avant que je puisse tirer de nouveau, Jeremy frappa mon pistolet du pied, la pointe de sa chaussure heurtant le dos de ma main droite.

Je lâchai prise. Le pistolet vola dans l'herbe.

Son coup de pied suivant m'atteignit au flanc, dans les côtes. Une douleur fulgurante me transperça. Elle eut à peine le temps de me traverser, que son pied me frappa de nouveau, cette fois avec assez de violence pour me faire rouler sur le dos. De la terre et des brins d'herbe se collèrent sur ma joue.

Mais cela ne lui suffisait pas. Il y eut un dernier coup.

Impossible de retrouver mon souffle. Jeremy était debout au-dessus de moi, me regardant avec mépris, tandis que je cherchais de l'air.

— Tire, répéta Enid. Sinon, rends-moi mon pistolet et je le ferai moi-même.

Il tenait toujours son arme, mais resta là sans bouger. Me loger une balle dans la tête lui aurait été aussi facile que glisser une pièce dans un parcmètre, mais il ne se décidait pas.

L'air commençait à revenir dans mes poumons, ma respiration redevenait normale, mais j'avais horriblement mal. Et, à coup sûr, au moins deux côtes cassées.

Clayton, toujours appuyé contre le coffre pour se maintenir debout, me lança un regard plein de tristesse. Je lisais presque dans ses pensées. On a essayé, semblait-il dire. On a fait de notre mieux. L'intention y était.

L'enfer est pavé de bonnes intentions.

Je me mis sur le ventre, me redressai avec précaution sur les genoux. Jeremy retrouva mon pistolet dans l'herbe, le ramassa, l'enfouit dans la poche de son pantalon.

— Debout, m'ordonna-t-il.

— Tu m'écoutes ? hurla Enid. Tire !

— Maman, ce serait peut-être plus logique de le mettre dans la voiture avec les autres.

Elle réfléchit un instant.

— Non, objecta-t-elle enfin. Ça marchera pas. Elles doivent aller dans le lac sans lui. C'est mieux. On le tuera ailleurs.

En s'aidant de ses mains, les posant l'une après l'autre, Clayton se déplaçait le long de l'Impala. Il semblait toujours au bord de la syncope.

— Je… Je crois que je vais m'évanouir, lâcha-t-il.

— Sale imbécile ! lui cria Enid. Tu aurais dû rester à l'hôpital et crever là-bas.

Je crus que son cou allait se rompre, tant elle devait tourner la tête pour suivre les événements. Les poignées du fauteuil roulant dépassaient du rebord de la portière arrière. Le sol était trop bosselé, trop inégal pour qu'elle puisse l'utiliser et circuler avec.

Jeremy était obligé de choisir entre me garder à l'œil ou aider son père. Il décida de tenter les deux.

— Vous, ne bougez pas, me somma-t-il tout en reculant vers l'Impala, le pistolet pointé sur moi.

Il s'apprêtait à ouvrir la portière arrière pour que son père puisse s'asseoir, mais le fauteuil la bloquait. Aussi ouvrit-il celle du conducteur.

— Assieds-toi, lui dit-il, tandis que son regard passait tour à tour de son père à moi.

Clayton fit péniblement les quelques pas indispensables, puis se laissa tomber sur le siège.

— Il me faut de l'eau, murmura-t-il.

— Oh, arrête de te plaindre, riposta Enid. Bon sang, il y a toujours quelque chose qui ne va pas, avec toi.

J'avais enfin réussi à me hisser sur mes pieds, et m'avançai vers la voiture de Cynthia. Elle était assise devant le volant, Grace sur le siège voisin. Je ne pouvais l'affirmer d'où je me trouvais, mais vu leur façon tellement raide de se tenir, elles devaient être attachées.

— Chérie ?

Les yeux de Cynthia étaient injectés de sang, ses joues maculées de larmes séchées. Pour sa part, Grace pleurait encore. Des lignes humides roulaient sur sa joue.

— Il disait qu'il était Todd, m'expliqua Cynthia. Il n'est pas Todd.

— Je sais. Je sais. Mais lui, c'est bien ton père.

Cynthia tourna les yeux à droite, vers l'homme assis à l'avant de l'Impala, puis les ramena sur moi.

— Non, rétorqua-t-elle. Il lui ressemble peut-être, mais ce n'est pas mon père. Plus maintenant.

Clayton, qui avait entendu l'échange, laissa tomber la tête sur sa poitrine, accablé de honte. Sans regarder Cynthia, il déclara :

— Tu as tous les droits de penser ça. J'en ferais autant à ta place. Je peux uniquement te dire combien je suis désolé, mais je ne suis ni vieux ni idiot au point de penser que tu me pardonneras. Je ne suis même pas sûr que tu le doives.

— Écartez-vous de cette voiture, intervint Jeremy en contournant la Corolla de Cynthia par l'avant, le pistolet pointé vers moi. Reculez un peu plus loin.

— Comment tu as pu faire ça ? demanda Enid à Clayton. Comment tu as pu tout laisser à cette garce ?

— J'avais dit au notaire que tu ne devais en aucun cas voir le testament avant ma mort, répliqua Clayton. Je pense que je vais devoir chercher un nouveau notaire, ajouta-t-il en esquissant un sourire.

— C'était sa secrétaire, expliqua Enid. Il était en vacances, je suis passée à l'étude, j'ai dit que tu voulais y jeter un dernier coup d'œil, à l'hôpital. Alors elle me l'a montré. Espèce de salaud ingrat. Je renonce à ma vie entière pour toi, et voilà comment tu me remercies.

— On y va, maman ? cria Jeremy.

Il se tenait près de la portière de Cynthia, se préparant, je le devinais, à se pencher par la vitre pour démarrer le moteur, enclencher la vitesse, puis reculer et regarder la voiture rouler vers le précipice.

— Hé, maman, répéta-t-il, cette fois moins fort, on ne devrait pas les détacher ? Ça fera bizarre si elles sont attachées dans la voiture, non ? Il faudrait pas plutôt que ça fasse comme si ma… enfin, tu vois… comme si elle l'avait fait elle-même ?

— Qu'est-ce que tu racontes comme bêtise ? vociféra Enid.

— Je dois les assommer d'abord ?

Je n'avais qu'une idée en tête, me ruer sur lui. Essayer de lui arracher son arme, la retourner contre lui. Je risquais d'être blessé moi-même, voire tué, mais si cela signifiait sauver ma femme et ma fille, tant pis. Une fois Jeremy écarté, Enid ne pourrait plus rien faire, en tout cas rien qui nécessite d'utiliser ses jambes. Cynthia et Grace finiraient bien par se libérer, et s'enfuir.

Enid ignora son fils et s'adressa de nouveau à Clayton.

— Tu sais quoi ? Tu n'as jamais été capable d'apprécier tout ce que j'ai fait pour toi. Tu as été une pourriture ingrate dès l'instant de notre première rencontre. Un nul lamentable, un bon à rien. Et infidèle, par-dessus le marché. Le pire des péchés, ajouta-t-elle en secouant la tête avec désapprobation.

— Maman ? répéta Jeremy.

Il avait une main sur la poignée de la portière de Cynthia, l'autre pointait toujours le pistolet sur moi.

Peut-être quand il se penchera, songeai-je. Il sera obligé de me tourner le dos, au moins une seconde. Mais s'il arrivait à assommer Cynthia et Grace et démarrer la voiture avant que j'arrive sur lui ? Je pouvais réussir à lui sauter dessus sans avoir le temps d'empêcher la voiture de rouler par-dessus bord.

Maintenant. C'était maintenant ou jamais…

Alors j'entendis un moteur démarrer.

Celui de l'Impala.

— Qu'est-ce que tu fous ? hurla Enid à Clayton, assis au volant. Coupe le moteur tout de suite.

Mais Clayton ne lui accordait aucune attention. Il se retourna calmement sur sa gauche. Un petit sourire éclairait son visage. Il semblait presque serein. L'Impala était tout à fait parallèle à la Toyota de Cynthia. Il fit un signe de la tête à sa fille, et lui déclara :

— Je n'ai jamais, jamais, cessé de t'aimer, ni jamais cessé de penser à toi, à ta mère et à Todd.

— Clayton ! tonna Enid.

Puis Clayton regarda Grace, dont les yeux affleuraient tout juste au-dessus de la portière.

— Je regrette de ne pas t'avoir connue, Grace, mais je suis absolument certain qu'avec une maman comme Cynthia, tu es une petite fille très, très exceptionnelle.

Enfin, Clayton se tourna vers Enid.

— Adieu, misérable vieille salope !

Et il passa la première, enfonça l'accélérateur.

Le moteur rugit. L'Impala bondit en avant, en direction du précipice.

— Maman ! hurla Jeremy, qui, contournant la voiture de Cynthia, se précipita sur la trajectoire de l'Impala, comme s'il pouvait l'arrêter avec son corps.

Peut-être pensa-t-il d'abord que la voiture roulait seulement parce que Clayton avait poussé le levier de vitesse par accident.

Mais ce n'était pas le cas du tout. On aurait plutôt cru que Clayton cherchait à savoir s'il aurait le temps de passer de zéro à quatre-vingt-dix à l'heure sur les cent petits mètres qui le séparaient du bord du précipice.

La voiture projeta Jeremy sur le capot, et c'est là qu'il se trouvait lorsque l'Impala, avec Clayton au volant et Enid hurlant sur le siège passager, plongea dans le vide.

Environ, deux secondes plus tard, nous entendions le plouf.

49

Je dus déplacer la Honda au pare-brise éclaté de Clayton pour dégager le passage et quitter les lieux dans la voiture de Cynthia. Elle s'installa à l'arrière afin de pouvoir tenir Grace dans ses bras durant le long trajet de retour à Milford.

Je savais que nous aurions dû appeler la police, attendre son arrivée au sommet de la carrière, mais il nous sembla plus urgent de ramener Grace à la maison, là où elle se sentirait le plus en sécurité, aussi vite que possible. Clayton, Enid et Jeremy n'iraient nulle part. Ils seraient encore au fond de ce lac lorsque nous préviendrions Rona Wedmore.

Cynthia voulait que j'aille dans un hôpital, et il ne faisait aucun doute que j'en avais besoin. Une douleur intense vrillait mes deux flancs, mais s'était atténuée grâce au soulagement immense que je ressentais par ailleurs. Cynthia et Grace une fois à la maison, je me rendrais à l'hôpital de Milford.

Nous avons peu parlé durant le trajet. Je crois que Cynthia et moi étions d'accord pour ne pas évoquer ce qui s'était passé – non seulement ce jour-là, mais vingt-cinq ans auparavant – devant Grace. Notre fille en avait assez bavé. Elle avait simplement besoin de rentrer.

Je parvins néanmoins à apprendre en gros comment les choses s'étaient déroulées. Cynthia et Grace avaient pris la route pour Winsted, puis rencontré Jeremy sur le parking du *McDonald's*. Il avait une surprise, leur annonça-t-il. Il était venu avec sa mère. Elles en avaient bien entendu déduit qu'il était accompagné de Patricia Bigge.

Totalement stupéfaite, Cynthia se laissa entraîner vers l'Impala, et quand elle fut avec Grace dans la voiture, Enid brandit son pistolet sur notre fille. Puis elle ordonna à Cynthia de les conduire à la carrière. Jeremy suivait dans la Toyota de Cynthia.

Une fois devant le précipice, il attacha Cynthia et Grace sur les sièges avant, en vue de leur voyage pour l'au-delà.

Puis Clayton et moi étions arrivés.

Presque aussi brièvement, je racontai à Cynthia ce que j'avais appris. Mon voyage à Youngstown. La rencontre avec son père à l'hôpital. Le récit de ce qui s'était passé la nuit où sa famille avait disparu.

La balle qu'avait reçue Vince Fleming.

Dès mon retour, je comptais prendre de ses nouvelles. Je ne voulais pas me retrouver devant Jane Scavullo au lycée, et lui apprendre que le seul petit ami de sa mère qui avait été correct avec elle depuis des années était mort.

Quant à la police, j'espérais de toute mon âme que Wedmore croirait à la véracité de mon compte rendu.

Moi-même je n'étais pas certain que je l'aurais fait si on m'avait raconté une histoire de ce genre.

Cependant, quelque chose ne collait toujours pas. Impossible de chasser de ma mémoire l'image de Jeremy debout au-dessus de moi, le pistolet à la main, incapable d'appuyer sur la détente. Il n'avait certainement pas fait preuve de la même hésitation vis-à-vis de Tess Berman. Ou de Denton Abagnall.

Tous deux avaient été assassinés « de sang-froid », comme on dit, il me semble.

Mais qu'est-ce que Jeremy avait dit à sa mère, déjà ? Pendant qu'il se dressait au-dessus de moi ? « J'ai encore jamais tué personne. »

Oui, c'était ça.

En repassant par Winsted, nous avons demandé à Grace si elle souhaitait manger quelque chose, mais elle secoua négativement la tête. Elle voulait rentrer à la maison. Cynthia et moi échangeâmes des regards inquiets. Il nous faudrait l'emmener chez un médecin. Elle venait de vivre des moments traumatisants. Peut-être souffrait-elle d'un léger choc. Mais Grace s'endormit bientôt, sans manifester le moindre signe de cauchemar.

Quelques heures plus tard, nous étions de retour. En tournant dans la rue, je vis la voiture de Rona Wedmore garée sur le trottoir de la maison, et elle, assise derrière le volant. Dès qu'elle nous aperçut, elle sortit de son véhicule et nous regarda prendre l'allée, les bras croisés, la mine sévère. Lorsque j'ouvris ma portière, elle m'attendait juste à côté, prête, je le devinais, à me cribler de questions.

Son expression s'adoucit en me voyant grimacer tandis que je m'extirpais lentement du siège. J'avais un mal de chien.

— Qu'est-ce qui vous est arrivé ? demanda-t-elle. On dirait que vous êtes passé sous un train.

— C'est à peu près ce que je ressens, dis-je en touchant une de mes blessures avec précaution. J'ai reçu quelques coups de pied de Jeremy Sloan.

— Où est-il ?

Je souris intérieurement, ouvris la portière arrière, et malgré l'impression d'avoir deux ou trois autres côtes sur le point de se briser, je pris une Grace endormie dans mes bras pour la porter dans la maison.

— Laisse-moi faire, intervint Cynthia, à son tour sortie de la voiture.

— Ça va aller.

Et je tins le coup jusqu'à la porte d'entrée, tandis que Cynthia me précédait en courant pour la déverrouiller. Rona Wedmore nous emboîta le pas.

— Je n'en peux plus, gémis-je une fois dans l'entrée, comme la douleur se faisait insoutenable.

— Le canapé, indiqua Cynthia.

Je réussis à y déposer Grace en douceur, même si je crus que j'allais la laisser tomber. Malgré la bousculade et les paroles échangées, elle ne se réveilla pas. Cynthia glissa des coussins sous sa tête et dénicha un plaid pour la couvrir.

Wedmore observait la scène en silence, préservant avec courtoisie ce moment d'intimité. Lorsque Grace fut confortablement enveloppée dans le plaid, tous trois nous retrouvâmes dans la cuisine.

— On dirait que vous avez besoin d'un médecin, remarqua Wedmore.

Je fis signe que oui.

— Où est Sloan ? demanda-t-elle de nouveau. S'il vous a agressé, on l'arrêtera.

Je pris appui sur le comptoir.

— Vous allez devoir rappeler vos plongeurs, inspecteur.

Et je lui racontai à peu près tout. Comment Vince avait repéré ce qui clochait dans la vieille coupure de journal, ce qui nous avait conduits aux Sloan et à Youngstown, ma rencontre avec Clayton Sloan à l'hôpital, l'enlèvement de Cynthia et Grace par Jeremy et Enid.

Puis la chute de la voiture au fond de la carrière, emportant Clayton, Jeremy et Enid.

Je n'omis qu'un petit détail, car il me perturbait encore, et je n'étais pas certain de sa signification. Même si j'avais ma petite idée.

— Eh bien, en voilà une histoire, observa Rona Wedmore.

— Plutôt, oui. Si j'avais voulu l'inventer, faites-moi confiance, j'aurais trouvé quelque chose de plus crédible.

— Je vais aussi vouloir entendre la version de Grace, prévint Wedmore.

— Pas maintenant, objecta Cynthia. Elle en a assez bavé comme ça. Elle est épuisée.

L'inspecteur acquiesça en silence. Puis déclara :

— Bon, je vais passer quelques coups de fil, prévenir les plongeurs, et je reviendrai plus tard, dans l'après-midi. Vous devriez aller à l'hôpital, ajouta-t-elle à mon attention. Je peux vous déposer, si vous voulez.

— Merci. J'irai tout à l'heure. Au pire, j'appellerai un taxi.

Wedmore s'en alla, et Cynthia annonça qu'elle montait essayer de récupérer une apparence convenable.

La voiture de l'inspecteur venait à peine de démarrer lorsque j'en entendis une autre s'arrêter dans l'allée. J'ouvris la porte alors que Rolly, une longue veste par-dessus sa chemise et son pantalon bleus, atteignait le seuil.

— Terry ! s'exclama-t-il.

Je mis un doigt sur mes lèvres.

— Chut, Grace dort.

Puis je lui fis signe de me suivre dans la cuisine.

— Alors, tu les as retrouvées ? Cynthia aussi ?

Je confirmai de la tête tout en cherchant un flacon d'Advil dans le placard. Je le renversai au creux de ma main, y laissai tomber plusieurs comprimés, puis remplis un verre d'eau froide au robinet.

— On dirait que tu es blessé, remarqua Rolly. Certains sont capables de n'importe quoi pour obtenir un congé longue durée.

Je faillis éclater de rire, mais j'avais trop mal. J'avalai trois comprimés avec une longue gorgée d'eau.

— Bon, reprit Rolly. Alors voilà.

— Ouais.

— Donc comme ça, tu as retrouvé son père. Tu as retrouvé Clayton.

J'opinai.

— C'est incroyable, poursuivit-il. Incroyable que tu l'aies retrouvé. Que Clayton soit toujours là, toujours vivant après tant d'années.

— Et pourtant, tu vois.

Je m'abstins de lui dire que si Clayton avait été vivant durant toutes ces années, ce n'était plus le cas.

— Tout simplement incroyable, répéta-t-il.

— Et tu ne t'interroges pas aussi à propos de Patricia et de Todd ? Tu n'es pas curieux de savoir ce qui leur est arrivé ?

Le regard de Rolly se troubla.

— Si, bien sûr que si. Mais bon, je sais déjà qu'on les a découverts dans la voiture, au fond de la carrière.

— Oui, c'est vrai. Et tout le reste, qui les a tués, j'imagine que tu le sais déjà aussi. Sinon, tu aurais demandé.

Les yeux de Rolly s'assombrirent.

— Hé, c'est juste pour pas te bombarder de questions, Terry. Tu viens à peine de rentrer.

— Tu veux savoir comment ils sont morts ? Ce qui leur est vraiment arrivé ?

— Évidemment, répondit-il.

— Dans une minute, alors.

Je bus une nouvelle gorgée d'eau. Pourvu que les Advil fassent vite de l'effet…

— Rolly, c'est toi qui déposais l'argent ?

— Quoi ?

— L'argent. Pour Tess. Pour Cynthia. C'est toi qui le déposais, n'est-ce pas ?

Il passa nerveusement la langue sur ses lèvres.

— Qu'est-ce que Clayton t'a raconté ?

— À ton avis ?

Rolly se frotta la nuque, me tourna le dos.

— Il t'a tout raconté, pas vrai ?

Je ne répondis rien. Je pensais qu'il valait mieux que Rolly me soupçonne d'en savoir plus que ce n'était le cas.

— Bon sang, enchaîna-t-il en secouant la tête. Quel fils de pute. Il avait juré de ne jamais rien dire. Il croit que c'est moi qui t'ai plus ou moins conduit vers lui, non ? C'est pour ça qu'il a rompu notre arrangement.

— C'est ainsi que tu appelles ça, Rolly ? Un arrangement ?

— On avait passé un accord ! fulmina-t-il. Bon sang, j'y suis presque. Je suis presque à la retraite. Tout ce que je veux, c'est avoir la paix, quitter ce foutu lycée, m'en aller, quitter cette ville de merde !

— Pourquoi ne pas tout me raconter, Rolly ? Pour voir si ta version concorde avec celle de Clayton.

— Il t'a parlé de Connie Gormley, hein ? De l'accident.

Je gardais le silence.

— On revenait de la pêche, poursuivit Rolly. C'est Clayton qui a eu l'idée de s'arrêter boire une bière. J'aurais pu faire toute la route d'une traite, mais j'ai accepté. On est entrés dans ce bar, juste pour prendre une bière, et voilà que cette fille commence à me draguer, tu vois ?

— Connie Gormley.

— Ouais. Alors elle est là, assise à côté de moi, elle a déjà pas mal bu, et moi je finis par reprendre quelques bières aussi. Clayton, lui, y va mollo, me dit de faire pareil, mais je sais pas ce qui m'a pris. Cette Connie et moi, on file pendant que Clayton pisse un coup, et on termine derrière le bar, sur la banquette arrière de sa voiture.

— Millicent et toi étiez déjà mariés, à l'époque.

Ce n'était pas vraiment une remarque moralisatrice de ma part, je voulais juste m'en assurer. Mais le froncement de sourcils de Rolly indiqua qu'il le prenait autrement.

— Il m'arrivait de déraper, avoua-t-il.

— Donc tu as dérapé avec Connie Gormley. Et comment est-elle passée de cette banquette arrière au fossé ?

— Quand on… Quand on a eu fini, et qu'on revenait vers le bar, elle m'a demandé cinquante dollars. Je lui ai dit que si c'était une pute, elle aurait dû l'annoncer dès le départ, mais je suis même pas sûr que c'était une pute. Elle avait peut-être juste besoin de ce fric. En tout cas, comme je refusais de la payer, elle a menacé d'aller chez moi, et de réclamer l'argent à ma femme.

— Ah.

— On a commencé à se bagarrer près de la voiture, et j'ai dû la repousser un peu trop fort, alors elle a trébuché et sa tête a cogné en plein sur le pare-chocs, et voilà.

— Elle était morte.

Rolly déglutit avant de continuer.

— Mais des gens nous avaient vus. Dans le bar. Ils se souviendraient de Clayton et moi. J'ai pensé que si, à la place, elle était morte renversée par une voiture, la police croirait à un genre d'accident, qu'elle était repartie à pied, qu'elle était saoule, et personne ne rechercherait un type qu'elle avait levé dans le bar.

Je secouais la tête.

— Terry, reprit-il, à ma place, tu aurais paniqué aussi. Je suis allé voir Clayton, je lui ai raconté ce que j'avais fait, et quelque chose sur son visage disait qu'il se sentait aussi piégé que moi par la situation, comme s'il voulait éviter d'avoir affaire aux flics. À l'époque, j'ignorais quelle vie il menait, qu'il n'était pas celui qu'il prétendait être, qu'il avait une double vie. Alors on a mis la fille dans la voiture, on l'a emmenée sur l'autoroute, ensuite Clayton l'a maintenue sur le bas-côté, et l'a jetée contre l'avant de la voiture pendant que je la dépassais. Après, on l'a déposée dans le fossé.

— Mon Dieu…

— Il n'y a pas une nuit où j'y repense pas, Terry. Ç'a été atroce. Mais parfois on ne peut se rendre compte de ce qu'il faut faire qu'en étant dans le feu de l'action. Clayton avait juré de ne jamais en parler, ajouta Rolly avec colère. Le salaud.

— Il n'a rien dit. J'ai essayé de l'y pousser, mais il ne t'a pas dénoncé. Maintenant, laisse-moi deviner la suite. Un soir, Clayton, Patricia et Todd disparaissent de la surface de la Terre, personne ne sait ce qui leur est arrivé, même pas toi. Et un jour, un an après, ou plusieurs années après, tu reçois un coup de fil. De Clayton. L'heure de la contrepartie a sonné. Il t'a couvert pour la mort de Connie Gormley, maintenant il veut que tu fasses quelque chose pour lui. Que tu lui serves de coursier, en quelque sorte. Il t'enverrait de l'argent, en poste restante, par exemple. Et ensuite tu le remettrais en douce à Tess, dans sa voiture, caché dans son journal, peu importe.

Rolly me dévisagea.

— Oui, ça s'est passé à peu près comme ça, admit-il.

— Et puis moi, comme un imbécile, je te raconte ce que Tess m'a révélé. Un jour qu'on déjeunait ensemble. L'argent qu'elle recevait. Les enveloppes qu'elle avait toujours, avec la lettre qui la prévenait de ne jamais essayer de savoir d'où venait cet argent, de ne jamais en parler à personne. Le fait qu'elle les avait gardées toutes ces années.

Rolly se taisait désormais.

Je l'attaquai sur un autre front :

— À ton avis, un homme prêt à tuer deux personnes pour faire plaisir à sa mère, lui mentirait-il s'il disait n'avoir encore jamais tué ?

— Hein ? De quoi tu parles, bon sang ?

— Je réfléchis à haute voix, en quelque sorte. Moi je ne crois pas qu'il mentirait. Je crois qu'un homme sur le point de tuer pour sa mère, se fiche de reconnaître devant elle s'il a ou non tué auparavant – je fis une pause avant d'ajouter : En fait, jusqu'à cet aveu, j'étais persuadé qu'il avait déjà tué deux fois.

— Je ne vois pas où tu veux en venir, assura Rolly.

— Je parle de Jeremy Sloan. Le fils de Clayton, issu de son autre mariage, avec l'autre femme, Enid. Mais je te soupçonne d'être au courant de leur existence. Clayton t'a probablement tout expliqué quand il a commencé à t'envoyer de l'argent pour Tess. Je pensais que Jeremy avait tué Tess. Et qu'il avait tué Abagnall. Mais maintenant, je n'en suis plus certain du tout.

Rolly avala sa salive.

— Tu es allé voir Tess après que je t'ai raconté ce qu'elle m'avait dit, n'est-ce pas ? repris-je. Tu avais peur qu'elle finisse par tout deviner ? Tu craignais que la lettre, les enveloppes qu'elle conservait, ne puissent encore porter des indices que la police scientifique pourrait utiliser contre toi ? Et qu'alors, tu ne sois relié à Clayton, lequel serait obligé de révéler votre secret ?

— Je ne voulais pas la tuer, plaida Rolly.

— Tu as pourtant été très efficace.

— Mais je croyais qu'elle allait mourir de toute façon. Ce n'était pas comme si je lui volais vraiment sa vie. Et après, plus tard, tu m'as parlé de ses nouveaux résultats. Du fait qu'elle n'allait pas mourir, en fin de compte.

— Rolly…

— Elle avait remis la lettre et les enveloppes au détective.

— Alors tu as pris sa carte de visite sur le tableau de la cuisine.

— Je l'ai appelé pour organiser un rendez-vous dans le parking, compléta Rolly.

— Et tu l'as tué avant de prendre son porte-documents avec les papiers dedans.

Rolly pencha un peu la tête.

— À ton avis, mes empreintes pouvaient encore être sur ces enveloppes, après tant d'années ? Ou des traces de salive, quand je les ai collées ?

— Je n'en sais rien, répondis-je en haussant les épaules. Je ne suis qu'un prof d'anglais.

— Je m'en suis quand même débarrassé.

Je regardais fixement le sol. Je ressentais de la souffrance et une immense tristesse m'envahissait.

— Rolly, tu as été si longtemps un si bon ami. Va savoir, peut-être même que je serais disposé à taire une épouvantable erreur de jugement remontant à plus de vingt-cinq ans. Tu n'as probablement jamais eu l'intention de tuer Connie Gormley, c'est arrivé comme ça. Ce serait difficile de vivre avec ça, le fait de te couvrir, mais pour un ami, pourquoi pas.

Il m'observait avec méfiance.

— Mais Tess ! Tu as tué la tante de ma femme. La douce, la merveilleuse Tess. Et tu ne t'es pas arrêté là. Comment veux-tu que je laisse passer ça ?

Rolly plongea la main dans la poche de sa longue veste et en tira un pistolet. Je me demandais s'il s'agissait de celui qu'il avait trouvé dans la cour du lycée, parmi les canettes de bière et les pipes de crack.

— Pour l'amour du ciel, Rolly !

— Monte à l'étage, Terry, ordonna-t-il.

— Tu n'es pas sérieux, voyons.

— J'ai déjà acheté ma caravane, répliqua-t-il. Tout est prêt. J'ai choisi le bateau. Il ne me reste que quelques semaines à tirer. Je mérite une retraite paisible.

Il me désigna l'escalier, le grimpa derrière moi. À mi-chemin, je fis brusquement volte-face, tentai de lui donner un coup de pied. Mais je fus trop lent. Il sauta en arrière sur la marche inférieure, sans cesser de pointer son arme sur moi.

— Qu'est-ce qui se passe ? demanda Cynthia depuis la chambre de Grace.

Je franchis le seuil de la pièce, suivi de Rolly. Cynthia, debout à côté du bureau de Grace, ouvrit la bouche en voyant le pistolet, mais aucun mot n'en sortit.

— C'est lui. C'est Rolly qui a tué Tess, lui dis-je.

— Quoi ?

— Et Abagnall.

— Je ne te crois pas.

— Demande-lui.

— La ferme, riposta Rolly.

— Tu comptes faire quoi, Rolly ? demandai-je en me retournant lentement près du lit de Grace. Nous tuer tous les deux, ainsi que Grace ? Tu crois pouvoir tuer autant de gens sans que la police finisse par le découvrir ?

— Je ne peux pas rester sans rien faire.

— Millicent est au courant ? Elle sait qu'elle vit avec un monstre ?

— Je ne suis pas un monstre. J'ai commis une erreur. J'avais un peu trop bu, cette femme m'a provoqué en me réclamant de l'argent. C'est arrivé, voilà tout.

Cynthia avait le visage en feu, les yeux écarquillés. Sans doute était-elle incapable de croire ce qu'elle entendait. Trop de chocs en une seule journée. Elle disjoncta, un peu comme le jour où la télépathe bidon avait débarqué. Elle se précipita en hurlant sur Rolly, mais il l'attendait, et lui balança un coup de pistolet dans le visage, l'atteignit à la joue, la projetant au sol près du bureau de Grace.

— Je suis désolé, Cynthia, dit-il. Tellement désolé.

Je crus pouvoir l'attraper à ce moment-là, mais il ramena son arme sur moi.

— Bon sang, Terry, Je déteste devoir faire ça. Vraiment, je t'assure. Assieds-toi. Assieds-toi sur le lit.

Il s'avança d'un pas, et je reculai d'autant, puis m'assis au bord du matelas de Grace. Cynthia gisait par terre, le sang coulant de sa blessure jusque dans son cou.

— Passe-moi un oreiller, poursuivit Rolly.

Tel était son plan. Envelopper la gueule du pistolet avec un coussin, afin d'étouffer le bruit.

Je jetai un coup d'œil à Cynthia. Elle glissait discrètement une main sous le bureau de Grace. Elle me regarda et fit un infime geste du menton. Ses yeux exprimaient quelque chose. Pas de la peur. Autre chose. Elle disait : « Fais-moi confiance. »

Je saisis un oreiller sur le lit de ma fille. Un oreiller particulier, avec la lune et les étoiles imprimées sur la taie.

Je le lançai à Rolly, mais m'arrangeai pour que le jet fût un poil trop court, et qu'il soit obligé de faire un pas en avant pour l'attraper.

C'est alors que Cynthia se dressa sur ses pieds. Qu'elle « bondit » serait un terme plus approprié. Elle tenait quelque chose à la main. Un objet long et sombre.

Le télescope pourri de Grace.

Cynthia le balança d'abord par-dessus son épaule, pour prendre un maximum d'élan, puis elle s'élança à la tête de Rolly avec son fameux revers, en y mettant toute son énergie, et même un peu plus.

Il se retourna, la vit arriver, mais n'eut pas le temps de réagir. Elle le cueillit sur la tempe, et le son produit ne ressemblait guère à ce qu'on entend lors d'un match de tennis. Ça rappelait plutôt le claquement d'une batte de base-ball frappant une balle très rapide.

Un coup magnifique.

Rolly Carruthers tomba comme une pierre. C'est un miracle que Cynthia ne l'ait pas tué sur le coup.

50

— Bon, alors tu as bien compris notre marché ? demanda Cynthia.

Grace opine. Son sac à dos est prêt. Il contient son déjeuner, ses devoirs, ainsi qu'un téléphone portable. Un téléphone portable rose. Cynthia a insisté, et je ne lui ai opposé aucun argument. Lorsque nous avons présenté notre projet à Grace, elle a réclamé : « Il fera des SMS ? Il *doit* faire des SMS. » J'aimerais pouvoir vous dire que Grace est la seule gamine de sa classe à être équipée d'un téléphone portable, mais je mentirais. Ainsi va le monde aujourd'hui.

— Alors tu fais quoi ?

— En arrivant à l'école, je t'appelle.

— Très bien, approuva Cynthia. Et ensuite ?

— Je demande à la maîtresse de te dire bonjour aussi.

— Parfait. On s'est déjà mis d'accord elle et moi. Elle ne le fera pas devant toute la classe, donc tu ne seras pas gênée.

— Et je vais devoir faire ça tous les matins ?

J'interviens :

— Au moins les premiers jours, après on verra.

Grace sourit. Cela lui convient parfaitement. Pouvoir se rendre à l'école sans escorte, même si elle doit appeler la maison en y arrivant, rend le marché tout à fait intéressant. Je ne sais lequel de nous trois est le plus nerveux, mais nous en avons longuement discuté quelques soirs plus tôt. L'opinion générale est que nous avons tous besoin d'aller de l'avant, de reprendre le cours normal de notre vie.

Aller à l'école toute seule venait en tout premier sur le programme de Grace. Pour dire la vérité, cela nous avait surpris. Après ce qu'elle avait enduré, nous pensions qu'elle serait plutôt contente qu'on l'accompagne. Qu'elle désire toujours son indépendance nous parut, à Cynthia et moi, un bon signe.

Après lui avoir tous deux donné des baisers d'adieu, nous restons à la fenêtre, la suivant des yeux aussi longtemps que possible, jusqu'à ce qu'elle tourne l'angle.

Nous semblons l'un comme l'autre retenir notre souffle, et rôdons autour du téléphone de la cuisine.

Rolly se remet encore d'un traumatisme crânien d'enfer. Il est à l'hôpital. Ce qui facilita la tâche de Rona Wedmore lorsqu'elle est venue l'inculper des meurtres de Tess Berman et Denton Abagnall. Le dossier de Connie Gormley a également été rouvert, mais la mise en examen va être plus compliquée à obtenir. Le seul témoin, Clayton Sloan, est mort, et il ne reste aucune preuve physique, comme la voiture que Rolly conduisait lorsque Clayton et lui avaient mis en scène l'accident. Elle doit sans doute rouiller dans une casse automobile quelconque.

Sa femme Millicent nous a hurlé dessus au téléphone, disant que nous sommes des sales menteurs, que son mari n'a rien fait, qu'ils se préparaient seulement à s'installer en Floride, qu'elle va prendre un avocat et nous en faire baver.

Nous avons dû changer notre numéro de téléphone. Nous mettre sur liste rouge.

C'est aussi bien. Juste avant ça, nous recevions plusieurs appels par jour de Paula Malloy, la productrice de l'émission *Deadline*, qui nous réclamait une suite du sujet. Nous n'avons répondu à aucun de ses appels, et lorsqu'elle s'est présentée sur le perron de notre maison, nous n'avons pas ouvert la porte.

Il a fallu me bander les côtes, et, d'après le médecin, la joue de Cynthia nécessitera sans doute une opération de chirurgie plastique. Quant aux cicatrices morales, ma foi, on verra bien.

La succession de Clayton Sloan n'est pas encore réglée. Cela risque de prendre un moment, mais ça ne fait rien. Cynthia n'est même pas sûre de vouloir de cet argent. Je travaille à la convaincre de l'accepter.

Vince Fleming a été transféré de l'hôpital de Lewiston à celui de Milford. Il se remettra. Je suis allé le voir l'autre jour, et il a dit que Jane avait intérêt à finir avec de super bonnes notes. Je lui ai assuré que je m'en occupais.

Je lui ai promis de garder un œil sur le parcours universitaire de Jane, mais il se pourrait que je le fasse depuis un autre établissement. J'envisage de demander ma mutation. Peu d'enseignants font inculper leur proviseur de deux meurtres. L'ambiance risque d'être assez délicate en salle des profs.

Le téléphone sonne. Cynthia tient le récepteur avant la fin de la première sonnerie.

— Oui... d'accord, dit-elle. Tu vas bien ? Tu n'as eu aucun problème ? OK... Passe-moi ta maîtresse... Bonjour, madame Enders. Oui, apparemment tout va bien... Merci... Merci beaucoup... Oui, c'est vrai, ç'a été difficile pour nous tous. Je crois que je vais quand même venir la chercher après l'école. Au moins aujourd'hui. D'accord... Merci. Vous aussi. Au revoir.

Elle raccroche.

— Elle va bien.

— C'est ce que j'avais compris, répliqué-je, avant de verser quelques larmes en sa compagnie.

— Ça va aller ? demandé-je ensuite.

Cynthia saisit un mouchoir en papier, s'essuie les yeux.

— Oui. Tu veux du café ?

— Bonne idée. Sers-nous une tasse. Je dois aller chercher quelque chose.

Dans le placard de l'entrée, je plonge la main dans la poche du blouson que je portais au cours de cette nuit mémorable où tout était arrivé, et en sors l'enveloppe. Je reviens dans la cuisine, où Cynthia est assise avec un mug de café, un autre posé devant ma place sur la table.

— Je t'ai déjà mis du sucre, indique-t-elle, puis, voyant l'enveloppe : Qu'est-ce que c'est ?

Je m'assieds à mon tour, sans lâcher l'enveloppe.

— J'attendais le bon moment, et je pense qu'il est arrivé. Mais laisse-moi d'abord te décrire le contexte.

Cynthia affiche l'expression qu'on a lorsque l'on consulte son médecin et qu'on redoute de mauvaises nouvelles.

— Ne t'inquiète pas, dis-je. Clayton, ton père voulait que je t'explique tout.

— Quoi donc ?

— Ce soir-là, après cette grosse dispute avec tes parents, tu es montée te coucher, et tu as dû t'endormir comme une masse. En tout cas, ta mère, Patricia, s'en voulait beaucoup. D'après ce que tu m'as dit, elle n'aimait pas quand ça se passait mal entre vous deux.

— Non, elle détestait ça, murmure Cynthia. Elle aimait arranger les choses le plus vite possible.

— Eh bien, je pense que c'est ce qu'elle a voulu faire ce soir-là, alors elle t'a écrit... un mot. Elle l'a déposé devant ta porte, avant de partir avec Todd pour le drugstore afin de lui acheter sa feuille de bristol.

Les yeux de Cynthia regardent intensément l'enveloppe entre mes mains.

— Bref, ton père, lui, ne se sentait pas aussi conciliant. Il était encore très en colère d'avoir dû aller te chercher, de t'avoir trouvée dans la voiture avec Vince, d'avoir dû te ramener de force à la maison. Il estimait qu'il était trop tôt pour calmer les esprits. Donc, après le départ de ta mère, il est monté, a pris le mot qu'elle t'avait laissé, et il l'a glissé dans sa poche.

Cynthia reste figée sur sa chaise.

— Mais bon, vu ce qui s'est passé au cours des heures suivantes, c'est devenu bien plus qu'un mot quelconque. C'est le dernier mot qu'une mère a écrit à sa fille. La dernière chose qu'elle a écrite tout court.

Je laisse passer un blanc avant de poursuivre.

— Alors il l'a gardé, il l'a mis dans cette enveloppe qu'il a cachée dans sa boîte à outils, chez lui, scotchée sous un plateau. Au cas où, un jour, il aurait l'occasion de te le remettre. Ce n'est pas exactement un mot d'adieu, mais il est tout aussi précieux.

Par-dessus la table, je tends l'enveloppe à Cynthia, elle est déjà ouverte à une extrémité.

Elle en sort la feuille de papier, mais ne la déplie pas tout de suite. Elle la tient un moment, s'armant de courage. Enfin, avec de multiples précautions, elle l'ouvre.

Bien entendu, je l'ai déjà lue. Dans le sous-sol des Sloan, à Youngstown. Je sais donc ce que Cynthia lit :

« Minouchette,

« Je dormirai sans doute à poings fermés quand tu te lèveras et que tu trouveras ce mot. J'espère que tu ne te seras pas rendue trop malade. Tu as fait pas mal de bêtises ce soir. Je suppose que c'est normal pour une adolescente.

« J'aimerais pouvoir dire que ce sont les dernières stupidités que tu feras, ou que c'est la dernière dispute que tu auras avec ton père et moi, mais ce serait faux. Tu feras d'autres bêtises, et nous aurons d'autres disputes. Parfois, tu auras tort, d'autres fois, c'est peut-être nous qui aurons tort.

« Mais il y a une chose que tu dois savoir. Quoi qu'il arrive, je t'aimerai toujours. Rien de ce que tu pourras faire ne m'en empêchera jamais. Parce que je me suis embarquée pour du long terme avec toi. C'est la vérité.

« Et il en sera toujours ainsi. Même quand tu seras seule, quand tu vivras ta propre vie, même quand tu auras toi-même un mari et des enfants (tu imagines !), même quand je ne serai plus que poussière, je veillerai toujours sur toi. Un jour, peut-être auras-tu l'impression que quelqu'un t'observe par-dessus ton épaule, tu te retourneras, et il n'y aura personne. Ce sera moi. Moi qui veillerai sur toi, moi qui te regarderai me rendre fière, tellement, tellement fière de toi. Tout le long de ta vie, ma puce. Je serai toujours auprès de toi.

« Bisous.

« Maman. »

Je regarde Cynthia lire jusqu'au bout, et ensuite je la tiens dans mes bras pendant qu'elle pleure.

Remerciements

Parce que j'ai autrefois laissé tomber la fac de chimie, je suis infiniment reconnaissant à Barbara Reid, spécialiste en technologie ADN au Centre des sciences médico-légales de Toronto, de m'avoir aidé en me fournissant certains détails pertinents de ce livre. S'il comporte des erreurs, j'ai bien peur de ne pas pouvoir en blâmer Barbara.

Je veux remercier Irwyn Applebaum, Nita Taublib et Danielle Perez chez Bantam Dell ; Bill Massey chez Orion ; ainsi que mon formidable agent, Helen Heller, pour leur soutien et leur confiance permanents.

Et enfin, l'équipe à la maison : Neetha, Spencer et Paige.

TITRES DÉJÀ PARUS
DANS LA COLLECTION *MOLÉCULE*

Nicci French, *Feu de glace*
R. J. Ellory, *Seul le silence*
Anna Gavalda, *Je voudrais que quelqu'un m'attende quelque part*
Tatiana de Rosnay, *Le Voisin*
Franck Thilliez, *La Chambre des morts*
Charlotte Link, *Illusions mortelles*
Didier van Cauwelaert, *Hors de moi*
Haruki Murakami, *La Ballade de l'impossible*
Sébastien Japrisot, *L'été meurtrier*
Harlan Coben, *Ne le dis à personne*
Khaled Hosseini, *Les cerfs-volants de Kaboul*
Cyril Massarotto, *Dieu est un pote à moi*
Colleen McCullough, *Les oiseaux se cachent pour mourir*
Jacquelyn Mitchard, *Aussi profond que l'océan*
Richard Osborne, *Basic Instinct*
Martin Winckler, *La maladie de Sachs*
Alice Sebold, *La Nostalgie de l'ange*
Jean-Marc Souvira, *Le Magicien*
Katherine Pancol, *Vu de l'extérieur*
Gilbert Gallerne, *Teddy est revenu*
Nora Roberts, *Ce soir et à jamais*
Lisa Gardner, *La Fille cachée*
Tamara McKinley, *La dernière valse de Mathilda*
Christian Jacq, *Le profil de l'assassin*
Paulo Coelho, *L'Alchimiste*
Marina Lewycka, *Une brève histoire du tracteur en Ukraine*
Thomas Harris, *Le Silence des agneaux*
Marie-Bernadette Dupuy, *Le Chant de l'océan*
Stephen King, *Shining*
Mo Hayder, *Tokyo*
Charlotte Link, *L'Invité de la dernière heure*

Régine Deforges, *La Bicyclette bleue*
Karin Slaughter, *À froid*
Cyril Massarotto, *Le petit mensonge de Dieu*
Douglas Kennedy, *Une relation dangereuse*
Nicci French, *Jeux de dupes*
Michael Connelly, *Créance de sang*
Kathy Reichs, *Voyage fatal*
Katherine Pancol, *Scarlett, si possible*
Gilbert Gallerne, *La Mort pour vengeance*
Kate Mosse, *Labyrinthe*
Ruth Rendell, *La Cave à charbon*
Megan Abbott, *La Fin de l'innocence*
Harlan Coben, *Une chance de trop*
Nora Roberts, *La Rivale*
Katherine Pancol, *Moi d'abord*
Françoise Chandernagor, *L'Allée du Roi*
Ken Follett, *Le Pays de la liberté*
Yves Jacob, *Marie sans terre*
Henning Mankell, *Meurtriers sans visage*
Caleb Carr, *L'Aliéniste*
Mary Jane Clark, *Puis-je vous dire un secret ?*
Sandrine Collette, *Des nœuds d'acier*
Arnaldur Indridason, *La Cité des jarres*
Mireille Calmel, *Le Lit d'Aliénor*
Romain Sardou, *Pardonnez nos offenses*
Delphine De Vigan, *Un soir de décembre*
Dominique Lapierre, *La Cité de la joie*
Joyce Carol Oates, *Les Chutes*
Karen Rose, *Le Lys rouge*
Harper Lee, *Ne tirez pas sur l'oiseau moqueur*
Jim Fergus, *Mille femmes blanches*
Franck Thilliez, *Train d'enfer pour Ange rouge*
Theresa Révay, *La Louve blanche*
Franck Thilliez, *Deuils de miel*
Iain Pears, *Le Cercle de la croix*
Lionel Shriver, *Il faut qu'on parle de Kevin*
Chevalier Tracy, *La Jeune Fille à la perle*

Achevé d'imprimer
à Noyelles-sous-Lens
pour le compte de France Loisirs,
31 Rue du Val de Marne
75013 PARIS

Imprimé en France
Dépôt légal : août 2017
N° d'édition : 91155